Monika Fagerholm

Wunderbare Frauen am Wasser

EIN ROMAN ÜBER GESCHWISTER

Aus dem Finnlandschwedischen von Angelika Gundlach

⋆

Paul Zsolnay Verlag

Die Originalausgabe erschien 1995 unter dem Titel
Underbara kvinnor vid vatten
bei Söderström in Helsinki

1 2 3 4 5 01 00 99 98 97

ISBN 3-552-04825-1

Satz: Filmsatz Schröter GmbH, München
Druck und Bindung: Friedrich Pustet, Regensburg
Printed in Germany

I

I have heard the mermaids singing
I do not think that they will sing to me

Isabella, Meerjungfrau

FRÜHER WARF KAJUS drinnen bei den Meerjungfrauen im Vergnügungspark Bälle. Die Meerjungfrauen lagen oder saßen jede auf ihrem grünen Brett über einem Wasserbecken. Das Brett gab nach und schwang nach unten, wenn der, der den Ball warf, auf einer rosa Scheibe darunter mitten ins Schwarze traf. Die Meerjungfrau schrie und fiel und landete im Wasser, das seicht war und ihr nicht höher reichte als bis kurz über die Knie. Wieder und wieder warf Kajus den Ball auf dieselbe Scheibe. Wieder und wieder fiel Isabella, wieder und wieder schrie sie, stieß den gleichen kurzen schrillen Schrei aus, der nicht schön war, aber wohl unvermeidlich. Ein Schrei, der Kajus so zu verfolgen begann, daß er ihn ständig im Kopf hörte, auch wenn er nicht im Vergnügungspark war.

Und eines Abends ging er zum Vergnügungspark, und nach dem Schließen stand er da und wartete am Personalausgang auf Isabella.

So und in ähnlichen Versionen erzählten Isabella und Kajus Thomas ihre Geschichte. Daß Isabella eine Meerjungfrau war, die Kajus im Vergnügungspark geholt hatte.

»War es nicht schrecklich, dazusitzen und zu warten, daß jemand ins Schwarze trifft?«

»Hast du nicht gefroren?«

Alles mögliche in der Art konnte Thomas so fragen. Er hing mit einem Arm an Isabellas Hand, mit dem anderen an Kajus', und so flog er im Wald über Stock und Stein. Und Isabella lächelte, und Kajus lächelte, und beide sahen über Thomas' Kopf einander an.

Isabella sagte, es sei originell, eine Mutter zu haben, die Meerjungfrau war. Und es sei lustiger, von einem Brett zu fallen, als dazusitzen und zu warten, daß jemand den Ball wirft und auf der rosa Scheibe darunter mitten ins Schwarze trifft.

Aber den Schrei ließ Isabella im Vergnügungspark. Es sei nicht ihr eigener gewesen, erklärte sie, sondern eingepaukt im Kurs. Im Vergnügungspark wollte man, daß es auf eine ganz bestimmte Weise klang, wenn eine Meerjungfrau schrie, von ihrem Brett fiel und im Wasserbecken darunter landete. Um auf die richtige Weise zu schreien, durfte man nicht zu tief atmen, denn sonst wurde der Laut nicht hoch und schneidend, wie er sein sollte. Und der Schrei war hervorzupressen zwischen halboffenen, immer lächelnden Lippen. Isabella lachte, wenn sie es beschrieb. Isabellas eigenes Lachen, Isabellas eigene Stimme war anders. Sprudelte überall hervor, pflanzte sich fort durch alle Tage des Sommers. Floß dahin über Monate, Jahre, Zeit, überhaupt.

Das Hofquadrat

Im winter wohnen sie in einer Stadtwohnung im zweiten Stock über einem Hofquadrat. Das Haus ist neu erbaut, und so gehört Thomas zur ersten Generation Kinder auf dem Hof. Sie haben zwei Zimmer und Küche und Bad und Balkon. Das eine Zimmer gehört Thomas. Sein Fenster geht zur Straße. Er steht oft am Fenster und beobachtet die Menschen, die unten an der Bushaltestelle auf den Bus warten. Das andere Zimmer ist das Wohnzimmer. Da schlafen Isabella und Kajus auf dem ausklappbaren Sofa. Da steht der Plattenspieler, aufgebaut auf einem Schemel neben Isabellas Toilettentisch mit dem dreiteiligen Spiegel, genannt Flügelspiegel, denn die Seitenteile sind beweglich wie Flügel. Im Bad ist die Wanne, wo Isabella und Kajus baden. Sie schieben den Plattenspieler so nahe ans Bad wie möglich, schütten Fenjala-Schaumbad ins Wasser, legen eine gute Platte auf und steigen hinein. Dann baden sie, und der Jazz hallt durch die Rohre in den Häusern wider bis spät in die Nacht.

Im Wohnzimmer ist die Balkontür, Isabella stößt sie auf.

»Möchtest du auch?« fragt Thomas.

Isabella sagt ja. Isabella nickt.

Isabella dreht sich um und bläst Thomas Rauch ins Gesicht. Thomas liebt es, wenn sie ihm Rauch ins Gesicht bläst.

»Komm, Thomas«, sagt Isabella. »Jetzt fahren wir. Zu den Meerjungfrauen, raus in die Welt.«

Dann schließen sie die Tür und gehen hinein. Das Spiel ist vorbei. Zeit, Essen zu machen, aufzuräumen oder etwas anderes zu tun, bis Kajus nach Hause kommt.

Im Winter wohnen sie in einer Stadtwohnung im zweiten Stock über einem Hofquadrat.

Im Sommer wohnen sie in einem Sommerparadies.

Das Sommerparadies

Zunächst wohnen sie in der grauen Kate, die angestrichen zum roten Häuschen wird. Isabella zieht Thomas auf dem Waldweg in einer Kiste auf Rädern hinter sich her. Thomas ist kleingewachsen, er paßt lange Zeit in diese Kiste, bis er sieben ist. Wenn sie zur weißen Villa kommen, bleibt Isabella auf dem Waldweg stehen und sagt, etwas so Schönes habe sie noch nie gesehen.

Sie ziehen vom roten Häuschen in die weiße Villa. Die Zimmer im Erdgeschoß sind mit alten Möbeln eingerichtet. Es gibt einen richtigen Dachboden mit Abseite und dem Zimmer, das Isabellas Atelier wird.

»Das hier wird mein Atelier, Thomas«, sagt Isabella, als sie zum erstenmal ins Zimmer unterm Dach kommen, das leer ist, das einzige unmöblierte Zimmer in der weißen Villa. »Hier machen wir alles mögliche, Thomas. Ich liebe leere Räume. Leere Räume kann man füllen mit«, sie verstummt einen Augenblick, um etwas richtig Gutes zu finden, »allem möglichen«, sagt sie dann, »was man will, Thomas. Bringt das nicht die Phantasie in Schwung?«

Und Thomas und Isabella streichen die Wände hellgrün und tragen zwei Matratzen herein, eine niedrige Kommode und Zeitschriften.

In der Glasveranda im Erdgeschoß hält sich Kajus auf. Da hat er seine Sommerbibliothek und sein neues Transistorradio der Marke Helvar Rita De Luxe. Kajus hört alle Rundfunkprogramme, aber meistens die mit Jazz.

Das große Zimmer ist wirklich groß. In der hintersten Ecke ist die sogenannte Leseecke. In der Leseecke stehen ein weißer Tisch mit Petroleumlampe, weiße Bücherschränke und drei Sprossenstühle. Die Regalbretter hinter den Glastüren der Bücherschränke sind gähnend leer, aber es liegen Illustrierte auf dem Tisch. Manchmal setzt sich Isabella in die Leseecke, damit man auch von diesem Teil des Zimmers sagen kann, er werde benutzt.

Sie zündet mit dem Feuerzeug die Petroleumlampe an, obwohl es mitten am Tag ist und Licht durch vier hohe Fenster gleichzeitig hereinströmt. Sie klopft eine Zigarette aus dem Zigarettenpäckchen, nimmt eine Zeitung und schlägt sie auf ihrem Schoß auf. Sie zündet die Zigarette an und ruft Thomas zu, er solle einen Aschenbecher holen. Im nächsten Augenblick reckt und streckt sie sich und legt die Zeitung zurück auf den Tisch, steht auf, geht zum Büfett und betrachtet sich im Mosaikspiegel, der ihr Gesicht vielfach stückweise reflektiert. Sie bläst sich selbst im Spiegel mit Rauch an. Sie fischt aus dem Make-up-Kasten unter dem Spiegel einen Lippenstift, dreht den Stift heraus und malt sich die Lippen an. Isabellas Sommerlippenstift ist rosa, immer rosa, denn keine andere Farbe paßt so gut zu sonnenverbrannter Haut und gelben Kleidern. Sie lächelt und zupft ein paar Strähnen in ihrem dicken dunklen Haar zurecht, obwohl das ganz unnötig ist, denn Isabellas Haar ist so, daß es gekämmt *oder* unordentlich am hübschesten ist. Dann ist sie zufrieden. Isabella ist immer zufrieden, wenn sie sich selbst im Spiegel sieht.

Sie drückt im Aschenbecher die Zigarette aus und wendet sich an das Publikum, dessen Anwesenheit ihr jetzt wohlbewußt ist.

Und sie sagt:

»Komm, Thomas. Jetzt gehen wir raus und machen irgendwas Lustiges.«

Isabellas Atelier

»... UND SO BIN ICH brünett geworden«, sagt Isabella zu Thomas in Isabellas Atelier auf dem Dachboden der weißen Villa, in den Sommer, als sie sich da oben beinahe ständig aufhalten und einander Geheimnisse erzählen, damit die Zeit vergeht. »Es ist ein Geheimnis, Thomas. Jetzt hab' ich es dir erzählt. Du darfst es nicht weitererzählen. Versprich es.«

»Ich versprech's«, sagt Thomas ziemlich lahm. An das Versprechen erinnert er sich lange. Aber die Erzählung, wie Isabella brünett geworden ist, vergißt er ungefähr so schnell, wie Isabella sie erzählt hat. Vielleicht hört er nicht zu.

Aber so ist es. Wenn jemand da ist, an Ort und Stelle, im selben Atelier, ist es leicht, die Konzentration umherschweifen zu lassen und scheinbar versunken zu sein in Donald Duck, obwohl man kaum lesen kann. Es ist sogar möglich, überhaupt nicht zuzuhören, obwohl man »Ja, ja, ja« sagt, während Isabellas Stimme eigentlich zusammenfließt mit dem Regen, der hart und anhaltend auf das Blechdach schlägt. Über dem eigenen Kopf, es klingt wie Maschinenpistolen.

1962, es ist ein regnerischer Sommeranfang.

Thomas liegt auf einer Matratze an einem Ende des Zimmers.

Isabella liegt auf einer Matratze am anderen Ende.

»Erinnerst du dich an sie?«

Isabella hält eine Zeitung hoch und zeigt auf ein Bild. Auf dem Bild steht eine Frau in einem Brunnen. Das Wasser reicht ihr bis an die Schenkel. Um sie herum spritzt es. Sie ist völlig angezogen. Die klitschnassen Sachen kleben ihr am Leib, so daß die Körperkurven besonders deutlich sind und

Brustwarzen und Nabel dunkel unter dem nassen Stoff erscheinen. Sie sieht fröhlich aus. Sie lacht mit großem, offenem Mund.

»Sie war bei den Meerjungfrauen, Thomas. Jetzt ist sie weggegangen, raus in die Welt. Das da ist der berühmteste Brunnen der Welt. Heißt *Fontana di Trevi*. Da ist sie jetzt. Mitten in *La dolce vita*.«

»Was ist das?« fragt Thomas.

»Das süße Leben.« Isabella schlägt die Beine hoch und lehnt sie an die Wand oberhalb ihrer Matratze.

»Was ist das?« Thomas schlägt ebenfalls die Beine hoch und lehnt sie an die Wand oberhalb seiner Matratze.

Isabella wirft die Zeitung in eine Ecke. Sie hämmert die Fersen im Takt mit dem Regen gegen die Wand. Sie macht eine Pause beim Trommeln und sagt:

»Thomas, hallo. Muß man solche Dinge fragen?«

»Nee«, antwortet Thomas.

Ist ja selbstverständlich.

Wenn jemand da ist, gibt es tausend andere Dinge zu tun, als dumme Fragen zu stellen.

Da hört man ein Hupen, das den Regen übertönt. Thomas läuft zum Fenster.

»Guck mal, Isabella. Sieh dir das an!«

Auf dem Waldweg kommt ein großes weißes Auto in ihr Sommerparadies gefahren.

Familie Engel

Sie nennen sie Familie Engel. Die Mitglieder der Familie Engel rufen einander zu vor ihrer neuerbauten Rundbalkenvilla oben auf dem Berg. Auf amerikanisch. So ausdauernd rufen sie, daß Maj Johansson einmal vor Johanssons Sauna, als Familie Engel gerade in Lindberghs Boot abgeholt worden ist, um auf ein Fest zu jemandem zu fahren, der auf einem Holm jenseits des Sundes in den richtigen Schären am offenen Meer wohnt, darauf hinweisen muß, daß sie doch wohl genauso schwedisch seien wie wir. Sie sagt nicht, was ihrer Stimme anzuhören ist. Familie Engel glaubt, sie sei etwas Besseres.

Thomas lernt ein paar Sätze. Er trainiert seine Aussprache. Einmal, als die jüngste Tochter Engel in Maj Johanssons Strandbucht mit einem Stock im Schlick gräbt, den braunen Matsch um sich verspritzt, nähert er sich ihr und sagt: *»How do you do? Do you speak English?«* Sie hört auf zu spritzen, wirft den Stock weiter weg ins Schilf, wendet das Gesicht Thomas zu und sagt etwas, was mit *du Idi* endet. Thomas dreht sich um und geht weg, und die Röte steigt bis über seine Ohren. Plötzlich bleibt er stehen und lauscht. Nein. Das kann nicht das Echo seiner eigenen Schritte sein. Er sieht sich um. Sie ist es, sie folgt ihm.

»Ich heiße Thomas«, sagt Thomas.

»Renée«, antwortet Renée.

Sie gehen weiter, tief in den Wald. Sie gehen und gehen. Sie die ganze Zeit ein wenig hinter ihm. Kurz bevor er zum Wespennest kommt, das er erst bemerkt, als es zu spät ist und direkt hineinläuft, dreht er sich erneut um und sieht, daß sie verschwunden ist.

Sie nennen sie Familie Engel. Bevor jemand Familie Engel kennt, haben alle Herrn Engel von seinem *weißen Engel from over there* reden hören. Der weiße Engel, das ist das Auto, in dem die Familie eines Tages auf dem Waldweg angefahren kommt, in einem der ersten regnerischen Sommer, während deren Kajus und Isabella und Thomas in der weißen Villa wohnen.

Oft in diesem Sommer kommt Frau Engel mit einem Korb über dem Arm den Berg herunter, in weißen langen Hosen und weißem Pullover und mit weißem Tuch um den Kopf. Sie geht hinunter zum Strand und stellt sich auf die Brücke. Manchmal kommen Lindberghs und holen sie mit ihrem glänzenden Mahagonisportboot ab. Einmal bittet Frau Engel Maj Johansson, sich Johanssons Ruderboot leihen zu dürfen, denn erst im nächsten Sommer schaffen sich Engels ein eigenes kleines Boot mit einem Fünf-PS-Motor achtern an, und in zwei Sommern kauft Herr Engel Lindberghs Achtzehn-PS-Evinrude gebraucht. Maj Johansson sagt: »Ja, sehr gern«, aber sie muß selbst zum Krämerboot rudern. Frau Engel geht zurück den Berg hinauf. Isabella ruft vom Strand nebenan, wo sie zwischen Decken in der Sonne liegt, daß sich Frau Engel das Boot der weißen Villa leihen könne, wenn sie wolle, und Frau Engel sagt danke und kehrt um.

Am Abend kommt Herr Engel an den Strand, stampft auf Johanssons klapprige Holzbrücke und sagt, da ja der Strand ihrer, Engels und Johanssons gemeinsam, sei, sollten sie vor der nächsten Sommersaison ihre Brieftaschen zücken, beide Familien, gemeinsam, und einen schönen, stabilen *Ponton* bauen. Und sie sollten in der Erde nach Wasser suchen und einen ordentlichen Brunnen bohren lassen, der nicht mitten im Sommer versiege; man muß ja wohl so viel Wasser haben, daß man das Auto auch waschen kann, wenn August ist.

Sie nennen sie Familie Engel. Das liegt am Auto, dem weißen Engel von jenseits der Meere. Sie haben es in Amerika gekauft, in Washington, D. C., wo Herr Engel in einer Elektrofirma gearbeitet und mit seiner Familie gelebt hat, mindestens ein Jahr; denn um ein solches Auto, einen richtigen Chevrolet Chevelle, steuerfrei ins Land einführen zu dürfen, sagt Huotari, der manchmal an den Wochenenden und wenn er Ferien hat, in seiner Fischerhütte auf einem Holm gegenüber den Stränden im Sommerparadies wohnt, muß man über ein Jahr im Ausland gelebt haben.

Sie nennen sie Familie Engel. Sie heißen ja nicht so. Sie haben einen gewöhnlichen Nachnamen, einen Nachnamen wie alle anderen.

Gabriel Engel, Rosa Engel, Nina Engel und Renée Engel, die das unordentlichste Haar, den orangefarbensten Pulli und den rotzigsten Mund hat, schon in diesem Sommer. *Speichelglänzend.* Was das Wort bedeutet, versteht man, wenn man Renée sieht.

»Die Zukunft ist elektrisch«, lächelt Gabriel Engel.

»Man lebt besser elektrisch«, lächelt Gabriel Engel.

»Ihr müßt irgendwann raufkommen und es euch angucken. Unser kleines Sommerhaus. Und nächstes Jahr elektrifizieren wir da oben und hier im ganzen Sommerparadies«, lächelt Gabriel Engel und breitet die Arme aus vor JazzKajus und IsabellaMeerjungfrau, die auf einem Waldspaziergang sind mit Sohn Thomas, sieben, der bisher vor allem dadurch aufgefallen ist, daß er sieben verschiedene Arten von Allergien hat, und weitere werden entdeckt. Es ist ein paar Wochen bevor er seinen Fuß in jenen verrotteten Baumstumpf setzt, in dem sich das Wespennest befindet.

Doch in diesem Sommer wird noch nichts daraus, zum Haus auf dem Berg zu gehen. Nur ein bißchen hineingucken, im Vorbeigehen. Man traut sich nicht recht, einfach raufzugehen, ohne Anlaß. Man hat das Gefühl, daß man stört. Auf die Weise, wie man jemanden stören kann, der mit dem süßen Leben beschäftigt ist. Und da will man nicht nur aus

Gründen der Diskretion nicht stören, sondern weil es einen vielleicht selbst traurig macht zu sehen, wie sehr manche im süßen Leben leben, während man selber versucht, sein Bestes in einer etwas entlegenen Seitenstraße zu tun, wo die Sonne nicht so intensiv scheint und das Lustige nicht ebenso selbstverständlich lustig ist. Wie zum Beispiel bei Johanssons mit gemeinsamem Wurstgrillen Mittsommer zu feiern, denn Maj Johansson sagt, sie seien eine arme Familie, in der es viele Münder zu stopfen gelte, und die sich nicht vorstellen könne, *in Saus und Braus zu feiern* wie gewisse andere.

Herr und Frau Engel werden oft zu Festen bei Lindberghs jenseits der Bucht abgeholt; oder zu unbekannten Leuten, die draußen auf Holmen in den richtigen Schären am offenen Meer wohnen, wo Isabella noch nie gewesen ist.

Aber Familie Engel fährt sonst auch oft mit dem Auto los, wenn die Abende oder Tage lang werden. Ins Kino oder einfach raus und fahren.

»Wir sind eine rastlose Sorte«, lächelte Gabriel »Gabbe« Engel, und sein Blick fällt auf die schöne IsabellaMeerjungfrau. Sie lächelt zurück. »Wir auch«, will sie sagen, Thomas aber drückt hart ihre Hand, denn auf dem Boden geht eine große Spinne und kommt direkt auf ihn zu, und noch in diesem Sommer mag er Spinnen nicht besonders. Kajus drückt Isabella hart die andere Hand: ein Zeichen des Einvernehmens. Sie haben zu dieser Zeit mehrere solcher Zeichen, JazzKajus und IsabellaMeerjungfrau, Gesten, Blicke, Lächeln, bestimmte Worte, Musikstücke.

»Wenn du genug Jazzmusik hörst und lernst, sie zu verstehen, dann lernst du Jazzmusik vielleicht ebensosehr lieben, wie ich sie liebe«, sagt JazzKajus, und das meint er, noch in diesem Sommer ist es möglich, bestimmte Musik zu lieben, weil man sie versteht.

»Mmm, das glaub' ich auch«, sagt IsabellaMeerjungfrau und versucht mitzusummen. Und sie meint, was sie sagt: jedes Wort.

Frau Engel kommt über den Hof zur weißen Villa mit einem Dezilitermaß in der Hand. Es ist ein Mickymaus-Dezilitermaß, und es ist aus Plastik. Ein Tag ganz am Ende des Sommers, Marilyn Monroe ist vor zwei Wochen gestorben, und Frau Engel kommt in die Küche der weißen Villa und sagt, sie habe einen Kuchen backen wollen, aber sie hat vergessen, Mehl zu kaufen, und die Johansson weigert sich, im Krämerboot ein Kilo für sie mitzunehmen, denn das ist so schwer zu tragen, und ausgerechnet heute hat Maj Johansson Maggi und Erkki Johansson versprochen, daß sie mitdürfen, und das ist dann so schwer zu rudern – und Frau Engel steht mitten auf dem dunkelblauen Küchenfußboden und sagt das alles, und dann verstummt sie und läßt die Finger einen Augenblick bedeutungsvoll in der Luft flattern, so daß Isabella ohne Worte begreift, daß sie Maj Johanssons Tirade nachmacht. Und sie selbst sagt, sie habe immer Mehl da, aber ein Deziliter reiche nicht für einen Kuchen. Da lächelt Frau Engel auf eine Art, wie Thomas nur seine Mutter IsabellaMeerjungfrau mal hat lächeln sehen, wenn sie über Meerjungfrauen und das süße Leben reden, und antwortet: »Ganz recht, und ich nehme an, ich hätte auch Gabbe bitten können, aber es ist nun mal so, daß ich nie Kuchen backe, und wenn ich Kuchen backe, nehm ich 'ne Backmischung«, und ihre Hände schlagen die Luft wie Schlagsahne, und dann lacht sie wieder, kommt an den Tisch, setzt sich und sagt, sie heiße Rosa.

»Und wenn ich einen amerikanischen Akzent habe, liegt das daran, daß wir im Frühjahr nach über drei Jahren Washington, D. C., rübergekommen sind. Marilyn Monroe ist tot. Hast du's gehört?«

»Marilyn Monroe«, lacht Isabella: das herzlose Lachen einer Brünetten.

»Marilyn Monroe«, lacht Rosa Engel: das herzlose Lachen einer Brünetten.

Wenn sie zusammen sind, sind sie *beinah* wie Elizabeth Taylor und Jacqueline Kennedy.

Zwei Stunden lang sind sie zusammen.

Bevor Frau Engel die weiße Villa verläßt, sagt sie:

»Du mußt zu uns raufkommen und dir alles angucken, Isabella. Gleich in den nächsten Tagen.«

Und dann, noch in der Tür:

»Mir ist gerade etwas eingefallen. So ein Glück, daß es euch gibt. Ich dachte, ich überlebe nicht in diesem Sommerparadies. So ein Glück«, sagt Rosa Engel, als sie die weiße Villa verläßt, »daß das hier trotz allem ein Sommerparadies ist, mit zivilisierten Menschen.«

Rosa Engel läßt das Mickymaus-Dezilitermaß auf dem Tisch zurück. Thomas starrt bloß. Er will es nehmen und weglegen, es verstecken und aufbewahren.

Nachdem Rosa Engel in der weißen Villa war, hat Thomas das Gefühl, er sei von etwas Größerem und Schönerem berührt worden, von etwas Jenseitigem. Bis jetzt hatte er erst einmal ein Erlebnis von ungefähr der gleichen Art, vor langer Zeit, im Vergnügungspark. Und da erinnert er sich nicht an viel, nur an das, was Isabella erzählt hat, und dann ist es ja nicht ganz dasselbe.

Früher im Vergnügungspark hatten sich alle anderen hysterischen Frauen an allen anderen Orten geschart, während Isabella und ihr Sohn Thomas an der Zuckerwattebude herumstanden: Dann war aus dem Nichts plötzlich Paul Anka aufgetaucht, außer Atem, rot im Gesicht, wie nur einer sein kann, der eben noch vor Tausenden von Bewunderinnen weggerannt ist.

»Here you are, son«, hatte Paul Anka gesagt und Thomas einen Stiel mit Zuckerwatte gereicht. Rosa, Thomas erinnert sich an die Farbe. Paul Anka selbst hatte gelbe genommen.

»Was hat er gesagt?« hatte Thomas gefragt.

»Hier hast du, Sohn«, hatte Isabella übersetzt.

Und sie waren nach Hause gegangen und hatten JazzKajus alles erzählt, und der hatte gegluckst, Paul Anka sei ein Frauencharmeur ohne musikalische Verdienste. Dann lachte er noch ein bißchen, wie über dummes Zeug, aber doch nicht wirklich herablassend, denn Isabella und Thomas waren ziemlich aufgeregt, und er wollte ihnen nicht die Freude verderben, indem er es besser wußte als sie. Und als etwas später in der Zeitung stand, daß Paul Anka an seinem Hotelzimmerfenster gestanden und seine Kleidung hinuntergeworfen hatte, Stück für Stück, zu den Tausenden von Bewunderinnen, die sich unten auf dem Trottoir versammelt hatten, da sagte Isabella, das sei doch nichts, einen Zipfel von Paul Ankas Unterhosen zu haben, wenn man ihn so live getroffen habe wie diese Aufnahme – ist das nun Bill Evans? –, die Kajus auf den Plattenteller legte, bevor er zu Isabella sagte, hoffnungsvoll, heiter und optimistisch:

»Wenn du diese Musik oft genug hörst und lernst, sie zu verstehen, wirst du sie bald lieben und nichts anderes mehr hören wollen.«

Isabella sank aufs Sofa, und Thomas ging zu Bett, und Isabella hörte zu und hörte weiter zu, und dann sagte sie:

»Doch, das glaub' ich auch. Das glaub' ich schon.« Und sie meinte, was sie sagte. Jedes Wort.

Am Tag nach Rosa Engels Besuch in der weißen Villa ist IsabellaMeerjungfrau unterwegs den Berg hinauf zu Engels Haus.

Am Tag danach, Isabella hat vergessen, auf den Kalender zu gucken. Am Tag danach ist der Sommer vorbei.

»Du hast vergessen, auf den Kalender zu gucken«, sagt Kajus begeistert.

Er ist schon dabei, seine Sommerbibliothek in einem braunen Koffer zu verstauen. Und IsabellaMeerjungfrau fügt sich, breitet weiße Laken aus, die sich auf die Möbel im großen Zimmer herabsenken.

Da hört man ein Hupen auf dem Waldweg.

Familie Engel saust in ihrem weißen Chevrolet Chevelle davon. Sie haben einen Wagen mit all ihren Sachen im Schlepptau.

Doch noch in diesem Sommer, im Jahr 1962, dem Sommer vor den Sommern mit Rosa: Thomas tritt im Wald in ein Wespennest. Er wird tüchtig gestochen und rennt raus aus dem Wald, und er hat Wespen auf der Haut und hinter sich. Er läuft den Waldweg hinunter bis zum Strand, über die Strandklippen und rein ins Wasser. Kajus hinter ihm her. Völlig angezogen watet Kajus ihm nach und versucht, die Wespen zu verscheuchen, die weiter über der Wasseroberfläche kreisen. Zuschauer versammeln sich am Strand. Zumindest Maj Johansson, Erkki Johansson und Renée sind da und gaffen. Nachher, mit hohem Fieber hinter zugezogenen Gardinen in seinem Bett, hat Thomas Zeit, näher über das Ganze nachzudenken. Dagestanden haben sie und gegafft. Haben sie gelacht? Den Mund verzogen, auch nur ein bißchen? Falls ja – Thomas ist noch so weit bei Sinnen, obwohl das Fieber immer höher steigt, daß er den Gedanken jedenfalls klar und deutlich formulieren kann. *Falls ja, geschah es ihnen allen recht, wenn er krank wurde und starb.* Thomas' Körper schwillt an, das Fieber steigt weiter. Mitten in der Nacht zieht sich Isabella an und geht zum Haus auf dem Berg hinauf. Sie sagt, der Anlaß sei zwar etwas unangenehm, aber könnte Gabbe möglicherweise sie und ihren Sohn Thomas ins Krankenhaus fahren, jetzt sofort? Not kennt kein Gebot, und in diesem Sommer ist Gabbes weißer Engel das einzige Auto im Sommerparadies.

Thomas wird in Decken gewickelt und auf den roten Rücksitz des weißen Engels gelegt. Nachher erinnert er sich nur, wie er dagelegen und in den dunklen Himmel gestarrt hat, der langsam hell wurde. Das Fieber hämmert in den Schläfen, der Automotor brummt, und das Radio leuchtet matt zwischen den Vordersitzen. Die gewöhnlichen Sendungen sind schon lange vorbei, doch Gabbe erklärt, es bedeute *nicht das geringste Problem, etwas leichte Musik auf Mittelwelle zu kriegen*. Er dreht an verschiedenen Knöpfen, aber es rauscht nur. Schließlich beugt sich Isabella vor, lacht ein Meerjungfraulachen und dreht an einem anderen Knopf, so daß es im Auto still wird.

Gabbe lacht, trommelt mit den Fingern aufs Lenkrad und summt *Two of a Kind, Two of a Kind*.

Als Thomas aus dem Krankenhaus zurückkommt, prahlt er vor Renée, er sei beinah gestorben. Sie spielen das Peter-Pan-Spiel, und Renée richtet es so ein, daß Thomas in Käpten Hooks Höhle gefangengenommen wird und drei Würfe aussetzen muß. Dann läßt sie ihn mitten im Spiel allein. Thomas bleibt im Zimmer zurück, Rekonvaleszent mit dreitägigem Ausgangsverbot, festgezaubert in Käpten Hooks Höhle. Renée schlendert davon. Durchs Fenster sieht Thomas ihren orangefarbenen Rücken über den Hof verschwinden.

II

Die Sommer mit Rosa

1963 – 65

»Um Hoffnung zu haben, einander zu verstehen, müssen wir jedoch in Gleichnissen sprechen, in Bildern. Das tun wir im täglichen Leben in den einfachsten Zusammenhängen immer, und das müssen wir auch jetzt tun, wo wir gemeinsam versuchen wollen, etwas über die Wirklichkeit zu lernen. Wirkliche Wissenschaftler sagen nie: ›So ist es!‹, sondern sie sagen: ›Das hier ist ein Bild davon, wie wir glauben, daß es ist.‹«

Thomas' Geburtstagsskelett 1963,
die Gebrauchsanweisung

Doch schon nach ein paar Tagen im zweiten Sommer der Familie Engel im Sommerparadies, im Jahr 1963, steht Rosa wieder in der Küchentür. Isabella und Thomas sitzen am Frühstückstisch. Sie essen Dickmilch. Heben die Löffel hoch in die Luft und lassen die Dickmilch in zähen Strahlen auf die Teller zurückfließen. Wieder und immer wieder, genau auf die Weise, die Kajus verrückt macht. Aber nun ist Kajus nicht hier, er ist mit dem neuen Austin Mini der Familie zur Arbeit gefahren. Und es ist noch lange bis zur Urlaubszeit.

Rosa lehnt sich an den Türrahmen, sie lächelt, verschränkt die Arme über dem Bauch, lächelt noch mehr. Sie trägt Sandalen, Ledersandalen mit weißen Bändern um die Fesseln. Thomas studiert sie eingehend, denn plötzlich ist er schüchtern, so schüchtern, daß er nicht den Kopf zu heben wagt.

Es ist die Selbstverständlichkeit in ihrer Art, in der Tür zu stehen. Als hätte sie dort schon wer weiß wie oft gestanden. Nicht nur das eine Mal im letzten Sommer, als sie mit dem Mickymaus-Dezilitermaß gekommen war, das sie auf dem Tisch vergessen und das Isabella mit in die Stadt genommen hat; sie stellte es unter den Flügelspiegel auf ihren Toilettentisch und füllte ihre Lockenwicklerklemmen hinein.

Sie trägt Badeanzug und Bademantel, über ihrer Schulter hängt etwas, was sie Picknickbox nennt, *a cool bag* am Schulterriemen, die »sehr geeignet ist, um Lektüre und Softdrinks und Sonnencreme und alles mögliche darin zu verwahren, was man an einem heißen Tag in der Sonne am Beach so brauchen könnte«, wie sie etwas später erklären wird, am Strand. »Obwohl, eigentlich ist das hier kein Beach, ein bißchen zuviel Fels und zuwenig... zuwenig Sand dafür.« Und sie wird den Kopf zurückwerfen, daß ihr dunkles Haar nur so fliegt, kurz auflachen und eine Zigarette aus ihrem Päckchen klopfen, sie anzünden, den Rauch inhalieren und in einem geraden Strahl bedeutungsvoll durch die Nasenlöcher blasen.

»Obwohl, eigentlich muß ich sagen, ich bin gar nicht so begeistert von Sand. Das ist so san---dig. Ich ziehe Fels vor. Heißen Sommerfels.«

Sie streckt sich auf dem Fels auf dem Rücken aus, sieht hinauf zum Himmel, wo ein Flugzeug fliegt: »Ah, Bella«, sagt sie dann, »Flugzeuge. Ich liebe Flugzeuge.«

»Ich darf doch Bella sagen? Isabella ist so lang.«

Doch noch dieser Augenblick. Sie steht in der Türöffnung, an einem der ersten Tage im ersten Sommer mit Rosa. Und sie sagt jene Worte, die sich Thomas einprägen, an die er sich noch lange danach erinnern wird, sein ganzes Leben:

»Wir gehen jetzt, Isabella. Zum Strand. Scheint, es wird heute ein schöner Tag.«

Das Bild der Strandfrauen

UND THOMAS MACHT ein Bild von den Strandfrauen, eines Tages im Monat Juli 1963. Er benutzt Rosas Fotoapparat, eine vollautomatische Instamatic, die Entfernung und Belichtung selbst einstellt, so daß der, der das Bild aufnimmt, nichts weiter tun muß, als auf einen roten Knopf oberhalb des Suchers zu drücken.

Bella und Rosa liegen auf Stranddecken auf dem Strandfels etwas oberhalb des Punktes, wo Thomas steht. Ihre Oberkörper ruhen auf den Ellenbogen, ihre Schultern berühren einander leicht. Bella und Rosa tragen einen gelben beziehungsweise einen weißen Badeanzug, aber die Farben wird man auf der Fotografie nicht sehen, weil der Film schwarzweiß ist. Beide haben ihre Sonnenbrillen aufgesetzt.

Zwischen Bella und Rosa, in dem Spalt, der zwischen ihren nach hinten geneigten Oberkörpern entsteht, glitzert die Bucht blau im Sonnenschein. Dort fährt Tupsu Lindbergh Wasserski hinter Lindberghs glänzendem Mahagonisportboot.

Tupsu Lindbergh trägt einen weißen Bikini und hat blondes Haar, das im Augenblick von einem rot-blau-weißen Tuch geschützt wird.

Sie sieht schön aus.

Was wäre passender für ein Foto der Strandfrauen als Tupsu Lindbergh auf Wasserskiern im Hintergrund? Zumindest Thomas hat keine Ahnung. Er versucht, Tupsu Lindbergh mit der Linse einzufangen.

Da kommt Renée. Sie läßt sich hinter Bella und Rosa auf dem Fels nieder. Mit dem Rücken zu ihm, genau so, daß ihr orangefarbener Pulli den ganzen Zwischenraum zwischen Bellas und Rosas Rücken ausfüllt. Renée zieht die Beine an, legt die Arme um sie und läßt das Kinn auf den Knien ruhen. Sie tut so, als bewundere sie die Aussicht. Thomas fummelt mit dem Fotoapparat herum, um Zeit zu gewinnen. Doch er weiß, es ist sinnlos. Sie hat nicht vor, sich zu bewegen. Thomas und Renée können jetzt einer des anderen Gedanken lesen, eine Fähigkeit, die Thomas in dieser Situation aber nichts nützt. Normalerweise verabscheut Renée es wohl, auf Fotos zu erscheinen.

»Drück auf den roten Knopf, Thomas!« ruft Rosa.

Eine Haarsträhne weht Bella ins Gesicht, sie schiebt sie mit ungeduldiger Geste zurück.

»Beeil dich, du Schlafmütze! Wenn du nicht bald knipst, dreht noch der Wind, und ich behalt' diese Grimasse mein ganzes Leben.«

Und Thomas weiß, er kann den Augenblick nicht mehr in die Länge ziehen. Bella und Rosa müssen aufstehen und ihre Bademäntel anziehen, die Stranddecken aufrollen und unter den Arm nehmen, Strandkorb und *cool bag* nehmen und gehen, rauf in den Schatten, der in der kühlen Strandallee beginnt.

Das Foto muß geknipst werden, sich in nichts als Erinnerung verwandeln.

Und Thomas drückt auf den roten Knopf.

Genau in diesem Augenblick kommen Windstöße aus einer anderen Richtung, der Wind dreht.

Und auf dem Strandfels hinter den Strandfrauen sitzt Renée mit dem Rücken zu Thomas und schweigt.

Und alle Tage des Sommers, 1963

WENN MAN VON DER weißen Villa durch die Allee zum Strand geht, hat man die anderen Häuser auf der linken Seite. Rosas und Gabbes Rundbalkenhaus ganz hinten auf dem Berg, Johanssons Haus unterhalb und ein bißchen seitlich des roten Häuschens, wo in diesem Jahr Johan und Helena Wikblad wohnen, mit einem blau angelaufenen Baby, das krank ist und im Herbst sterben wird.

Rechts ist der Ruti-Wald. Im Ruti-Wald ragen dicht beieinander schmächtige Baumstämme aus dem Boden, ein Teil so dürr, daß sie sich mit bloßen Händen aus der Erde ziehen lassen. Im Ruti-Wald werden Hütten gebaut und abgerissen, werden Bäume gefällt für Wege. Im Ruti-Wald wird mit den Fahrrädern Motocross gefahren, Renée und Thomas und Erkki Johansson, Nina und Maggi manchmal auch, aber nicht so oft. Nina und Maggi Johansson sind meistens für sich im Umkleideraum in Johanssons Sauna. Dort haben sie ihre Freunde, von denen keiner weiß, daß es ihre Freunde sind, außer Renée und Thomas, die nach einer gewissen Zeit alles wissen, worüber etwas zu wissen sich im Sommerparadies lohnt. Die Freunde sind Pappscheiben, ursprünglich Hüllen der Kabelrollen, die zeitig im Frühjahr ins Sommerparadies transportiert worden sind, als auf Gabbes Initiative hin beinah überall elektrifiziert wurde, außer im roten Häuschen. Maggis und Ninas Freunde heißen Klas Lindbergh und Peter Lindbergh, und Thomas erfährt zufälligerweise, daß es auch einen dritten gegeben hat, ein erheblich schmutzigeres Stück Pappe, das den Namen Lars-Magnus bekommen hatte und demnach Renées Freund war, denn Renée ist das jüngste der Mädchen, und wie dumm Lars-Magnus auch ist, die Lindberghs haben nicht mehr als drei Söhne. Als Thomas darüber Bescheid weiß, zieht er daraus seinen Vorteil in der Beziehung zu Renée, und schließlich kommt es dazu, daß Thomas und Renée alle drei Freunde in den Wald mitnehmen und über einem Moortümpel zerreißen.

Auf den Strandklippen liegen Rosa und Isabella. Isabella schläft in der Sonne zwischen grauen Decken, wenn sie ihren Körper genug gebräunt hat. Sie hat sich mit einem Sonnenöl eingerieben, das einen starken, charakteristischen Geruch hat, er hält sich in ihrer Haut durch alle Tage des Sommers. Das Etikett der Sonnenölflasche zeigt einen dunkelbraunen Jungen in weißer Badehose. Eine ebenso sonnenverbrannte Frau in gelbem Badeanzug kniet im gelben Sand neben ihm, und im Hintergrund sind blauer Himmel, blaues Meer und ein Sonnenschirm zu sehen. Der Junge hält eine Sonnenölflasche in der Hand; daraus spritzt er auf den Rücken der Frau. Der Ölstrahl ist weiß und geformt wie ein Kegel. Wenn man das Bild lange genug ansieht, merkt man, daß es sich immer weiter fortsetzt. Die Flasche, die der Junge in der Hand hält, hat ein genau entsprechendes Etikett. Auch darauf ist also eine Frau in gelbem Badeanzug, ein Junge mit Sonnenölflasche mit entsprechendem Etikett. Und so weiter, bis ins Unendliche.

Die Frau auf der Flasche sieht aus wie Isabella.

Thomas dagegen hat ein Pigment, das als empfindlich diagnostiziert wurde. Er bekommt Quaddeln von zuviel Sonnenschein. Und seine Badehose ist blau mit roten Streifen.

Isabellas und Rosas Sonnenbrillen sind an den Seiten nach oben hin abgeschrägt. Wenn beide sie aufhaben, ähneln sie einander, sehen beinahe aus wie Zwillinge. Das gleiche dunkle Haar, die gleichen braunen Gesichter. Aber Isabella ist die mit dem gelben Haarband und Rosa die in rosa Bademantel, weißem Badeanzug, weißen Sandalen und mit weißlackierten Zehennägeln.

Wenn es Zeit ist, schwimmen zu gehen, dreht sich Isabella im Schlaf unruhig zwischen ihren Decken um.

Rosa sagt, sie liebe das Meer, geht ins Wasser und schwimmt weit hinaus. Wenn sie zurückkommt, setzt sie sich auf den Strandfels und läßt den Körper in der Sonne trocknen. Sie sieht hinaus über die Bucht. Jenseits von ihr, weit weg hinter den Holmen in der Mitte, sieht man an Tagen, wenn kein Sonnendunst ist, Tupsu und Robin Lindberghs Sommervilla. Wenn das Licht auf eine bestimmte Weise fällt, wölbt sich die Villa als ein Schatten über der Bucht. Tupsu und Rosa sind Freundinnen. Sie waren schon in Amerika Nachbarn.

»Grüner Rasen an grünem Rasen in Washington, D. C., Bella. Da wird man *close*.«

Isabella bewegt sich im Schlaf. Thomas schnorchelt und entdeckt im Schlick einen Angelköder. Renée liegt im Schatten unter der Stranderle und wartet darauf, daß ihr eine Zecke auf den Bauch fällt. Sie will sehen, wie es geht, wenn sie sich in die Haut schraubt. Es ist ein Test.

Aber nachmittags wird es manchmal zu heiß, sogar am Strand. Bella und Rosa stehen auf, rollen ihre Stranddecken zusammen, hüllen sich in ihre Bademäntel, nehmen ihre Sachen und gehen rauf auf den Berg zu Rosas und Gabbes Haus.

Die Gardinen im Wohnzimmer werden zugezogen. Rosa stellt die Klimaanlage an und schenkt Softdrinks aus dem leuchtenden Barschrank mit Kühlschrankfunktion ein. Bella läßt sich auf einem schwarzen Fledermausstuhl an einer Seite des Tisches nieder, Rosa auf einem orangefarbenen an der anderen. Bella und Rosa zünden Zigaretten an, inhalieren und sehen dem grauen Rauch nach, der sich wie weiche Haut über den Raum legt.

Dann beginnt Rosa zu reden. Am Anfang ist es meist Rosa, die redet.

»Wir sind verrückt nach Flugzeugen«, sagt Rosa. »Dieses Interesse hat uns zusammengebracht. Wir sind uns auf einem Flugplatz begegnet. Ich war da Stewardeß.«

»*Boden*stewardeß, Bella, nicht *Luft*. Ist aber fast das gleiche.«

»Man ist nur nicht soviel in der Luft.«

»Gabriel kam jeden Sonntag. Mit 'ner Clique Freaks, die waren immer da. Standen stundenlang da und starrten auf die Landebahnen.«

»Eines Tages bin ich hingegangen und hab' mich vorgestellt und gesagt, vermutlich hätten wir das gleiche Interesse.«

»Dann, Bella, haben wir geheiratet und sind geflüchtet, nach Amerika.«

»Geflüchtet?« fragt Bella.

»Ach, Bella, wir reden nur so. Wir lieben uns fast zu sehr. *Auf den Flügeln der Leidenschaft flieht man in die Freiheit.*«

»Ich wollte frei sein, Bella.«

»Verstehst du, was ich meine?«

Bella nickt:

»Mmm«, sagt sie.

»Wollen wir 'nen Film sehen, Bella?«

Bella nickt. Sie sehen 'nen Film. Denselben Film mehrere Male, denn es ist nur einer da. *Family Memories IV* steht in Druckbuchstaben mit schwarzer Tusche auf der Schachtel.

»Wir haben den Rest in der Stadt vergessen, Bella. Wir haben jede Menge von derselben Serie. Aber für den Sommer haben wir nur den hier mitgenommen.«

Der Filmprojektor heißt *Private Eye Family Viewing* und ist ein Kastenmodell. Der Film wird auf Spulen unter dem Schirm aufgespult, und dann sieht man ihn genauso wie an einem Fernsehapparat.

Der Film flimmert und springt ein wenig, aber das macht nicht viel aus, es gehört fast dazu. Er fängt auf einem grünen

Rasen an. Kinder mit Sonnenmützen planschen in einem aufblasbaren runden Becken. Das Becken ist blau, die Kinder sind klein, und sie spritzen Wasser um sich. Zwei Kaninchen hüpfen über den Rasen. Sie sind gesprenkelt und fressen Gras. Sie fressen und fressen, und wenn man sie nicht manchmal in Käfige sperrt, fressen sie sich tot, erklärt Renée Thomas in einem anderen Zusammenhang.

Gabbe kommt ins Bild. Er schiebt einen Rasenmäher.

»Wie eine Dreschmaschine, Bella«, lacht Rosa. »Ein Glück, daß dieser Film keinen *Ton* hat.« Aus einem Rasensprenger spritzt Wasser. Gabbe läßt den Mäher stehen und löst den Wasserschlauch aus dem Sprenger. Ein weißes Auto füllt den Schirm. Gabbe richtet den Schlauch auf den Wagen und spritzt. Rosa trippelt über den Rasen. Sie kommt direkt auf die Kamera zu. Zwischen ihren Händen balanciert sie ein Tablett mit Softdrinks. Die Kamera schwankt plötzlich extra stark hin und her. Es sieht aus, als würde Rosa jede Sekunde das Gleichgewicht verlieren und mit Tablett und allem umfallen. Doch das passiert nicht. Sie hält sich schon auf den Beinen; Gabbe hat nur die Kamera genommen und *trickst* ein bißchen.

»Gabbe muß einen immer aufziehen«, sagt Rosa jedesmal an dieser Stelle des Films.

Wenn sie lächelt, wird ihr Mund beinah viereckig. Sie kommt immer näher. Das Gesicht wird größer und größer. Da sich die Kamera nicht bewegt, ist es schließlich so nahe, daß es die Konturen verliert und sich grobkörnig auflöst.

Der Film endet am Meer. Rosa im Sand an einem fast leeren Strand. Die Wellen sind hoch, Wind geht. Im Vordergrund furchen Kinder mit Sonnenmützen Wege in den Sand. Rosa sitzt mit dem Rücken zur Kamera. Sie sieht aufs Meer, hält sich ein Schneckenhaus ans Ohr.

Sie lauscht dem *Rauschen des Meeres*.

»Ziemlich verrückt eigentlich, Bella, in ein Schneckenhaus hineinzuhören, wenn man das ganze Meer vor sich hat.«

»Wir sind eine rastlose Sorte, Bella.«

»Manchmal muß man weg. Immer der Nase nach.«

»Mit dem eigenen Heim hinaus in die Welt.«

»Aber, Bella. Amerika ist groß.«

»Und wenn man kleine Kinder hat.«

»In Arizona zum Beispiel. An manchen Stellen kann die Hitze auf über hundert Grad steigen.«

»Ich mein' jetzt Fahrenheit, Bella. Nicht Celsius.«

»Ich bin ein Berliner«, ruft Kajus auf seiner Veranda, eines Abends Ende des Monats Juni. »Es geschehen große Dinge in der Weltgeschichte, Thomas.«

Thomas antwortet nicht. Die Weltgeschichte interessiert ihn nicht. Er denkt an seinen Geburtstag. Alles, was er sich wünscht, ist ein Skelettbausatz und eine bestimmte Art Köder für eine Wurfangel, den er in einer von Huotaris Fischereizeitschriften gesehen hat. Kajus stellt sein Radio ab.

»Wollen wir was Lustiges machen, Thomas? Wollen wir zum Strand gehen und für IsabellaMeerjungfrau was bauen? Ein Sprungbrett?«

»Mmm.« Thomas murmelt etwas Unverständliches als Antwort. Da kommt Isabella selbst auf die Veranda. Sie trägt weiße Hosen und einen gelben Pullover und hat vom Reden übers Sprungbrett gar nichts gehört.

»Kommt alle mit«, sagt sie. »Wir gehen zu Rosas und Gabbes Haus. Es gibt Shangri-Las in Rosas Garten.«

»Willkommen in unserem elektrischen Sommerhäuschen. Simsalabim!«

Gabbe zieht den Küchenvorhang zur Seite, und man steht vor einem gewaltigen Herd. Er hat vier Kochplatten und eine hochklappbare Blende, auf der die Knöpfe sind, mit denen man die Platten- und Ofenwärme einstellt. Gabbe klappt die Blende hoch und wieder herunter. Er sagt, sie sei genauso wie in der Navigationszentrale eines Raumschiffs. Er wendet sich an Thomas. Stimmt's?

»Die Raketen, Thomas. Gemini. Projekt Apollo.«

»Bald sind wir auf dem Mond, Thomas.«

»Wir leben mitten in einer unglaublichen Zeit.«

Zu den Erwachsenen sagt er, man hätte einen Sohn haben sollen, um solche Dinge richtig diskutieren zu können. Er klopft Thomas auf die Schulter, entdeckt den Herd gleichsam aufs neue, tätschelt ihn und sagt: *»Flammenloses Kochen.«*

»Hier könnt ihr eure Rezepte ausprobieren.« Gabbe lächelt Bella und Rosa zu, zieht auf Gene-Pitney-Art den linken Mundwinkel hoch.

»Wir Männer sagen nicht nein zu einem guten Kuchen.« Gabbes Hand landet auf Thomas' Schulter.

Isabella lacht ihr Meerjungfraulachen.

»Danke, aber ich backe nicht.«

»Wir sind nicht gerade eine normale Familie«, fällt Kajus ein. »Wir haben Musik im Blut. Wir hören viel Musik. Jazzmusik.«

Gabbe horcht auf, als Musik erwähnt wird.

»Music. Ich hör' auch gern *music.«*

»Miles Davis, Charlie Parker, Bill Evans . . .«, beginnt Kajus.

»Ich denke, ich *mache in Musik*«, erklärt Gabbe. »Tonbandgeräte, Kajus. Die Kassettentechnik wird im Lauf dieses Jahrzehnts die traditionelle Musikwiedergabe ausstechen. Wollen wir wetten?«

»Danke, aber . . .«

»Es geschehen große Dinge in der *Music*-Geschichte, und ich will dabeisein. Nur ins Meer mit den Plattenspielern, Mister Jazz!«

»Danke, aber«, beginnt Kajus wieder, und jetzt legt er die Hände auf Thomas' und Bellas Schultern. »Vinyl ist gut genug für uns.«

Bella schüttelt sich aus Kajus' Griff. Sie ist noch an dem Punkt, wo sie unterbrochen wurde.

»Ich backe nicht auf traditionelle Weise«, sagt sie. »Ich nehm' 'ne Backmischung.«

Rosa kommt mit einem Tablett Shangri-Las in die Küche. Sie erkennt die Replik wieder.

»Wenn das so ist, Bella«, sagt sie mit einem Lachen, »sind wir zwei von derselben Sorte.«

Gabbe stutzt. Er sieht Bella und Rosa an, guckt von einer zur anderen. Dann lächelt er das Lächeln, das Rosa das *unwiderstehliche Wolfsgrinsen* nennt.

»Und was die musikalische Seite anbelangt«, sagt Gabbe, »könnte ich mich selbst nahezu als *Allesfresser* bezeichnen.«

Thomas wird rot. Er spürt Renées Blicke auf seiner Haut. Er schielt nach hinten. Sie steht nicht mehr hinter ihm und der Mauer der Erwachsenen. Er geht hinaus. Sie ist am Fuß des Berges, auf dem Weg zum Wald. Er läuft den Berg hinunter, folgt ihr.

Über die Überfahrt von Amerika hat Rosa folgendes erzählt: »Es war so viel, was wir mitnehmen wollten. Wäre unmöglich alles in ein Flugzeug gegangen. Also haben wir uns aufgeteilt. Gabbe nahm mit Renée das Schiff. Ich und Nina sind geflogen, um im Hafen an Ort und Stelle zu sein und sie zu empfangen. Aber mitten auf dem Atlantik kam ein Sturm auf. Orkanartige Verhältnisse.«

Thomas hat sie vor sich gesehen: Renée und Gabbe auf einem Schiff mitten auf dem Atlantik. Tief unter Deck kauernd, im Laderaum zwischen all ihren Sachen. Mitten zwischen Auto, Herd, Klimaanlage, Rasenmäher und leuchtendem Barschrank mit Kühlschrankfunktion, dessen feine Teakholztüren im Seegang schlagen. Hartes Rollen, Wasser überall.

Dann mußte er an sich selbst denken, wie er auf einem Hofquadrat unter dem Balkon einer Wohnung im zweiten Stock gestanden hat. Er ist eines unter einer Reihe von Kindern gewesen, die gerufen haben: »Mama, komm ans Fenster.« Das war eine Art Wettbewerb. Man wollte einander beeindrucken mit seinen Müttern. Wieder und wieder hat Thomas den gleichen warmen Stolz in sich aufwallen fühlen, wenn Isabella auf den Balkon kam, sich ans Geländer lehnte, aller Augen auf sich zog. Denn es herrscht kein Zweifel darüber, daß Isabella die schönste Mutter auf dem Hof ist, mit oder ohne Lockenwickler im Haar. »Was ist denn, Thomas?« hat sie recht ungeduldig gerufen, anscheinend völlig ungerührt von der Aufmerksamkeit, die ihr zuteil wird. Thomas hat nicht antworten können; er hat ja eigentlich kein Anliegen gehabt. Sie hat mit den Schultern gezuckt und ist zurückgegangen in die Wohnung. Er hat weitergerufen, immer wieder, bis sie sich aufs neue zeigen mußte. So ging es mehrere Tage hintereinander. Sie wurde böse, aber das hat nicht viel ausgemacht, weil es wie ein Spiel geworden war. Thomas hat auch Gefallen gefunden an dem Ritual. Er ruft, und sie kommt. Es kann dauern. Aber früher oder später taucht sie auf.

Eines Tages pfeift sie ihn in die Wohnung hinauf. Sie hängt ihm ein Band mit einem Schlüssel um den Hals. Sie sagt, von nun an müsse er selbst in die Wohnung raufkommen, es sei denn, es gehe um Leben und Tod.

»Ich bin nicht auf Bestellung da, Thomas«, sagt sie. »Niemand ist auf Bestellung da. Das mußt du lernen.«

Thomas nickt eifrig. Er hat nichts dagegen, einen Schlüssel zu bekommen, er ist auf dem Hof das erste Kind seines Alters mit einem eigenen Schlüssel. Er geht wieder hinaus und fängt an, auf dem Schlüsselband zu kauen, damit alle es sehen. Ein bitterer Geschmack, das Band reißt. Er bekommt ein neues, zerkaut auch das. Zwei Jahre später hat er vier Bänder und einen Schlüssel verbraucht.

In diesen zwei Jahren hat Renée unter anderem folgendes gemacht: in einem weißen Engel den amerikanischen Kontinent durchfahren, die Küste des Stillen Ozeans gesehen, mit eigenen Augen Zeuge sein können, wie über öden Highways in Arizona die Luft in der Hitze zu Gelee wird, in einem blauen Becken aus Plastik auf einem grünen Rasen in Washington, D. C., geplanscht, zwei Kaninchen besessen und angeblich erledigt. Und, *last but not least*, den Atlantik auf einem Schiff überquert, das nahe daran war, in einem furchtbaren Unwetter unterzugehen, ohne daß sie auch nur seekrank wurde.

»Unglaublich, das Mädchen!« hat Rosa gesagt. »Sie muß Eingeweide aus Stahl haben. *Oder vielleicht ist sie auch ganz einfach ein Kind, das fürs Meer geboren ist.*«

Thomas hat gedacht, er sei nicht beeindruckt. Aber er ist es natürlich.

Thomas und Renée gehen in den Wald, diesen Sommer, jeden Sommer. Thomas' Triumph ist, daß er den Wald besser kennt als alle anderen. Auch besser als Renée. Darüber streiten sie selbstverständlich. Wenn auch nicht sehr viel. Thomas denkt, daß er nichts beweisen muß. Es genügt, privat zu triumphieren, wenn sich zeigt, daß ihm alle Stellen, an die sie ihn mitnimmt und von denen sie durchblicken läßt, daß sie sie für ihn entdeckt habe, schon vorher bekannt waren.

Manchmal nehmen sie Erkki Johansson mit in den Wald. Manchmal lassen sie ihn dort zurück. An einem besonders ekelhaften Ort. An verschiedenen Arten von Mooren, über denen in sirrenden Schwärmen Mücken kreisen, an verwachsenen, undurchdringlichen Stellen, wo zu allen Zeitpunkten des Tages muffiger Schatten herrscht. Dann gehen sie weg. Wenn auch nicht so weit, wie Erkki glaubt. Tatsächlich verstecken sie sich ganz in der Nähe und beobachten ihn heimlich. Erkki Johanssen steht still. Er sieht sich um, unschlüssig. Er wedelt mit den Händen, um die Insekten zu vertreiben, die sich in der Luft um ihn sammeln. Er lauscht. Sieht sich um, achtet auf den kleinsten Laut, die kleinste Bewegung. Es ist still. Nichts passiert. Erkkis Gesicht schrumpelt. Er verschränkt die Arme vor dem Körper, ballt die Fäuste, drückt sie an sich. Das Gesicht faltet sich noch mehr zusammen. Die Tränen kommen, pressen sich sozusagen heraus aus Erkki Johansson, obwohl er versucht, dagegen anzukämpfen. Zunächst weint er leise und unentschlossen, doch als er eine Weile dabei ist und noch immer nichts passiert, steigern sich Lautstärke und Intensität.

Es ist ein komisches Gefühl, in seinem Versteck zu stehen und Erkki Johansson anzusehen. Aufregend und unangenehm zugleich. Es ist verwirrend. Und manchmal müssen Thomas und Renée aus dem Versteck herauskommen und sich zu erkennen geben, nur um ihre Gefühle zu ordnen. Sagen, daß sie die ganze Zeit nur fünf Meter entfernt waren. Etwas zu tun hatten. Warum heult Erkki denn? Hat jemand was gemacht? Stechen die Mücken? Selber schuld. Warum hat er die ganze Zeit an derselben Stelle gestanden? Klar, daß die Mücken einen finden, wenn man so dumm ist, sich nicht zu bewegen.

»Aber wie auch immer, Versuchsperson«, sagen sie schließlich. Du hast den Test bestanden. Gratuliere.«

Und nach einer Weile bricht Erkki Johansson nicht mehr in Tränen aus, wenn er allein gelassen wird. Er steht still, sieht sich um, abwartend, aufmerksam, geht in die Hocke. Drückt die Fäuste an sich, das Gesicht schrumpelt. Aber es kommt kein Laut. Er sieht sich um, dreht den Kopf von Seite zu Seite. Es ist, als ob er wüßte, daß Renée und Thomas in der Nähe sind, und nur darauf wartete, daß sie auftauchen, erzählen, er sei die Versuchsperson in einem wichtigen wissenschaftlichen Test, und dann mit der wissenschaftlichen Erklärung kommen, wie das Ganze eigentlich zusammenhängt, worauf der Versuch hinausläuft.

Thomas und Renée gehen weg, ohne sich zu erkennen zu geben. Sie spazieren zurück zum Sommerparadies oder ganz woandershin im Wald. Erkki bleibt zurück, muß allein nach Hause finden. Er tut es tatsächlich, letzten Endes. Es kann dauern, besonders am Anfang. Doch früher oder später hört man Maj Johanssons Stimme von Johanssons Hofplatz:

»Was haben *die* jetzt wieder gemacht?«

Erkki Johansson fängt an zu weinen, als er ihre Stimme hört. Aber er sagt nichts, zumindest sowenig wie möglich. Er tut sein Bestes, um eine einwandfreie Versuchsperson zu sein. Durch dick und dünn. Einer, der die Maske nicht fallen läßt, einer, der wissenschaftliche Geheimnisse nicht an Außenstehende verrät.

Haben Thomas und Renée ein schlechtes Gewissen? Nicht besonders. Sie denken nicht auf diese Weise. Thomas findet, es sei sein und Renées Verdienst, daß Erkki überhaupt in den Wald kommt und lernt, sich dort allein zurechtzufinden.

Maggi und Nina leben im Dreieck von Johanssons Sauna, Johanssons Haus, Gabbes und Rosas Haus auf dem Berg. Maj Johansson geht nur in den Wald, wenn Blaubeerzeit ist; dann allerdings macht sie sich eilig und mit Sack und Pack auf den Weg, mit Pusu Johansson, Vettern und Pflückmaschinen, denn Johanssons sind eine arme Familie, in der es viele Münder zu stopfen gilt, und man muß die Gaben des Waldes sammeln, bevor einem ein anderer zuvorkommt. Kajus ist mit seinen Kriminalromanen und seiner Musik auf der Veranda, Gabbe zieht es nicht an Orte, die man nicht mit dem Auto erreichen kann, Johan und Helena Wikblad – die haben dieses Baby, das krank ist. Und Bella und Rosa, die sind ja *Strandfrauen*. Ab und zu spazieren sie den Waldweg entlang. Zum Briefkasten. Und zurück.

So ist es ausschließlich ihm und Renée zu verdanken, daß Erkki Johanssons Revier erweitert wird, so daß es auch über die letzten Parzellgrenzen im Sommerparadies hinausreicht. Niemand sonst bewegt sich im Wald wie Thomas und Renée, niemand sonst kann Erkki Johansson etwas über den Wald beibringen wie Thomas und Renée.

Abends, bei passendem Wetter, fährt Thomas mit Huotari zum Fischen hinaus aufs Meer. Sie legen Netze und Köder aus. Dann fahren sie wieder zurück, heizen die Sauna und setzen sich hinein. Abschließend kühlen sie sich auf der Treppe ab, sitzen da, die Handtücher um den Bauch gewickelt, und essen Wurst, die sie in Folie auf den Saunasteinen gebraten haben. Sie reden vom Boxen; das heißt, eigentlich reden sie nicht sehr viel, aber wenn, dann vom Boxen.

Von Huotaris Hüttentreppe hat man eine gute Aussicht über die Strände des Sommerparadieses. Sie liegen direkt vor einem, fünfzig Meter jenseits des Wassers. Abends fällt Schatten auf sie. Sie sind leer, sehen irgendwie verlassen aus.

Aber dann ist Bewegung in der Allee. Zwei Figuren erscheinen auf dem Strandfelsen. Die eine ist gelb, die andere rosa. Die gelbe trägt einen großen Topf, den Abwaschwassertopf der weißen Villa, den man wegen seiner leuchtendroten Farbe schon von weitem erkennt. Die rosa Figur hat Waschschüsseln dabei, und Handtücher um den Hals, ein bißchen wie ein Boxer.

Bella stellt den Topf auf den Waschtisch. Rosa gießt heißes Wasser daraus in zwei Schüsseln. Es dampft. Einen Augenblick verwandelt sich die Luft um Bella und Rosa in Gelee, ungefähr so, wie es über den Asphalthighways in Arizona aussehen kann, wenn es richtig heiß ist, über hundert Grad Fahrenheit. Sie verschwinden fast völlig. Dann wird die Luft klar. Rosa hat mit kaltem Wasser aus der Bucht aufgefüllt.

Sie beugen sich jede über ihre Schüssel, waschen sich das Haar. Sie rufen, das Wasser sei kalt und man kriege Shampoo in die Augen. Sogar Huotari sieht auf. Thomas ist stolz wie immer, wenn seine Mutter die Schönste ist, seine Mutter, beschäftigt mit ihrem phantastischen langen Haar, ihrem Meerjungfrauhaar. Doch er sagt nichts. Schweigt, genießt nur die Situation.

Als Bella und Rosa sich das Haar gewaschen haben,

wickeln sie die Handtücher zu Turbanen auf ihren Köpfen, ziehen die Bademäntel an, drehen die Schüsseln auf dem Waschtisch um, nehmen den Abwaschwassertopf und gehen zurück in die Allee. Es wird still.

Thomas ißt etwas Wurst. Huotari liest aus seiner Zeitung vor.

»Ich bin der Beste, der Schönste, der Stärkste, der Schnellste, der Phänomenalste, der Bewundernswerteste und Unglaublichste.«

Thomas lauscht. Jetzt ist es etwas anderes. Etwas in Orange ganz außen auf Gabbes und Rosas und Johanssons gemeinsamem Ponton. Hält das Gesicht in einer komischen Haltung, schnüffelt in die Luft, ein bißchen wie ein Tier. Der Mund öffnet sich, und ein sonderbarer Laut entschlüpft ihm.

Thomas sieht weg. Huotari ist wieder in seine Zeitung versunken. Thomas wendet langsam den Blick zur Brücke. Renée ist weg.

»Was hast du gesagt?«

»Ich bin der Beste, Phänomenalste«, sagt Huotari.

»Ja, hab' ich gehört. Aber wer sagt das?«

»Clay natürlich. Und so geht das weiter. *Cooper ist ein Penner, Hampelmann, Blindgänger.* Was meinst du, Thomas? Wer gewinnt?

»Als wenn's da 'nen Zweifel gäbe.«

»Welche Runde, Thomas?«

»Erste.«

Er wird recht behalten. Clay schlägt Cooper in der ersten Runde.

Ein dumpfes Grollen. Zunächst sieht man nichts. Dann: Ein weißer Engel rollt in gemächlichem Tempo heran. Er taucht an Johanssons Haus auf, schmiegt sich um die Hausecke und fährt weiter über Maj Johanssons kleinen Strandfels und Maj Johanssons Grasfleck. Einfach geradeaus. Einen Augenblick glaubt man, er führe weiter, ins Wasser.

Das ist natürlich eine optische Täuschung. Das Auto bremst hart an Johanssons Sauna. Die Tür geht auf. Gabbe steigt aus und knallt die Tür zu, daß es durchs ganze Sommerparadies dröhnt. Gabbe entrollt den gemeinsamen Wasserschlauch, der an einem Haken an der Saunawand hängt. Dann dreht er den Hahn auf und fängt an, das Auto zu waschen.

Rosa und Bella gehen zum Haus auf dem Berg hinauf, ziehen die Gardinen zu. Sie sitzen auf den Fledermausstühlen, nippen Softdrinks und rauchen Zigaretten.

»Wollen wir 'nen Film sehen, Bella?« fragt Rosa.

»Ja.«

»Und welchen?«

»Rate mal«, sagt Bella mit einem vorsichtigen Lachen, denn sie haben denselben Film schon mehrere Male gesehen, und es ist ja kein anderer da.

Auch Rosa lacht. Sie stellt den Projektor auf den Tisch und stellt ihn an.

Der Rasen, das Becken und die Kinder. Das Tablett mit den Softdrinks. Rosas schwankender Körper, der sich grobkörnig auflöst, als sie zu nahe kommt und Gabbe sich nicht bewegt. Gabbe muß einen immer aufziehen.

Aber sie sagt es nicht. Diesmal ist Rosa still.

Dann das Meer, das letzte Stückchen. Der Strand, an dem Rosa mit dem Rücken zur Kamera sitzt und ein Schneckenhaus an ihr Ohr hält. Das Rauschen des Meeres, worüber sie immer scherzt. Jetzt sagt sie nichts. Sie steht auf von dem orangefarbenen Fledermausstuhl. Die Klimaanlage rattert, der Filmprojektor surrt. Sie geht zum Fenster und bleibt dort stehen. Sie zieht mit einem Ratsch die Gardinen auf. Das Bild im Projektor verschwimmt, der Schirm wird weiß. Sie hockt sich an die Klimaanlage, betrachtet den Propeller, der hinter dem weißen Gitter herumrattert. Packt die Schnur und reißt den Stecker aus der Wand. Der Propeller rattert zögernd noch ein paar Runden herum, bis er stehenbleibt.

»Das hier«, sagt Rosa und zeigt auf den Propeller, »ist wohl so nahe an einem Flugzeug, wie Gabbe jemals kommen wird.«

Sie sieht Bella scharf an.

»Ich red' Unsinn, Bella. Lauter Unsinn.«

»Jetzt sag' ich dir was.«

»Ich weiß nichts von Flugzeugen.«

»Er war auch an der Uni. Ich hab' ihn wiedererkannt. Ich bin hingegangen und hab' gefragt, ob er sich an mich erinnert.«

»Es war schon da, am Flughafen.«

»Ich war Stewardeß, Bella. *Boden*, nicht *Luft*. Und das ist ein großer Unterschied.«

»Unter anderem der, daß man die ganze Zeit auf dem Boden ist.«

»Er ist nicht auf die Pilotenschule gekommen. Hat den Simulatortest nicht geschafft. Er war zu nervös.«

»Und das«, sagt Rosa und schnippt mit den Fingern, »war die Geschichte.«

Sie schweigt wieder. Auch Bella schweigt.

Es ist richtig still, denn auch der Filmprojektor surrt nicht mehr.

»Soll ich dir was erzählen«, sagt Bella plötzlich.

»Kajus und ich haben uns nicht bei Charlie Parkers Konzert in Topsys Nalen kennengelernt. Ich war noch nie in Stockholm. Ich war noch nie irgendwo.«

»Wir haben uns im Vergnügungspark kennengelernt.«

»Ich war Meerjungfrau.«

»Eine, die auf einem Brett saß und darauf wartete, daß jemand kam und Bälle warf und eine Scheibe richtig traf, die unter meinem Brett war. Und wenn jemand richtig traf, kippte mein Brett, und ich mußte schreien und ins Wasserbecken unter mir fallen. Kajus kam, und Kajus warf. Und Kajus traf. Mitten ins Schwarze.«

»Und dann, Rosa, machte es *platsch!*, und ich landete im Wasserbecken unter mir.«

»Was denkst du, Bella? Jetzt?«

»Nichts. Daß ich mich immer noch klebrig fühle. Dieses gräßliche Öl ist überall.«

Gabbes weißer Engel, 1963

Thomas hat am vierten Juli Geburtstag. Am Vormittag scheint die Sonne, und sie feiern vor der weißen Villa. Thomas, Renée, Erkki Johansson, Maggi Johansson und Nina stehen im Kreis auf dem Hof. Sie spielen ein Spiel, von Nina dirigiert, damit es gerecht zugeht und keiner zu oft ins Hintertreffen gerät. Vor allem nicht Erkki Johansson, der der Jüngste und Dümmste ist, und immer verliert, in Spielen mit Thomas und Renée.

Mitten im Spiel geht Renée aus dem Kreis und setzt sich auf die schattige Küchentreppe. Sie zieht einen Grashalm aus dem Boden und steckt ihn sich in den Mund, kaut Gras und sieht sich um, ohne eine Miene zu verziehen. Und es ist nicht möglich, sie zu überreden oder von ihr zu fordern, zum Spiel zurückzukehren, das erst zur Hälfte um ist. Thomas findet, das sieht lustig aus, und auch er macht sich auf, geht und läßt sich neben Renée auf der Küchentreppe nieder, reißt einen Grashalm heraus, kaut darauf und strengt sich an, unbeteiligt auszusehen. Nina wird böse und läuft zu Rosa und Bella in die weiße Villa, um Rosa alles zu erzählen. Rosa kommt heraus, und als sie Thomas und Renée auf der Treppe entdeckt, sagt sie entzückt, sie sähen zu toll aus, wie kleine Gangster. »Bleibt sitzen, Kinder!« ruft sie. *Freeze* in euren Positionen!«

Und sie läuft ins Haus, um den Fotoapparat zu holen. Doch als das Bild gemacht werden soll, haben sich plötzlich auch alle anderen Kinder auf der Treppe versammelt. Grashalme im Mund, Pokermienen im Gesicht. Da hat das keinen Sinn mehr mit dem Spiel, begreift Thomas, steht auf, geht ins Haus und packt seine Pakete aus. Von Maj Johansson bekommt er den dunkelblauen Südwester der Vetternkinder, aus dem die Vetternkinder herausgewachsen sind, der aber noch zu groß ist für Erkki Johansson, doch da Blau eine Jungenfarbe ist, paßt der Südwester besser auf Thomas' Kopf als auf den von Maggi Johansson, bis Erkki zur richtigen Größe herangewachsen ist. *Glückwunsch*; so überlegt Maj Johansson.

Das Geschenk von Gabbe, Rosa, Nina und Renée ist das LIFE-Spiel in schwedischer Version. Es heißt TRIUMPH. Triumph; was für ein passender Name auch für die ganze Geburtstagsstimmung, die irgendwie den ganzen Tag geherrscht hat. Und eine warme Freude überflutet Thomas. Auch Erkki Johansson empfindet etwas in derselben Richtung, denn plötzlich liegt etwas Verschmitztes in seinen Augen, und er läuft los und ruft, er wolle nach Hause und etwas holen. Ein paar Minuten später ist er zurück, mit vollen Händen. Man sieht nicht sofort, was darin ist, weil er die Hände geheimnisvoll aneinanderlegt, bis er sie Thomas mit triumphierender Geste entgegenstreckt, sie vorsichtig öffnet und sagt: »Hier, für dich.« Und es sind alle Miniaturgummitiere aus Erkki Johanssons Gummitiersammlung. Auch die gelbe Giraffe mit elastischem Hals, den man knoten kann, Erkki Johanssons persönlicher Favorit. Doch im nächsten Augenblick hat Erkki angefangen zu weinen. *Man verschenkt ja etwas, was man nie zurückkriegt.* Maj Johansson ist rechtzeitig bei ihm, um weitere Überreichungszeremonien zu verhindern. Später kann man dann über ihre Definition den Mund verziehen, weil sie strenggenommen für das offizielle Geschenk der Familie Johansson nicht zutrifft. Jetzt aber ist Lachen nicht angebracht. Erkki Johansson hat Maj Johanssons Erklärungen nur eines entnommen: Er soll offensichtlich daran gehindert werden, seinen Beitrag zum Geburtstag zu leisten. Die Hände fallen herunter, die Tiere auf den Fußboden – die Sonne verzieht sich hinter Wolken. Ach was, noch nicht wirklich. Aber Erkkis Weinen ist irgendwie ein schlechtes Omen.

Der Nachmittag fängt an. Die Gäste gehen nach Hause. Es bewölkt sich.

»Es kommt manchmal über einen«, sagt Rosa zu Bella. »Man muß weg. Empfindest du das nie so?« Sie fragt, bleibt aber nicht, um auf eine Antwort zu warten. Sie sammelt ihre Sachen zusammen und geht über den Hof eilig weg, nach Hause, um sich *Boating*-Sachen anzuziehen. Dann will sie das Boot nehmen und zu Tupsu Lindbergh rüberfahren, um zu sehen, ob drüben »in Sachen *Fourth of July* was los ist«.

Bella fängt an, die Reste vom Geburtstag wegzuräumen. Sie trägt Tassen und Teller in die Küche, reiht acht benutzte Tortenkerzen auf dem eingemauerten Holzherd auf. Stellt den Abwaschwassertopf auf den Gasherd und füllt ihn mit Wasser. Unterbricht sich mitten im Gießen. Hüllt sich in ihren gelben Bademantel und geht los.

Bella geht durch alle Räume im Erdgeschoß. Von der Küche in die Diele, ins große Zimmer, in Thomas' Zimmer. Barfuß in ihrem gelben Bademantel, mit herausfordernden Schritten, als wolle sie auf etwas Neues, Lustiges kommen, jetzt, wo auch noch schlechtes Wetter ist, und Thomas daran teilhaben lassen. Thomas aber ist ausnahmsweise nicht interessiert. Er sitzt auf seinem Bett, schwer damit beschäftigt, den neuen Köder am Ende der Schnur seiner Wurfangel zu befestigen. Und wenn er damit fertig ist, hat er vor, an den Strand zu verschwinden. Allein. Mit Bella kann man nicht fischen. Sie sitzt keine Minute still und redet die ganze Zeit.

Klonk. Klonk. Da fliegen Bellas Sandalen an die Wand. Bella steht barfuß mitten in Thomas' Zimmer und macht sich bemerkbar. Doch Thomas sieht nicht auf. Die Leine ist glatt, und man muß sich konzentrieren, wenn einem all die komplizierten Knoten gelingen sollen, die nötig sind, um den Köder zu befestigen.

Dann ist sie im großen Zimmer. Da fliegen durch die offenen Fenster Bremsen herein. Sie redet von Gewitter. Zählt verschiedene Zeichen für Gewitter in der Luft auf. Sagt: »Stimmt's?« nach jedem »Mmm« von Thomas, der antwortet, ohne zuzuhören. Dann ist er unterwegs. Und das letzte, was er von Bella sieht, ist, wie sie vor dem Büfettspiegel steht und einen Arm hochhält.

»Guck mal, Thomas!«

Alle sonnengebleichten Härchen auf ihrem Unterarm stehen aufrecht.

Sie ballt die Faust. Einen Augenblick sieht es ein wenig so aus, als wolle sie die Faust in eine der Spiegelscheiben stoßen. Dann senkt sie den Arm, runzelt die dicken, dunklen Augenbrauen, zündet eine Zigarette an. Inhaliert, bläst sich selbst im Spiegel mit Rauchringen an. Aber da ist Thomas nicht mehr da, sondern unten in der Allee. Am Strand taucht aus dem Ruti-Wald Renée auf und nimmt ihm seine Angel weg. »Darf ich mal probieren?« fragt sie, doch da ist sie schon auf die Brücke gegangen und hat zum erstenmal ausgeworfen.

Und jetzt steht Renée mit Thomas' Wurfangel auf der Brücke der weißen Villa. Sie wirft aus, holt ein. Sie holt schnell ein, viel zu schnell, überhaupt nicht abwartend und ruhig, wie man eine Wurfangelschnur einholen soll, was sie schon kann, wenn sie will. Sie will nicht. Thomas weiß es; er hockt hinter ihr auf einem Brückenpfahl und starrt auf ihren orangefarbenen Rücken. »Da beißt was an«, sagt Renée und holt noch schneller ein. Da beißt was an. Sie sagt es mehrere Male, und jedesmal holt sie ein, ohne daß etwas am Haken wäre, jedesmal wirft sie wieder aus. Und holt ein. Ganz unberührt davon, daß Thomas auch noch da ist.

»Ich bin dran«, sagt Thomas, obwohl er weiß, vom Reden wird es nur schlimmer.

»Da beißt was an«, erwidert Renée und holt weiter ein.

Der Köder hängt unbeachtet über der Wasseroberfläche, tropfend und sauber, fliegt hierhin und dorthin bei ihrer groben Behandlung.

Thomas überlegt, ob er um Hilfe rufen soll. Wen sollte er rufen? Er und Renée sind allein auf der Brücke, und auch an den Stränden ist niemand zu sehen. Es ist leer bei Johanssons, nicht einmal aus der Sauna, wo sich Maggi und Nina immer aufhalten, hört man einen Laut. Huotaris Holm ist verwaist. Es ist mitten in der Woche, und Huotari hat seinen Urlaub noch nicht begonnen. Ganz hinten in der kleinen Bucht links raucht ein Schornstein heftig. Es ist das einzige Lebenszeichen in der Bucht. Und mehrere Kilometer entfernt, obwohl es nahe aussieht.

Renée hat die Oberhand. Thomas wird jetzt nicht mit ihr fertig. Das wissen sie beide. Sie holt ein.

»Gib sie her!« Thomas reckt sich jedenfalls nach seiner Angel. Renée zieht mit einer hastigen Bewegung die Hand zur Seite. Die Schnur, die nicht ordentlich aufgerollt ist, fliegt nach hinten, der Köder berührt Thomas' Wange. Er zuckt zurück.

»Idi. Paß aufs Auge auf.«

Der Wind flaut ab. Es fängt an zu regnen. Plötzlich schüttet es vom Himmel.

Renée hört nicht auf Thomas. Sie rollt auf und wirft erneut aus. Der Köder sinkt ein Stückchen weiter draußen mit einem Plopp. Diesmal macht sie eine Pause, nachdem sie die Schnur im Wasser hat. So haben sie beide reichlich Zeit, sich vorzustellen, wie der Köder durchs Wasser auf den Grund sinkt, sich in Seegras eingräbt und dort hängenbleibt. Sie beginnt wieder einzuholen. Die Rutenspitze krümmt sich in einem tiefen Bogen. Renée zerrt an der Angel. Die Spitze federt mit einem pfeifenden Ton ab, der in Thomas' Ohren furchtbar klingt. Sie holt ein.

Es ist Thomas, der als erster bemerkt, daß sich die Schnur gelöst hat: ein durchsichtiges Ende schwimmt auf der Wasseroberfläche, lockig und schlaff. Renée holt weiter ein, lange, achtlos und ruckartig, als hätte sie nicht bemerkt oder begriffen, was passiert ist. Thomas wird immer wütender. Seine Wut wächst, während er dasteht und sie ansieht. Der

Rauchgeruch steigt durch seine Nasenlöcher hoch, seine Schläfen pulsieren: er rast. Und dann wirft er sich von hinten über sie, reißt ihr die Angel aus der Hand, und sie fallen zwischen die Steine, die die Brücke auf der Landseite tragen.

Aber Thomas sieht nicht nach der Angel; sobald er sie wieder in der Hand hat, ist sie nicht mehr wichtig. Er ringt mit Renée, doch jetzt ist er wütender und stärker, und sie liegt rasch unter ihm auf dem Rücken. Er hockt auf ihr, preßt seine Knie gegen ihre Arme, damit sie sich nicht bewegt, hämmert mit den Fäusten auf ihren Bauch, auf ihr Gesicht. Reißt an ihrem Haar, versucht, es irgendwo zu packen, um den Kopf auf die Brückenplanken zu knallen. Sie windet sich unter ihm, kräftig. Kräftiger und kräftiger, und Thomas erkennt irgendwo im Hinterkopf, daß er dabei ist, die Oberhand zu verlieren. Er stürzt sich auf ihren Pulli, schlägt die Zähne in ihre Haut, ein tüchtiger Biß. Der Mund füllt sich mit Wolle und einem widerlichen Geschmack, ist das Blut? Er stößt sie weg, und sie fällt auf scheußliche Art mit dem Kopf zuerst auf die Steine. Der Pulli rutscht hoch und entblößt ein Stück weißen Rücken, das er den ganzen Weg vor sich sehen wird, als er die Allee hinaufläuft. Sie rollt weiter, ihre Füße mit blau-weißen Turnschuhen tauchen ins Wasser. Thomas hat Haar und Wolle im Mund, aber jetzt rennt er. Durch die Allee, zur weißen Villa. Und dabei ruft er nach Bella. Renée wird ihn später daran erinnern, unter vier Augen.

»BELLAAA! BELLAAA!«

Aber es war sein Geburtstag und sein neuer Wurfangelköder. Er hatte dagelegen und geglänzt, in seiner Schachtel, die Thomas am Morgen aus dem gelben Geschenkpapier gewickelt hatte. Bella und Kajus waren mit dem Geburtstagstablett in sein Zimmer gekommen, sie hatten gesungen, und er hatte sich die Ohren zugehalten und war weit unter die Decke gekrochen, so daß er den Kopf fast am Fußende des Bettes hatte. Das war aber nur ein Spiel, etwas, was dazugehörte, denn Bella sollte die Möglichkeit haben, die Decke beiseite zu ziehen und zu ihm ins Bett zu kommen, zum Geburtstagsknuddeln. Und Kajus stand neben dem Bett wie an jedem Geburtstag, bereit, das Geburtstagstablett hinzuhalten, auf dem Kakao und Butterbrote waren und alles, was sich Thomas auf der ganzen Welt je gewünscht hatte. Ein Skelettbausatz. Und dieser Köder.

Thomas ist oben bei der weißen Villa angekommen, den widerlichen Geschmack nach Pulli und Blut noch im Mund. Er hat jetzt aufgehört zu rufen. Und das Tempo vermindert. Tatsächlich ist es so, als hätte seine Geschwindigkeit auf den letzten Metern hinauf zum Hofplatz der weißen Villa ständig abgenommen, und als er die Küchentreppe hochsteigt, sind seine Schritte schon schwer, zögernd. Er spuckt, um etwas Widerliches aus dem Mund zu bekommen. Wolle. Und er merkt, daß er die Angel in der Hand hat. Die Wurfangel; einen Augenblick erscheint auch sie ihm vollkommen fremd. Er wirft sie mit voller Kraft weg, und sie landet mitten zwischen den verwelkten Fliederbüschen, die unter dem Fenster seines Zimmers wachsen.

Im Treppenhaus sagt er erneut Isabellas Namen. Die Tür schließt sich hinter ihm. Aber es wird nicht ganz dunkel. Tageslicht dringt durch ein paar Öffnungen oberhalb der Küchentür. Er steht dort eine gute Weile im Halbdunkel. Lauscht seiner eigenen Stimme. Sie klingt jetzt anders. Zaghaft, wie prüfend.

B-e-l-l-a, sagt er. Tastet sich durch den Namen wie durch ein Alphabet.

Dann dreht er den schweren Schlüssel in der Küchentür um, zieht sie auf und schleicht sich in den Raum. Mit leisen, zaghaften Schritten, und mitten auf dem blauen Küchenfußboden bleibt er stehen, erstarrt, lauscht. Seinem eigenen Atem, der unregelmäßig und keuchend geht, nachdem Thomas durch die Allee gelaufen ist. Eine Bremse fliegt gegen das

Fenster. Schlägt wieder und wieder gegen die Scheibe. Der Regen schüttet aufs Blechdach. Auf dem Dachboden klingt er wie Maschinenpistolen. Hier unten wie ein entferntes Prasseln. Vor ihm, auf dem alten eingemauerten Holzherd, die Reste des Festes: Tortenstück auf Tortenplatte, Tortenkerzen mit getrockneter Schlagsahne an den Enden, Servietten. Wie eine Art Beweis, daß es ein Leben vorher gab. Einen Geburtstag.

Die Ereignisse am Strand sind wie weggeblasen. Alles andere auch. *Alles ist plötzlich irgendwo anders.* Ein unangenehmes, unerklärliches Gefühl.

Dann stutzt er, weil er sich plötzlich beobachtet fühlt. Dreht langsam den Kopf nach links, zu seinem Zimmer hin. Auf seinem Tisch steht aufrecht der Bausatzkasten. Das Skelett auf dem Deckel grinst ihn an. Das Grinsen gibt Thomas der Wirklichkeit wieder.

Die Zeit kehrt zurück, der Zauber ist gebrochen.

Und er läuft aufs neue. Durch die Räume im Erdgeschoß und rauf ins Atelier.

Dort findet er den gelben Bademantel auf dem Boden. Über dem Treppengeländer hängt ein Badeanzug. In seinem Zimmer liegen die Sandalen, eine unter dem Bett, die andere neben dem Kachelofen, genau dort, wo sie gelandet sind, als sie sie früher am Tag abgeschüttelt hat. Die oberste Kommodenschublade im Schlafzimmer ist vorgezogen. Es ist ihre Schublade. Strumpfenden, Blusenärmel hängen in unverkennbarem Bella-Durcheinander heraus. Und überall, in der ganzen weißen Villa, ein schwacher Duft von ihrem Parfum, *Blue Grass*.

Und schon ist Thomas aus dem Haus, läuft auf dem Waldweg davon. Rennt geradeaus durch den Platzregen, ohne recht zu wissen, wohin. Aber vorbei an der großen Birke, den Holzstößen von Johanssons Vettern und raus ins Freie, wo auf der einen Seite die Wiese beginnt und man weit sieht.

Vielleicht fünfzig Meter entfernt, wo die Wiese aufhört

und es nur noch ein paar Biegungen zur Landstraße sind, wo der Briefkasten ist und die Busse fahren: Sie wandert den Weg entlang, hält sich einen roten Regenschirm über den Kopf. In der anderen Hand trägt sie ihre weiße Tasche, die *Reise*tasche, die sie und Thomas mehrere Male zum Spaß gepackt haben. Beige ist ihr Mantel, hoch die Absätze der Schuhe, wenn auch nicht zu hoch, sondern genau richtig, bequem genug, um damit spazierenzugehen. Und das gelbe Kleid. Es schimmert durch den dichten Regen. Denn jetzt hat sie sich umgedreht und ihn gesehen. Ist stehengeblieben, hat ihren Schirm geschlossen.

Und dann stehen sie da auf dem Waldweg und sehen einander durch den Regen an, der jetzt auf sie beide fällt.

Thomas ist unterwegs. Landet irgendwo in ihren Kleidern.

»Thomas. Was ist denn? Was ist passiert?«

Oder er ist noch im Halbdunkel des Treppenhauses und spricht ihren Namen aus wie ein Alphabet. Sie hört von draußen Geräusche, öffnet die Küchentür. Steht vor ihm, barfuß, in ihrem gelben Bademantel, warme nasse rosa Abwaschhandschuhe an den Händen.

Er bringt kein Wort heraus. Der Mund ist wieder voller Wolle. Orangefarbene Pulliwolle, von der man beinah brechen muß.

Er fängt natürlich auch an zu weinen. Er weint, bis sie ihn an den Schultern packt und schüttelt. Dann fließt es aus ihm heraus. Alles, was er eigentlich schon vergessen hat. Eine Geschichte vom kleinen Jungen, der sich aufmacht zum Fischen. Und welche Folgen es hatte, katastrophale. Doch Renée erwähnt er mit keinem Wort. Er weiß nicht, warum. Sie paßt einfach nicht hinein.

Aber Bella ist im Bilde. Sie hält seinen Kopf zwischen ihren Händen, so daß Thomas ihr direkt in die Augen sieht.

»Doch nicht Kajus' teures Geschenk?«

Thomas nickt langsam.

»Komm, Thomas«, ruft sie dann mit beinah heiterer Stimme. »Wir müssen sofort zu Johanssons gehen und Kajus anrufen, um ihm die ganze traurige Geschichte zu erzählen.«

Und während sie sich umziehen und über den Hof zu Johanssons laufen, hört der Regen auf, und es wird wieder klar und sonnig.

Kajus' roter Austin Mini fährt um sechs Uhr auf den Hof. Der weiße Engel folgt ihm dichtauf. Bremst, hält, das Türfenster geht herunter, Gabbe steckt den Kopf heraus, ruft.

»Ha, ha! Fast hab' ich dich gekriegt!«, bevor er Gas gibt, weiter zu Engels Haus. Kajus sagt manchmal, Gabbe fahre lebensgefährlich oben auf der Landstraße. Er selbst werde sich auf solche Spielchen ganz bestimmt nicht einlassen. *Die Landstraße ist zum Rallyefahren völlig ungeeignet.*

Heute aber kümmert sich Kajus nicht um Gabbe. Er stößt die Autotür auf, steigt aus und fängt ohne ein Wort an, sich auszuziehen. Den Schlips, das Hemd, und schließlich schüttelt er die Schuhe ab, daß sie über den Hof fliegen. Schon ist er unten in der Strandallee, läuft zum Strand und auf die Brücke, von der aus er mit den Füßen voran und in der langen Hose springt. Schwimmt mehrere Meter unter Wasser, taucht wieder auf, schüttelt den Kopf, und erst dann beginnt er zu reden. Er ruft, danach habe er sich den ganzen Tag gesehnt. In der Stadt habe es weiß Gott kein kühlendes Gewitter gegeben wie hier. Da war es so heiß, daß der Asphalt unter den Schuhen gekocht hat. Er krault weit raus. Und Thomas folgt ihm. Auch er springt halb angezogen hinein. Kajus wartet auf Thomas, und als der ihn eingeholt hat, kehren sie um und schwimmen zurück an Land, Seite an Seite, auf einer Höhe.

Bella ist in die Strandbucht gewatet. Sie steht im Wasser, das ihr bis an den unteren Saum der Shorts reicht, auf unsicheren Beinen, hält die Hände vor sich in der Luft und sieht etwas unschlüssig aus. Kajus und Thomas rufen ihr zu, sie solle sich nicht so haben, sondern sofort reinkommen. Bella bleibt stehen und schüttelt lächelnd den Kopf. Es ist zu kalt! Die beiden schwimmen näher heran und fangen an, sie naß zu spritzen. Bella stößt einen Schrei aus und läuft zurück an Land. Thomas und Kajus folgen. Dann jagen sie Bella den ganzen Weg die Allee hinauf, in die weiße Villa und durch die Räume im Erdgeschoß. Erst nach einer langen Zeit beruhigen sich alle, hüllen sich in Bademäntel, decken den Tisch und hängen die nassen Sachen im Hof auf die Wäscheleine. Und auf dem Tisch liegt ein neuer Wurfangelköder neben Thomas' Teller. Genau der gleiche.

Während Thomas, Bella und Kajus Abendbrot essen, kommt Renée. Sie nickt, geht durch die Küche weiter in Thomas' Zimmer, wo sie sich an seinen Tisch setzt, Papier und Kreide nimmt und zu zeichnen beginnt. Thomas schielt über den Teller mit Erbensuppe zu ihr hinüber. Sie zeichnet konzentriert, ohne aufzublicken. Sie hat einen anderen Pulli an, einen dunkelroten. Sonst sind keine Spuren zu sehen.

Als Thomas fertig ist, geht er in sein Zimmer, setzt sich Renée gegenüber an seinen Tisch und fängt an, Blutstropfen zu zeichnen. Auch sie zeichnet Blutstropfen für die Gespensterkammer, die sie in einer Bodenabseite neben Bellas Atelier einrichten wollen. Die Blutstropfenranken wollen sie ausschneiden und zu langen Streifen zusammenkleben, um sie vor den Eingang zu hängen. Dann wollen sie Erkki Johansson dorthin mitnehmen und ihn zu Tode erschrecken. Nicht daß sie gegen Erkki Johansson etwas hätten, sondern weil Erkki Johansson der Allerkleinste ist und der einzige, von dem man annehmen könnte, daß er in einer Gespensterkammer zu Tode erschrickt.

Renée nimmt ein neues Blatt Papier und fängt an, Becher mit Ohren, Nase und Mund zu zeichnen, die durch Sprechblasen miteinander kommunizieren. Sie ist unschlüssig, was sie in die Blasen schreiben soll; dies, weiß Thomas, liegt daran, daß sie noch nicht richtig schreiben kann. Auch Thomas nimmt ein neues Blatt Papier und fängt an, Figuren zu zeichnen, die sich durch verschiedene kurze, knappe Ausrufe miteinander verständigen, die er in große wolkenförmige Gebilde über ihnen geschrieben hat.

Sie hören auf zu zeichnen und bauen Thomas' Zimmer in eine Rakete um. Renée sitzt in Astronautenhaltung auf Thomas' Tisch, klar zum Start. Thomas kriecht unter den Tisch und versucht, den Starter zu zünden. Es mißlingt ihm mehrmals hintereinander und schließlich wird Renée ungeduldig und sagt, Thomas könne in seiner eigenen Rakete fliegen. Thomas klettert auf die niedrige Kommode unter dem Fenster und kauert sich wie ein Astronaut zusammen. Zieht die Beine an den Körper, legt die Arme um die Beine und preßt das Kinn zwischen die Knie, denn eine Raumkapsel ist sehr klein, nicht größer als der Fahrersitz eines Kleinwagens, eines Kleinwagen wie Kajus' Austin Mini.

Da ist plötzlich Rosa mit dem Fotoapparat.

»Bleibt so, Kinder! *Freeze* in euren Positionen!«

Thomas und Renée drehen gleichzeitig die Köpfe. Sie werden überrascht vor dem Blitz. Auch Rosa ist überrascht: Sie hat nicht mit so wenig Licht hier drinnen gerechnet, daß das automatische Blitzaggregat ausgelöst werden würde. Renée und Thomas werden auf dem entwickelten Foto beide die Augen geschlossen haben. Das ist zu toll, wird Rosa sagen, genau wie Weltraum-Valentina und Partnerkosmonaut Bykovskij, die im Juni jeder in seiner Raumkapsel mit Funkkontakt zueinander die Erde umkreist haben. Rosa schneidet eine Zeitungsnotiz mit einem lustigen Text aus, um sie unter das Bild ins Fotoalbum zu kleben, das sie im Winter zusammenstellen will.

»Bella! Kajus!« Rosa legt den Fotoapparat ins Etui und ruft zum großen Zimmer hinüber.

»Wo seid ihr? Gabbe und ich warten auf euch mit Cocktails!«

»Heut abend auch?« Bella taucht aus Richtung der Veranda auf. Gelb und fröhlich, aber etwas verwirrt, denn Cocktails bei Gabbe und Rosa gab es auch schon am vorangegangenen Abend. Kajus steht hinter Bella. Er hält einen Krimi in der Hand. Auf dem Titel schreit eine knackige Blondine mit rotgeschminktem offenem Mund angesichts einer unbekannten Gefahr. Obwohl die Blondine für den Inhalt völlig belanglos ist, wie Kajus einmal erklärt hat, als Thomas genauer wissen wollte, wer von den Personen im Buch sie sei und wovor sie Angst habe, kann jeder sehen, daß Kajus nicht ebenso freudig überrascht ist wie Bella.

»Warum nicht«, sagt Rosa. »Es gibt immer einen Grund, ein bißchen zu feiern. Und Gabbe und ich sind nun mal von der Sorte, daß wir gern Menschen um uns haben.«

»Und nun dachten wir, wenn es so ist«, lacht Rosa, »daß der Berg nicht zum Propheten kommt, dann muß der Prophet zum Berge gehen. Gabbe kommt gerade mit dem Auto.«

Und kurz darauf fährt der weiße Engel auf dem Hof ein. Der leuchtende Barschrank mit Kühlschrankfunktion wird aus dem Kofferraum gehoben und auf die Veranda gerollt, wo die Abendsonne scheint – es ist ja eine Hitzewelle, und in der weißen Villa gibt es nichts, wohin man Drinks zum Kühlen stellen könnte. Die feinen Teaktüren werden geöffnet, die spiegelmosaikumrahmten Innenwände schimmern. Dann der Klang von Eis in Gläsern und von Reden und Lachen, und alles vermischt sich zu einem geruhsamen Summen, das von der Veranda in die ganze weiße Villa getragen wird und auch zu Thomas und Renée in Thomas' Zimmer, wo Renée noch immer Probleme mit ihrer Rakete hat, mit den ständigen Motorpannen. Thomas hält sich heraus aus ihrer Bastelei. Er preßt das Kinn fester gegen die Knie und startet.

★

Rosa und Bella sind in der Küche. Sie reden miteinander, aber ziemlich leise, und außerdem klappern sie mit Geschirr, so daß man nur einzelne Wörter und Sätze versteht. Wenn Bella und Rosa unter vier Augen so miteinander reden, so intensiv, daß man begreift, daß sie nicht Heim, Mann und Kinder erörtern, heißt es zu dieser Zeit im Mund anderer, sie diskutierten Elizabeth Taylors Liebesleben. Man läßt mit der Art, wie man es sagt, auch durchblicken, daß Elizabeth Taylors Liebesleben gleichbedeutend ist mit dummem Zeug und unwichtig. Thomas aber weiß, obwohl er es nicht erklären kann, daß das ein Mißverständnis ist. Bella und Rosa diskutieren nicht Elizabeth Taylors Liebesleben. Nicht weil es dummes Zeug und unwichtig wäre. Das ist es nicht. Es ist einfach im Augenblick nichts Interessantes daran. Jeder weiß ja, daß Elizabeth Taylor Burton heiraten wird, wie sehr die beiden es auch in der Öffentlichkeit dementieren.

Nein, Bella und Rosa reden von etwas anderem und auf ganz andere Weise.

»... und bei Tupsu, Bella«, sagt Rosa jetzt, in der Küche. »Heut auf den Tag. Es war langweilig. *Boring*. Ganz und gar *boring*. Ich hab mir gewünscht, ich wär' hier. Schon als ich losfuhr, hab' ich es bereut. Mitten auf der Bucht dachte ich: Was mach' ich hier? Ich wende und fahr' zurück. Ich weiß nicht, wie ich es erklären soll. Verstehst du, was ich meine?«

Ihre Stimme ist weich, ruhig, so daß es plötzlich schwer zu begreifen ist, daß sie zu derselben Person gehört, die mit dem Fotoapparat herumläuft, auf der Jagd nach ewigen Augenblicken zur Verewigung im Familienalbum.

»Mmm«, antwortet Bella. Thomas erkennt Bellas *Mmm*. Bella sagt immer auf diese Weise *mmm*, wenn sie unsicher ist: als ob sie verstehe, aber Wert darauf lege, sich nicht zu verraten, falls es nicht so wäre.

Aber sie lacht, die Stimme klingt richtig fröhlich. Und Thomas denkt, *cool*. Sie sind beide *cool*. Bella ist *cool* wie die

Jazzmusik, die sie in der Stadtwohnung hört. Ein Musikhören, ausgebreitet über das ganze Zimmer, unauflösbar zusammenhängend mit Zigaretten, Illustrierten, Lockenwicklern, GoGay-Haarspray und Reden, das hin und her springt, Reden über *alles mögliche* inklusive Elizabeth Taylors Liebesleben. Aber Rosa ist auch cool. Wie man die Hand in den leuchtenden Barschrank mit Kühlschrankfunktion steckt und mit den Fingern dunkle Striche an die eisbeschlagenen Wände zeichnet. Nicht wie die *cool bag*; die ist nur Camouflage und funktionell. Oder wie dieser Fotoapparat.

Bella und Rosa; sie passen zusammen, sie gleichen sich.

»Gehen wir zu den anderen, Rosa?« fragt Bella.

»Ja«, antwortet Rosa. »Wenn du willst.«

Mit einem gewinnenden Lächeln und Nerven aus Stahl tat die brünette Valentina Teresjkova am Sonntag den Schritt in den bis jetzt exklusiv männlichen Weltraum.

»Nee, das geht nicht.« Renée tritt das Tischbein und geht hinaus. Thomas folgt ihr. Sie stehen auf der Küchentreppe und überlegen. Sie gehen los. Sie zuerst, Thomas hinterher, den Blick auf ihrem roten Rücken. Schon am nächsten Tag trägt sie wieder ihren alten orangefarbenen Pulli, an der Schulter mit dickem Garn eigenhändig zusammengenäht zu einem weißen Klumpen, der nach und nach schmutziggrau und schließlich dunkel wird. Und allen, die etwas wissen wollen, sagt sie, sie sei im Wald gestolpert und hingefallen.

Mit seinem neuen Haken schleicht Thomas davon. Und Renée und Thomas fischen von nun an nicht mehr zusammen. Thomas rudert zu Huotari hinüber, wenn dessen Urlaub anfängt. Renée legt Netze aus.

Sie nimmt Pusu Johanssons Netze vom Haken im Vorraum von Johanssons Sauna, spätabends, wenn alle anderen hineingegangen sind. Sie rudert hinaus auf die Bucht und wirft die Netze aus. Am Morgen steht sie früh auf, um sie zu überprüfen. Aber der Juli, das ist die Zeit des Sommers, in der diesseits des Sundes die Wassertemperatur auf über fünfundzwanzig Grad steigt und aus dem Boden der Bucht das Seegras quillt, so daß Lindberghs glänzendes Mahagonisportboot aufheult, wenn sich Halme in der Schraube verfangen. Und Seegras bekommt auch sie. Als sie die Netze nachgesehen hat, macht sie sich nicht die Mühe, sie zu säubern und zu reinigen, wie man es soll. Sie läßt sie auf Maj Johanssons kleinem Strandfels. Da liegen sie dann in grauen Haufen, trocknen, riechen schlecht und vergammeln im heißen Sonnenschein, der ein paar Stunden des Vormittags auch an Johanssons Strandseite herrscht. Sie selbst ist schon lange irgendwo anders, beschäftigt mit anderen Dingen.

Renée wiederholt die gleiche Prozedur drei Tage hintereinander, bis sie alle Netze von Pusu Johansson aufgebraucht hat. Und es nutzt nichts, die Saunatür abzuschließen und zu versuchen, den Schlüssel woanders zu verstecken. Sie weiß immer, wo der Schlüssel ist. Thomas weiß auch immer, wo der Schlüssel ist. Es gibt ja im Sommerparadies kein Geheimnis, das für Thomas und Renée wirklich eines wäre.

Pusu Johansson geht zu Gabbe, um die Sache zu klären.

»Wir knausern nicht«, sagt Gabbe. »Wir zücken die Brieftasche.«

Aber etwas peinlich ist es ihm schon.

»Warum kann sie sich nicht für gewöhnliche Dinge interessieren«, ruft er, als Pusu Johansson weg ist. »Mädchendinge. Puppen oder . . . oder Fallschirmspringen?« Und trotzdem; er kann nicht verbergen, daß ihm beinah die Stimme versagt vor Stolz.

»Sie ist eine besondere Sorte«, sagt Rosa. »Wenn man sie nur dazu kriegen würde, sich das Haar schneiden zu lassen.«

»Ist doch hübsch«, findet Bella. »Wild irgendwie.«

»Sagst du. Du mußt es nicht entwirren nach dem Waschen.« Und Bella lacht. Das muß sie ja wirklich nicht. Thomas hat den Jungensommerschnitt, Modell Igel. Beinah kahl.

»Richtig widerlich«, sagt Nina über Renée. Sie hat das Wort gerade entdeckt, und ihr zufolge ist es eine exakte Beschreibung für jemanden wie Renée.

»Sie ist so klein, daß sie's nicht begreift.« Das sagt jemand anders, Thomas. Da ist sie dabei und grimassiert wild. Sie haßt es, wenn man sie klein nennt. Sie zeigt ihm die Zunge, ohne daß es die Erwachsenen sehen. Sie nähert sich diskret in der Absicht, ihn zu kneifen. Doch Thomas geht weg, nimmt seine Wurfangel und rudert hinüber zu Huotaris Holm.

Später aber sitzt er auf Huotaris Hüttentreppe und starrt hinüber zu Renée auf der anderen Seite. Huotari merkt nichts, er ist in seine Zeitung vertieft.

»Er kommt im Herbst her, Thomas.«

»Wer?«

»Liston. Der Petterson geschlagen hat. In den Vergnügungspark. Wollen wir ihn uns ansehen? Zusammen?«

Dann aber, eines Tages mitten im Sommer, als man sich gerade daran gewöhnt hat, daß sie jeden Morgen da ist, ist sie es nicht. Rosa kommt nicht. Thomas und Bella sitzen wie gewöhnlich nebeneinander am Frühstückstisch, die Gesichter zur Tür gewandt. Es ist Ende Juli, Urlaubszeit. Thomas und Bella tauchen ihre Löffel tief in die Dickmilchschalen, heben die Löffel hoch in die Luft und lassen die Dickmilch in zähen Strahlen auf die Teller zurückfließen. Sie warten. Sie sagen einander nicht, daß sie warten. Sie haben zu zweit allen möglichen Spaß, spielen mit ihrem Essen auf eine Weise, die Kajus manchmal verrückt macht. Aber Kajus schläft jetzt, und irgendwo tickt eine Uhr. Auf dem Stuhl an Thomas' Bett: Thomas hat dort eines Abends irgendwann zu Beginn des Sommers, seine Armbanduhr liegenlassen und vergessen, am folgenden Tag und an dem danach und an jedem weiteren. Sie war plötzlich unnötig. Plötzlich herrschte keine solche Zeit, nicht keine Zeit, sondern eine andere Zeit, eine andere

Zeitrechnung. Jetzt aber möchte er hingehen und auf die Uhr sehen. Das Ticken ist plötzlich im ganzen Körper zu spüren. Und langsam löst sich unter seinen Augen der Zimt ganz und gar auf. Die Dickmilch verwandelt sich in ein paar Augenblicken in einen aufgelösten, uneßbaren Brei. Da erst rutscht Thomas von seinem Stuhl. Er sagt, er müsse jetzt zu Renée. Sie hätten etwas verabredet, was sie zusammen machen wollten.

»Ein Geheimnis«, sagt er, laut und deutlich. In gewöhnlichen Fällen erzählt er Kajus und Bella oder sonstjemandem nie, was er mit Renée machen wird. Und man muß auch nicht hin. Man taucht auf. Kommt einfach irgendwoher wie sonst. Zu jedem beliebigen Zeitpunkt. Auch mitten beim Essen, wenn nötig. Maj Johansson sagt, so etwas sei ein Zeichen dafür, daß man keine Manieren habe. Aber andererseits ist Maj Johansson eine Person, die nichts von irgend etwas weiß, was überhaupt wert ist, gewußt zu werden.

»Ja, ja, Thomas. Geh nur.«

Bella fängt an, die Frühstückssachen auf dem Tisch einzusammeln. Stellt Tassen in Tassen. Hält inne, als erinnere sie sich plötzlich an Kajus, der noch nicht aufgewacht ist. Verteilt wieder alles auf dem Tisch. Klopft eine Zigarette aus dem Päckchen, zündet sie an. Raucht. Sieht nach draußen, wo ein schöner Tag beginnt.

Thomas läuft den Berg hoch zu Rosas und Gabbes Haus. Er zerrt an der Tür. Sie ist abgeschlossen. Er geht ums Haus und versucht, durch die Fenster hineinzusehen. Überall Gardinen davor. Sieht sich erst jetzt richtig um. Entdeckt, daß Gabbes Auto weg ist. Und da weiß er ja, was passiert ist. Jetzt ist Familie Engel wieder rastlos und ist losgefahren, sich umsehen in der Welt.

Thomas läuft wieder hinunter und zurück zur weißen Villa und holt aus dem Holzschuppen sein Fahrrad. Er radelt zum Briefkasten, so schnell er kann. Er ist plötzlich sicher, daß es eine Nachricht von Engels geben muß, irgendwo. Sie können ja nicht einfach so weggefahren sein. Und was wäre ein natürlicherer Platz, um eine solche Nachricht zu hinterlassen, als der Briefkasten an der Landstraße?

Eine zwei Tage alte Tageszeitung ist ja da. Ein unbekannter Name darauf. Keiner aus diesem Sommerparadies. Und außerdem ist Sonntag, wo keine Post ausgetragen wird.

Thomas radelt zurück. Bella sitzt noch da, wo sie gesessen hat, als er gegangen ist.

»Sie sind weg.« Thomas' Erregung und Atemlosigkeit erfüllt die Küche.

»Wer?« Bella sieht ihn verständnislos an.

»Na, Engels«, sagt Thomas ungeduldig. »Raus, sich umsehen in der Welt.«

»Aha«, sagt Bella nur. Als interessiere es sie gar nicht. Einen Augenblick ist Thomas wirklich irritiert.

»ICH WEISS ES«, sagt er böse und ausdrucksvoll.

»Was wißt ihr?«

Kajus kommt in Shorts und Sommerhemd in die Küche. Reckt und streckt sich mit einem Brüllen und ruft, bevor noch jemand antworten kann.

»Ich fühl' mich wie ein Löwe, Thomas! Bereit zu großen Taten. Wollen wir an den Strand gehen und was bauen?«

Er blinzelt Thomas zu, als teilten sie ein Geheimnis. Thomas versucht wegzusehen.

»Engels sind weg«, sagt Thomas ernst.

»Wie schön.« Kajus läßt sich am Frühstückstisch nieder, nimmt eine Schale Dickmilch und fängt an, mit bestimmten Bewegungen die Dickmilch zu löffeln. »Dann haben wir eine Weile Zeit und Ruhe für uns.«

»Und hör jetzt auf zu quengeln, Thomas!« fügt er hinzu. »Wenn du an einem so schönen Tag drinnen hockst und quengelst, verschwindet die Sonne hinter Wolken, eh du rauskommst.« Einen Augenblick sieht er ernst aus. Aber dann lacht er; was er gesagt hat, klang so lustig. Und Thomas findet das auch; er muß mitlachen.

»Komm jetzt, Thomas«, sagt Kajus. »Jetzt gehen wir bauen.«

Bella streckt sich ebenso energisch wie kurz vorher Kajus und fängt an, aufzuzählen, was sie alles zu tun hat. Das Erdbeerbeet jäten, Strümpfe stopfen. Den Boden im großen Zimmer wischen. Und so weiter.

Sie läßt die Hände auf den Tisch sinken. Sieht mit verschmitzter Miene von Thomas zu Kajus. Alle wissen, was dieser Gesichtsausdruck bedeutet. Faulenzen. Jetzt hat Bella wirklich die Absicht, nichts zu tun und zu faulenzen.

»Ich muß mich nur noch umziehen.«

Und sie geht rauf in ihr Atelier. Drei Stunden später ist sie zurück. Da ist Essenszeit, und Kajus und Thomas, die unten am Strand gebaut haben, sind hungrig wie Wölfe. Bella stellt die Grütze auf den Tisch und erklärt, sie sei müde geworden.

»Ich bin eingeschlafen. Hab' herrlich geschlafen.«

Jetzt aber ist sie wieder munter. Jetzt hat sie sich mit Parfum besprüht, was sie sonst nur tut, wenn sie besonders guter Laune und bereit zu Späßen ist. *Blue Grass*. Kajus schnüffelt in der Luft.

Dann aber kommt Maj Johansson. Mitten beim Essen geht die Tür auf:

»Entschuldigt, daß ich störe, und mitten beim ...«

Aber sie hat Feuer unter dem Wassertopf in Johanssons Sauna. Und jetzt hat sie gedacht, sie und Bella sollten zusammen 'ne richtige große Wäsche machen.

»Den Kampf aufnehmen mit unseren Bettlaken.« Thomas und Kajus essen Grütze, die Grützenlöffel kratzen an den Tellern. Bella sieht sich um. Sie kann nirgendwohin entwischen. Und nach dem Essen reißt Bella die Laken aus allen Betten und folgt Maj Johanssons energischem Wortschwall hinunter zu den brühheißen Wassertöpfen, Emailschüsseln, zur Seife und zu den harten Scheuerbürsten in Johanssons Sauna.

Kajus setzt seinen Strohhut auf und wählt ein richtig gutes Buch aus seiner Sommerbibliothek aus.

»Komm, Thomas. Jetzt pfeifen wir aufs Bauen. Jetzt fahren wir raus aufs Meer und genießen die totale Freiheit.«

Im Ruderboot der weißen Villa treiben Thomas und Kajus auf der Bucht.

»Einfach *Down by the river*«, sagt Kajus. »Da ist die Idee von der totalen Freiheit verwirklicht. Jeder Mensch sollte irgendwann mal so etwas ausprobieren. Kommst du, Thomas?«

In einem Boot vor dem Wind zu treiben ist etwas, was Kajus jeden Sommer mindestens einmal tun muß, damit der Sommer ein richtiger Sommer ist.

»Kommst du, Thomas?«

Natürlich kommt Thomas. Kajus ist so lustig, wenn er seinen Strohhut aufsetzt, den er Huck-Finn-Hut nennt, und einen richtig guten Krimi aus seiner Sommerbibliothek auswählt. Thomas und Kajus rudern im Ruderboot hinaus, holen mitten auf der Bucht die Riemen ein und legen sich auf die Gräting auf dem Boden, so daß von ihnen über dem Dollbord nichts zu sehen ist. Kajus sieht zum Himmel hinauf, während das Boot treibt, wohin der Wind es führt. Das erinnert ihn an die Sommer und das Lieblingsjungenbuch seiner Kindheit, *Huckleberry Finn.*

»Huck Finn war befreundet mit einem Jungen, der hieß Tom Sawyer. Tom, so heißt Thomas auf amerikanisch. Tom Sawyer und Huckleberry Finn haben auf dem Mississippi viele Abenteuer erlebt.«

»Huck Finn lebte sein eigenes Leben. Es war ihm egal, daß er kein richtiges Zuhause hatte wie Tom Sawyer und daß er arm war. Er hatte sein eigenes Leben. Er verstand es, das Leben und die totale Freiheit zu genießen.«

Thomas späht über das Dollbord. Diskret. Er ist jetzt Spion, und es ist wichtig, daß jeder, der das Boot auf der Bucht schwimmen sieht, wirklich glaubt, daß es leer ist. Kajus hat es inzwischen satt, zum Himmel hinaufzusehen und die totale

Freiheit zu genießen. Er hat seinen Krimi aufgeschlagen und angefangen zu lesen. Thomas hat dagelegen und den Buchdeckel angestarrt. Eine knackige Blondine auf einer Art Bodentreppe, mit schreckensstarren Augen und tiefrot geschminkten Lippen. Ein weißes Tuch um ihren Körper, so dünn, daß die Kurven deutlich sichtbar sind. Thomas hat überlegt, wie das Tuch gehalten wird. Es hängt an ihr sozusagen einfach in der Luft, denn die Hände hält sie vor sich hoch, um sich gegen eine unbekannte Gefahr zu schützen. Er ist auf keine vernünftige Antwort gekommen und seiner eigenen Gedanken überdrüssig geworden, hat sich auf den Planken auf die Knie aufgerichtet und angefangen, sich wieder für seine Umwelt zu interessieren.

Am Strand ist Leben und Bewegung. Bella und Maj Johansson spülen Wäsche auf Gabbes und Rosas und Johanssons gemeinsamem Ponton. Maj Johanssons Mund bewegt sich. Doch man hört nicht, was sie sagt, denn der Wind trägt ihre Worte in eine andere Richtung.

Aber es spielt keine Rolle, wie windig es ist. Man braucht nicht zu raten. Es ist genauso, wie es aussieht. Maj Johansson redet von den weiblichen Traditionen, die sich unter den weiblichen Mitgliedern ihrer Familie vererbt haben. Von Zweig zu Zweig in einem vielfach verästelten Stammbaum, in dem Maj Johansson und die Vetternfrauen zur Zeit die letzten Sprosse sind. Große Wäsche in der Sauna. Monogrammzeichnung der Laken.

Am Abend wird Bella wie gewöhnlich sagen, daß sie es nicht aushält mit dieser Person. Von nun an hat sie bitte Migräne in allen Zusammenhängen, wo Maj Johansson eine gute Idee hat. Thomas und Kajus werden den Mund verziehen. Bella wird ernst werden. Ernst wird Bella sagen, daß sie es ernst meint.

Doch von weitem sieht es ganz gemütlich aus, wie Maj Johansson und Bella die Wäsche spülen. Die Kinder toben herum. Erkki Johansson läuft zwischen der Brücke der weißen Villa und Rosas und Gabbes und Johanssons gemeinsamem Ponton hin und her, die Hand über sich in der Luft. Was hat Erkki in der Hand? Man erkennt nichts, darum sieht es ziemlich komisch aus. Vielleicht ist da nichts. Nur eins von Erkki Johanssons vielen Hirngespinsten. Ein Miniaturflugzeug zum Beispiel. Oder etwas Ähnliches.

Maggi Johansson folgt Erkki mit dem Blick. Sie steht auf Maj Johanssons Grasfleck, die Hände tief in den blauen Hosentaschen vergraben. Ihr sieht man an, daß sie sich langweilt, gleichgültig, wie weit weg es ist. Jetzt fängt sie an, Erkki Johansson zu jagen, versucht, ihm wegzunehmen, was er in der Hand hat. Offenbar mit Erfolg, denn er wird wütend und fängt an, auf bekannte Erkki-Johansson-Art Maggis Bauch anzugreifen, indem er den Kopf in Maggi Johanssons Bauch rennt wie ein Büffel. Maggi lacht. Erkki wird dadurch nur noch wütender und rennt weiter den Kopf in Maggis Bauch, bis auch sie die Laune verliert und die Schlägerei eine Tatsache ist. Maj Johansson sieht auf und ruft, Maggi und Erkki sollten schön zusammen spielen.

An der weißen Villa ein halbfertiger Sprungbrettbau. Den ganzen Sommer, schon seit Kajus Anfang Juni diese Idee hatte, IsabellaMeerjungfrau mit einem Sprungbrett am eigenen Strand zu überraschen, und Thomas sowohl bei der Arbeit als auch beim Planen dabeihaben wollte, hat Thomas gewußt, daß etwas, etwas ganz Grundlegendes an dem Sprungbrett nicht stimmt. Obwohl er nicht sagen konnte und noch immer nicht sagen kann, wie und was genau. Und so, vom Wasser aus betrachtet, sehen die Sprungbretter plötzlich ganz harmlos aus. Fügen sich ein in die Landschaft, besser geht es kaum.

Dann ein bekanntes Motorsummen, Lindberghs glänzendes Mahagonisportboot taucht zwischen den Holmen auf der Bucht auf. Robin lenkt, Tupsu Lindbergh folgt auf Wasserskiern. Tupsu Lindbergh *is doing water ski*, wie Rosa mit einem Lachen zu sagen pflegt, wenn Tupsu Lindbergh vor den Brücken paradiert und Rosa versucht, das nicht so sehr zu bemerken, denn sie war in der letzten Zeit fast nie bei Tupsu Lindbergh. Als wäre Wasserski gar nicht interessant. Das ist natürlich gelogen und dummes Zeug.

»Mmm«, sagt Bella, ohne Tupsu Lindbergh aus den Augen zu lassen.

»Aber schön ist es doch immer«, muß Rosa schließlich zugeben. Und dann nimmt sie den Fotoapparat und legt sich neben Bella auf den Fels. »Thomas, machst du ein Bild von uns?« Und während Tupsu weiter die Bucht kreuzt, knipst Thomas das Foto von Bella und Rosa, und Rosa lacht und sagt, jetzt seien sie wunderbare Frauen am Wasser.

Bella hat das Wäschespülen unterbrochen. Sie hat sich auf Johanssons Brücke aufgerichtet und bleibt eine Weile stehen, den Wäschekorb zu ihren Füßen. Tupsu Lindbergh winkt, macht einen eleganten Bogen und fährt hinter dem Boot zurück über die Bucht. Bella hebt die Hand, läßt sie sinken. Dann fährt sie sich mit einer entschlossenen Geste durchs Haar, hebt den Wäschekorb hoch und geht aufs Land zu, zu Maj Johansson, die an der Wäscheleine klamme weiße Laken ausbreitet und mit Wäscheklammern befestigt. Saubere weiße Laken, die nach und nach im Wind flattern, daß sie aussehen wie Segel.

Dann vergeht Zeit. Eine gewisse Zeit, in der im Radio nur gute Jazzmusik kommt. Und sonst ist es still. Eine ruhige, geruhsame Stille legt sich über alles.

»So still ist es den ganzen Sommer nicht gewesen«, sagt Bella einmal am Abendbrottisch. Doch sie steht nicht auf und fängt nicht an, die Stille zu unterbrechen, wie sie es oft tut. Klappert nicht mit Geschirr, trommelt nicht mit den Füßen auf dem Boden. Lacht nicht. Sitzt da.

»Mitten im Sommer ist es plötzlich still geworden«, sagt Kajus. Und Bella und Kajus nehmen das Transistorradio mit ins große Zimmer, spielen Jazzmusik und sind bis spät in die Nacht wach.

Nachts liegt Thomas in seinem Bett und starrt durch die Tür, die einen Spaltbreit offen ist, ins Dunkel des großen Zimmers. Bella ist ein Schatten über dem Boden, der unter ihren Füßen leise knarrt. Sie stellt sich ans Fenster. Ihre Zigarette glüht. Die Glut ist der einzige Lichtpunkt im Zimmer, außer dem Radio, das gelb und gedämpft in der Leseecke leuchtet. Obwohl es in der weißen Villa Elektrizität gibt, hat man das in der weißen Villa gewissermaßen nicht richtig realisiert. Thomas' Zimmer ist tatsächlich das einzige mit ordentlicher Deckenbeleuchtung.

»Ist lange her, daß ich richtige Musik gehört habe«, sagt Bella plötzlich. »Es hat mir gefehlt.«

»Wirklich?« sagt Kajus.

»Man kann zu keiner anderen Musik so gut tanzen.«

»Ich freu' mich, daß du das findest.«

»Ach, Kajus. Komm jetzt tanzen.«

Kajus und Bella tanzen. Und Thomas liegt in seinem Bett und verfolgt, wie sich der orangefarbene Punkt, der Bellas Zigarette ist, draußen im großen Zimmer in langsamen Kreisen bewegt. Dann dreht er sich zur Wand und schläft ein.

»Willkommen zurück«, sagt Kajus.

»Was?« sagt Bella. »Ich war doch nie irgendwo.«

Es ist eine Zeit, wo im Radio nur gute Jazzmusik kommt. Chet Baker singt *My Funny Valentine*. Kajus und Bella diskutieren seine Musik. Sie sagen, er habe eine wunderbare Phrasierung, einfach phantastisch. Kajus erklärt, das liege daran, daß Chet Baker seine Stimme genau wie ein Musikinstrument benutze, wie seine Trompete. Das erkenne man, wenn man genau zuhöre, aufmerksam für alle musikalischen Nuancen. Das sei sein Geheimnis, sagt Kajus, und Bella nickt, Bella stimmt ihm zu. Manchmal aber lacht Kajus dann auf und sagt, das sei auch in gewisser Weise lächerlich, *man kann ja nicht alles in seine Bestandteile zerlegen.* Und das Reden verebbt in einer großen ruhigen Stille. Dunkel, Zigarettenglut, vielleicht im Hintergrund Musik.

Thomas lächelt vor sich hin, wenn er zuhört. Wenn Bella und er über Chet Baker diskutieren und Kajus nicht dabei ist, reden sie über ganz andere Dinge. Bella sagt zum Beispiel, Chet Baker sei *süß*, ganz so, als wäre Chet Baker Paul Anka oder irgendein anderer Frauencharmeur ohne musikalische Verdienste und kein seriöser Musiker.

»Genau wie du, Tschett«, sagt Bella zu Thomas.

»Ich heiße Thomas«, sagt Thomas. Aber so schlimm ist es nicht. Manchmal hat Bella die Fähigkeit, lächerliche Dinge so zu sagen, daß sie akzeptabel klingen.

»Natürlich, Kleiner«, sagt Bella unbekümmert.

»Ich heiße Thomas«, sagt Thomas säuerlich. Kleiner: Das ist bedeutend schlimmer. Wenn Bella Kleiner sagt, begreift man, daß sie kein Wort meint, das sie sagt, oder daß sie an ganz andere Dinge denkt. Etwas, wovon sie Thomas nicht erzählen will, was es ist.

Einmal geht Thomas hinauf in Bellas Atelier. Er ist allein in der weißen Villa. Kajus und Bella pumpen auf dem Hof Fahrradreifen auf. Er steht mitten zwischen all den Sachen: Kleidern, Lockenwicklern, Schminkutensilien, Illustrierten. Atmet Tabakduft ein. *Blue Grass*. Konstatiert: Hier ist er seit langem nicht gewesen. Erinnert sich an den Regen, der aufs Blechdach fiel, die Illustrierten, das Reden über *alles mögliche*, die Meerjungfrauen, das süße Leben. Bellas Summen, *darum bin ich ein Vagabund*.

»Bald passiert was«, hatte Bella gesagt, aber es regnete nur weiter, denn das war die Zeit, bevor Familie Engel kam.

Denn sie wollten ja nicht hiersein: Sie wollten zu den Meerjungfrauen, zum süßen Leben. Dieses Spiel nahmen sie von der Stadtwohnung auch ins Sommerparadies mit, am Anfang. Das Wegfahr-Spiel. Thomas! Kommst du mit? *Möch-*

test du auch wegfahren? Diese Frage mußte gestellt werden, damit der andere die Möglichkeit hatte zu antworten. Und es gab nur eine einzige mögliche Antwort. Diese Antwort war: JA, JA, JA. Und dann mußte man sich eilig vorbereiten. Koffer packen, sich Reisekleidung anziehen und *alles mögliche* mitnehmen. Wenn man fertig war, war das Spiel zu Ende. Als Thomas klein war, hatte er es nicht richtig begriffen. Er hatte angefangen zu weinen, wenn sie dann nicht irgendwohin fuhren, sobald sie fertig waren. Sondern anfingen, die Reisekleidung auszuziehen, sich abschminkten, Essen kochten, saubermachten, Paul Anka vom Plattenteller nahmen und statt dessen Bill Evans auflegten, weil Kajus bald nach Hause kam, und die Erbsensuppe aufsetzten.

»Ach was, Thomas«, sagte Bella. »Fang mir jetzt nicht an zu schmollen. Wenn du älter bist, fahren wir beide weg. Zusammen. Du mußt nur erst ein bißchen wachsen.«

»Möchtest du auch?«

Thomas steht oben in Bellas Atelier und versucht einen alten Tonfall. Seine Stimme klingt ziemlich rauh.

Nun konstatiert er: Es ist einige Zeit her. Hier ist er seit langem nicht gewesen.

»Was machst du hier, Kleiner?«

Bella ist heraufgekommen.

»Ich heiße Thomas. Wollt ihr nicht Fahrrad fahren?«

»Sicher, Tschett. Ich wollte nur das Mückenöl holen. Hast du es gesehen?«

»Ich heiße Thomas«, sagt Thomas.

Bella und Kajus radeln auf dem Waldweg davon. Kajus hat sein eigenes Fahrrad instand gesetzt. Bella hat sich Maj Johanssons Monark geborgt. Sie nehmen Blaubeerkannen mit, für den Fall, daß sie eine richtig gute Stelle finden. Als sie nach Hause kommen, haben sie anderthalb Liter gesammelt.

»Ha!« sagt Kajus. »Jetzt haben wir Maj Johanssons und Johanssons Vettern und ihre Pflückmaschinen überholt.« Und Bella backt Blaubeerkuchen. Thomas ißt mehrere Stücke. In der Nacht stellt er fest, daß er allergisch gegen Blaubeeren ist. Doch die Reaktion ist ziemlich mäßig, Röte, Kratzen im Hals. Es ist nicht so schlimm, am Morgen ist er wieder ganz gesund.

Erkki Johansson und Thomas haben ein Raupenprojekt. Sie fangen bei Johanssons Sauna Raupen. Sie legen sie in Gläser, die sie mit Laub und Erde und anderem gefüllt haben, was nötig ist, um ein natürliches Raupenmilieu zu simulieren. Sie bohren Luftlöcher in die Glasdeckel und schrauben sie zu, damit die Raupen nicht fliehen. Nach und nach haben sie viele verschiedene Raupen in verschiedenen Gläsern, Maggi findet eine etwas andere Raupe, nicht bemerkenwert an sich, braun und haarig wie die meisten, dennoch nicht ganz so wie irgendeine von Thomas' und Erkkis Raupen. Maggi legt ihre Raupe in ein eigenes Glas und gibt an, weil sie sich mit einer einzigen begnügt. Sie muß ja nicht alles aufsammeln, was auf Johanssons Parzelle herumkriecht. Sie kommt ohne zig Raupen in verschiedenen Gläsern aus, eine förmliche Raupenausstellung auf Johanssons Saunaterrasse. Thomas und Erkki gehen zu Helena Wikblad ins rote Häuschen, denn Helena Wikblad ist die einzige, die ein ordentliches Insektenbuch hat. In respektvollem Abstand von dem Baby, das im Kinderwagen auf dem Hof in den Sommertag hinausschreit, blättern die beiden in Helenas Buch, um ihre Raupen zu identifizieren und herauszufinden, welche Schmetterlinge aus ihnen werden. Ganz gewöhnliche, stellt sich heraus, Zitronenfalter und andere Arten, deren Namen man sich nicht merken kann, weil sie einem ständig vor den Augen herumflattern. Und manche werden überhaupt keine Schmetterlinge. Besonders Thomas' dickste und längste nicht. Eine mit blaugefleckter Nase und dünnen orangefarbenen Fühlhörnern. Helena Wikblad spricht sorgfältig den Namen einer bestimmten Käferart aus, auch auf Latein. Sie versucht es so, daß es schön klingt. Aber jeder weiß, daß nur Schmetterlinge schön sind. Maggi Johansson schraubt den Deckel ihres Glases auf. Ein seltenes Exemplar erkennt Helena Wikblad mit bloßem Auge. »Anfang eines Schwalbenschwanzes« steht da, wenn man im Buch nachschlägt. Maggi lächelt Thomas und Erkki Johansson höhnisch zu. Erkki und Thomas gehen. Maggi bleibt noch. Mehrere Tage danach sitzt Maggi Johansson mit Helena Wikblad im Gras vor dem roten Häuschen und führt erwachsene Gespräche. Erwachsene Gespräche handeln nicht von Käfern und Raupen, sondern vom Leben, von Babys und dergleichen. Maggi steckt dem Baby den Schnuller in den Mund. Das Baby spuckt den Schnuller aus. Maggi steckt dem Baby den Schnuller in den Mund. Das Baby spuckt ihn aus.

Erkki Johansson und Thomas gehen in den Wald, zunächst einfach ohne Ziel und Absicht. Nach und nach führen sie den einen oder anderen wissenschaftlichen Versuch durch. Als eine gewisse Zeit verstrichen ist, sagt nämlich Erkki Johansson plötzlich, er wolle jetzt anfangen, dafür zu üben, wenn Renée zurückkommt.

Renée. Das trifft Thomas. Zunächst klingt es beinah fremd. Thomas kommt darauf, daß er fast überhaupt nicht an sie gedacht hat. Und dennoch irgendwie, wird ihm jetzt klar, die ganze Zeit.

Mitten in dem rauschenden Sommer, der sich zu Thomas' eigenem Erstaunen ohne Familie Engel denkbar gut anließ, der Sommer mit Insektenlarven in Gläsern auf Johanssons Saunaterrasse, spätem Fischlaich in leckenden Blecheimern und Seegras, um ihn zu füttern, Helena Wikblad und Maggi Johansson mit blondem Haar, auf die gleiche Art zu Pferdeschwänzen gebunden, am roten Häuschen, ein Baby im Kinderwagen neben sich, Kajus' Sprungbrett, an dem gebaut und gebaut wird und das sich immer unheildrohender am Strand der weißen Villa erhebt. Bellas Zigaretten am Abend im großen Zimmer, Kajus' und Bellas Gespräch über Jazz, ihr Geklingel mit den Fahrradklingeln, ring-ring-ring, »Thomas! Wir sind jetzt zu Hause!«, Erkki Johanssons »Thomas, und was machen wir jetzt?«, »Thomas, du bist der Klügste, den ich kenne«, »Thomas, du kriegst die Giraffe später, wenn Mama es nicht sieht«, »Thomas, und was für einen Versuch machen wir jetzt?«, »Sag schon, Thomas.«

Und dies: du Idi. Taps Taps.

Geräusch von Füßen und sonst nichts. Füße auf dem Weg in den Wald. Und der Wald; er hat keinen direkten Zusammenhang mit Erkki Johansson. Oder mit wissenschaftlichen Versuchen überhaupt.

Erkki Johansson aber ist hartnäckig, und Thomas muß nachgeben. Im Namen der Wissenschaft läßt er ihn schließlich auf den ersten Ast eines ziemlich hohen Baums klettern. Eine schwankende Birke, die unten stabil ist, aber weiter oben dünn und lebensgefährlich wird, denn so muß es sein, damit der Versuch als Herausforderung empfunden wird. Erkki Johansson klammert sich an den ersten Ast, schlingt die Arme und Beine um ihn wie ein Affe. Es dauert eine Weile, bis er sich traut, wieder herunterzuspringen, doch als er es getan hat, sagt er:

»Wenn Renée zurückkommt, klettere ich bis an die Spitze.«

»Das glaub' ich nicht«, sagt Thomas.

»Abwarten?« fragt Erkki Johansson.

»Wollen wir wetten?« fragt Erkki Johansson.

Renée. Nach und nach hat alles, was er beobachtet und unternimmt, mit ihr zu tun. Sie ist es, der er alles erzählen wird. Und da fängt er an, seine Umgebung ganz und gar aus dieser Perspektive zu erleben und wahrzunehmen. Schon während Dinge gerade geschehen, verwandeln sie sich in seinem Kopf in Geschichten und Anekdoten, die er ihr erzählen will. Nach und nach kommt es in seinem Kopf zu einem ununterbrochenen Komponieren. Er lädt sich mit Geschichten auf, ist schließlich kurz vor dem Zerspringen. Doch trotzdem kommt sie nicht.

Und da wird er ungeduldig. Wo ist sie? Warum kommt sie nicht? Und er fängt an, sich zu fragen, wovon er geglaubt hat, er würde es sich die ganze Zeit über fragen, während Familie Engel weg ist. Wo sie sind. Was sie machen. Jetzt in dieser Minute, dieser Sekunde. Wann kommen sie zurück? Wenn sie nun nie zurückkommen?

Immer öfter findet er sich auf dem leeren Kiesplatz unterhalb von Engels Berg wieder. Schielt zum Haus hinauf, den dunklen Fenstern, den zugezogenen Gardinen.

Er geht nach Hause, setzt sich an seinen Tisch, baut an seinem Skelett. Liest in der Gebrauchsanweisung:

»Um Hoffnung zu haben, einander zu verstehen, müssen wir jedoch in Gleichnissen sprechen, in Bildern. Das tun wir im täglichen Leben in den einfachsten Zusammenhängen immer, und das müssen wir auch jetzt tun, wo wir gemeinsam versuchen wollen, etwas über die Wirklichkeit zu lernen. Wirkliche Wissenschaftler sagen nie: ›So ist es!‹, sondern sie sagen: ›Das hier ist ein Bild davon, wie wir glauben, daß es ist.‹«

Sie ist wieder da. Leuchtet auf. *Genau wie sie.*

Aber wo ist sie?

»Was glaubst du, wo sie jetzt sind, Thomas?«

Thomas sieht sich um. Bella ist in sein Zimmer gekommen, steht am Fenster und sieht hinaus. Spricht mit leiser Stimme, sieht intensiv vor sich, als breitete sich die weite Welt, wo Familie Engel ist, jenseits des Fensters vor der Villa aus.

»Ich weiß nicht«, sagt Thomas. »Ich hab' keine Ahnung.«

Bella zuckt die Achseln und geht.

»Wollen wir Fahrrad fahren?« fragt Kajus. »Den Monark borgen?«

»Ich bin müde«, sagt Bella. »Ich muß mich ausruhen.«

Das kann unmöglich wahr sein. Bella und Kajus haben in der letzten Zeit ausgeschlafen, so lange sie wollten. Manchmal bis in den Nachmittag hinein.

»Ich geh' rauf ins Atelier«, sagt Bella, als ihr niemand glaubt. »Ich will meine Ruhe haben und denken.«

»Denken«, sagt Kajus fröhlich, als wäre das im Zusammenhang mit Bella eine wissenschaftliche Unmöglichkeit. Es ist nicht böse gemeint. Kajus und Bella reden manchmal auf diese Art miteinander. Gewissermaßen so, daß Bella die Meerjungfrau ist, und Meerjungfrauen denken nicht soviel, sondern reagieren instinktiv und gefühlsmäßig, lassen sich von ihrem Temperament leiten. Und Bella sagt dazu eigentlich nichts. Sie macht manchmal auch selbst mit und lacht.

Jetzt aber lacht sie nicht. Sie sagt gute Nacht, obwohl es erst acht Uhr abends ist. Und man hört Schritte in der Dachbodendiele, die Ateliertür wird geschlossen.

»Ist sie sauer?« fragt Thomas.

»Nein«, sagt Kajus freundlich. »Alle Menschen müssen mal Ruhe haben und denken. So ist das, Thomas.«

»Wenn ich's mir recht überlege, glaube ich, ich ziehe mich auch eine Weile zurück. Ich hab' mit einem guten Buch angefangen, auf der Veranda. Kommst du mit?«

Thomas schüttelt den Kopf.

»Ich bastle.« Er geht in sein Zimmer und baut weiter an seinem Skelett.

Kajus' Sprungbrett ist fertig. Dunkel und gerade ragt es über das schimmernde blaue Wasser. Kajus kommt in der Badehose an den Strand. Er hat sich mit Sonnenöl eingerieben. Es sieht an ihm nicht so gut aus wie an Bella, denn Kajus' Pigmente sind so wie die von Thomas, ebenso bleich. Er hat das Transistorradio dabei. Und den Fotoapparat.

Kajus legt den Fotoapparat auf den Felsen und geht aufs Sprungbrett hinaus. Er streckt sich der Länge nach auf dem Rücken aus, stellt das Radio an und fängt an, sich zu sonnen. Nach ungefähr einer halben Minute setzt er sich auf und ruft Thomas zu, er solle ein Bild machen.

Bella schläft im Schatten auf dem Bauch zwischen ihren Decken, das Gesicht im gelben Bademantel vergraben, den sie sich unter den Kopf geknüllt hat. Thomas knipst ein Bild von Kajus, der dreht die Lautstärke des Radios so weit auf, daß Bella einfach aufwachen muß. Kajus ruft Bella zu, sie solle raus aufs Sprungbrett kommen. Bella sagt, daß sie nicht will.

»Ich will im Schatten bleiben«, ruft sie. »Ich krieg' einen Sonnenstich von zuviel Sonne.«

Da aber Kajus ziemlich hartnäckig sein kann, wenn er etwas wirklich will, legt sich Bella schließlich auf das Sprungbrett. Schlaftrunken und strubbelig, aber zweifellos hübsch in ihrem gelben Badeanzug, mit ihrer dunklen, patinierten Haut. Kajus geht an Land und stellt sich mit dem Fotoapparat auf den Strandfels. Er zommt Bella in die Linse und ruft ihr zu, wie sie liegen soll. Auf der Seite, der Oberkörper auf dem Ellenbogen ruhend und das Gesicht zur Kamera. Bella sagt, sie bekomme von den ungehobelten Brettern Splitter in den Hintern. Spätestens in dieser Lage, denkt Thomas, muß Kajus sehen, daß alles, wirklich alles an dem Sprungbrett nicht stimmt. Kajus aber sieht nichts, er ist plötzlich völlig blind, mitten beim Fotografieren. Er knipst und knipst, und dann übergibt er den Fotoapparat Thomas und geht selbst wieder hinaus aufs Sprungbrett. Er ruft Thomas zu, er solle ein Bild machen. Thomas sieht im Fotoapparat, daß Bella das Gesicht Johanssons Sauna zugewandt hat, nur Kajus sieht geradeaus. Thomas justiert Belichtung und Entfernung, und plötzlich findet er es gar nicht schlecht, daß Kajus' Fotoapparat keine praktische Instamatic wie Rosas ist, sondern jede Menge Knöpfe zum Einstellen hat. »Knips jetzt endlich!« ruft Kajus, und Thomas sieht ein, daß er knipsen muß. Dann aber spürt er etwas Fremdes und Kitzliges an seinen Knien. Er schielt nach unten. Klar. Das ist klassisch. Der Fotoapparat ist aufgegangen, und heraus hängt der Film in einem gewundenen glänzenden Streifen. Kajus ist böse auf Thomas. Er glaubt, Thomas hätte es mit Absicht getan.

Doch da hört man ein Hupen von oben.

Ein bekanntes Autohupen, bei dem man sofort weiß, wer es ist. Es gibt kein einziges anderes Autohupen, das so klingt, im ganzen Sommerparadies nicht.

Und Bella kriecht draußen auf seinem Sprungbrett an Kajus vorbei. Zunächst gemächlich, noch mit einem Rest von Würde, dann mit immer schwerer kontrolliertem Eifer. Weg vom Sprungbrett, rauf auf den Strandfels, rein in den Bademantel und rauf in die Allee läuft sie, rauf zu den Häusern. Ruft Kajus und Thomas tatsächlich noch etwas zu. Etwas Unwahrscheinliches: »Ich muß mal nötig!«

Kajus und Thomas bleiben am Strand zurück.

»Darf ich's ausprobieren?« fragt Thomas. Er meint das Sprungbrett. Natürlich will er am liebsten raufgehen, genau wie Bella, aber ihm ist ja klar, daß er nicht einfach so losrennen kann, wie Bella es getan hat. Der arme Kajus mit seinem Sprungbrett, denkt Thomas, obwohl er wirklich selber mitgebaut und nicht bloß die Wasserwaage gehalten hat.

»Wenn du willst.« Kajus versucht, den ruinierten Film zurück in den Fotoapparat zu rollen. Er rollt und rollt. Aber böse ist er überhaupt nicht mehr. Er hat in seinem Ausbruch völlig den Faden verloren.

Thomas probiert das Sprungbrett aus. Ganz recht. Es ist wertlos. Die Bretter sind zu dick, um zu wippen, und springt man mit dem Kopf zuerst, muß man aufpassen, denn das Wasser ist unter der Spitze höchstens einen halben Meter tief, jetzt, wo die Hitze schon ewig lange anhält und das Wasser so flach ist.

»Wollen wir es abbauen?« fragt Kajus plötzlich, während

Thomas versucht, auf dem Sprungbrett auf und ab zu wippen und interessiert auszusehen.

»Ja«, sagt Thomas sofort. Und sie fangen augenblicklich an. Arbeiten rasch und methodisch, und bald gibt es kein Sprungbrett mehr, sondern nur einen harmlosen Haufen Bretter auf dem Berg neben der Stranderle.

»Wollen wir ein Floß bauen aus den Brettern?« fragt Thomas.

»Gute Idee«, sagt Kajus.

Er ist eine Weile still, fängt dann aber wieder an zu reden, und da ist er wirklich richtig eifrig.

»Wir brauchen ordentliche Schwimmer. Wir müssen einen Prototyp zeichnen und berechnen, wieviel Schwimmmaterial nötig ist, damit das Floß ordentlich schwimmt. So was erfordert Mathematik. Exakte Berechnungen.«

»Ja.« Thomas ist auch der Meinung.

»Auf unserem Floß soll man nicht naß werden. Oder? Unser Floß soll das beste der ganzen Bucht werden.«

»Das ist nicht so schwer«, sagt Thomas. »Es gibt keine anderen Flöße hier in der Bucht.«

»Hm«, sagt Kajus.

»Hm«, ahmt ihn Thomas nach.

»Weißt du, was ich jetzt mach', Thomas?« Kajus grimassiert, so daß der linke Mundwinkel weit zum linken Ohr hinaufgezogen wird und etwas zittert. »Ich lächle ein schiefes Lächeln.«

»Genau wie Gene Pitney«, fällt Thomas ein. Und sie lachen, denn jetzt verstehen sie sich wieder.

Mehrere Stunden später findet er sie am Strand. Genau vor der Stelle, wo das Sprungbrett war, das jetzt ein harmloser Haufen Bretter neben der Stranderle ist. Thomas ist dankbar für diesen Haufen. Wie dankbar, erkennt er eigentlich erst jetzt, als er sie wiedersieht. Wie schwer zu erklären es gewesen wäre. Und es wäre zu erklären gewesen.

Sie ist wie vorher, im orangefarbenen Pulli, auf der Schulter mit großen Garnstichen zusammengenäht. Sie zieht eine braune Haarsträhne zwischen ihren Schneidezähnen hindurch. Thomas, randvoll mit Geschichten, Beobachtungen, Geheimnissen, die er während der Zeit, wo sie fort war, angesammelt hat, kommt hinter ihr an. Läßt sich neben ihr nieder. Und sie? Was hat sie erlebt? Er schielt zu ihr hin, wie um Spuren von Sonnenhut, Sonnenbrille und Straße zu finden, *mit dem eigenen Heim hinaus in die Welt*. Das einzige, was neu an ihr ist, ist ein beigefarbener Stoffdinosaurier, unter den Arm geklemmt. Hals und Kopf gucken hervor. Kein Tyrannosaurus Rex, sondern eine der pflanzenfressenden Arten.

Thomas öffnet den Mund, will anfangen zu reden. Auf der Bucht fährt Tupsu Lindbergh Wasserski hinter Lindberghs glänzendem Mahagoniboot. Fegt am Strandfels vorbei, nahe. Winkt. Ruft: »Mit Schwung geht alles besser.« Thomas hebt automatisch die Hand.

»Jetzt ist das Benzin alle«, sagt Renée.

»Was?«

»Jetzt ist das Benzin alle.«

»Ha, ha«, sagt Thomas. Was kann er sonst auch sagen?

Aber trotzdem. Gleichzeitig. Er sieht, wie es anfängt zu passieren. Der Motor heult auf. Hustet, stottert. Das Gestotter pflanzt sich die Wasserski-Leine entlang bis zu Tupsu Lindberghs Körper fort. Zwei kräftige Rucke. Der Motor verstummt. Tupsu Lindbergh fängt an zu sinken. Langsam, dann schneller. Sie verschwindet unter der Wasseroberfläche. Doch vorher sieht sie sich noch um, das Gesicht zu einer Grimasse verzerrt, die die Reste eines Lächelns sind. Sie begreift überhaupt nicht, was gerade passiert.

»FAHR, ZUM TEUFEL!« ruft Tupsu Robin Lindbergh im Boot zu. Aber Robin Lindbergh kann nichts tun. Er ist machtlos. Er steht nur da, an seine Spritzschutzscheibe gelehnt, und betrachtet durch seine Pilotenbrille, was geschieht.

»Tritt durch, Robin!« ruft Tupsu Lindbergh.

Doch es hilft nichts. Das Benzin ist alle. Tupsu Lindbergh verschwindet unter der Wasseroberfläche.

Ach was. Das passiert natürlich überhaupt nicht.

Robin Lindbergh zischt weiter auf Lindberghs Haus zu. Tupsu Lindbergh folgt auf den Skiern. Die Knie etwas zu gebeugt, aber nicht so, daß es einem auffällt, außer man guckt ganz genau. Die Bikinihose hängt am Po ein bißchen, denn Tupsu Lindbergh ist so mager wie ein Skelett, das rot-weiß-blaue Boating-Tuch, das sie sich immer um den Kopf bindet, um ihr blondes Haar vor der Sonne zu schützen, die heiß aufs Meer brennt, ist ein wenig verrutscht, so daß ein paar Strähnen frei und wild um ihren Kopf flattern; doch all dem seine Aufmerksamkeit zu widmen wird erst zwei Jahre später aktuell, als Bella und Rosa Wasserski laufen und man Vergleiche anstellen kann.

Und so ist das, was das betrifft.

Thomas aber wird böse.

Irgendwie. Bloß weil Renée sagt: »Jetzt ist das Benzin alle«, ist es auch so. Sieht er vor sich, wie es anfängt zu passieren. Der Motor, der aufheult und verstummt. Tupsu Lindberghs Grimasse. Tupsu Lindbergh, die unter die Wasseroberfläche sinkt.

»Du bist richtig blöd.«

Thomas steht auf und geht weg. Er geht durch die Strandallee zur weißen Villa. Er geht mit bösen Schritten. Mitten in der Allee biegt er nach rechts ab. Überquert Johanssons Hofplatz und schwenkt in den Pfad zum Wald ein. Sie folgt ihm. Er hört ja ihre Schritte.

Aber dann ist da noch ein drittes Geräusch. Ein Tapsen, das ihm nicht ebenso bekannt vorkommt, das aber doch deutlich ist. Nein. Er bildet es sich nicht ein. Und schließlich kann er sich nicht mehr halten. Er muß sich umdrehen, um es zu kontrollieren.

»Okay, Versuchsperson«, murmelt er. »Du bist dabei.«

»Ja«, sagt Erkki Johansson feierlich. Fast schon bevor Thomas angefangen hat zu sprechen.

★

Aber noch mitten am Tag. Atemlos, in klitschnasser Badehose, Sprungbrettsplitter in den Füßen, die Handflächen brennend von trockenen ungehobelten Brettern, steht Thomas in der Tür des großen Zimmers, die Haut heiß von der Sonne, die Füße fest auf dem warmen Boden.

Rosa ist schon da, mit Sonnenbrille. Sie erzählt vom Leben auf der Landstraße und von all den Orten, wo sie gewesen sind. Oder tut sie es nicht? Thomas hört nicht so genau zu. Es ist nicht so wichtig.

Rosa und Bella probieren im großen Zimmer, das in Sonnenlicht getaucht ist, Sonnendresses. Das sind knielange Röcke mit bauchfreien Oberteilen aus Baumwollstoff. Das gleiche Modell für Bella und Rosa. Aber verschiedene Farben. Rosas ist rosa, Bellas gelb mit weißen Punkten. Großen weißen Punkten.

Rosa hat sie in Schweden gekauft, als Souvenir für sie beide.

Und sie lacht und entdeckt Thomas.

Eine starke, entschiedene Freude steigt in Thomas auf. Er begreift, daß er auf diesen Augenblick die ganze Zeit gewartet hat, trotz allem. Und Bella auch. *Wenn sie zurückkommen.* Nein, es gibt kein Zurück mehr zu etwas anderem.

»Jetzt glaub' ich«, lacht Rosa Engel im Sonnendreß im großen Zimmer, daß ich niemals mehr von hier wegfahren will. Zumindest nicht in diesem Sommer.«

»Jetzt weiß ich, was wir machen, Bella«, sagt sie dann. »Wir schicken die Männer auf einen Ausflug und machen 'ne Party.«

★

Und ein paar Tage später stehen Bella und Rosa mit nackter Brust in ihren gelb-weißen beziehungsweise rosa Röcken oben auf Gabbes und Rosas Berg, an der Stelle, wo man überall im ganzen Sommerparadies gesehen wird. Die Oberteile haben sie in Rosas Gartenlaube geworfen, wo sie den ganzen Vormittag für sich allein eine Party gemacht haben. Jetzt aber ist ihnen heiß geworden, jetzt wollen sie an den Strand, um sich abzukühlen und zu schwimmen.

Sie gehen am roten Häuschen vorbei, wo Helena Wikblad auf der Treppe sitzt, ein aufgeschlagenes Buch auf dem Schoß und das blau angelaufene Baby im Kinderwagen neben sich. Rosa und Bella winken und gehen weiter über Johanssons Hofplatz. Helena Wikblad winkt zurück, Maj Johansson aber, mit Kartoffelkralle in der Hand auf ihrem kleinen Acker hockend, tut so, als sähe sie nichts, obwohl sie hinter dem wild verzweigten Kartoffelkraut den perfektesten Aussichtspunkt hat.

Über Bellas und Rosas Brüste kann man folgendes sagen:

Bellas sind rund und üppig. Rosas etwas kleiner, vielleicht eine Spur – mikroskopisch, aber trotzdem – hängend. Rosas Brustwarzen sind dunkel und stehen aufrecht. Bellas Brustwarzen sind gerade richtig.

Ein paar Meter hinter ihnen kommt Renée. Sie schleppt ihren Dinosaurier. Völlig angezogen: mit langer Hose, Tennisschuhen, orangefarbenem Pulli.

Doch all das sieht sonst niemand. Thomas zum Beispiel kann es sich nur vorstellen. Denn an den Tag, als Bella und Rosa zum ersten und einzigen Mal überhaupt ihre Oberteile wegwerfen, ist Thomas mit den Männern in Gabbes weißem Auto auf dem Ausflug. Er sitzt, eingeklemmt zwischen Johan Wikblad und Kajus, auf dem Rücksitz, er spaziert in sengendem Sonnenschein auf einem Kiesplatz zwischen alten Kriegsflugzeugen, oder, wie Gabbe sagt, *pretty flamingos*, umher.

»*See that*, Sohn.«

Gabbe streckt die Hand nach dem Flamingo aus, berührt das Blech, das in der heißen Sonne brennt, zieht den Arm zurück und sagt:

»Ach ja, Sohn. Warum stehen die hier? Die müßten raus, man müßte damit fliegen. Wozu sind Flugzeuge da, wenn nicht, um damit zu fliegen?«

»Ja, Sohn«, fährt Gabbe fort, »in Amerika kann man Sohn sagen, ohne daß es wirklich der eigene Sohn sein muß, mit dem man redet.«

»Ich weiß«, fällt Thomas plötzlich ein. »Hat Paul Anka gesagt.« Und Gabbe sieht ihn irgendwie verblüfft an.

»Ahaa, Thomas«, sagt er. »Jetzt bin ich neugierig. Jetzt mußt du mehr erzählen.«

Und ehe sich's Thomas versieht, wird er es tun. Er wird sie erzählen, sie sich förmlich abringen, die Geschichte, die kein Geheimnis ist, die er dennoch irgendwie ein wenig so empfunden hat. Eine alte Geschichte, etwas Privates zwischen Bella, Kajus und ihm selbst.

Und im Auto auf dem Heimweg kurbelt Gabbe das Fenster herunter, läßt den Ellenbogen auf dem Rahmen ruhen und tritt das Gaspedal fast in den Boden, und sie fahren mit mindestens hundertzwanzig Stundenkilometern davon.

Und Gabbe sagt, mitten im Rausch der Geschwindigkeit:

»Er ist ja ein richtiger Entertainer, unser Thomas hier.«

Thomas hat natürlich gar nicht mitfahren wollen. In der Nacht zuvor hat er eine Apfelsine gegessen. Hat heimlich in der Küche mehrere Schnitze verschluckt, keine ganze Frucht, aber genug, um eine Reaktion der leichteren Art hervorzurufen. Er ist zu seinem Bett zurückgegangen und hat gewartet. Er ist eingeschlafen, doch nichts ist passiert. Die Reaktion hat sich nicht eingestellt, und es hat keinen gültigen Grund gegeben, dem Platz fernzubleiben, der ihm auf dem Rücksitz zwischen Johan Wikblad und Kajus im Ausflugsauto reserviert worden war. Da Pusu Johansson am größten ist, hat er vorne neben dem Fahrer gesessen.

Der Fahrer brettert mit hundert Stundenkilometern über die große Landstraße, kurbelt das Fenster herunter, so daß er in die Öffnung den Ellenbogen spreizen kann, und sieht Thomas im Rückspiegel an.

»Thomas, weißt du jetzt, was das heißt – Rausch der Geschwindigkeit?«

Thomas nickt, wenn auch ziemlich steif. Am Anfang des Ausflugs ist er ein bißchen so; steif, bedacht darauf, Distanz zu halten. Er gibt sich Mühe, distanzierende Gedanken zu denken. Wie diesen: daß ein Nachteil, der kleinste von allen Männern zu sein, der ist, daß man dumme Fragen beantworten muß, die sich die Erwachsenen eigentlich untereinander stellen möchten, sich aber nicht trauen, gerade weil sie erwachsene Männer sind.

Und sie sehen Tankstellen, Beefsteaks auf Tellern und Bier, das die Männer trinken, alle außer Gabbe, der der Fahrer ist, doch als die Brieftaschen gezogen werden sollen, verhindert er das, indem er die Hand hebt und sagt, sie seien eingeladen. Sie sehen Flugzeuge, das Ziel dieses Ausflugs. Eine Kriegsflugzeugausstellung auf einer Militärbasis auf der Porkala udde. Obwohl – Ziel und Ziel, das Ziel ist nicht wichtig an sich. Es hat seinen eigenen Wert, über die Landstraße zu brausen und den Rausch der Geschwindigkeit zu spüren.

Zum Gefühl gehört auch der Gegensatz des Gefühls. Es ist nicht komplett, wenn man nicht im Hinterkopf ein Bild dieses Gegensatzes hat, als Kontrast oder Hintergrund, von dem es sich abheben kann. Da kommt dann das hinein, was man die *Frauen und Kinder* nennt. Während die Männer auf den Autobahnen in Abenteuer und Freiheit fahren, pusseln die Frauen im Sommerparadies mit ihren Dingen herum. Faulenzen und reden von Heim, Mann und Kindern und großer Wäsche oder diesmal von Elizabeth Taylors Liebesleben, das mit dem wirklichen Leben nicht so zu tun hat wie zum Beispiel Autobahnen.

Wenn die Männer von ihren Ausflügen hinaus in die Welt nach Hause kommen, stehen die Frauen da und warten auf sie, sozusagen leer und erwartungsvoll und voller Empfänglichkeit, Ohren und Augen offen für die satte Müdigkeit der Männer, deren Erzählungen, Abenteuer, Geschichten, die ruhig etwas kindlich sein dürfen, damit wiederum ein Kontrast hervortritt. Der zwischen dem Abenteurer und der klugen reifen Frau, die solchen Unsinn nicht braucht, wenn ihr alles, was sie sich je gewünscht hat, beschert worden ist, Mann und Kinder und ein Sommerparadies zum Faulenzen.

So entstehen Seemannslieder, so der Mythos von der Landstraße, der Beweglichkeit, dem Vagabundentum. Es braucht immer jemanden, der nicht beweglich ist, der nicht zur See oder auf den Landstraßen herumfährt, jemanden als Hintergrund, vor dem sich der Seemann, der Vagabund abheben kann.

Natürlich denkt Thomas nicht in diesen Worten. Er ist erst acht Jahre alt und nicht besonders philosophisch veranlagt. Aber er spürt es. Denn er weiß ja das, was die Männer nicht wissen oder nicht wissen wollen. Daß im Sommerparadies in diesem Augenblick eine Party stattfindet und er nicht dabei ist. *Shangri-La-Party in Rosas Garten.* Und das ist etwas ganz anderes, als es sich die Männer einbilden.

Auch wenn er selbst nicht genau sagen kann, was.

Zum Beispiel so:

»*Surprise, surprise.* Die Party ist abgesagt«, ruft Rosa, als Bella zum Haus auf dem Berg kommt, nachdem die Männer gefahren sind.

»Mmm«, sagt Bella. Aber ihr zögerndes Lächeln, die großen fröhlichen Punkte auf ihrem Sonnendreß können ihre Enttäuschung nicht verbergen. Kann man mit nur zwei Personen eine Party feiern? Zumindest hat sie noch nichts davon gehört. Wo sind Tupsu und alle Freundinnen, die in den Häusern draußen am offenen Meer wohnen, wo Isabella noch nie gewesen ist?

»Ach was, Bella. Ich hab' sonst niemanden eingeladen«, erklärt Rosa fröhlich. »Weder Tupsu noch die Freundinnen. Ich hab den Barschrank voll mit Shangri-La. Wir müssen nicht darben. Jetzt können wir den ganzen Tag allein sein.«

Etwas später, Rosa redet:

»Es gibt auch eine andere Möglichkeit. Wir könnten fahren. Geradewegs ins Blaue. Bella, hörst du zu?«

»Wohin?«

»Irgendwohin, Bella. Immer der Nase nach.«

Und noch später, Rosa zieht das Oberteil aus und wirft es in die Laube. Bella macht es nach; was soll sie sonst machen? Es ist ja nur ein Spiel, ein Spiel mit Worten.

Und dann sitzen sie da und betrachten im Schatten der Gartenlaube gegenseitig ihre Brüste.

Rosa fotografiert Bella mit der Instamatic. Bella erzählt etwas, vielleicht über Kajus und das Sprungbrett.

Rosa öffnet den Fotoapparat mit einer triumphierenden, gespielt schockierten Geste. Dann lacht sie.

»Ach was. Ich hab' keinen Film eingelegt. Das hier ist ganz privat.«

»Was machen wir jetzt, Rosa?« sagt Bella plötzlich ungeduldig.

Sehr richtig. Auf die Frage kann Rosa nicht antworten.

Und als sie auf nichts anderes kommen, nehmen sie ihre Sachen und gehen beide hinunter zum Strand.

Entertainer: das bedeutet Unterhalter, einer, der andere dazu bringt, über seine phantastischen Geschichten zu lachen.

»*Pretty flamingos.* Phantastische Vögel.« Thomas ist zwischen den Flugzeugen herumgelotst worden. Gabbes schwere Hand hat auf seiner Schulter geruht. Gabbe hat Fakten über die verschiedenen Modelle aufgezählt. Thomas hat zugehört, genickt, zugestimmt. Und mitten in alledem hat er seine Distanz vergessen, er ist mittendrin gewesen. Hat selbst etwas erzählen wollen, eine eigene Geschichte.

Entertainer: einer, der andere mit seinen phantastischen Geschichten unterhält. Gabbes Stimme im Auto ist zwar freundlich, und er sagt ja den anderen Männern auch nicht, was Thomas erzählt hat. Aber Thomas will dennoch durch den Autoboden versinken, hinein in den heißen Asphalt, über den sie mit unheimlicher Geschwindigkeit rollen. Zum Glück macht Gabbe das Radio an. Er dreht es sehr laut auf. Man hört Rauschen und fremde Stimmen. Fremde Stimmen und wieder Rauschen.

»Seht ihr«, sagt Gabbe. »So einfach geht das in dem Engel hier, *etwas leichte Musik auf Mittelwelle zu kriegen.*«

»Wollen wir sehen, wieviel der Engel hier schafft? Viel. Glaubt ihr mir, oder muß ich's beweisen?«

Und natürlich muß Gabbe es beweisen.

»Wie fandest du die Flugzeuge?« flüstert Kajus.

»Ganz gut«, flüstert Thomas zurück.

Die Flugzeuge, ja. Er wird sich folgendermaßen an sie erinnern: wie sie aufgereiht auf dem Platz vor der Militärbasis standen und wie Riesengrashüpfer aus einer fernen Urzeit aussahen. Er wird genau diesen Gedanken weiterspinnen, ihn in Worte kleiden und mit spezifischen Details ausschmücken, die das gespenstische Gefühl von Hitze und Stille, Zeitlosigkeit und Leere, die auf dem Ausstellungsgelände geherrscht haben, noch weiter verstärken. Gabbe wird er wegretuschieren und alle anderen Männer. Er wird versuchen, es Renée an dem Abend, wo in der weißen Villa

Krebsessen ist, im Haus auf dem Berg so wahrheitsgemäß wie möglich zu erzählen. Zu seinem Erstaunen wird sie zuhören. Sie wird sogar wirken, als interessiere es sie.

★

Thomas und Renée rudern hinaus auf die Bucht, sie hat ihren Dinosaurier mit. Mitten auf der Bucht legt sie ihn ins Wasser, den braunen Stoffbauch nach oben. Sie sagt zu Thomas, er solle wegrudern. Thomas will nicht. Er ist böse. Es gibt keine einzige Sache, die er hat – und das gilt auch für Sachen, die ihm nicht wichtig sind und mit denen er schon lange nicht mehr spielt –, von der er sich vorstellen könnte, so damit umzugehen. Doch es lohnt sich nicht zu protestieren. Er rudert weg.

Und am folgenden Tag schwimmt der Dinosaurier an Huotaris Holm an Land: Thomas findet ihn und bringt ihn zu Renée. Sie hat Mühe, ihre Begeisterung zu verbergen, obwohl sie unberührt tut. Sie hängt den Dinosaurier an Maj Johanssons Wäscheleine zum Trocknen auf, und dort tanzt er dann neben Maj Johanssons Laken im Wind, und als er getrocknet ist, schleppt sie ihn wie einen Busenfreund mehrere Tage mit sich herum. Genau so, denkt Thomas etwas später, als hätte der Dinosaurier gerade einen Test bestanden und sich als extrem tüchtig erwiesen.

★

Das letzte, was in diesem Jahr im Sommerparadies passiert, ist das Krebsessen in der weißen Villa. Bella und Rosa sammeln die Krebse am Flüßchen im Wald. Sie gehen mitten in der Nacht hinaus, und niemand darf mitkommen. Nicht einmal Thomas, obwohl er quengelt. Sie bekommen zwei Eimer voll. Die Krebse werden im Abwaschwassertopf gekocht, und der Küchentisch wird auf die Veranda getragen. Sommerbibliothek und Transistor tragen sie ins Schlafzimmer. Rosa breitet ein rotes Papiertischtuch über die Platte. Sie holt Krebsteller, Krebsmesser, Krebsservietten, Krebsessen-Lampions. Gabbe vervielfältigt ein Heft Schnapslieder in acht Exemplaren in seiner Firma in der Stadt. Thomas und Bella falten kleine rote Hüte, auf die sie in Druckschrift die Namen aller schreiben, die dabeisein werden. Die Hüte werden den Betreffenden auf die Teller gelegt, denn es gibt eine Tischordnung.

Gabbe und Rosa kommen im weißen Engel zum Fest. Bei sich haben sie den leuchtenden Barschrank mit Kühlschrankfunktion. Es sind die Hundstage, und noch immer gibt es nichts in der weißen Villa, wohin man Getränke zum Kühlen stellen kann.

Maj Johansson trägt Bluse und Sommerrock. Sie bringt als ihren Beitrag einen Blumenstrauß mit. Die Blumen hat sie auf der Wiese unterhalb des Waldwegs gepflückt. Sie haben auch zu einem Blumenkranz gereicht, den sie gebunden und sich auf den Kopf gesetzt hat.

»Riech mal!« Maj Johansson hält Kajus den Kopf unter die Nase. »Frische Düfte von einer Sommerwiese.«

»Mmm, gut.« Aber Kajus redet nur. Eigentlich kennt er gar keine Blumendüfte. Und auch keine anderen. Außer einem einzigen, Bellas Parfum, *Blue Grass*. Bella ist in ihrem gelben Kleid auf die Veranda gekommen. Das Haar hat sie aufgesteckt. Es sieht schwarz aus im Dämmerlicht. Sie trägt keinen Schmuck. So ist alles an ihr, außer Haar und Kleid, nur dunkle Haut.

Rosas Kleid ist weiß. Im Stoff verlaufen Fäden in dünnen, beinah unsichtbaren Mustern, silberschimmernd in dem weichen Lampionschein, der sich über die Veranda ausbreitet, während es draußen dunkel wird. Dünne Silberarmbänder um die Handgelenke, sie klirren, wenn sie gestikuliert. Ihr dunkles Haar ist zur Pagenfrisur gekämmt, und sie ähnelt wirklich ein bißchen Jacqueline Kennedy.

»Stehst du hier im Dunkeln?« Thomas ist in der Dachbodendiele und spioniert. Helena Wikblad, in langen Hosen und Pulli, geht mit der Dillschüssel vorbei. Das tut er ja nicht, also schüttelt er den Kopf, nimmt seine Sachen und macht sich auf den Weg hinauf zu Engels Haus.

Während des ganzen Krebsessens sind Thomas und Renée im Haus auf dem Berg. Am Anfang haben sie eine Menge Pläne, um sowohl das Krebsessen als auch das Kinderhüten beim Baby und bei Erkki Johansson, denen sich Nina und Maggi im roten Häuschen widmen, auszuspionieren und zu sabotieren. Aber alles verläuft im Sand, sie bleiben, wo sie sind, den ganzen Abend. Sie kommen nicht los. Aus keinem besonderen Grund, die Zeit vergeht einfach.

Sie reden über alles mögliche. Über Dinosaurier zum Beispiel: Renée hat ein Buch mit Bildern verschiedener Arten, und sie diskutieren Fakten im Zusammenhang damit, aber auch Fakten im Zusammenhang mit anderen Dingen: Flugzeugen, Raketen; sogar Raketen, für die sich Thomas normalerweise nicht besonders interessiert.

Sie spielen das TRIUMPH-Spiel. Oder das LIFE-Spiel, wie es in Renées Version heißt. Man fährt in kleinen Autos über das Spielbrett. In den Autos gibt es Stecklöcher für Plastikfiguren. Man ist rosa, wenn man ein Mädchen ist, und hellblau, ist man ein Junge. Was man ist, steckt man ins Loch am Lenkrad. Daneben ist Platz für die *Ehehälfte* und dahinter sind in zwei Reihen Löcher für Kinder. Bekommt man mehr als vier Kinder, muß man sich zusammendrängen, *genau wie im wirklichen Leben.* Und schafft man es nicht, auf einem der eigentlichen Berufsfelder zu landen, wird man Magister der Philosophie. Man kann jede Menge Kinder bekommen, ist man Thomas und Magister der Philosophie. Kinder bedeuten Kosten für Schule, Hobbys und dergleichen. Bis jetzt hat Thomas in diesem Sommer deswegen immer verloren. Renée ist Juristin gewesen, so gut wie kinderlos, und davongezischt in Richtung Millionärspalast, wo das Spiel endet und am Tag der Abrechnung alles Geld gezählt wird. Sie hat also die ganze Zeit gewonnen.

Jetzt fängt plötzlich Thomas an zu gewinnen. Das ist tatsächlich die lebhafteste Erinnerung, die er danach an den Abend hat. Wie er gewinnt; gewinnt und gewinnt. Das hat an und für sich seine ganz natürliche Erklärung. Er hat im voraus die Spielregeln studiert und ist darauf gekommen, daß es einen anderen Ausweg gibt, wenn man seinem Gegner gegenüber im Nachteil ist. Man kann alles, was man besitzt und hat, auf eine Zahl am Glücksrad setzen; wenn die richtige Zahl kommt, kann man seine Aktiva mit der Zahl vervielfachen und wird zum Magnaten, und der Magnat ist meistens auch der, der das Spiel gewinnt, besonders wenn die Zahl, auf die man alles setzt, hoch genug gewesen ist.

Thomas wählt die Zehn. Er dreht das Rad, die Zehn kommt, und verzehnfacht seine Aktiva. Wird zum Magnaten und zu dem, der das Spiel gewinnt. Und zwar wieder und wieder, mehrere Male hintereinander. Auch er selbst ist etwas erstaunt über sein absurdes Glück.

»Noch einmal.« Renée versucht natürlich, sich nicht anmerken zu lassen, daß sie ihren Augen nicht traut. Sie versucht, es nachzumachen, setzt alles, was sie besitzt, auf das Glücksrad. Doch die Hauptregel für sie ist, daß die Zahl, die sie wählt, nicht kommt. Und sie wird mit Auto und Plastikfiguren und allem vom Spielbrett gefegt und landet verarmt an einem Ort namens »die Kate«.

Dann trinken sie Tee und essen Blaubeerpiroggen. Sie malen sich gegenseitig mit Rosas Make-up-Sachen an, sehen Ninas Pferdebilder an und lesen in ihrem Tagebuch. Renée ist beeindruckt, als sich herausstellt, daß er das Schloß ganz leicht aufbekommt, ohne Schlüssel, »Hallo, Tagebuch« steht dann auf fast jeder Seite. Thomas hat Renées Nachthemd an, ein ziemlich langes, ärmelloses, in dem er in der Nacht frieren wird, Renée hat Thomas' hubschraubergemusterten

Pyjama an, der ihm von all seinen Pyjamas am besten gefällt, und natürlich weigert sie sich, ihn ihm nach dem Spiel zurückzugeben. Sie legt sich in Ninas Bett über ihrem eigenen und tut so, als schliefe sie. Dann schläft sie plötzlich wirklich ein. Slurp; und alle Luft ist draußen. Thomas legt sich in ihr Bett, mit diesem dummen Dinosaurier, der nach Salz und Seegras riecht. Er liegt lange im Dunkeln und glaubt, daß er nicht einschlafen wird, es ist sehr still im Haus. Der Mond leuchtet. Der Krebsmond, hat Rosa Bella erklärt, so heiße er. Doch Thomas denkt jedenfalls nicht an das Fest. Und den Mond sieht man nicht, er ist nur ein matter hellgelber Schein, der im Wald, der jenseits des Fensters gegenüber beginnt, scharfe Schatten bildet.

Als er aufwacht, liegt er auf dem Bauch und preßt das Kissen an sein Gesicht. Reibt das Gesicht am Kissenbezug, hart. Muß schon im Schlaf angefangen haben zu reiben, denn die Haut ist kratzig und wund. Doch das Jucken und Stechen geht weiter, es kommt gewissermaßen von unten, von unter der Haut. Thomas ist gar nicht erstaunt, er weiß genau, worum es sich handelt. Die allergische Reaktion, die wieder einsetzt. Blaubeerkuchen und Schminke, eine nicht besonders geglückte Kombination, und das hätte er ja voraussehen können. Er zwingt sich, nicht mehr zu reiben, denn dadurch wird es nur noch schlimmer, und dreht sich auf den Rücken. Es ist hell draußen, die Bäume vor dem Fenster glänzen in der Sonne, die Blätter sind naß vom Tau. Doch das Licht fällt auf eine Art, daß man weiß, es ist früh, fünf nach sechs. Auf dem Tisch steht ein Wecker. Und Renée? Er liegt eine Weile still und lauscht. Zunächst hört er keinen Laut aus dem Bett über ihm. Einen Augenblick überlegt er, daß sie ihn vielleicht im Haus allein gelassen hat und weggegangen ist. Dann aber hört er: Atemzüge, dünne. Oder helle, wie es heißt, wenn man tief schläft. Oder wie heißt das? Thomas schließt die Augen, versucht wieder einzuschlafen.

Doch es nutzt nichts. Er kann sich nichts vormachen. Die allergische Reaktion ist im Kommen, pochend und unausweichlich. Er muß etwas tun, um sie aufzuhalten.

Er steht auf, schleicht ins Wohnzimmer. Das Durcheinander vom vorangegangenen Abend springt ihm entgegen. Kleidung, überall verstreut, Pferdebilder auf dem Tisch. In Rosas Schlafzimmer sind die Schranktüren aufgerissen, und Schminkutensilien liegen über ihren kleinen rosa Toilettentisch verteilt. Die Betten sind leer, Gabbe und Rosa sind noch nicht gekommen.

Nein, er schafft es nicht: für ihn ist es plötzlich nicht zu bewältigen, zwischen all den Sachen seine eigenen Kleidungsstücke zu suchen. Aber eines weiß er: Die Haut pocht, er muß weg.

Er nimmt einen Bademantel vom Kleiderhaken, steckt die Füße in ein Paar zu große Stiefel und geht hinaus.

Die Häuser im Sommerparadies stehen still in dem hellen Sommermorgen. Die weiße Villa ganz hinten, so weiß, mit schwarzen Fenstern. Das rote Häuschen. Der Holzschuppen und das Wäldchen, die den Hofplatz der weißen Villa verdecken. Johanssons Haus gleich unterhalb des Berges. Johanssons Hof, offen zur Einsicht. Maj Johanssons Kartoffelbeet. Maj Johanssons Kressekessel, Maj Johanssons hinfälliger Apfelbaum. Zwischen den Bäumen sieht man Johanssons Sauna, einen Zipfel der Bucht. Sie ist blank. Es ist noch kein Wind aufgekommen. Überhaupt wirkt alles sehr verlassen. Als wäre man der einzige Überlebende einer Naturkatastrophe. In gewissen Fällen könnte das ein aufregender Gedanke sein. Aber nicht jetzt.

Das Fest. Thomas ist daran erinnert worden. Heftig. Sobald er aus dem Haus gekommen ist, hat das Licht ihn überströmt, geblendet. Er starrt auf den Berg. Das Fest. Plötzlich hat er an das Fest gedacht. Wie hat er es vergessen können?

Er steht vor Engels Haus, auf dem höchsten Punkt des Berges, wo man einen Blick über beinah das ganze Sommerparadies hat. Aber er fühlt sich mitten in alledem nur jämmerlich. Ein bißchen wie Erkki Johansson womöglich, wenn er im Wald in die Hocke geht. Wo sind alle? Warum ist es so still, so leer?

All das dauert nur einen Augenblick. Dann ist alles wie gewöhnlich. Mitten in der großen Leere kommt jemand aus der Richtung der weißen Villa. Bewegt sich mit charakteristischen Trippelschritten über den Hügel, wo Johanssons Parzelle anfängt, überquert Johanssons Hof, geht die Treppe rauf und rein ins Haus. Schlägt mit einem Knall die Tür zu. Der Knall ist an sich nicht besonders laut, aber in der Stille verstärken sich alle Geräusche, und es hallt im ganzen Sommerparadies wider. Und Thomas weiß auf einmal, was er gesehen hat. Er hat Maj Johansson gesehen, und zwar *das Fest verlassen, wenn es am lustigsten ist.* Und irgendwie hat ihm dieses Türenknallen auch noch etwas anderes gesagt: daß Maj Johansson in *am lustigsten* nicht einbezogen war.

Und das Fest hört ja nicht auf, bloß weil Maj Johansson es verläßt.

Jetzt wird aufgedreht.

Stimmen in einer fremden Sprache strömen in die Stille heraus. Stimmen in einer anderen fremden Sprache, Stimmen in mehreren fremden Sprachen, die sich miteinander mischen. Verklingen. Schhhh. Sind wieder zu hören. Gehen in andere Stimmen in anderen fremden Sprachen über.

Da sieht Thomas tatsächlich, was er eigentlich die ganze Zeit vor Augen gehabt hat, aber nicht wirklich hat aufnehmen können, weil es so deplaziert ist, so falsch.

Ganz weit hinten, auf der Wiese unterhalb der weißen Villa, steht der weiße Engel. Die Vordertüren aufgerissen, so daß sie wirklich etwas wie Flügel aussehen. Und drinnen sitzt also jemand und stellt *etwas leichte Musik auf Mittelwelle* ein. Einer der dunklen Steine auf der Wiese fängt an, sich zu bewegen. Er wandert zielbewußt zum Auto und steigt ein. Die Türen schlagen zu, und es ist wieder still. Und natürlich ist es kein Stein. Oder falls doch ein Stein, ist es eine besondere Art Stein namens IsabellaMeerjungfrau.

Thomas läuft den Berg hinunter und über Johanssons Hof hinunter zum Strand. Auf dem Strandfels streift er den Bademantel ab, die Stiefel, Renées Nachthemd und watet dann ins Wasser, schwimmt, wäscht sich das Gesicht. Reibt hart, spült mehrere Male. Dann geht er wieder hinaus, zieht den Bademantel an und spaziert hinauf durch die Allee. Zur weißen Villa, und nun sieht er sich überhaupt nicht um, geht nur. Er kommt in die Villa, in sein Zimmer, zieht die Gardinen zu, schließt die Türen, kriecht unter die Decke und schläft ein. Erst ein ganzes Stück im Schlaf erinnert er sich dann, daß er gar nicht hier sein soll, sondern im Haus auf dem Berg, bei Renée.

Es ist fünfundzwanzig Minuten vor sieben. Gabbes weißer Chevrolet Chevelle rollt unten an der Wiese los.

Er fährt in den Ruti-Wald, hinterläßt eine breite Pflugfurche. Es knackt, als sich morsche Baumstämme krümmen und brechen. Er biegt ab zur Strandallee und fährt darauf ein Stück. Dreht dann wieder nach links und fährt weiter auf Johanssons Hofplatz, schmiegt sich an Johanssons Haus vorbei, nahe, beinah so, daß das Blech die Hausecke berührt. Doch niemand wacht auf; Maj und Pusu Johansson schlafen tief. Maj Johansson in ihrem Bett hinter zugezogenen Gardinen, Pusu Johansson auf dem Sofa im großen Zimmer der weißen Villa. Als der einzige Überrest des Festes, so ordentlich hat Maj Johansson aufgeräumt, bevor sie es verlassen hat. Pusu Johanssons gewaltiger Körper ist das einzige, was sie nicht vom Fleck bringen konnte. Gabbes Auto fährt weiter. Über Maj Johanssons Grasfleck, hinunter zu Johanssons Sauna. Dort wird es einen Augenblick langsamer und bleibt beinah stehen. Dann aber springt der Motor wieder an, und das Auto fährt geradewegs ins Wasser. Rollt ein Stück auf der Wasseroberfläche dahin, gewissermaßen von sich aus, als könnte ihm ein solches Kunststück gelingen. Natürlich ist das eine Täuschung, Gabbes weißer Engel ist nur ein Auto. Es sinkt. Zunächst langsam. Dann rasch und zügig.

Die Vordertüren öffnen sich beinah gleichzeitig. Später wird es viele Versionen davon geben, was Gabbe wirklich sagte in dem Augenblick, als er auf der Fahrerseite die Tür aufmachte, nachdem das Auto ins Wasser gerollt war. Dies hier ist eine, die beste:

»Guck mal, es schwimmt!« ruft Gabbe.

Doch genau in diesem Augenblick beginnt es zu sinken. Und schon im nächsten Moment sieht man nur ein Eckchen des Autodachs über der Wasseroberfläche. Auch dieses Eckchen wird rasch überspült, als sich das Auto tiefer in den Schlick senkt.

Bella watet an Land. Sie sagt nichts Lustiges. Nicht einmal, daß sie nach Hause gehen würde. Doch das tut sie.

»Wir haben Verstecken gespielt«, sagt Bella nachher zu Thomas.

»Ha, ha«, sagt Thomas sauer.

»Werd jetzt nicht sauer, Thomas.«

»Ha, ha«, sagt Thomas sauer.

»Dann werd sauer.«

Bella zuckt die Achseln. Sie geht hinaus zu Kajus auf die Veranda. Den ganzen Rest des Sommers ist sie dort.

Aber es hat eine Meerjungfrau in Thomas' Zimmer gestanden. Eine Meerjungfrau im nassen gelben Kleid. Mehr Meerjungfrau denn je. Schlammfleckig, und mit etwas Phantasie könnte man sich auch Seegrasstreifen, grün und blättrig, an ihr vorstellen, um die Beine, die nackten, dunklen, und die Arme und den Körper und das Kleid, das an ihrer Haut klebt. Doch es hat niemanden gegeben, der sie gerade da gesehen hätte, niemanden, der bei ihrem Anblick die Gedanken hätte weiterspinnen und phantasieren können.

Sie ist allein gewesen, und sie hat gefroren, geschlottert in ihrem klitschnassen Kleid. Sie hat es abgestreift und schon zusammengeknüllt in den Mülleimer werfen wollen, es aber bereut. Der Mülleimer ist leer gewesen. Maj Johansson hat ihn geleert. Maj Johansson – und Bella hat sich umgesehen. Keine Spur vom Krebsessen. Alles ist weggeräumt, restlos. Maj Johanssons Blumenvase auf dem Tisch, »Mit einem Gruß von Maj Johansson«, hat auf einem Zettel unter der Blumenvase gestanden. Maj Johansson hat wirklich geputzt, das ganze Fest weg, aus eigenem Antrieb!

Das hat sie noch wirbeliger im Kopf gemacht, noch müder, verwirrter. Das Fest, wo ist es geblieben? Eben war es noch hier. Es sollte ein Fest sein. Ihr Fest. Wo sind alle? Und was macht sie hier, klitschnaß in Thomas' Zimmer?

Plötzlich hat sie keine Ahnung mehr.

Ein rosa Bademantel auf dem Boden. Rosas Bademantel. Sie hat ihn aufhoben und sich in ihn gehüllt. Ist auf einmal nicht mehr verwirrt gewesen, nur müde, todmüde, schläfrig, und sie ist durch das große Zimmer gegangen, geradeaus, vorbei an Pusu Johansson, der auf dem Sofa geschlafen hat, hinein ins Schlafzimmer, wo sie sich auf ihr Bett geworfen hat und eingeschlafen ist.

Eine Weile später ist Kajus hereingekommen. Es war im Grunde eine Art Spiel. Er und Rosa sind auf dem Waldweg spazierengegangen, sie waren irgendwohin unterwegs, ungefähr wie beim Versteckenspielen. Nach einer Weile begriffen sie, daß niemand die Absicht hatte, sie zu suchen. Am allerwenigsten Gabbe, der »dran ist«, selbsternannt. Und dann sind sie umgekehrt und nach Hause gegangen.

Und Kajus hat eine Decke über Bella gebreitet, sich ausgezogen, seine Kleider säuberlich auf einem Stuhl zusammengelegt, die Gardinen zugezogen und sich hinter Bella gelegt, seinen Körper an ihren geschmiegt.

Es war sieben Uhr an einem sonnigen Morgen im Sommerparadies.

Am Nachmittag nach dem Krebsessen kommen Johanssons Vettern mit Traktor und Abschleppseil. Das Auto wird mit Mühe aus dem Schlick gezogen. Dann steht der Engel für den Rest des Sommers bei Johanssons Sauna auf Maj Johanssons Grasfleck. Abends wird die Motorhaube geöffnet, und die Männer versammeln sich um den Wagen. Sogar Kajus und Johan Wikblad sind manchmal dabei, starren auf die Motorteile, fingern, theoretisieren, haben Meinungen, kommen mit Werkzeug in schweren Kästen, und Gabbe sitzt auf Johanssons Saunaterrasse und liest die Betriebsanleitung. Es führt zu nichts, alle Anstrengungen sind vergebens. Schließlich gibt Gabbe auf. Er tritt das Auto und sagt, im Laden gibt es neue. Er verläßt den Strand mit raschen, bösen Schritten, das weiße Hemd im Wind flatternd. Auch die übrigen Männer geben auf. Es wird dunkel, ruhig und still.

Aber es ist ja nicht wahr, was Gabbe sagt.

Huotari, auf seinem Holm, erzählt Thomas noch einmal, wie es sich mit den Bestimmungen über die zollfreie Einfuhr neuer Autos aus dem Ausland verhält. Thomas und Huotari sitzen auf der Treppe vor Huotaris Hütte, sie sind in der Sauna gewesen und haben Saunahandtücher um den Bauch, und sie essen Wurst, die sie in Folie auf den Saunasteinen gebraten haben, während sie den Bemühungen der Männer an der Motorhaube am Strand gegenüber zugesehen haben wie einem Schauspiel.

Sie gehen in Huotaris Hütte und sitzen dort noch eine Weile, spielen Karten und reden. Huotari erzählt noch einmal eine dieser Geschichten, die Thomas gern hört, obwohl er weiß, daß sie nicht wahr sind. Huotari berichtet von Dingen, die ganz draußen am offenen Meer, wo die Schären enden, von Bootsfahrern gesehen worden sind, die in Herbststürmen in Seenot gerieten und nahe daran waren, zu ertrinken und unterzugehen. Die, die gerettet wurden, hatten Seltsames darüber zu erzählen, was sie in diesem letzten

Augenblick, wenn man jenseits aller Gefühle wie Angst und Panik ist, erlebt hatten. Dann waren sie gekommen, die Meerjungfrauen. Aufgetaucht, zu einem hingeschwommen, oder sie hatten sich auf andere Weise gezeigt und entscheidend eingegriffen.

Glitzernde Flossen am offenen Meer. Thomas starrt in die gelbe Flamme der Petroleumlampe. Er zieht den Duft von Holz, Ruß, Fisch, Wurst in seine Nasenlöcher ein. Er weiß, daß Huotari absichtlich lügt, weil Thomas ein Kind ist, dem man solche Geschichten erzählen kann. Aber trotzdem. Meerjungfrauenschwänze, die Wunder, die Welt am Grunde des Meeres. Einen Augenblick ist all das aufgetaucht. Dann bricht Thomas auf. Er muß nach Hause und schlafen.

Er schiebt das Ruderboot hinaus in Huotaris Schilfbucht. Es ist fast ganz dunkel, aber Sterne leuchten. Das einzige Geräusch, das man hört, ist das Knirschen der Riemen in den Dollen, die Riemenblätter, die die blanke Wasseroberfläche zerteilen. Plötzlich aber unterscheidet er auch noch etwas anderes. Er nimmt die Riemen hoch, lauscht. Plätschern. Ganz in der Nähe. Im nächsten Augenblick schaukelt das Ruderboot kräftig. Ein Paar Hände tauchen auf, halten sich am Achterspiegel fest, ziehen sich hoch.

Ein Gesicht zeigt sich über dem Dollbord.

»Tschett.«

Es ist Bella. Das dunkle Haar hochgesteckt. Ein paar Strähnen haben sich aus der Frisur gelöst, kleben am Hals in nassen dunklen Streifen. Thomas aber sagt nichts. Er starrt nur.

Was macht Bella mitten in der Nacht auf der Bucht? Bella, die nicht schwimmen kann. Wie ist das möglich?

»Du darfst nicht alles glauben, was du siehst, Thomas«, sagt IsabellaMeerjungfrau.

»Soll ich dich ins Schlepp nehmen?«

»Ha, ha«, sagt Thomas.

Doch im nächsten Augenblick hat sie die hintere Vertäuungsleine genommen und fängt an, an Land zu schwimmen. Und Thomas, das Boot gleiten sacht hinterher.

»Ha, ha«, sagt Thomas, wenn auch eher zögernd.

★

Und die Zeit, die vom Sommer bleibt, verbringt Thomas meist mit Erkki Johansson oder Huotari oder in seinem Zimmer in der weißen Villa. Er liegt auf seinem Bett und liest alte Donald Ducks, zeichnet mit Kreide U-Boote auf weißes Papier, beschäftigt sich mit Bausätzen. Er macht sein Geburtstagsskelett fertig, sieht durch das Fenster Johan Wikblad auf dem Waldweg vorbeigehen und tauft das Skelett Johan. Er stellt es auf seinen Tisch, und dort grinst es ihm dann nachts hohl zu. Ein guter Effekt.

Er läuft mit Kajus' Fotoapparat über den Hof und knipst den ganzen Film mit Helena Wikblad und dem blau angelaufenen Baby voll. Helena Wikblad posiert ein wenig erstaunt, und das Baby posiert allein, während Thomas fotografiert, und Helena wie Thomas genieren sich etwas, aber als er zurück in der weißen Villa ist, empfindet er etwas, was Triumph gleicht, weil er sein Unbehagen dem Baby gegenüber jetzt überwunden hat, und er öffnet den Apparat und guckt den Film darin an: natürlich derselbe ruinierte Film, der seit dem Spektakel mit dem Sprungbrett darin ist, als Kajus die Lust am Fotografieren verloren hat.

Noch etwas später, beinah schon im Herbst, fährt Thomas mit Kajus und Huotari zum Vergnügungspark. Sonny Liston, der Stier, der weder lesen noch schreiben kann, boxt mit einem Sandsack zu Musik, *Night Train*. Night Train; sie sind viele dort, Männer mit Hüten, Jungen in seinem eigenen Alter. Männer mit Hüten wie Gangster, Gangsterkinder. Thomas bekommt ein Autogramm.

»Bestimmt das einzige, was er schreiben kann«, sagt Kajus trocken, als sie nach Hause fahren. »Sein Autogramm.«

Als wäre er überhaupt nicht beeindruckt. *Night Train* und das Geräusch einer harten Faust, die auf einen Sandsack einschlägt, bleiben noch lange Zeit in Thomas' und Huotaris Köpfen und sind schuld an der zähen und verbissenen Stimmung zwischen ihnen beiden im Auto auf dem Heimweg. Nur Kajus kann reden.

Der August geht zu Ende. Man packt und fährt ab. Laken werden über die Sitzkissen der Korbstühle und über das Sofa im großen Zimmer gebreitet. Die Sommerbibliothek wird so alphabetisch wie möglich in einen braunen Koffer geordnet. Skelett, Schublade, TRIUMPH-Spiel und gelbe Gummigiraffe mit Knoten im Hals müssen mit, ebenso Sonnendreß und Bademäntel, die in Plastiktüten gepackt werden, um in der Waschküche im Stadthaus gewaschen und anschließend zur Winterverwahrung in gelbe Pappschachteln, auf denen »Sommersachen« steht, in der Stadtwohnung in die Kleiderkammer gelegt zu werden. Man streut Rattengift auf Untertassen und stellt sie in die Speisekammer. Man fährt ab. Oben an der Landstraße, wo die Busse fahren, sind Johan und Helena Wikblad mit dem Baby in der Tragetasche und vollgepackten Rucksäcken auf dem Rücken. Kajus hupt zweimal, bevor er einbiegt und auf der Landstraße davonbraust. Das ist das letzte, was man von dem Baby und von Helena Wikblad sieht. Im folgenden Sommer ist ein neues Mädchen im roten Häuschen. Sie heißt Ann-Christine, ist dick und laut und Magister der Philosophie und interessiert sich für viele verschiedene Dinge, unter anderem nordische Göttersagen, Bauernmöbel und die französische Sprache.

Nach ungefähr einem Kilometer auf der Landstraße fährt hinter Kajus' rotem Austin Mini ein Lastwagen heran. Er donnert vorbei. Auf der Ladefläche sitzt Renée. Sie hat einen blauen Seesack an den Bauch gedrückt. Thomas hebt die Hand zum Gruß. Renée nickt. Thomas nickt zurück.

Es folgt ein Winter mit nichts Besonderem. Renée wird sieben und feiert ihr Geburtstagsfest an einem Abend im November. Thomas ist nicht eingeladen, denn es gibt keine Verbindungen zwischen Stadtleben und Sommerleben, und Gabbe und Rosa einerseits, Bella und Kajus andererseits, wohnen an entgegengesetzten Enden der Stadt. Aber Tupsu und Robin sind da und vor allem Lars-Magnus, Lindberghs jüngster Sohn, der von Renée inoffiziell der Blödmann genannt wird und im Sommer bei Nina und Maggi eine Weile zwangsweise ein Freund in Form eines Stücks Pappe gewesen ist. Ein wunder Punkt für Renée, denn Thomas ist es mehrere Male gelungen, ihr allein durch die Erwähnung der Angelegenheit den Mund zu stopfen. Lars-Magnus Lindbergh hat die Ehre, das offizielle Geburtstagsgeschenk der Lindberghs zu überreichen. Es ist eine Platte, die Familie Lindbergh auf *Vacation* in Amerika gekauft hat, und sie heißt *Es ist meine Party, und ich weine, wenn ich will.* Obwohl Präsident Kennedy noch nicht tot ist, als das Geschenk überreicht wird, und der Name noch nur der sinnlose Titel eines sinnlosen Schlagers ist, ist es trotzdem irgendwie ein schlechtes Omen.

»Es gibt kein Fest«, sagt Renée, als alle Gäste da sind. Sie geht ins Badezimmer und schließt die Tür hinter sich ab, und nur einer der kleinen Geburtstagsgäste, ein Mädchen namens Charlotta Pfalenqvist, darf mit hinein. Als Renée und Charlotta einige Stunden später herauskommen, ist folgendes passiert: Die Geburtstagstorte ist aufgegessen, man hat in Dallas, Texas, auf Präsident Kennedy geschossen, und gleich darauf ist er gestorben, maulende kleine Mädchen in rosa Kleidern mit Schleifen im Haar haben sich in der Diele in kratzige Gamaschen für draußen gearbeitet, unter der Überwachung schockierter Mütter und Väter. Präsident Kennedy ist tot, man sieht hinaus ins Novemberdunkel. Was wird jetzt geschehen, mit allem, mit der Zukunft?

Was aber Renée und Charlotta im Badezimmer zu tun hatten, während Kennedy erschossen wird und stirbt, weiß niemand genau. Sie haben das ganze Waschmittel in einem Glas aufgebraucht, das Nina Engel auf die Ablage unter dem Badezimmerspiegel gestellt und mit einem Etikett versehen hat. »Vergiß nicht, nach jeder Benutzung das Waschbecken zu putzen. Auch Renée«, steht auf dem Etikett. Und das Waschbecken ist sauber. Renée und Charlotta haben es gescheuert. Mit Zahnbürsten.

Was Thomas macht, als Präsident Kennedy ermordet wird, davon hat er keine Ahnung. Er wird zu denen gehören, die sich nicht erinnern. Ende des Jahres 1963, was passierte da? November, November --- nee. Leere im Kopf. Doch, eines. Es war der Herbst, als sie einen Fernseher anschafften. Über den Mord hörten und sahen sie nichts im Fernsehen: Sie sahen in dieser Zeit noch nicht so viel fern und vor allem keine Nachrichten. Bella hatte nicht die Ruhe, in einem Sessel vor dem Fernsehschirm stillzusitzen. Doch Jayne Mansfield sahen sie, die ganze Familie. Jayne Mansfield war auf PR-Reise und saß mit schwellenden Brüsten im tiefen Ausschnitt in einem Studio, und ihr Brustumfang und das platinblonde Haar waren unvergeßlich. Doch Jayne Mansfield wollte beweisen, daß sie eine seriöse Künstlerin war und keine dumme Blondine, so wie sie aussah, und daß sie ihre Erfolge in der Künstlerbranche, wo nur echte Begabung zählt, nicht ihrer Blondheit und ihrem Busen zu verdanken hatte. Als ein Glied in dieser Beweisführung hatte Jayne Mansfield eine Violine mitgebracht. Die Violine legte sie recht hübsch unters Kinn dicht an den tiefen Ausschnitt, so daß man sich gut auf die Spalte zwischen den Brüsten konzentrieren konnte – sie war wirklich dunkel und tief –, wenn man nicht länger die Musik von Johann Sebastian Bach hören mochte, die Jayne

Mansfield auf dem Konservatorium gelernt hatte, wo sie wirklich studiert hatte. Man hatte auch einen musikalischen Experten eingeladen, der sein musikalisches Urteil über Jayne Mansfields Spiel abgeben sollte. Er stellte objektiv fest, die Platinblonde spiele *gar nicht schlecht.* Das war eine schlichte Lüge, das hörten ja alle, der Experte natürlich auch, doch es war Teil der Show, daß er es so sagte, erklärte Kajus. Mansfield spielte gräßlich, da kam man nicht drum herum, auch nicht Kajus und Bella und Thomas, wie sie so auf dem Sofa vor dem Fernseher saßen und sich unterhalten ließen, die ganze Familie auf einmal.

Und es war tragisch mit anzusehen.

»Sie hat keine Integrität«, sagte Kajus.

»Sie ist bereit, alles zu tun, um sich im Scheinwerferlicht zu halten«, sagte Kajus.

»Sich zu verkaufen.« Und er klang so, als sei sich zu verkaufen das Schlimmste, was man auf der ganzen Welt tun könnte. Und Bella nickte und stimmte zu.

Auf dem Fernsehschirm fragte man Jayne Mansfield, was sie sich am meisten auf der ganzen Welt wünschte.

»TO BE HAPPY«, antwortete Jayne Mansfield, und der Busen hüpfte. Happy; das, sagte sie, sei sie jetzt und werde sie noch hundert Jahre lang sein. Und sie lächelte. Und es war wieder tragisch, obwohl Kajus nichts sagte: sozusagen unausgesprochen in der ganzen Veranstaltung mit tiefem Ausschnitt, Violine und musikalischem Experten mit objektivem Urteil. Jeder sah ja, daß es nicht das Lächeln einer glücklichen und ausgeglichenen Frau war. Schon die falschen Wimpern waren zu lang und zu dunkel dafür.

»Eine Lüge so gut wie jede andere«, stellte Kajus fest und drehte den Fernseher ab, denn in dieser Familie schätzte man dumme Blondinen nicht, und Kajus legte lieber eine gute Jazzplatte auf. Bella lächelte wieder und stimmte zu, denn Kajus hatte ja recht.

Und noch mehr recht sollte er behalten. Mansfield sollte

nämlich hundert Jahre lang überhaupt nichts sein. Sie sollte sterben, genau wie Präsident Kennedy, nur nicht ermordet werden, sondern im Auto mit zig Stundenkilometern geradewegs in eine Felswand fahren, nur wenige Jahre später, als die Ära der Busenköniginnen endgültig vorbei war und sich niemand mehr für Monroe-Kopien interessieren sollte. Sie sollte sich nur ein paar Monate vor ihrem Tod auf einer weiteren Tournee quer durch Europa amüsieren, wild und hemmungslos. Wie ein lebender Beweis dafür, daß von Kajus' Worten jede Silbe zutraf. Eine Lüge so gut wie jede andere; vor *PoffBlaff* oder wie es klingt, wenn ein Auto gegen eine Felswand fährt, und exit Jayne Mansfield aus dieser Geschichte, aus der Geschichte überhaupt.

Im Herbst 1963 aber hat Thomas ein aufrührerisches Gefühl befallen. Er hat Jayne Mansfields Violinspiel zugehört und sie angesehen, die Violine wie die Busenspalte, und überlegt und ist darauf gekommen, daß er wirklich folgender Meinung ist, die er leise sagt.

»Blondinen sind doch auch in Ordnung.«

Kajus und Bella sehen Thomas verblüfft an. Dann lachen sie. Kajus sagt:

»Thomas, jetzt hast *du* ihr aber die Show gestohlen.«

»Manchmal, Thomas«, sagt Bella und sieht Thomas forschend an, »bist du ein Mensch, der unglaubliche Sachen sagt.«

Aber vom Sommer ist im Winter nicht viel übrig. Stadtleben und Sommerleben sind zwei verschiedene Dinge. Bella bekommt von Thomas zu Weihnachten ein Tuch. Es ist rotweiß-blau. Erst als Bella es unter dem Kinn verknotet, wird Thomas klar, daß das, was er gekauft hat, ein Tupsu-Lindbergh-Tuch ist, wenn auch in erheblich einfacherer Ausführung. Alle sehen es, aber niemand sagt etwas. Bella kriecht mit dem Tuch um den Kopf ins Weihnachtszelt.

Genau das: ein Zelt. Es ist das wichtigste Weihnachtsgeschenk der Familie an sich selbst, und es wird im Wohnzimmer neben dem Weihnachtsbaum aufgeschlagen. Es ist orangefarben, ein Kuppelmodell in Familiengröße. *Mit dem eigenen Heim hinaus in die Welt.* Ganz kurz durchfährt es sie vielleicht. Etwas vom Sommer. Ein Gefühl, eine Stimmung, dann ist es wieder weg. Thomas und Bella kriechen in das Zelt und spielen Sturm, bis die Nachbarn an der Tür klingeln und sich beschweren, man höre in der Wohnung darunter laute Geräusche mitten im Weihnachtenfeiern. Bella und Thomas liegen mucksmäuschenstill im Zelt, während Kajus und die Nachbarn reden. Als Kajus zurückkommt, sieht er schrecklich ernst aus. Gerade als sein Ernst Thomas und Bella anzustecken droht, reißt sein Gesicht auf zu einem strahlenden Lächeln. Kajus kriecht zu ihnen ins Zelt, und dort schlafen sie alle drei ein und werden erst mehrere Stunden später wach.

Alle Tage des Sommers, 1964

IM MAI 1964 stöbern Johan Wikblad und Ann-Christine auf Auktionen. Sie richten das rote Häuschen neu ein, tragen einen langen Tisch, Bänke und Kupferkübel für Heidekraut und Zweige hinein. An die Wand hängen sie Kiefernholzregale und Knüpfteppiche.

In der weißen Villa gibt es keine großen Veränderungen, auch nicht in Gabbes und Rosas Haus auf dem Berg. Außer daß Gabbe unterhalb des Bergs eine ordentliche Garage bauen läßt und einen Fernseher den Berg hinaufschafft, in einer Schubkarre, die auf halbem Wege umkippt, und der Fernseher fällt heraus und geht kaputt.

Lindberghs haben ein neues Mahagonimotorboot, noch glänzender, mit kleiner Kajüte unterm Vorderdeck und noch mehr Pferdestärken. Zwei Wochen im August fährt Klas – oder ist es Peter Lindbergh? – auf der Bucht mit einem Mädchen herum, das auf dem Vorderdeck sonnenbadet. Sie hat langes, glattes dunkles Haar, und wenn das Boot ganz nahe am Ruderboot der weißen Villa, an Huotaris Außenborder oder den Stränden des Sommerparadieses vorbeifegt, sieht man sie deutlich. »Gar nicht schlecht«, stellt Gabbe im Vorbeifahren fest, noch ehe er die Möglichkeit gehabt hat, sich vorzustellen. Aber was man überall hört, wenn der Motor abgestellt wird und Lindberghs glänzendes Mahagoniboot träge im Sonnenschein dümpelt, ist das Transistorradio, das an Deck spielt. Vor allem ein Song hallt über die Bucht.

My Boy Lolly Pop
You Make My Heart So SkiddiUp
You Make My Life So Dandy
You're My Sugar Candy –

So ungefähr geht er. Doch charakteristisch für den Song, unabhängig davon, ob man den Text kann oder nicht, ist, daß er nicht endet, wenn er in jemandes Kopf mal angefangen hat. Maj Johansson steht ganz vorn auf Gabbes und Rosas und Johanssons gemeinsamem Ponton und sagt, es sei ja schon merkwürdig, daß man nicht mal im Haus Ruhe und Frieden habe.

Maj Johanssons Worte bringen die Musik nicht zum Verstummen. Huotari sagt: »So eine flotte Frau.« Thomas schweigt. Im Winter hat Cassius Clay Sonny Liston in einem legendären Kampf vermöbelt. Am Tag darauf hat Cassius Clay einen neuen Namen angenommen, Muhammed Ali. »Eine megalomanische Persönlichkeit, dieser Clay«, sagt Huotari. Thomas und Huotari haben beide zu Liston gehalten, denn ihn haben sie im Vergnügungspark gesehen. Thomas schweigt. Er traut sich nicht zu fragen, was megalomanisch bedeutet.

Mitte Juli fangen Huotari und Thomas auf der Bucht einen Aal an der Langleine. Das ist etwas Unglaubliches. »Keiner hat in diesem Tümpel bis jetzt Aale gekriegt«, sagt Huotari mit Triumph in der Stimme. Den Rest des Sommers und den ganzen folgenden Sommer, der Thomas' letzter im Sommerparadies wird, spricht Huotari im wesentlichen von nichts anderem als diesem Aal. Was für ein Gefühl es war, ihn festzuhalten (scheußlich), ihn zu töten (scheußlich, er starb ja nicht, sondern zappelte weiter, obwohl man ihm immer wieder auf den Kopf schlug), ihn zu essen (scheußlich, scheußlich, scheußlich), und vor allem, wie man vorgehen soll, um einen neuen Aal zu fangen. Der Gedanke an Aale macht Huotari nach und nach so besessen, daß er das Interesse am Boxen verliert. Thomas seinerseits verliert die Lust, wenn es ums Fischen geht.

Renée hat einen Beatles-Pulli, den Gabbe gekauft hat, als er Geschäfte mit den Engländern machte. Er ist orangefarben und hat schwarze Köpfe auf dem Bauch. Ein paar Tage hat sie ihn an. Dann geht sie wieder zu ihrem alten, gewöhnlichen über.

Thomas und Kajus treiben in einem Ruderboot auf der Bucht. Kajus liest einen Krimi. Thomas starrt hinauf in den blauen Himmel oder auf die schreckensstarre Blondine auf dem Krimideckel, fummelt herum an Skelett-Johan, der mit auf See hat kommen und genießen dürfen, wie die Idee von der totalen Freiheit verwirklicht ist.

Einfach *Down by the river.*

Thomas beugt sich über das Dollbord, läßt Skelett-Johan ins Wasser, doch der schwimmt nicht. Während Skelett-Johan rasch auf den Grund sinkt, versucht Thomas, unberührt zu bleiben. Doch er bereut es, daran besteht kein Zweifel. Obwohl – an und für sich, es kommen neue Sensationen. Als er am vierten Juli neun wird, bekommt er von Gabbe und Rosa und Nina und Renée einen Drachen zum Geburtstag. So - einen Drachen, wie Renée hat. Gabbe ist im Winter auf die chinesische Mauer geklettert. »Ein historischer Augenblick, alle Chinesen sehen gleich aus«, hat Gabe konstatiert, »aber es ist ein großer Markt.« Und man hat vor sich gesehen: Milliarden Chinesen mit Milliarden gelben Kassettenrecordern. An den Drachen hängen Schnüre mit Schleifen, die herumwirbeln, wenn die Drachen zu den Baumwipfeln aufsteigen, doch am Ende des Sommers sind beide Drachen kaputt. Thomas' ist in einem Baum hängengeblieben, und Renées ist im Wasser gelandet, und zwar getrocknet, danach aber nicht mehr so gut geflogen. Renée hat es satt bekommen und ihren Drachen Erkki Johansson geschenkt, was gleichbedeutend war mit der Bitte, ihm den Rest zu geben. So geschieht es. Nach etwa einer Stunde von Erkki Johanssons effektiver Beschäftigung mit ihm ist der Drachen kein Drachen mehr.

SWISCH – Lindberghs glänzendes Mahagonisportboot kommt auf Johanssons und Gabbes und Rosas gemeinsamen Ponton zugefahren. Klas oder Robin lenkt, Tupsu Lindbergh sitzt auf dem roten Ledersitz achtern. Rosa springt an Bord, um mit Tupsu zu den Freundinnen in den Häusern draußen am offenen Meer zu fahren. Rosa ruft nach Renée.

»Renée, komm jetzt.« Im Boot ist auch der Blödmann Lars-Magnus Lindbergh. Mit ihm soll Renée in diesem Sommer *auch* spielen. Aber selbstverständlich taucht Renée nicht auf, als man nach ihr ruft und der Blödmann im Boot ist. Thomas sieht sie vom Wasser aus. Sie ist ein Punkt im Schilf.

»Renée! Wir warten nicht!«

Rosa geht an Bord. Lindberghs glänzendes Mahagonisportboot fährt los, über die Bucht in den Sund und hinaus aufs offene Meer.

»Wir fahren an Land«, sagt Thomas zu Kajus.

»Warum?«

»Hier ist es langweilig. Hier passiert nichts.«

Thomas rudert an Land. Kajus geht hinauf. Thomas spaziert zum anderen Strand. Sie kommt. Sie gehen weiter zum Wald.

Neues Jahr, neue Songs. *The Girl From Ipanema.* Bella steht am Fenster im Dunkel des großen Zimmers. Sie geht durch den Raum.

She looks straight ahead

But not at me

Kajus fängt sie ein. Sie tanzen.

Bella und Kajus tanzen miteinander. Wenn sie nicht tanzen, sitzen sie in Korbstühlen und rauchen. Sagen nicht viele Worte. Rauchen nur. Auf diese Weise ist es ein stiller Sommer, auch wenn rund um die Bucht Berieselungsmusik gespielt wird. Manchmal hört Thomas nicht, wenn sie aufbrechen und schlafen gehen. Er setzt sich nur auf, abrupt, als wäre er gestört durch ein Geräusch von außen, das ihn hellwach machte. Er schielt zum dunklen großen Zimmer und stellt fest, daß Kajus und Bella nicht mehr darin sind. Eine ruhige Stille zunächst, die nach und nach, gegen Ende des Sommers, irgendwie nervös wird, voll von kleinen belanglosen Geräuschen, die entstehen, wenn man nicht stillsitzen kann.

Dann wieder mehr Stille. Auf eine neue Art. Nur Stille.

Manchmal, gegen Ende des Sommers, wenn Kajus und Bella im großen Zimmer sind, macht Bella die Lampe an der Decke an, setzt sich in die Leseecke und sagt, sie müsse etwas tun, wofür sie Licht braucht.

»Was?« fragt sich Kajus mit einem Lächeln. »Strümpfe stopfen?«

»Strümpfe stopfen«, antwortet Bella. Doch sie bleibt im Schein des scharfen Lichts in der Leseecke sitzen. Manchmal, wenn sie durchs Zimmer geht, kommt sie mitten in *The Girl From Ipanema* zum Lichtschalter. Schaltet ein. Schaltet aus. Schaltet ein. Lacht. Schaltet aus. Spielt mit dem Schalter, bis Kajus kommt und sie tanzend einfängt, fast mit Gewalt. Thomas hat den Kopf zur Wand gedreht. Er schläft.

Mitten im Sommer verläßt Kajus seine Veranda, um mit Gabbe eine Segeljolle zu bauen. Kajus und Gabbe fahren in Gabbes neuem Auto, an dem nichts Besonderes ist, außer daß sich die Marke PLYMOUTH schwer aussprechen läßt, und als sie zurückkommen, bringen sie weiße Plastikbuchstaben mit und stellen sich vor, es wäre für Thomas und Renée das größte Vergnügen, sie am Boot, das einer Streichholzschachtel ähnlicher ist als etwas, was auf dem Meer schwimmt, auf den Achterspiegel zu schrauben. Es ist beschlossen, wie das Boot heißen soll. LANGBEN schraubt Thomas mit dem Schraubenzieher, während Renée den Auftrag bekommt, etwas zu suchen, was sich als å-Tüpfelchen verwenden ließe, denn im Laden gab es kein å. Sie kommt mit einem Stück Plastik, das mit Eselsleim festgeklebt wird, ausgeliehen von Johan Wikblad, weil er dem Text auf der Verpackung zufolge so haltbar ist, daß mit haltbarem Resultat ein Eselsschwanz zurück an den Esel geklebt werden könnte, falls er abfiele.

Plumps ins Wasser.

Thomas und Renée sind in Thomas' Zimmer, sie sitzen an seinem Tisch und zeichnen Becher mit Ohren und Augen und Mündern, die durch Sprechblasen miteinander kommunizieren. Da kommen Gabbe und Kajus über den Hofplatz, mit Schwimmwesten, Seilen und anderem Gerät, das, wie Thomas und Renée lernen, so in dem Boot-Welsch heißt, dessen sich Gabbe und Kajus bedienen, ohne den Beleg für ein einziges ihrer Worte zu haben. Niemand weiß so wenig über Boote und das Segeln wie Kajus und Gabbe, wenn sie zusammen sind. Dafür hat Thomas natürlich keinen Beweis. Noch nicht, in diesem Sommer, aber er ahnt es.

»Raus in die frische Luft, Kinder. Jetzt gehen wir segeln.«

Segeln: Das bedeutet, daß Thomas eine orangefarbene Schwimmweste angezogen wird und daß Gabbe das Boot von der Rollgräting ins Wasser stößt und es parallel zur Brückenseite schiebt, während Kajus den Mast nimmt, um den das Segel gerollt ist, den Mastfuß durch ein Loch in der Bank vorn steckt, Segel und Baum entfaltet, das Ruder achtern befestigt und Thomas ins Boot bugsiert, das schwankt – Thomas bekommt seinen ersten Eindruck bestätigt: absolut seeuntauglich –, das Schwert in den Sparbüchsenschlitz in der Mitte drückt, »Schot dichtholen« sagt und lenkt und Thomas hinausschiebt, der Schot und Ruder hält, ohne die Schot dichtzuholen und ohne zu steuern. Trotzdem befindet er sich im nächsten Augenblick mitten auf der Bucht, hundert Meter von der Brücke entfernt, wo Kajus und Gabbe stehen und durcheinanderrufen. Und als draußen auf See alles mögliche zu passieren beginnt, laufen Kajus und Gabbe zwischen Gabbes und Rosas und Johanssons gemeinsamem Ponton und der Brücke der weißen Villa hin und her, weiterhin rufend. Der Baum schlägt kräftig auf die andere Seite, das Boot krängt, Thomas hält die Schot, der Baum schlägt wieder um und wieder, bis Thomas' Kopf im Weg ist und es nur so pfeift an seinen Ohren. Gabbe ruft, Thomas solle das Schwert hochziehen und lenzen. Kajus ruft Thomas zu, er solle das Schwert fieren und anluven – ein Ausdruck, den er in einem Buch mit dem Titel *Kreuzen, Halsen und Lenzen* gelernt hat, das zu seiner Sommerbibliothek auf der Glasveranda gehört – und kreuzen. Für Thomas ist es völlig egal, was sie rufen, er versucht nicht mal mehr hinzuhören. Er hat das Blut bemerkt, es läuft über die Schwimmweste, es ist auf dem Segel, in seinem Mund, auf seinem Gesicht. Und eines wird ihm klar: Er wird es allein, aus eigener Kraft, nicht schaffen. *Er muß gerettet werden.* Aber von wem? Kajus und Gabbe sind damit beschäftigt durcheinanderzurufen. Thomas sieht sich um. Ein Augenblick eisiger Panik. Da ist niemand.

Plötzlich aber wird er in die Luft geschwenkt. Im nächsten bewußten Augenblick liegt er auf einem Bootsdeck, den Kopf dicht an einem Transistorradio, das ihm ins Ohr brüllt. Welches Deck, welches Transistorradio, welches Boot, es wird sofort klar.

»Paß auf den Lack auf!« Klas oder Peter Lindbergh sieht durch die Spritzschutzscheibe zu Thomas herunter. Thomas sieht sich, blutig und jämmerlich, zweifach sich selbst gegenüber, denn Klas oder Peter Lindbergh hat eine Pilotensonnenbrille auf. Pilotensonnenbrillen sind solche, die verspiegelte Gläser haben. Aber nicht Klas oder Peter Lindbergh hat Thomas gerettet, das wird sofort klar. Sondern das Mädchen mit dem langen braunen Haar, das, das ein bißchen wie eine Indianerin aussieht. Sie ist in die Segeljolle gesprungen, hat das Boot in Null Komma nichts unter Kontrolle bekommen. Sie holt die Schot dicht und segelt das Boot an Land.

Thomas wird in Lindberghs glänzendem Boot zur Brücke gefahren. Kajus' und Gabbes Mundwerk wetteifern miteinander. Thomas reißt sich ohne ein Wort die blutfleckige Schwimmweste herunter und geht weg, ohne sich umzusehen. Das Mädchen in der Segeljolle kommt gleich darauf an der Brücke an. Gabbe empfängt sie. Er bedankt sich in ausführlicher Form und hat die Möglichkeit, sich vorzustellen: »Gabriel Engel. *Music*-Branche.«

Sie, das Indianermädchen, sagt, sie heiße Viviann.

»Du verlierst mein å-Tüpfelchen«, sagt Renée am Nachmittag zu Thomas. Jetzt ist sie an der Reihe. Sie kreuzt, halst, lenzt, justiert das Schwert, holt die Schot dicht, fiert und geht über Stag, als hätte sie ihr ganzes Leben nichts anderes getan, als wäre sie zum Segeln geboren, als hätte ihr widerspenstiger Körper nur auf den Augenblick gewartet, in eine Segeljolle namens LANGBEN zu klettern. Sie segelt vor den Brücken im Sommerparadies auf und ab, begnügt sich aber nicht damit, sondern fährt dann weiter hinaus, weiter und weiter, bis sie mitten auf der Bucht, hinter den Holmen, aus dem Blickfeld verschwindet. Gabbe sagt, das sie Instinkt.

Thomas geht zu Johanssons Sauna und spielt Show mit Nina und Maggi, bei denen niemand auf den Gedanken gekommen ist, sie in ein Segelboot zu setzen; er ist der Conférencier und mimt zu einem Song, der auf Ninas Tonbandgerät läuft.

Herrlich diese Nacht für Show
Einfach dazusein
Draußen bläst der Herbstwind kalt
Hier ist's warm und hell
Ein hübsches Mädchen mit Musik
Ein Mann mit Pep und Schwung
Herrlich diese Nacht für Show
Und ein herrlich alter Song

Zum Glück ist der Sommer gerade vorbei.

Bella breitet Laken über die Möbel in der weißen Villa. Kajus ordnet seine Bücher so alphabetisch wie möglich in Taschen. Thomas packt Schublade und Bücher in seinen roten Seesack, den er von Kajus und Bella zum Geburtstag bekommen hat. Rosa und Gabbe haben für all ihre Sachen einen Lastwagen gemietet. Der Lastwagen fährt auf dem Waldweg vorbei. Renée sitzt auf der Ladefläche, hält die Arme um ihren hellblauen Seesack, sieht sich mit grimmiger Miene um. Thomas nickt. Sie nickt zurück.

Aber Bella und Rosa, die Strandfrauen, was tun sie, wo sind sie? Sie sind ja da. Am Strand, manchmal, nachmittags, auch in Rosas Wohnzimmer, tagsüber irgendwann ein paar Stunden. Rosa trinkt Kaffee und redet. Sie redet über ein neues Konzept, das sie und Tupsu Lindbergh als erste in diesem Land lancieren werden. Über ihren Traum: Tupperware für den perfekten modernen Haushalt. Für den perfekten modernen Haushalt, lacht Rosa Engel, aber kein solches Lachen, das gewissermaßen sein absolutes Gegenteil in sich einschließt, das Lachen in dem Augenblick, in dem man sein Oberteil in die Gartenlaube wirft, nur so, und nicht um jemandem seine nackten Brüste zu zeigen, das Lachen, bevor man den Stecker der Klimaanlage aus der Wand zieht und sagt, man rede ja Blödsinn, und anfängt, von anderen Dingen zu reden, von ganz anderen als Elizabeth Taylors Liebesleben, von dem man nach der Überzeugung aller gerade redet.

Sondern ein alltägliches Lachen. Ein leichtes Lachen. So ein Lachen, daß man tatsächlich glaubt oder glauben muß, daß Rosa Engel genau das meint, was sie sagt.

Sie schielt zu dem leuchtenden Barschrank mit Kühlschrankfunktion, der nach dem Krebsessen im vorigen Sommer in der weißen Villa geblieben ist, im Grunde die einzige wirkliche Reminiszenz an den vorigen Sommer. »Da steht er ja, unser Schrank«, konstatiert Rosa, macht aber keine Miene, daran etwas ändern zu wollen, wie zum Beispiel Gabbe zu bitten, mit dem Auto zu kommen und ihn zu holen. »Ich bin weiß dieses Jahr«, sagt Rosa, gekleidet in Rosa, als wäre das eine Art plausible Erklärung. Und in der weißen Villa bleibt der Barschrank, für immer.

Aber an und für sich wird er ja schnell unmodern, die Entwicklung geht im Sturmschritt voran, und schon im folgenden Jahr schafft man sich für das Sommerhaus richtige Kühlschränke an. Fernseher, Stereoanlage. Im großen und ganzen das einzige, was im Haus auf dem Berg in den nächsten Jahren nicht ausgetauscht wird, ist der Herd, so groß und schwer, daß er sich nicht verrücken läßt. Die Klimaanlage ist auf den Boden gestellt worden, neben den Kamin. Nur ein einziges Mal wird sie wieder auf den Tisch gehoben und eingeschaltet. Das ist im September 1964, als alle Sommergäste nach Hause gefahren sind und plötzlich ein Auto auf dem Waldweg ins Dunkel des Sommerparadieses rollt, wo es zu dieser Zeit noch niemand anders als Sommergäste gibt. Zwei Personen steigen aus dem Auto und gehen den Berg hinauf und ins Haus. Ein Mädchen drückt auf einen Knopf, spaziert in Rosas Wohnzimmer und tanzt zum einförmigen Rattern der Klimaanlage. Das Mädchen hat langes braunes Haar und sieht aus wie eine Indianerin. Gabbe im Fledermausstuhl verfolgt mit dem Blick intensiv ihre Bewegungen.

»Also, Viviann«, fragt er dann auf englisch, »was kann ich für dich tun?«

»Ich will Stewardeß werden«, antwortet sie auf schwedisch.

Da dürfte kein größeres Hindernis vorliegen, antwortet Gabbe.

»Ich bin weiß dieses Jahr«, sagt Rosa Engel im Sommer 1964, gekleidet in Rosa, und lacht und redet mit Bella. Doch früher oder später steht sie immer auf und sagt, sie müsse gehen, Tupsu Lindbergh werde kommen und sie mit Lindberghs glänzendem Mahagonisportboot an der Brücke abholen.

»Wir fahren ein bißchen aufs Meer. Es ist so eine schöne Brise da draußen.«

»Vielleicht kannst du irgendwann einmal mitkommen«, fügt sie auch manchmal hinzu, aber man hört, daß es nichts weiter bedeutet, sondern vor allem als Höflichkeit gemeint ist. Bella nickt und weiß, es wird kein solches Mal geben. Rosa verläßt die weiße Villa und geht über den Hof weg. Bella bleibt im großen Zimmer zurück, wieder und wieder den ganzen Sommer, am Mosaikspiegel, der ihr Gesicht in immer gleich vielen Stücken reflektiert.

Rosa aber, woran denkt sie, wenn sie mit raschen Schritten über den Hof weggeht und hinauf zum Haus auf dem Berg, um sich *Boating*-Sachen anzuziehen, sich die Lippen in einem rosa Ton anzumalen und sich ein weißes Band ums Haar zu binden, damit es ihr draußen auf dem offenen Meer nicht ins Gesicht weht? Ist es so, wie es aussieht? Denkt sie an Tupperware, die sie und Tupsu als erste in dieses Land lancieren werden, für den perfekten modernen Haushalt, wie sie neulich Bella in der weißen Villa erklärt hat? Denkt sie an den perfekten modernen Haushalt? An Tupsu Lindberghs tiefe Freundschaft, die ihr so viel bedeutet, wie sie neulich ebenfalls erklärt hat? An all das andere, woran man sich vorstellen könnte, daß sie daran denkt? Gabbes Stewardessen zum Beispiel, die in diesen Jahren langsam ins Bild rücken und für Rosa vor allem als Erinnerung daran fungieren, daß sie Boden – und nicht Luft – war, *und macht das eigentlich einen großen Unterschied?* Dafür, wie sie sich verhalten soll? Welche der wenigen Verhaltensweisen, die akzeptiert sind und von denen sie keine interessiert, sie wählen soll: märtyrerhafte Tüchtigkeit oder verletzten Stolz? Nein, nein, nein. Rosa Engel ist daran wirklich nicht interessiert. Sie denkt überhaupt nicht.

Das ist Rosas Geheimnis. Diesen Sommer. Die Sonne scheint, das Meer kühlt. Das ist alles. Leer im Kopf ist Rosa Engel.

Nur eines: Sie hat sich dazu entschlossen, nicht zu denken.

Sie hat keinen Fotoapparat dieses Jahr. Die Bilder vom vorigen Sommer, Thomas hat vollkommen recht gehabt, sind im Herbst in kein Album eingeklebt worden. Dieser Fotoapparat, der war praktisch nur Tarnung.

Doch das wußte sie selbst erst im Herbst. Als sie plötzlich nicht wußte, was sie mit den Fotos machen sollte. Sie hatte sie vor sich auf dem Tisch ausgebreitet.

Alle Bilder, alle *Memories*, plötzlich ein ganz fremdes Muster. Und sie hatte dann dauernd nur auf ein einziges Bild gestarrt; das Bild von den Strandfrauen natürlich.

Und das hatte es irgendwie unmöglich gemacht, das weitere Einkleben ins Album und die Formulierung lustiger Texte darunter.

Leer im Kopf also; aber völlig bewußt.

Tupperware für den perfekten modernen Haushalt, das ist eine Idee, an die glaubt sie wirklich nicht, und sie und Tupsu Lindbergh werden wirklich nicht die ersten sein, die das Konzept in diesem Land lancieren, nie im Leben! Lieber stirbt sie. Aber sie braucht die Idee, um etwas zu verbergen, was in ihr ist, als Fassade für Dinge, die sie nicht – ja, Gott, wie soll man das beschreiben?

Es ist nämlich so, daß hinter dieser Fassade in Rosa jemand oder etwas ist, ständig Bella-Rosa, Bella-Rosa vor sich hin summend, mit einem albernen Lächeln.

Nur eines, es ist kein Spiel.

Das ist ihr klargeworden, schon an den ersten Tagen dieses Sommers.

Leicht war es ja, vorigen Sommer mit bloßer Brust und

Shangri-La in seiner Gartenlaube zu sitzen und von einem anderen Leben zu reden und zu phantasieren.

Falls es ein Spiel war.

Auf den Flügeln der Leidenschaft flieht man in die Freiheit.

Doch was bedeutet das? In diesem Kontext. Tatsächlich?

Keine Ahnung. Etwas, was nicht ist. Wofür es kein einziges Bild gibt. Wie in den Weltraum zu fallen.

Aber trotzdem, dieses Singen hört nicht mal im Kopf auf. Bella-Rosa.

Bella-Rosa: Tatsächlich ist es, wie in den Weltraum zu fallen.

So also ist die Leidenschaft, die in Rosa Engel schwelt.

Jetzt geht Rosa in frischen *Boating*-Sachen auf dem Waldweg zum Strand. Frisch geschminkt für die Raus-aufs-Meer-Fahrt. In ihrer Gedankenlosigkeit stapft sie quer durch Maj Johanssons frisch gewaschene Bettlaken mit all den verschnörkelten Familienmonogrammen.

Schmatz: Rosa Engel küßt sie.

Lippenstiftabdrücke im Lakenstoff. Rosa, schmierig.

Rosa sieht sie an und lacht.

Lippenstiftabdrücke auf dem Laken, der Strand, Tupsu Lindbergh im Boot und Wind, der ihr gleich ins Gesicht wehen wird. All das hier ist hier. Und jetzt.

Nach dem Krebsessen im vorigen Jahr hatten alle davon geredet, wie Gabbe den weißen Engel in den Sand gesetzt hatte. Und daß Bella dabei war. Und was für ein unglaubliches Ding das gewesen war.

Rosa aber erinnert sich an etwas anderes. Das Auto landete ja nicht von selbst dort auf der Wiese. Es startete zu einem früheren Zeitpunkt am Hofplatz der weißen Villa. Dann fuhr es. Holperte über den Hofplatz zur Wiese hinunter, wo es neben dem kleinen Kartoffelacker stehenblieb. Und darin saßen zwei andere.

»Hier wollten wir doch gar nicht hin«, waren Rosas Worte, als das Auto zum Halten gekommen war. Bella hatte sie angesehen, war sauer gewesen. So sauer, wie Rosa sie noch nie gesehen hatte.

»Rosa«, rief Bella am Lenkrad. »Du hörst ja nicht zu. Du hast etwas vergessen. Ich kann nicht Auto fahren. Ich hab keinen Führerschein.«

War das alles passiert? Nicht unbedingt, denn niemand redet mehr darüber. Nicht einmal kurz nachdem es passiert war. Manchmal zweifelt Rosa auch selbst.

Doch passiert oder nicht; Rosa hätte jedenfalls gewollt, daß es passierte. Und ein anderes Ende nähme. Aber welches? Eben. So zu denken war, wie in den Weltraum zu fallen.

Und Bella? Sie ist noch im großen Zimmer in der weißen Villa, am Spiegel, mit ihren Illustrierten, ihren Zigaretten, ihren verschiedenfarbigen Lippenstiften. Jetzt sitzt sie in der Leseecke, bei der Petroleumlampe, macht sie mit dem Feuerzeug an, dreht sie aus und entzündet sie erneut. Was denkt sie da? Nichts. Sie ist nicht besonders philosophisch veranlagt.

Daß etwas passieren muß.

Im Winter nimmt sie einen Job in der Drogerie im Einkaufszentrum an. Sie hört wieder auf. Kann die Zeiten nicht einhalten. Versucht, Musik zu hören. Die Musik sagt ihr auch nichts mehr.

Der winter 64/65; das ist der Winter, in dem Bella aufhört, Musik zu hören. Im Dezember stehen Thomas und Bella auf dem Balkon der Stadtwohnung.

»Wollen wir sehen, ob die Platte hier Flügel hat, Thomas?«

»Ja«, sagt Thomas. So neutral wie möglich. Natürlich hat die Platte keine Flügel, das wissen sie beide. *Aber sie wollen es sehen.* Wie die Platte durch die Luft über den Hof fliegt und in den Schneewehen an der Teppichstange landet. Bella nimmt die Platte beinah feierlich aus ihrer Hülle, wiegt sie ein paar Sekunden in der Hand. Dann wirft sie sie, wie man einen Bumerang wirft, und die Platte zischt davon. Man sieht nicht so gut, wie sie fliegt, denn es ist dunkel. Aber das Zischen hallt zwischen den Hausmauern im Hofquadrat wider. Plumps im Schnee.

Chet Baker Sings. Pacific Records 1956.

Man sieht sie nicht mehr. Es wird allmählich zu kalt, ohne Mantel auf dem Balkon zu stehen. Thomas und Bella gehen wieder hinein. Doch als Chet Bakers Stimme etwas später aus einer anderen Wohnung durch das Haus hallt, sieht Kajus Bella mit fragender, vielleicht ein bißchen trauriger Miene an. Genau als ob er wüßte, was passiert ist. Obwohl er da nicht zu Hause war.

»Man muß sich entwickeln«, sagt Bella. »Ich brauche neue Herausforderungen.«

Sie hat sich nicht mit Parfum besprüht. Kajus schweigt, und Bella schweigt, und dann ist es eben so. Daß keine neuen Herausforderungen kommen. Bella macht Schluß mit der Musik, obwohl nur Thomas das richtig bemerkt, denn wenn Kajus nach Hause kommt, legt er wie gewöhnlich seine Musik auf, und Bella sitzt dann zwar dabei, mit ihren Strümpfen, die sie stopft, oder ihren Zigaretten, die sie raucht. Aber sie hört nicht zu. Tagsüber, wenn Kajus nicht zu Hause ist, hat sie nicht einmal das Radio an. Und nur Thomas weiß das, denn er ist nach der Schule am Tag zu Hause, bevor Kajus von der Arbeit kommt.

»Wir setzen uns hin, Thomas, und hören der Stille zu«, sagt Bella.

»Das ist natürlich langweilig«, stellt sie selbst nach einer Weile fest. »Todlangweilig.« Und als sie nicht weiß, was sie machen soll, nimmt sie eine Illustrierte vom Tisch, um irgendeine Geschichte daraus vorzulesen.

»Hör dir das an, Thomas.«

»Pah«, sagt Thomas, geht in sein Zimmer und stellt seine Dampfmaschine an. Er ist neun Jahre alt, diese Illustrierten interessieren ihn nicht mehr, sie sind ja voll von allem möglichen, was mit seinem Leben nichts zu tun hat. Sein Leben, das sind Dampfmaschinen, Bausätze, und andere Hobbys. Und Bella bleibt in dem anderen Zimmer zurück, mit ihren Erzählungen, ihren Geschichten. Eine Weile später steht sie selbst auf, geht in die Küche und fängt an, Essen zu machen.

»Nie passiert was Lustiges«, ruft sie Thomas zu.

Thomas schüttelt den Kopf. Er starrt auf seine Dampfmaschine.

Alle Tage des Sommers, 1965

Der sommer 1965: in diesem Sommer fährt man Wasserski. Man fährt hinter Lindberghs glänzendem Mahagoniboot, ab Mittsommer fährt man hinter Gabbes Boot, einer Evinrude, Robin Lindberghs gebrauchter. Jetzt fahren Bella und Rosa: Tupsu Lindbergh hat das Gesicht voller Sommersprossen, wenn man sie aus der Nähe sieht, und das ist nicht besonders kleidsam, ihr blondes Haar ist mit Wasserstoffsuperoxyd behandelt, sie ist mager wie ein Skelett, und alle wissen, es liegt daran, daß sie so häßlich und mager ist, und nicht an einer Erkältung, wie sie sagt, daß sie bei Wasserspielen nicht mitmachen kann. Es ist etwas Nervöses um Tupsu Lindbergh. Bei Bellas Party zu Anfang des Sommers sitzt Tupsu Lindbergh auf der Veranda der weißen Villa, auf einem Campingstuhl auf dem Hofplatz der weißen Villa, am Strand der weißen Villa, während Bella und Rosa Wasserski fahren und von Tupperware reden. Nicht die ganze Zeit von Tupperware, aber Tupperware ist die Sammelbezeichnung.

Jetzt erklärt Rosa Bella, Tupsu Lindbergh sei wie geschaffen für Tupperware. Der Traum von der perfekten Hausfrau.

»Der Traum von der perfekten Hausfrau«, sagt Rosa. Es ist eine ihrer ersten Repliken in diesem Sommer. »Tupperware, Bella. Ein großer Markt. Aber *who cares*, Bella, wenn es langweilig ist. *Boring, Boring. Boring.*« Und sie dreht sich auf den Bauch und nickt in der Sonne ein. Und als sie ein paar Minuten später wieder aufwacht und Bella entdeckt, als wär's das erste Mal, lächelt sie und sagt laut und deutlich:

»Ich will etwas anderes, Bella«, sagt Rosa Engel, während die Bäume rauschen, »ich will ein anderes Leben.«

Rosa ist also wieder da. Aber sie kommt nicht und holt einen ab in den schönen Tag wie zwei Jahre zuvor. Sie steht nicht lächelnd und erwartungsvoll in der Türöffnung, während man sein ewiges Frühstück ißt. Nein, man muß die Dickmilch allein in sich reinlöffeln und sich zum Strand bemühen und sie da abholen. Sie liegt in weißem Bademantel und rosa Bikini und mit Sonnenbrille auf dem Strandfels. Was man von ihrem Körper sieht, ist straffe, patinierte, dunkle Haut, vor allem am Anfang des Sommers, denn zum größten Teil ist das die Sonnenbräune vom vorangegangenen Jahr, die sich gehalten hat. Und dieses Jahr wird die Haut blasser werden, denn es wird anfangen zu regnen. Und es wird weiterregnen. Es wird regnen und regnen, einen großen Teil der Monate Juni, Juli und August. Und die Sonnenbräune, Bellas, Rosas, wird sich langsam abnutzen, statt tiefer zu werden.

Rosa schläft also in der Sonne, wenn man sich nähert, und es sticht einem ins Auge, wie sie daliegt. Auf der Seite direkt auf dem Fels, ohne Stranddecke unter sich. Sie hat sich in ihren Bademantel einigermaßen eingehüllt, die Knie angezogen, gewissermaßen in Astronautenhaltung, wie es vor zwei Jahren hieß, als man noch klein war und Rakete spielte. Aber der Astronaut ist sozusagen gekentert, auf die Seite gekippt. Sehr früh im Juni ist der Astronaut Edward White im All spazierengegangen. *Was dachte Ed White, als er frei im Weltraum schwebte – ehe die Begeisterung so stark wurde, daß er überhaupt nichts mehr denken konnte?* Wäre Rosa der Astronaut im Weltraum und nicht die Strandfrau, festgenagelt auf dem Fels, könnte Thomas für ihren Teil antworten, sie denke: Wo ist das Raumschiff? Ist es ohne mich abgefahren?

Und obwohl Rosa Badeanzug und Bademantel anhat, sieht sie irgendwie nackt aus.

Und wenn man hinunterkommt, wird Rosa immer nach einer Weile wach und setzt sich schlaftrunken auf. Sieht sich um, das Haar zerzaust im Gesicht, sieht Thomas und fängt an, englisch zu reden.

»Rosa's back again«, sagt sie, lacht und legt sich hin, streckt sich auf dem Fels aus und schläft wieder ein.

Mit Thomas' Hilfe fummelt Bella vorsichtig einen Zipfel ihrer Stranddecke unter Rosa. Rosa bewegt sich im Schlaf, und ihr Kopf ist plötzlich im Schoß von Bella, die sich mit all ihren Strandsachen ebenfalls auf dem Fels niedergelassen hat. Und in dieser Haltung bleiben sie, die Strandfrauen, Bella und Rosa, bis ein paar Minuten später das Erstaunliche passiert: Lindberghs glänzendes Mahagonisportboot kommt über die Bucht gebraust. Aber es nimmt nicht Kurs auf Johanssons und Gabbes und Rosas gemeinsamen Ponton, wendet auch nicht mittendrin, biegt in den Sund ein und verschwindet darin. Nein, es fährt geradeaus, auf Bella auf dem Fels am Strand der weißen Villa zu, auf deren kurze Brücke, wo es nie zuvor gehalten hat. Bella ist die einzige, die es sieht, und wird etwas nervös: Was soll sie sagen, was soll sie machen? Sie versucht, Rosa zu wecken. Rosa aber schläft tief und hört nichts. Und da muß Bella selbst zur Brücke hinunterlaufen und ganz auf eigene Faust mit Robin und Tupsu Unsinn reden, um zu verhindern, daß diese sehen, wie Frau Gabriel Engel weggetreten auf dem Fels liegt. Doch als Lindberghs zurückgefahren sind, weckt Bella Rosa mit einem Klaps auf die Wange und sagt, am Sonnabend gebe es eine Party in der weißen Villa und Lindberghs seien eingeladen, denn sie seien zufällig vorbeigekommen, während Rosa schlief.

»Ich will Spaß haben«, sagt Bella. »Ich will, daß was passiert, und zwar *jetzt*.«

Und das ist in diesem Sommer strenggenommen Bellas erste Replik zu Rosa.

Rosa aber sieht Bella mit aufgerissenen Augen an. Plötzlich ist es, als erinnere sie sich an etwas anderes, all das, was im vorigen Sommer unwirklich schien, wovor sie irgendwie Angst hatte, solche Angst, daß sie jeden Tag blau-weiße *Boating*-Sachen anziehen, das Sommerparadies verlassen und mit Tupsu Lindbergh auf das kühlende Meer hinausfahren mußte.

Ja. Sie ist jetzt im Weltraum.

Aber im Weltraum zu sein, das ist auch ein wunderbares schwereloses Gefühl.

Und sie läuft ins Wasser, schwimmt weit hinaus und taucht den Kopf mehrere Male unter.

»Jetzt bin ich gleich klar im Kopf«, ruft sie Bella zu, die noch am Strand ist. »Wacher als je zuvor in meinem ganzen Leben. Ist Kaffee in deiner Thermoskanne?«

Aber die Sonne verschwindet hinter Wolken, es fängt an zu regnen, und Rosa und Bella müssen ihren Kaffee im Haus trinken, oben in Bellas Atelier. Sie sammeln ihre Sachen in Körbe und Taschen zusammen, und dann laufen sie durch die Allee zur weißen Villa und die Bodentreppe hinauf und schließen die Tür hinter sich. In Bellas Atelier landen sie, Bella und Rosa. Und dort bleiben sie, Tage, Wochen, Stunden und Minuten. Hinter einer geschlossenen Tür, die zu öffnen nicht verboten ist, die aber trotzdem unüberwindlich wirkt, wie eine Grenze.

Thomas weiß nicht, ob er das gut oder schlecht findet. Er selbst hält sich in der Bodenabseite hinter der Wand auf. An manchen Tagen, nicht immer. Manchmal, wenn er in der Bodenabseite ist, sieht er auf und entdeckt, daß jemand hereingekommen ist, ohne daß er dessen Schritte gehört hat. Manchmal ist es Erkki Johansson, manchmal jemand anders. Jemand, den es nicht gibt, der aber einen Namen bekommt. Viviann. Manchmal Renée. Meistens aber nicht.

Dort, in Bellas Atelier, entsteht der Song, der in diesem Sommer allgegenwärtig ist. Eine Melodie fast ohne Worte, zum Summen. Die sich ausbreitet und das Sommerparadies überschwemmt.

Bella-Rosa, Bella-Rosa, so geht sie.

»My name ist Bond, James Bond«, ruft Gabbe in diesem Jahr allen zu. Alle Frauen, die ihm in den Weg kommen, sind seine BOND-Bienen. *Wer ist dieses hübsche Kind?* ruft Gabbe vom höchsten Punkt des Berges, wenn er Maj Johansson aus Johanssons Sauna kommen und im blaukarierten Monokini, der ihr bis zum Nabel reicht, auf die Brücke gehen sieht.

Monokini; das ist heutzutage gar nichts. Alle gehen im Monokini schwimmen. In der Zeitung hat sogar gestanden, daß ein deutscher Wissenschaftler in Baden-Baden, gestützt auf eigene Untersuchungen an einem Versuchsbadestrand, behauptet, Frauen *sollten* schon aus medizinischen Gründen *nackt sonnenbaden.*

Bella und Rosa ziehen sich nicht mehr aus. Gerade weil sich alle ausziehen, haben sie Rock *und* Oberteil an. Oder *einteilige* Badeanzüge.

»Bella-Rosa, Bella-Rosa«, trommelt Gabbe auf die Armlehne seines Stuhls oben auf seinem Berg, am höchsten Punkt, wo man einen Blick über das ganze Sommerparadies hat. Dorthin hat er seinen privaten Segeltuchsessel getragen. Der Stuhl wird James-Bond-Stuhl genannt, denn Gabbe ist dieses Jahr James Bond.

»Bella-Rosa, Bella-Rosa«, summt Gabbe. »Das eine ist ein Steak zu einem guten Rotwein, Thomas. Das Steak. Und der Rotwein.«

»Das andere flattert wie ein Schmetterling.«

»Ich hab' massenhaft Schwächen, Thomas.«

»Eine meiner Schwächen ist gutes Essen.«

»Ein blutiges Beefsteak und ein fülliger Wein. Es braucht kein Jahrgangswein zu sein.«

»Aber ich mag auch Schmetterlinge, Thomas. Schmetterlinge im Bauch. Wie in der Achterbahn. Vergnügungspark, Thomas. Du fährst doch gern Achterbahn?«

Thomas nickt. Er muß zugeben, daß er wie jedes beliebige andere Kind nichts dagegen hat, Achterbahn zu fahren.

Renée nimmt im Verein an Regatten teil. Zunächst nennt man sie *Flautengänger*, weil sie ein Mädchen ist, das aus dem Nichts auftaucht und anfängt zu siegen oder sich zumindest unter den ersten ihrer Jollenklasse plaziert, und man ist geneigt zu glauben, daß ihre Erfolge ein Zufall sind, der sich durch bestimmte Eigenschaften des Bootsrumpfs erklären läßt oder dadurch, daß am Anfang des Sommers so wenig Wind geht. Dann aber ist plötzlich beinah Sturm, und viele Boote geben auf, kentern oder havarieren, aber sie siegt trotzdem weiter. Und das mit einer Leichtigkeit und Nonchalance, die ihre Konkurrenten aufs Blut reizt.

LANGBEN wird mehr und mehr zu Renées Boot. Thomas kümmert das nicht, obwohl Kajus mehrfach betont, Thomas müsse sich ranhalten und seine Rechte behaupten. Rechte und Rechte; Thomas' Beziehung zum Segeln ist völlig anders. Doch es ist unnötig, auch nur zu versuchen, es Kajus oder Gabbe oder gar Bella zu erklären, sie würden es nicht verstehen. Bella war noch nicht mal auf dem Meer, Gabbe und Kajus reden nur oder lesen Bücher und laufen dann herum und verteilen unklar ausgedrückte gute Ratschläge.

Thomas weiß jetzt, diesen Sommer weiß er es zum erstenmal erwiesenermaßen, daß es möglich ist, sich anders zu verhalten. Während des Herbstes und Winters hat sich Thomas wieder auf seine Mitgliedschaft in der Pfadfindergruppe BalooBaloo besonnen, obwohl er lieber zur anderen Gruppe, die ShereKaan heißt, gehört hätte, denn der Name ist toller. Er ist beim Herbstsegeln gewesen und hat in der ersten Nacht mit Vizeverbandschef Buster Kronlund die Hundewache gehabt und das Ruder halten und fast eine halbe Stunde steuern dürfen, und Buster Kronlund war zufrieden und sagte: »Perfekter Kurs.« Thomas hat in der nächsten Nacht zu fünf Wölflingen unter Deck gehört, als Dennis Kronlund, Busters Bruder und Gruppenleiter von ShereKaan, die Hundewache hatte, fehlnavigierte und auf ein Leuchtfeuer zugesteuert ist, und es waren mehrere Minuten Stoßen und Zerren in der naßkalten Herbstluft nötig, bis Thomas begriff, daß es nicht seine Schuld war.

Thomas geht nicht mit zum Segelpavillon, um Renée vom Strand oder irgendeinem Begleitboot aus anzufeuern. Er tut, und in gewisser Weise ist er es auch, völlig desinteressiert am Renées Wettkampferfolgen. Er setzt seine Taucherbrille auf, zieht die Flossen an, steckt den Schnorchel in den Mund, geht ins Wasser und verschwindet in der schweigenden Welt. Zeitweise haben sie in diesem Sommer einen Taucherclub, den Buchtverein für Unterwasserforschung; Erkki Johansson, Thomas und Renée. Sie haben Alter-ego-Identitäten, alle drei. Erkki darf Jacques Cousteau sein, der hat das Buch geschrieben, das Thomas gelesen hat, Renée heißt Tailliez, aber weil das so schwer auszusprechen ist, sagt man einfach Renée, und Thomas selbst ist Frédéric Dumas, Didi – die Person, die am besten und vollkommensten von allen das Motto des Vereins verkörpert, ganz und gar für die Erforschung des Lebens in der schweigenden Welt zu leben. Das bedeutet unter anderem, keine irdischen Bande zu haben, die stärker sind als die zur schweigenden Welt. Im Unterschied zu Jacques Cousteau beispielsweise, der manchmal die ganze Familie mit unter Wasser nehmen muß. (»Der Autor mit Frau und Kind auf seinem üblichen Sonntagstrip unter Wasser in seinem Heim in Sanary-sur-Mer«: Auf dem Bild, das mit der Unterwasserkamera aufgenommen ist, sieht man drei bleiche, geleeartige Gestalten; zwei große, eine kleinere in der Mitte, *und sie halten einander an den Händen*, wenn sie sich in die grüne Tiefe sinken lassen.)

»Dumas fängt einen Stachelrochen in 36 Metern Tiefe vor der Insel Pouquerolles.«

»Tailliez versucht, mit dem Messer eine Meerbrasse zu fangen. Sie stellt zur Abwehr die Rückenflosse auf.«

»Hier entdeckt Frédéric Dumas, daß eine Meerbrasse das Maul so weit aufsperren kann, daß die Öffnung ebensogroß ist wie der Körperumfang.«

»Ein schüchterner Tintenfisch, der nicht mit Dumas tanzen will, macht sich davon und hinterläßt eine Wolke aus Tinte.«

»Dumas kitzelt eine Pei-qua, die Grundel des Mittelmeeres, am Bauch.«

»An einer abgelegenen Küste in Französisch-Westafrika finden Dumas und Tailliez eine Kolonie Mönchsrobben. Man hat geglaubt, daß diese Robbenart Ende des 17. Jahrhunderts ausgerottet worden sei. Hier krabbeln Dumas und Tailliez an Land und machen sich mit den Robben bekannt.«

Thomas versucht, vom Leben in der schweigenden Welt besessen zu sein. Er taucht unter die Wasseroberfläche. Ohne Taucherbrille sieht er Schlamm und mit Taucherbrille etwas deutlichere Erdformationen und Seegras auf dem Grund. Das ist ebenso schön wie faszinierend. Doch es nutzt nichts, er friert als erster von allen. Erkki Johansson kann am längsten im Wasser aushalten. Beliebig lange, genauer gesagt.

Der Sommer 1965. Was sonst noch?

Thomas findet im Ruti-Wald ein Messer. Es liegt plötzlich unter ein paar Farnen glänzend vor ihm. Lange Klinge, überhaupt nicht rostig. Wer kann es verloren haben? Wer läuft mit einem Messer im Ruti-Wald herum? Es zeigt sich später, daß das Auftauchen des Messers im Wald seine natürliche Erklärung hat. Johan Wikblad war dort und hat frische Zweige für einen eisernen Topf gesammelt, den Ann-Christine auf einer Auktion gefunden habe. Thomas verbirgt das Messer unter dem Pulli. Er bringt es in die Bodenabseite, steckt es unter eine Diele des Fußbodens. Er sagt nichts, als Johan Wikblad sich später umhört, ob jemand sein kostbares neues Puukko-Messer gesehen habe. Er weiß nicht, warum. Das Messer bleibt einfach da in der Bodenabseite. Bis es einige

Zeit später verschwindet. Wer es genommen hat? Das ist nicht schwer zu erraten.

Und Johanssons gehen auf große Fahrt.

»Jetzt ist es mal Familie Johansson«, sagt Maj Johansson, »die rausfährt und sich umsieht in der Welt.«

»Ich fahr' nirgends hin mit meinen bescheuerten Eltern«, sagt Maggi zu Nina in Johanssons Sauna. Maggi und Nina sprechen diesen Sommer finnisch miteinander.

Und Kajus' Radio geht kaputt. Verstummt einfach. Mitten im Wetterbericht

Isabella in der Sonne, kurz bevor diese in Wolken verschwindet. An einem Vormittag, es ist die Party in der weißen Villa. Sie ist auf die Verandatreppe gekommen, in ihrem gelben Kleid, lachend mit ihrem rosa Sommerlippenstift, nach Sonnenöl duftend und nach Parfum, *Blue Grass*, denn obwohl sie schon lange die Marke gewechselt hat, ist *Blue Grass* für Kajus die Sammelbezeichnung für die Marken aller Parfums, mit denen sich Bella besprüht, »es ist genau wie sie, Thomas, gewissermaßen umgekehrt, denn das Gras ist grün und nicht blau, aber wenn Bella sagt, das Gras ist blau, dann ist es blau«, und natürlich sieht man sie an. Das ist auch die Absicht, daß man sie ansieht, jeder auf dem Hof soll aufsehen, wenn sie mit einem Tablett Regenbogendrinks in den Händen dasteht und langsam, mit irgendwie geziert unsicheren Schritten die Treppe hinunterzusteigen beginnt, so daß das Tablett schwankt, und hätte man eine Kamera, um den Filmstar zu filmen, wie er im Sonnenschein die Treppe herunterkommt, dann würde ihr lachendes Gesicht näher und näher kommen und schließlich so nahe sein, daß es die Konturen verlieren und sich in der Linse auflösen würde. Doch man hat keine Kamera, das hier ist kein Film, es ist Wirklichkeit. Der letzte Sommer in der weißen Villa, 1965, der zweite Sommer mit

Rosa, und sie ist wirklich IsabellaMeerjungfrau, Thomas' Mutter, Rosas Freundin, ein gutes Steak mit Rotwein, das Steak *und* der Rotwein, JazzKajus' Traum, der den Rest der Zeit, die nach diesem Sommer anfängt, in eine Kleiderkammer eingesperrt sein wird, in einer gewöhnlichen Stadtwohnung in einem Vorort östlich der Stadt, und noch vieles andere, alles mögliche, Thomas! Und jetzt ist sie unten auf dem Hof, geht zwischen ihren Gästen umher, lacht – völlig wirklich, man kann sie berühren –, hält das Tablett hin, sagt jetzt: ALMOST HEAVEN und bietet an.

Hinaus in die Welt, 1965

WARUM SIND WASSERSKI fahrende Frauen schön? Unwiderstehlich? Unumgänglich? In ihren gelben und weißen Badeanzügen und obwohl die eine sogar eine orangefarbene Schwimmweste trägt?

Philosophische Fragen. Thomas ist neun, gerade zehn. Er hat keinen Sinn für Philosophie. Später auch nicht, was das betrifft. Er ist genau wie seine Mutter eine Person, die nie *philosophisch veranlagt* sein wird.

Es ist konkret. Für ihn ist alles konkret.

Er ist im Sommerparadies und versucht, alles mögliche zu machen. Spionieren und sabotieren und im Wald sein, sich für neue Dinge interessieren und neue Menschen treffen. Doch es ist zwecklos. Er landet immer wieder dort. Am Strand, heißt das. Wo die Strandfrauen auf der Bucht sind. Wasserski fahrend hinter Lindberghs glänzendem Mahagonisportboot. Die eine und die andere, der Reihe nach.

An und für sich. Er ist nicht der einzige. Alle anderen, zumindest die meisten, sind allmählich ebenfalls am Strand. Werden dorthin gezogen. Sogar das Fest zieht komplett an den Strand um, noch bevor alle Regenbogendrinks, die Bella nach eigenem Rezept gemacht hat (an dem ist an sich nichts Bemerkenswertes, etwa die gleichen Zutaten wie im Shangri-La, doch die einzelnen Flüssigkeiten lagern sich im Glas in verschiedenfarbigen Schichten ab, da man Gelatine zugesetzt hat, aber Thomas war jedenfalls beeindruckt und stolz wie Bella, als sie am Morgen das Fest vorbereitet hatten), am Campingtisch ausgetrunken sind, auf den Tupsu Lindbergh bloß einen Blick werfen muß, und schon ist er auf den »wackeligen Barbecue-Tisch im *garden* der weißen Villa« getauft, wie der Hofplatz nach der Art von Party heißt, die dort im Gange ist. Die Strandfrauen haben schon lange ihre Festkleider abgeworfen. Und die Badeanzüge übergestreift, Lindberghs Wasserski angeschnallt, und schon geht es rein ins Wasser. Die Leine wird angezogen. Der Motor heult auf. Sie fahren los. Mit Schwung geht alles besser. Der Rausch der Geschwindigkeit. Alle klatschen Beifall. Nein, nicht wirklich alle: Tupsu und Kajus sitzen auf dem Berg und tun so, als wären sie mit ganz anderen Themen beschäftigt. Und Thomas liegt auf Johanssons Ponton auf dem Bauch und starrt zwischen den Brettern ins Wasser, darauf konzentriert, sich ein Skelett auf dem Meeresgrund vorzustellen, ist also beschäftigt mit etwas, was legitim ist für Personen seines Alters, mit *kindlichem Phantasieren*.

Denn man hat nicht den Kopf voll *water skiing*, wenn man ein Junge in der Alterskategorie ist, in der man in der Freizeit zu seinem eigenen Vergnügen Bausätze zusammenbastelt und auf Dampfmaschinen setzt.

Aber alle sind am Strand, aha. Sind am Ende dort gelandet.

Der Anfang eines Nachmittags also, ein Samstag oder ein anderer Samstag ganz zu Anfang des Sommers: Thomas geht in seinem Sommerparadies umher. Er geht den Pfad entlang, der hinter Holzschuppen und Plumpsklo der weißen Villa beginnt. Er kommt auf den Hofplatz des roten Häuschens. Dort ist Ann-Christine gerade dabei, alte Farbe von einem Wäscheeimer abzukratzen, den sie neu anmalen will, wie sie sagt, und Kräuter hineinpflanzen. Sie zählt viele verschiedene Sorten auf. Thomas hört zu, aber keine einzige ist ihm bekannt.

»Ich bin sicher gegen alle allergisch«, sagt Thomas. Ann-Christine zaust ihm das Haar und sagt *Charmebolzen*. Thomas errötet, aber nicht so sehr. Ann-Christine hat eine Art, Dinge so zu sagen, daß sie akzeptabel klingen. Thomas hat Charme. Das hat Ann-Christine schon seit Anfang des Sommers gesagt. *Als Kind betrachtet ist Thomas ganz einfach charmant.* Johan Wikblad hat zugestimmt und ergänzt: »Ein Charmeur.« Das hat nur blöd geklungen. Thomas hat Ann-Christine und Johan Wikblad aufgefordert, still zu sein.

Ann-Christine ist eine Person, die immer mit verschiedenen Dingen beschäftigt ist. An einem der ersten Tage des Sommers, als Thomas und Ann-Christine miteinander bekannt wurden, war sie damit beschäftigt, Apfelsinen zu schälen, um zu Mittsommer ihren eigenen Apfelsinenwein zu haben. Thomas half mit, denn das war die Zeit, als sich Rosa nicht blicken ließ und Renée am Strand LANGBENS Mast so ausdauernd trimmte, daß für Thomas eine Menge Zeit blieb, neue Dinge zu tun und sich mit neuen Menschen bekannt zu machen. Der Kanister mit dem, was Apfelsinenwein werden sollte, wurde unter dem Haus verstaut. Nina und Maggi haben davon genommen, für sich, im Hinblick auf Mittsommer, und eine Cinzanoflasche gefüllt. Thomas weiß es, obwohl er niemandem etwas gesagt hat. Und Renée. Nach wie vor ist es so, daß es im Sommerparadies kein Geheimnis gibt, das für Thomas und Renée ein Geheimnis wäre. So sind zumindest die Bestrebungen.

Thomas hat von den Apfelsinen gegessen, nur ein paar Schnitze. Die Nacht darauf ist er krank geworden. Er bekam Ausschlag und Fieber. Hohes Fieber. Bella und Kajus bedauerten ihn, vereinten sich in ihrem Bedauern in Thomas' Zimmer, wo er hinter zugezogenen Gardinen in seinem Bett lag. »Es ist ein Schicksal, so ausgeliefert zu sein«, sagte Kajus, während Bella das Fieberthermometer herunterschüttelte, das alte Rekordnotierungen erreichte. Nun ja, Schicksal. Es war keine Frage von Schicksal. Thomas selbst sah die Sache viel nüchterner. Er betrachtete das Phänomen aus einer wissenschaftlichen Perspektive. Apfelsine, das war nur eine neue Entdeckung, ein weiterer Punkt auf der anscheinend endlosen Liste über die Allergien des Allergikers. Es gab kein Halten für diesen Allergiker, eine wirklich interessante Erscheinung. Dank seiner wissenschaftlichen Sichtweise konnte sich Thomas selbst vom Allergiker abtrennen und Beobachtungen auf eine Art machen, die in den objektiven Wissenschaften ideal ist: mit großem Erstaunen und der Neugier eines Kindes. Und er lag in seinem Bett und analysierte Symptome. Analysierte und analysierte, bis die Symptome zu stark wurden und er zumindest die Kontrolle über die Situation verlor und anfing zu jammern wie jedes beliebige Kind. Als er gesund wurde, konnte er sein Jammern nur als Niederlage sehen. Und er wurde gesund. Das hatten er selbst und alle anderen auch die ganze Zeit gewußt. Er würde keineswegs sterben. Und trotzdem lag er da und heulte.

Thomas geht zum roten Häuschen und setzt sich neben Johan Wikblad auf die Treppe. Johan Wikblad ist bei seinen Hauszeichnungen. Er hat einen Rechenschieber in der Hand, schiebt ihn hin und her und liest ab, schreibt Ziffern an den Rand des Millimeterpapiers, mit der Zeichnung. Johan Wikblad hat das Haus selbst geplant, es hat vier Zimmer, eine Küche und eine Sonnenterrasse. Es steht tatsächlich »Sonnenterrasse« auf den Zeichnungen. Darüber haben sich Thomas und Ann-Christine ein bißchen amüsiert, denn Ann-Christine konnte nicht anders, als darauf hinzuweisen, daß die einzige Möglichkeit, einen solchen Protzbau, wie er auf Johan Wikblads Millimeterpapier heranwächst, auf der Parzelle des roten Häuschens unterzubringen, die ist, so zu bauen, daß das, was die Sonnenterrasse sein soll, direkt nach den ersten dichten Tannen im großen Wald liegt. Johan Wikblad hat sich überhaupt nicht amüsiert. Er hat bekümmert ausgesehen. Er hat gesagt, es müsse eine andere Lösung geben.

Thomas studiert die Zeichnungen wie mehrere Male zuvor. Er stellt Fragen. Die gleichen Fragen, die er in den ersten Sommerwochen schon oft gestellt hat.

»Wo soll es gebaut werden?« fragt Thomas.

»Hier«, antwortet Johan Wikblad. Laut und deutlich, damit

Ann-Christine es hört. »Genau an dem Punkt, wo wir uns befinden.«

»Wird das rote Häuschen abgerissen?« fragt Thomas.

»Das rote Häuschen wird abgerissen«, sagt Johan Wikblad ebenso laut und deutlich.

»Nur über meine Leiche«, ruft Ann-Christine vom Hof her. Farbteilchen umwirbeln sie im Wind. Thomas lacht. Darum fragt er ja. Er will hören, wie es klingt, wenn Ann-Christine sagt *Nur über meine Leiche*. Lustig irgendwie. Und außerdem: es sich vorzustellen, den Gedanken weiterzuspinnen und zu phantasieren. Ann-Christines Körper. Er ist ziemlich dick.

»Zuerst kaufe ich es«, hält Johan Wikblad fest. »Dann reiße ich es ab.«

»Nur über meine Leiche«, ruft Ann-Christine im Wind. Sie lacht. Johan Wikblad lacht mit.

Thomas geht über Johanssons Hofplatz und vorbei an Johanssons Haus. Johanssons sind nicht zu Hause. Maj und Pusu und Erkki sind zu den Vettern gefahren, um sich das Hochseeboot anzugucken, das die Vettern gekauft haben und das Familie Johansson vielleicht später im Sommer, wenn es wärmer geworden ist, ausleihen wird, um damit hinauszufahren, sich umzusehen in der Welt. Thomas geht über Maj Johanssons kleinen Strandfels, überquert Maj Johanssons Grasfleck, wo LANGBEN immer aufgebockt ist, wenn keine Regatta am Pavillon oder bei irgendeinem anderen Segelverein stattfindet. Thomas geht in Johanssons Sauna.

Im Umkleideraum stehen zwei Betten entlang den Wänden. Auf dem einen liegt Nina, auf dem anderen Maggi Johansson. Der Fußboden zwischen den Betten ist voll mit allem möglichen: vor allem Illustrierte und ein Radio, das laut aufgedreht ist, obwohl nur Nachrichten kommen. Maggi liegt auf dem Rücken und fummelt an einer Halskette herum, die sie sich über die Finger gezogen hat. Sie macht

Figuren. Eiffelturm, Spinnennetz, das ist am schwersten. Sie zerrt ziemlich fest an der Kette, die lang ist und aus kleinen kleinen Perlen besteht. Thomas denkt mittendrin, es sähe toll aus, wenn Maggi es etwas zu heftig täte, so daß das Band risse. Alle Perlen würden mit lautem Prasseln durch den Raum schießen. Das wäre ein guter Effekt.

Maggi zerrt an der Kette. Sie reißt nicht.

»Da kommt Thomas. Wie geht's Thomas?«

Thomas muß eine ganze Weile an der Tür stehen, bis Nina von ihrer Illustrierten aufsieht und ihn wahrnimmt. So ist es immer in diesem Sommer, wenn man zu Johanssons Sauna geht. Man muß warten, bis *die Fräulein Audienz geben*, wie Rosa einmal mit einem Lächeln sagt. Thomas nickt, obwohl er nicht weiß, was Audienz bedeutet.

Thomas zuckt die Achseln.

»Renée ist zu 'ner Regatta.«

»Ja«, antwortet Thomas. »Ich weiß.«

»Ich kann die Nachrichten einfach nicht mehr hören«, sagt Maggi und setzt sich im Bett auf. Sie tritt nach dem Radio auf dem Fußboden. Doch obwohl sie ärgerlich ist, kommt der Tritt wegen ihrer heftigen Bewegung gewissermaßen falsch an, die Halskette ist noch immer zwischen den Fingern aufgezogen, und mit ihr passiert nichts. Das Radio dagegen kippt um.

»Paß jetzt 'n bißchen auf, Maggi.« Auch Nina setzt sich auf. Sie wirft einen Blick durchs Fenster. Gewissermaßen gelangweilt, im Vorübergehen.

»Da, guckt mal. Bella fährt Wasserski. Das heißt, fuhr Wasserski.«

Und auch Thomas sieht es; sicher sieht er es. Bella, auf Wasserskiern auf der Bucht, schleudert nach hinten, läßt die Leine los und liegt im nächsten Augenblick in ihrer orangefarbenen Schwimmweste mitten auf der Bucht im Wasser.

»Deine Mama schwimmt da auf der Bucht rum. Aber sie sabbelt immer noch. Hält sie nie den Mund, Thomas?«

Thomas zuckt die Achseln. Nina fragt auf eine Weise, daß eine Antwort nicht erwartet wird.

»So Maggi«, sagt Nina dann. »Jetzt rauchen wir eine. Ich brauch' jetzt 'ne Kippe. Kommst du, Thomas?«

»Kommst du, Thomas? Ich lass' dir was übrig von meiner Zigarette, wenn du willst.«

Maggi schlingt sich die Halskette mehrmals um den Hals. Nina und Maggi gehen weg.

Thomas antwortet nicht. Er ist schon draußen auf Johanssons und Rosas und Gabbes Brücke. Wieder am Strand, bei den Strandfrauen. Bella ist ein orangefarbener Punkt im Wasser. Vielleicht fünfzehn Meter seitlich weiter draußen.

»Nein. Sie schwimmt doch nicht. Sie kann doch nicht schwimmen.«

Doch das ist ja auch nicht wahr. Oder wahr und wahr. Man weiß im Grunde nicht, wie es sich verhält. Vor ein paar Jahren hat er sich noch damit beschäftigt, über solche Dinge nachzugrübeln. Jetzt denkt er nicht mehr so viel daran. Noch vor ein paar Jahren war er nämlich ein Kind, dem Geschichten erzählt wurden, so wie man Kindern eben Geschichten erzählt. Nichts Dramatisches also, wenn sich auch objektiv und unbestreitbar herausstellen sollte, daß sie doch schwimmen konnte und daß er nicht der einzige war, der wußte, daß sie ihr blondes Haar dunkel gefärbt hatte; es sollte nicht so viel ausmachen, er sollte sich auch nicht enttäuscht oder hereingelegt fühlen. Er hat akzeptiert, daß er früher ein Kind war, dem Geschichten erzählt wurden – solche Geschichten, die sich nicht an die objektive Wahrheit hielten. Das zu begreifen, nicht mehr zu glauben, war also auch nicht so dramatisch, ungefähr so, wie nicht mehr an den Weihnachtsmann zu glauben – *ein notwendiger Abschnitt, der in der eigenen Entwicklung auf jeden Fall durchlaufen werden mußte.*

Und außerdem, es gibt ja andere Gründe, sich nicht an die Wahrheit zu halten, als den, daß man lügen, jemanden hinters Licht führen, betrügen will. Einmal, am Anfang des Sommers, erzählt Thomas Rosa, wie Bella an dem Abend damals im August vor zwei Jahren auf der Bucht schwamm. Er weiß nicht, warum er es Rosa erzählt. Jedenfalls nicht, weil er ununterbrochen daran denken würde. Aber es herrscht eine bestimmte Stimmung, gut. Es ist das erste Mal, daß Rosa zur weißen Villa kommt und sie zum Strand abholt, in diesem Sommer, der ein bißchen holperig in Gang gekommen ist, nicht nur wegen Thomas' allergischer Reaktion und weil Renée den Mast trimmt, sondern auch wegen einer gewissen *Rosa Engel Punkt Punkt Punkt* auf dem Strandfels, wie sich Maj Johansson ausdrückte, als sie sich am Strand nebenan befand und ihre ewigen Bettlaken auf die Leine hängte; hängte und hängte und hinüberschielte. Jetzt aber ist Rosa wieder wie gewöhnlich, sie gehen durch die Allee. Thomas läßt sich ein paar Schritt zurückfallen, weil es ihm gefällt, Bellas und Rosas Rücken vor Augen zu haben. Plötzlich wird Rosa langsamer, auch sie läßt sich zurückfallen, trödelt so, daß sie bald auf einer Höhe mit Thomas ist. Nur Bella, gelb und fröhlich, geht ihnen voran in den schönen Sommertag. Barfuß, auf harten Fußsohlen. So hart, daß sie sich in jedem beliebigen Terrain bewegen können.

Und Thomas hat plötzlich Lust, Rosa etwas zu erzählen. Von Bella, eine eigene, private Geschichte. Und er tut es.

»... ganz lustig im Grunde, sie hat doch immer gesagt, sie kann nicht schwimmen.«

Rosa hört zu, wirkt aber nicht überrascht. Sagt nur, als wäre das die natürlichste Sache der Welt:

»Laß den Menschen ihre Geheimnisse, Thomas. Wenn sie sie haben wollen. Es spielt keine so große Rolle, ob es wahr ist oder nicht.«

»Verstehst du?«

»Nee«, sagt Thomas. Aber natürlich versteht er. Rosas Art und Weise, es zu sagen, ist außerdem eine gute Art und Weise, es zu sagen.

Lindberghs glänzendes Mahagonisportboot tuckert neben Bella, die noch im Wasser liegt. Rosa wirft den zweiten Ski hinaus, den sie an einer anderen Stelle der Bucht aufgefischt hat, und versucht, die Wasserski-Leine mit dem Grifftampen am Ende hinauszuwerfen. Rosa kniet in rosa Sonnendreß und weißer Strickjacke auf dem Achterdeck und wirbelt die Wasserski-Leine wie ein Lasso über dem Kopf. Wirft. Trifft daneben. Wirft wieder. Verfehlt Bella immer und immer wieder. Daß sie Bella die ganze Zeit verfehlt, liegt daran, daß sie sich nicht richtig konzentriert. Sie ist zu sehr damit beschäftigt, zu lachen und albern zu sein. Und Bella auch.

Sie rufen und schreien und lachen so sehr, daß man, verfolgte man nur sie und wäre gewissermaßen völlig beteiligt an dem, was sie tun, sicher nicht merken würde, daß die Sonne schon lange in Wolken verschwunden ist und es jede Minute anfangen kann zu regnen.

»Ich ertrinke!« ruft Bella aus dem Wasser.

»Ich lach' mich tot«, ruft Rosa, wirft die Leine und trifft daneben.

Robin Lindbergh steht im Boot am Steuer. Er beugt sich genau auf die träge Art, die aus der Werbung bekannt ist, zur Spritzschutzscheibe. Eines aber ist auf keinen Fall zu verbergen: daß Robin Lindbergh gelangweilt ist. Außerdem erkennt Thomas objektiv, daß sich Robin Lindbergh gut vorstellen könnte, Bella im Wasser zu lassen. Mit oder ohne Schwimmweste, Schwimmerin oder nicht. Robin Lindbergh ist das wirklich egal. Für ihn ist es von keinerlei Interesse zu wissen, was für eine Art Meerjungfrau unter seinen Augen im Wasser plantscht.

Robin Lindbergh denkt an andere Dinge.

Und nur kurz nachdem Bella wieder auf die Skier gekommen und ein paar Runden über die Bucht gefegt ist, die Wasserski-Leine losgelassen hat und in Richtung Strand gefegt ist, während die ersten Regentropfen unbarmherzig auch auf sie fallen, wird Robin zum Sund zischen, in ihn einbiegen und verschwinden. Und Rosa wird dabeisein.

»Ich hab' versucht zu sagen, er soll umkehren«, sagt Rosa nachher zu Bella, im Atelier. »Aber er hat nichts gehört. Ist einfach gefahren.«

Und mitten auf dem Meer ist Robin Lindbergh wütend auf Rosa geworden und hat gesagt, *daß sie ja sonst herumläuft und sich anbietet*. Sie und die *demi-monde*. Du weißt ja, was das bedeutet, hat Robin Lindbergh gesagt, du hast doch Französisch studiert. Und Rosa und Robin Lindbergh haben Streit bekommen und angefangen, sich in Lindberghs Boot draußen auf dem offenen Meer zu schlagen.

Mitten in dem Krach ist ihnen immerhin eingefallen, daß die Familien befreundet sind. Sie haben versucht, die peinliche Situation zu bereinigen, indem sie zum Pavillon gefahren sind, um zu sehen, wie es bei den Wettfahrten Renée geht und auch Gabbe, der in seiner Eigenschaft als Segel-Vater auf das Fest im Sommerparadies hat verzichten müssen, zumindest auf seinen ersten Teil. Gut, hat sich gezeigt. Renée ist beim ersten Start des Tages auf den zweiten Platz gekommen, und beim zweiten Start hat sie das Rennen eben abgebrochen, ohne einen gültigen Grund anzugeben.

»Was hat Tupsu gesagt?«

»Sie hatte Migräne.« Bella und Rosa im Atelier müssen über Tupsu Lindbergh lachen. Und manchmal sollte man es, genau wie Kajus sagt, nicht glauben, daß das dort im Atelier *zwei erwachsene Frauen mit Mann und Kindern* sind. In bestimmten Situationen besteht kein so großer Unterschied zwischen Bella und Rosa und den *Fräulein* in Johanssons Saunakammer.

Die Strandfrauen fahren Wasserski. Tupsu Lindbergh am Strand der weißen Villa hat ihre dunkelblaue *Boating*-Jacke angezogen, Kajus serviert Tupsu und sich selbst Kaffee in Bechern. Tupsu und Kajus trinken den dampfenden Kaffee.

Sie reden, tun so, als wären sie lebhaft in ein Gespräch vertieft.

Thomas liegt bäuchlings auf der Brücke und starrt zwischen den Brettern ins Wasser.

»Beißt einer an?« Man fängt an, ihn vom anderen Strand aus zu rufen. Es ist Tupsu Lindberghs Stimme. Thomas antwortet nicht. Es sieht doch jeder, daß er nicht fischt.

»Komm her und rede eine Weile mit uns«, ergänzt Kajus.

»Komm und erzähl, Thomas«, wieder Tupsu Lindbergh, »was machst du so an solchen langen, trüben Tagen? Hast du keine Spielkameraden?«

Thomas traut seinen Ohren nicht.

Und er ist wirklich beschäftigt damit zu phantasieren. Folgendes phantasiert er: Läge ein toter Mensch unter ihm, könnten er und das Skelett jeder so daliegen und einander angrinsen. Thomas sperrt Augen und Mund auf, stellt sich vor, in der schweigenden Welt auf schwarze Augenhöhlen und klappernde Kiefer zu treffen. Obwohl er weiß, daß das wissenschaftlich Unsinn ist. Das menschliche Skelett verwittert unter Wasser in Rekordtempo. Das liegt an der Konsistenz der Knochenmasse. Dies war auch für Didi und Tailliez und Cousteau oft ein Anlaß, sich zu wundern, wenn sie untergegangene Schiffswracks am Meeresgrund untersuchten. *Daß es so leer war.* Ganze Schiffe konnten intakt sein. Mit Innenausbau und allem: Kleider, Möbel, ganze Kajüteneinrichtungen. Nur keine Spuren von Menschen irgendwo. Einmal tauchten Didi und Cousteau in eine luxuriöse Kapitänssuite, die in ihrem ursprünglichen Zustand erhalten war. Dort gab es eine Badewanne. Didi, der witzige Auftritte liebte, kletterte in die Badewanne, ergriff die Bürste und tat so, als ob er sich abschrubbte, während er hinter der Taucherbrille sang wie manche Menschen unter der Dusche, so daß fünfzig Meter unter der Wasseroberfläche Blasen um ihn aufstiegen. Cousteau, der das Bild mit der Unterwasserkamera aufnahm, lachte so, daß er drauf und dran war, sich in den Schläuchen der Sauerstoffflasche zu verheddern.

»Thomas! Wenn einen jemand etwas fragt, soll man auch antworten.« Kajus ist sauer, Thomas registriert es objektiv.

»Mmm«, sagt er. Das hört man vermutlich nicht bis zum anderen Strand. Bella ist jetzt vor aller Augen wieder auf die Skier gekommen. Sie ruft und lacht noch mehr, und Lindberghs Motor heult auf. Als Thomas nicht antwortet, gehen Kajus und Tupsu dazu über, in der dritten Person von ihm zu reden.

»Lars-Magnus ist auch ziemlich allein«, sagt Tupsu Lindbergh. »Vielleicht mag Thomas mal einen Tag rüberkommen und mit Lars-Magnus spielen. Es ist ja ein so großer Altersunterschied zwischen Lars-Magnus und seinen Brüdern.«

»Und man hat ja nicht jeden Tag Zeit, ihn zu seinen Freunden am offenen Meer zu fahren.«

»Vor allem jetzt, bevor das Segelboot kommt.«

»Kein Problem«, stellt Kajus fest. »Wir setzen ihn einfach irgendeinen Tag ins Ruderboot. Dann rudert er rüber.«

Ruder doch selbst. Thomas starrt ins Wasser. Seine Phantasie ist wie weggeblasen. *Verflixter Kajus.*

Am folgenden Tag wird Thomas zu Kajus gehen und ihm von dem Blödmann erzählen. Wie blöd er ist, daß absolut jeder weiß, was passieren wird, wenn die eigens für den Blödmann spezialangefertigte Segeljolle von der Fabrik im Ausland kommen wird und der Blödmann endlich bei den Regatten am Pavillon mitmachen kann. Der Blödmann wird Zweitletzter, Drittletzter und das Letzte überhaupt. Der Blödmann wird kentern und Havarien haben, und in solcher Seenot nutzt es nicht das geringste, daß die Jolle einen Glasfiberrumpf hat. Begreift Kajus das nicht? Logischerweise hat Thomas keinerlei Belege für seine Behauptungen, da noch nichts davon eingetroffen ist (doch es wird eintreffen, mit verblüffender Exaktheit, aber erst im nächsten Sommer, und da ist Thomas selbst ja nicht mehr an Ort und Stelle, um Zeuge zu sein, wie seine Prophezeiungen wahr werden, eine nach der anderen). Da hakt Kajus ein.

»Hat Renée das gesagt?«

Thomas ist überrumpelt.

»Wieso?« ist das einzige, was er rausbringt. Er begreift es nicht. Was hat Renée mit der Sache zu tun?

»Ich dachte nur, es wäre gut für dich, auch mit gleichaltrigen Jungen zu spielen«, sagt Kajus in freundlicherem, gewissermaßen sachlichem Tonfall.

Thomas verstummt völlig und geht weg, zu seinem Zelt auf dem Hof.

»Aber wenn du nicht willst, dann eben nicht.« Kajus' Stimme verfolgt ihn durch die Villa. Voll von allem möglichen, das keinen Zweifel daran läßt, daß Thomas Kajus' Meinung nach ein fauler und verwöhnter Junge ist, der es für selbstverständlich hält, immer genau das machen zu können, was er will, und Kajus selbst ist in seiner Kindheit wahrhaftig längere Strecken gerudert als die über die Bucht und zurück.

Thomas kriecht ins Zelt. Er betrachtet die Natur, die in schattigen Feldern auf dem Zelttuch orangefarbig erscheint. Eine Weile später kommt Kajus heraus. Er steckt den Kopf durch die Zeltöffnung und sagt versöhnlich, ruhig:

»Du wohnst jetzt hier?« Thomas nickt. Stimmt. Das macht er ja.

»Thomass!!« Doch all das, was später kommt: der Hof, das Zelt, ein Streit mit Kajus, das ist nicht jetzt. JETZT fährt Bella Wasserski auf der Bucht. Macht weite Schwünge, surft hin und her über die Wellen, die Lindberghs Boot hinter sich läßt. Den Körper in perfekt nach hinten geneigter Haltung. Die Beine absolut gerade. Das dunkle Haar flattert ihr wild um den Kopf.

»Thomass!« ruft Bella. »Fiuuuh!«

Sie fährt an Rosas und Gabbes und Johanssons Ponton

vorbei. Dicht am Brückenende, berührt es beinah. Läßt ein paar Meter weiter die Wasserski-Leine los, gleitet direkt vor der Nase von Kajus und Tupsu Lindbergh in die Strandbucht. Hat ein solches Tempo, daß sie mit den Skiern an Land gleitet. Springt aus den Wasserskiern, reißt sich die Schwimmweste herunter. Schüttelt lachend den Kopf, nimmt ihr nasses Haar zwischen die Hände, wringt es aus. Sagt, daß sie ihr ganzes Leben noch nicht solchen Spaß gehabt habe. Hüpft auf einem Fuß, um das Wasser aus dem Ohr zu kriegen. Trocknet sich das Haar ab, frottiert es energisch, wickelt sich das Handtuch als Turban um den Kopf, zieht den Bademantel über. Gräbt in einer Tasche nach einer Zigarette, steckt sie sich in den Mund, zündet sie an. Sieht sich um. Bemerkt erst dann, was alle anderen lange vor ihr gesehen haben.

Daß Lindberghs Boot nicht mehr auf der Bucht ist. Es ist in den Sund gefahren und dort verschwunden. Das Motorgeräusch ist zu hören, verhallt, es ist wieder ruhig, vollkommen still. Das letzte, was man von Rosa gesehen hat, ist, daß sie auf dem Achterdeck saß. Die Füße im Boot, eine dunkle Sonnenbrille auf, eine weiße Strickjacke an. Leuchtend weiß gegen den blauen, stellenweise violetten Himmel.

»Wo sind Robin und Rosa?«

Einen Augenblick lang ist Bella außer Fassung. Ihr Gesicht glättet sich, alles Mienenspiel verschwindet daraus. Der Blick irrt umher. Bleibt an Tupsu und Kajus haften.

»Wo sind sie hingefahren?« fragt sie. Fast böse, als wäre es Tupsus und Kajus' Schuld.

Tupsu Lindbergh steht auf und legt die Arme um ihren Körper. Fröstelt, sagt, daß sie friere. Kajus packt Thermoskanne und Kaffeebecher in den Strandkorb.

Bellas Blick fällt auf Thomas, der noch auf Johanssons und Gabbes und Rosas Ponton ist. Da hellt sich ihr Gesicht wieder auf.

»Kommt alle mit«, ruft sie, als wäre eine ganze Schulklasse

am Strand. »Wir gehen rauf und essen einen Happen. Die Seeluft macht hungrig.«

»Thomas, du auch.« Sie winkt Thomas zu. Es fängt an zu regnen. Thomas winkt unwillkürlich ein bißchen zurück.

Und er geht im Regen durch den Ruti-Wald hinauf zur weißen Villa. Findet dort dieses Messer, Johan Wikblads Messer, wie sich später zeigen wird. Nimmt es, versteckt es unter einer Diele in der Bodenabseite. Es bleibt da.

Thomas ist in der Bodenabseite. Der Regen prasselt aufs Blechdach. Das Geräusch vermischt sich mit Bellas Stimme, die er aus der unteren Etage hört. Die einzige Stimme in der unteren Etage, die ununterbrochen zu hören ist, trotz Regen, trotz Schmuddelwetter. Es ist gerade ein Fest: mit noch mehr Regenbogendrinks.

»Hält sie nie den Mund, Thomas?« Ihm fällt plötzlich ein, was Nina gesagt hat. Nee. Er lächelt vor sich hin. Den Mund halten? Warum sollte sie den Mund halten.

Im Hintergrund sagt Tupsu Lindbergh, sie brauche ein Kopfwehpulver. Kajus stellt das Radio an. Es kommt der Wetterbericht. Man sagt böigen Nordwind voraus, Windstärke fünf. Das Radio verstummt. Es ist kaputtgegangen. Kajus drückt auf verschiedene Knöpfe. Es ist zwecklos. Der Apparat kommt nicht wieder in Gang.

Der Regen nimmt zu.

Thomas sieht aus dem Fenster. Kajus ist jetzt draußen auf dem Hof. Er klappt den Campingtisch und die vier Campingstühle zusammen, die man bei der *Garden*-Party am Vormittag benutzt hat. Die Stühle sind so konstruiert, daß sie zusammengeklappt und in den Tisch gelegt werden können, der seinerseits zu einem Koffer mit Handgriff zusammengeklappt werden kann. Ebenfalls ein Weihnachtsgeschenk der Familie an sich selbst. Da aber Thomas das Kind und derjenige ist, der Geschenke am liebsten mag, hat genau wie beim Zelt sein Name auf den Paketen gestanden.

Kajus geht zum Schuppen, macht die Tür auf. Plötzlich schüttet es nur so. Kajus, der Schuppen und der ganze Hofplatz der weißen Villa verschwinden für einige Sekunden hinter einem dichten grauen Regenvorhang.

Als es wieder aufklart, ist da eine neue Szenerie. Zwei helle Figuren kommen die Allee hinauf, halten die Hände über die Köpfe, wie um sich vor dem Regen zu schützen, obwohl sie schon durchnäßt sind. Und nach einer Weile füllt sich die weiße Villa noch mit anderen Stimmen: Rosas, ein wenig auch Robins.

Zwei dunkle Gestalten aber nähern sich von der anderen Seite. Patschen in hohen schwarzen Stiefeln über Johanssons Hofplatz. Eine größere, eine kleinere, doch beide haben das gleiche schwarze Ölzeug an. Hosen, Mäntel. Die Kapuzen der Mäntel hochgeschlagen, die Hände in die Ärmel hochgezogen, die Arme ein wenig zur Seite hin ausgestreckt, so daß der Regen die Ärmel entlang auf den Boden fließt.

Und bald erbebt die ganze weiße Villa nur noch von einer einzigen Stimme.

»Sie ist mitten in der laufenden Wettfahrt an Land gesegelt! Ich dachte, sie hat eine Havarie. Aber keineswegs. Es war NICHTS. Sie lag nach dem ersten Start auf dem zweiten Platz. Auf dem ZWEITEN PLATZ. Was macht man mit so einem Gör?«

Es ist natürlich Gabbe, der da ruft. Doch obwohl er empört tut, kann er nicht verbergen, daß ihm fast die Stimme versagt vor Stolz.

»Wua Wua Wua«, fährt er in der nächsten Sekunde fort. »Wo ist das Fest? Wenn ich etwas den ganzen Tag vermißt hab, dann ein richtiges Fest.«

»Was war denn das, Gabbe?«

»Was?«

»Dieses Geheul.«

»Ein neuer Tanz, den ich gelernt hab'. Der Song läuft, und mittendrin legt man sich auf den Boden und heult wie ein Indianer. Versuchen wir's?«

Und natürlich versuchen sie's.

Und so kommt das Fest wieder in Schwung.

»Ich hab' Lust gekriegt. Kriegst du nie Lust?«

Sie steht am Anfang der Abseite. Tropfend, in ihrem dunklen Ölzeug.

»Wolltest du nicht segeln?«

»Hallo, Idi. Es geht nicht um Segeln. Komm.«

»Wohin?«

»Komm jetzt.«

»Es regnet.«

Sie ist schon unterwegs die Bodentreppe hinunter. Thomas zieht sich die Regenjacke über und folgt ihr hinaus über die Veranda.

Thomas schlägt auf dem Hof ein Zelt auf. Er schläft fast anderthalb Wochen in dem Zelt, bis Mittsommer. Er denkt, er sei ein Indianer, Siedler, Wildmarkwanderer, Zelttester. Oder nur ein Allein-Übernachter, einer, der auf der Luftmatratze liegt und auf dem Zelttuch Schatten von Bäumen studiert, die sich bewegen, von Schmetterlingen und Vögeln, die fliegen, von Insekten, die kriechen, und noch *alles mögliche*. Manchmal wird es völlig dunkel.

»Ugh«. Er hört Maj Johanssons Stimme von draußen. »Ich Bleichgesicht. Was für ein prächtiger Wigwam.«

»Das ist kein Wigwam.« Thomas kommt heraus. »Sondern ein Kuppelmodell für vier Personen. Familiengröße.«

»Jaja«, sagt Maj Johansson, die wie gewöhnlich nicht so genau zuhört, was jemand sagt, vor allem dann nicht, wenn es, wie es in Maj Johanssons Vokabular heißt, *aus Kindermund kommt*. »Hier ist Erkki. Spielt jetzt schön zusammen.«

Erkki Johansson trägt Medizinmannfedern. Er hat einen Spielzeugtomahawk in der Hand.

»Ich bin Cowboy«, grüßt Thomas.

»Ich bin auch Cowboy.« Erkki Johansson zögert nicht, obwohl es um ihn in mehreren Metern Umkreis nach Rothaut riecht.

»Du bist ein ganzer Indianer«, stellt Thomas fest. Erkki tut so, als hörte er nichts.

Da ist Renée. Sie schlendert den Waldweg entlang. Wie ohne Zweck und Ziel, so sieht es aus. Aber entschieden in ihre Richtung. Ihr Mund bewegt sich, offensichtlich summt sie eine Art Song. So wie sie immer summt: so, daß es am ehesten klingt, als würde sie laut vor sich hin reden. Sie hat keine Singstimme. Oder ihr Kopf, denkt Thomas, ist voll von solchen eintönigen Melodien, die keiner kennt und die sie summt, wenn sie guter Laune ist.

Und das Haar in einem großen, wirren Busch um den Kopf.

Thomas hat eine Idee.

»Wollen wir sie skalpieren?«

»Idi«, sagt Erkki Johansson bestimmt. »Bleichgesichter skalpieren nicht, nur Indianer.«

»Ha, ha«, sagt Thomas. Eigentlich traut er seinen Ohren nicht. Es sieht Erkki Johansson überhaupt nicht ähnlich, mit einer Meinung zu kommen, die der von Thomas entgegengesetzt ist. Mit Erkki Johansson ist es so, daß er zustimmt.

Obwohl die Überhebung vorübergehend ist. Schon im nächsten Augenblick ist Erkki Johansson wieder Erkki Johansson.

»Aber wir können es ja trotzdem machen«, sagt er ruhig.

»Ich bin Cowboy«, versichert Thomas, als Renée in Hörweite ist.

»Ich bin Cowboy«, antwortet Renée.

Dazu ist nichts zu sagen. Alle drei sind Cowboys. Gehen in den Saloon in Maj Johanssons Küche, ziehen ihre Knarren und schießen um sich. Als sie nicht wissen, was sie sich noch einfallen lassen sollen, veranstalten sie ein Rodeo. Thomas ist das wilde Tier. Alle wundern sich. Das wilde Tier zu sein, das an die große Birke auf dem Hofplatz der weißen Villa gebunden wird, ist sonst eine Aufgabe wie geschaffen für Erkki Johansson, damit Thomas und Renée in den Wald entwischen können oder sonstwohin, wenn das wilde Tier festgebunden ist. Sogar Erkki Johansson selbst sieht verwirrt aus. Erkki und Renée gehen auf dem Waldweg weg. Sie kommen rasch zurück. Sie haben keine Ahnung, was sie zu zweit machen sollen. Thomas setzt sich unter dem Baum ins Gras. Er hat ausprobieren wollen, was für ein Gefühl das ist. Sehr richtig: nichts Besonderes.

»Du wohnst jetzt hier?« Kajus kommt zu Thomas ins Zelt.

»Darf ich reinkommen?«

Thomas rückt ein Stück auf der Luftmatratze. Kajus kriecht ins Zelt und zieht das Mückennetz zu.

»Ich spiele«, sagt Thomas.

»Was?«

»Alles mögliche.«

Aber tatsächlich. Indianer, Siedler, Wildmarkwanderer.

Zelttester. Jemand, der die Aufgabe hat, empirisch zu ermitteln, wie ein Kuppelmodell für vier Personen funktioniert. Geräumigkeit, Haltbarkeit und Gemütlichkeit.

Kajus prüft das Zelttuch.

»Ein prima Zelt ist das. Es sollte nicht auf dem Hof stehen und verschimmeln. Man sollte damit raus und campen.«

»Weiß ich nicht«, sagt Thomas sachlich. »Ist schon ziemlich klein. Wenn man dran denkt, daß 'ne ganze Familie reinpassen soll.«

Kajus lacht.

»Du bist schon ziemlich lustig, Thomas.«

Ziemlich lustig. Das klingt ein bißchen, wie wenn Ann-Christine sagt, er habe Charme. Thomas ist verlegen, aber nicht so schlimm. In diesem Augenblick hat Kajus plötzlich eine Art, Dinge so zu sagen, daß sie akzeptabel klingen. Sie haben vor einer Weile in der weißen Villa gestritten. Thomas ist dankbar dafür, daß Kajus den Streit nicht mit zum Zelt auf dem Hof gebracht hat.

Sie sitzen still da. Betrachten das Zelttuch, lauschen den Sommergeräuschen draußen.

»Weißt du, was ich denke?« sagt Kajus nach einer Weile.

»Nein.«

»Wir könnten vielleicht auch wegfahren. Wenn ich Urlaub habe. Manchmal kann es gut sein, eine Weile rauszukommen.«

»Wohin?«

»Irgendwohin. Nach Schweden vielleicht. Möchtest du das?«

»Ja«, sagt Thomas leise und sachlich.

Aber JA. Die Hand quetscht das Schlafsackkissen. Was für eine Frage. Natürlich möchte er das.

»Was meinst du, Thomas. Wollen wir IsabellaMeerjungfrau mit einem kleinen Trip in die weite Welt überraschen?«

»Bella«, korrigiert Thomas sachlich. Kajus ist der einzige, der noch immer diesen Namen benutzt. Er ist an sich nicht falsch. Doch er gehört zu einer anderen Zeit. Als man kleiner war und andere Spiele spielte. Geschichten erzählt bekam. Geschichten, an die man glaubte, wie an den Weihnachtsmann oder etwas Ähnliches.

ABER ja. Ja. Ja.

»Bella«, sagt Kajus mit einem kleinen Lachen, als mache der Name keinen Unterschied. »Aber dieses Zelt. Das lassen wir wohl zu Hause. Erstens ist es ja viel zu klein.«

»Das Zelt ist gut«, sagt Thomas sachlich. »Aber hier auf dem Hof. In dieser Umgebung.«

»Wir wohnen im Hotel«, sagt Kajus.

»Ist das nicht teuer?«

»Natürlich ist es teuer, Thomas. Aber schlimmstenfalls müssen wir eine Bank ausrauben, wenn es nötig ist.«

»Kommst du jetzt rein zum Schlafen?« fragt Kajus, als er geht.

»Nein.«

»Komm rein, wenn es später zu kalt wird. Oder wenn du keine Lust mehr zum Spielen hast.«

»Ich spiele nicht.«

»Ha, Thomas. Jetzt hast du dir selbst ein Bein gestellt. Du hast gerade gesagt, du hättest gespielt.«

Kajus zaust Thomas das Haar, Thomas lacht.

Er kriecht in den Schlafsack und schläft ein. Natürlich kommt er nicht rein. Im Juni wird es nachts ja nicht kalt.

Indianer, Zelttester, Siedler, Wildmarkwanderer –

Sicher: Kajus und Thomas wissen ja beide auch andere Dinge. Das große Schweigen in der weißen Villa. Abends, nachts. Es läßt sich nicht verbergen, es wird noch betont dadurch, daß plötzlich das Radio kaputtgeht. Ein Schweigen, das von der Stadtwohnung ins Sommerparadies mitgenommen worden ist. Vielleicht hat man sich auch darüber gewundert, daß es so war. Nur als Thomas hohes Fieber bekam, nachdem er Apfelsinen gegessen hatte, vereinten sich Kajus und Bella in einem gemeinsamen Ihn-Bedauern an seinem Bett. Danach aber, als er wieder gesund war, ging das Schweigen weiter. Dann kam Rosa, und die Tage waren wieder voller Geräusche. Doch abends und nachts hielt es an wie vorher.

Wann fing das Schweigen an? Thomas kann es nicht sagen. Vielleicht schon im vorigen Sommer, in den letzten Augustwochen, als Bella ständig das Licht an- und ausmachte, anstatt ruhig und still im Dunkeln zu sitzen und Jazzmusik zu hören oder gar zu tanzen. Vielleicht später. Im Winter, als es endgültig einsetzte.

Abends, sehr früh, geht Bella in ihr Atelier hinauf. Sie sagt, sie sei müde. Sie wolle schlafen, *morgen ist ein neuer Tag*. Sie ist nicht sauer, sondern heiter und bestimmt. An und für sich ist es ja möglich, daß sie wirklich müde ist und schlafen muß. Tagsüber passiert so viel von allem möglichen: Bella-Rosa, Rosa-Bella, Strandleben bei wechselnder Bewölkung, bevor der Regen anfängt, Gespräche in Bellas Atelier, mit kannenweise Kaffee. Ein paarmal sagt Kajus. »Wir haben ja nie Zeit für uns.« Aber sie ist nicht mehr da, wenn er es sagt. Man hört Schritte auf der Treppe, die Tür zu Bellas Atelier wird zugemacht. Meistens sagt Kajus nichts. Liest Krimis auf seiner Veranda und bleibt dort, bis es spät ist.

Tagsüber aber ist alles wie gewöhnlich. Dann wirkt das Schweigen unwirklich. Wie etwas, was man sich ständig einbildet, mit all der lebhaften Phantasie, mit der man begabt ist.

Irgendwann ist Thomas in der Bodenabseite. Er hört Bella und Rosa zu, die hinter der Wand miteinander reden. Das heißt, eigentlich schnappt er nur hier und da etwas auf.

Meist redet Rosa, wie gewöhnlich. Bella flicht »Mmm«, »Ja«, »Mmm« ein, lacht, stimmt zu. Manchmal aber redet auch Bella.

Einmal fängt Bella plötzlich an, eine Geschichte zu erzählen.

»Soll ich eine Geschichte erzählen?« sagt Bella. »Einmal mitten im Sommer bin ich fast von hier weggegangen. Vor ein paar Jahren. Auf einmal hing mir alles zum Hals raus. Ich hatte alles satt. Oder nein, ich weiß nicht mal, ob es so war. Ich hatte plötzlich einfach das Gefühl, ich weiß nicht, was ich hier mache. Ich sollte irgendwo anders sein. Weißt du, was ich getan habe? Ich hab' die Tasche gepackt und bin losgegangen. Auf dem Waldweg, geradeaus zur Landstraße, wo die Busse fahren. Es goß in Strömen, das weiß ich noch. Aber dann plötzlich, mitten in alledem, wurde mir klar, was ich da tue. War ich verrückt? Wohin wollte ich denn? Ich hatte ja keine Ahnung. Also kehrte ich um und ging zurück. Hast du etwas Ähnliches schon erlebt?«

»Nein«, sagt Rosa nach einer Weile nachdenklich. »Das hab ich nicht. Ich könnte nicht alles zurücklassen, Bella. *Ich will alles mitnehmen.*«

Und Rosa hat aufgelacht, und dann haben Bella und Rosa angefangen, über andere Dinge zu reden.

Thomas hat sich komisch gefühlt, ohne recht zu wissen, warum. Doch, ja. Zwei Dinge. Sie hatte ihn mit keinem Wort erwähnt. Daß er sie auf dem Weg entdeckt hatte und hinterhergelaufen war. Und das Wichtigste: daß es um ein Spiel ging. Dieses Spiel, das sie vor langer Zeit gespielt hatten. Das Wegfahr-Spiel. Zu den Meerjungfrauen, dem süßen Leben.

Aber er hat nicht die Kraft, noch weiter daran zu denken. Geht wieder in den Sommer hinaus. Kriecht in sein Zelt auf dem Hof. Ist, phantasiert dort von allem möglichen.

Und es gibt auch einen Grund, ganz im Ernst. Indianer, Zelttester, Siedler, Wildmarkwanderer, Allein-Übernachter, Versuchsperson. Ein Grund, ebensogut wie jeder andere. Weder mehr noch weniger wert. Tatsache ist, er schläft gern allein in einem Zelt auf dem Hof.

Als gabbe am Mittsommerabend aus der Stadt kommt, sind auf dem Dachgepäckträger des Autos ein paar Wasserski festgezurrt. »Wua Wua Wua-Wua«, ruft Gabbe vom James-Bond-Stuhl ins Sommerparadies hinaus. Jetzt fängt sein Urlaub an. Doch erst am Mittsommertag ist es Zeit zu fahren.

Am Mittsommerabend fahren Gabbe und Rosa auf ein Fest am offenen Meer. Es kommt ein Boot und holt sie ab. Nicht Lindberghs Boot, sondern ein neues, das man noch nie gesehen hat. Mit zwei Decks, so hoch, daß es nur mit Mühe und Not unter der Brücke über den Sund, dessen lichte Höhe nur zwei Meter sieben ist, auf die Bucht kommt.

Rosa sagt zu Bella, sie würde am liebsten bei ihr im Sommerparadies bleiben. Aber Gunilla Pfalenqvist hat angerufen. Gunillas Mann, Ralf »Raffen« Pfalenqvist, und Gabbe machen Geschäfte miteinander. *Es ist also gewissermaßen Repräsentation*, sagt Rosa Engel und läuft hinunter zu dem Boot, das an Gabbes und Rosas und Johanssons gemeinsamem Ponton wartet.

Bei Johanssons ist Mitbringparty. Bella steht am Büfettspiegel in der weißen Villa und malt sich die Lippen an.

»Es ist schon merkwürdig, daß in diesem Sommerparadies nicht alle Kinder schön miteinander spielen können.« Maj Johansson kommt herein, einen weinenden, aber äußerst widerspenstigen Erkki Johansson im Schlepptau.

»Was soll ich deiner Meinung nach daran ändern?« Bella dreht sich um. Ihre Lippen sind schreiend rot, und ihre Stimme ist nicht freundlich.

Und ein regelrechter Streit bräche zwischen Bella und Maj Johansson aus, wenn Kajus nicht eingreifen und die Stimmung auflockern würde. Und unterdessen schleichen Thomas und Renée diskret aus der Bodenabseite, wo sie waren, über die Veranda hinaus auf den Waldweg und hinunter zur Wiese, um sieben Arten Blumen zu pflücken, diese unter ihre Kopfteile zu legen und von ihren Zukünftigen zu träumen.

Daß Bella und Maj Johansson kurz davor sind, aneinanderzugeraten, ist kein besonders guter Anfang des Mittsommerfeierns. Die Stimmung bei Johanssons ist erledigt, und das Fest kommt den ganzen Abend nicht in Schwung. Bella und Kajus brechen früh auf. Als sie nach Hause gehen, gucken sie auf dem Hofplatz der weißen Villa in das Zelt. Drinnen schlafen Thomas und Renée. Sehen lieb und unschuldig aus. Beinah wie kleine Engel.

Thomas und Renée liegen auf Luftmatratzen in ihren Schlafsäcken und träumen von ihren Zukünftigen. Sie haben sieben Arten Blumen unter die Kopfteile der Luftmatratzen gelegt. Als Thomas zum erstenmal aufwacht, ist es noch sehr früh. Vielleicht gegen sechs. Draußen ist es trüb. Auch Renée ist wach. Sie hat sich angezogen und ist dabei, ihren Schlafsack einzurollen.

»Schnee«, sagt sie und schnallt den Riemen um die Schlafsackwurst. »Wie auf einem Fernsehschirm.« Thomas lacht. Während er lacht, vergißt er seinen eigenen Traum.

»Ich geh' jetzt. Tschüs.« Renée verläßt das Zelt. Thomas schläft wieder ein, und als er erneut aufwacht, ist es viel später, richtiger Vormittag, und auf dem orangefarbenen Zelttuch ist ein dunkler Schatten zu sehen. Erkki Johansson ruft draußen mit schriller Stimme:

»THOMAS, ICH WILL MITMACHEN!«

Dieser Wunsch kann nicht unbeachtet bleiben. Thomas steckt den Kopf hinaus, blinzelt in dem starken Sonnenschein.

»Hol deine Ausrüstung, Jack. Heute herrschen perfekte Verhältnisse. Heute tauchen wir auf dem Meeresgrund nach Wracks.«

»Ja«, sagt Erkki Johansson andächtig. Und rennt wieder

nach Hause. Auf die Weise, daß er, wäre er ein Hund, mit dem Schwanz wedeln würde.

Folgendes ist passiert: Am Mittsommerabend hat Erkki Johansson auf der Wiese in einem Graben gestanden, die Füße im Schlamm. Bis weit über die Knöchel, wo die Gummischuhe aufhören und die Hosenbeine anfangen. Nach unten sinkend. Tiefer und tiefer. Zumindest hat es so gewirkt. Und er war allein.

Maj Johansson kam durch das hohe Gras der Wiese gewandert. Sie war draußen, Blumen pflücken, um sie in Johanssons Haus, wo die Mitbringparty stattfinden soll, in die Vase zu stellen. Sie meinte verdächtige Geräusche gehört zu haben. Nein, sie hat sich wirklich nicht verhört. Sie hat über den Grabenrand geguckt. Und wahrhaftig, dort im Graben war Erkki, der vor sich hin schluchzte.

Denn so ist es: Unabhängig davon, wie nützlich Erkki Johansson seiner Meinung nach im Dienst der Wissenschaft ist, war er sich plötzlich gar nicht mehr sicher, daß er nicht weiter sinken und langsam von der Erde verschluckt werden würde. Bei näherem Nachdenken – und Erkki Johansson hatte ausnahmsweise reichlich Zeit zum Denken, ob er wie festgeschraubt im Schlamm stand; Erkki Johansson hat gedacht, mehr als all die früheren Male, die er sich enthusiastisch als freiwillige Versuchsperson für verschiedene Versuche im Namen der Wissenschaft gemeldet hatte, zusammengezählt –, bei näherem Nachdenken also war es genau das, worauf der Versuch hinauslief. *Zu untersuchen, ob man in einer bestimmten Art Schlamm auch auf dieser Seite des Erdballs so tief versinken kann wie in Treibsand an anderen Orten auf der Welt.* Und sicher, es hatte den Anschein, als könnte man es. Erkki Johansson hätte seinen Versuchsleitern etliche interessante Beobachtungen mitzuteilen. Doch die Versuchsleiter waren nicht da. Sie sind weggegangen. Wie gewöhnlich. Und Erkki Johansson hat wie so viele Male zuvor einsehen müssen, daß er sich hieraus auf eigene Faust befreien mußte. Er hat angefangen zu kämpfen, um loszukommen. Etwas, was vielleicht an sich keine Kunst gewesen wäre. Nun ist es aber so, daß der Graben ziemlich breit war und es keine Stelle gab, um Halt zu finden. Und so war es schwer, sich überhaupt zu bewegen, so gut wie unmöglich. Und außerdem hat Erkki Johansson feststellen müssen, daß seine Beine zu kurz sind. *Er ist so verdammt klein.* Darüber hat er vor sich hin geflucht, kurz bevor das Gefühl der Hoffnungslosigkeit die Oberhand gewann und dieses Weinen. Dieses verdammte Weinen, das er noch immer nicht abstellen kann, obwohl er allmählich in dem Alter ist, wo er es können sollte. Und das Weinen war außerdem völlig unnötig. Als er anfing, hat er schon gewußt, daß er nicht durch die Erde sinken und zu Staub und zu nichts werden würde. Maj Johanssons Gesicht ist über dem Grabenrand aufgetaucht. Ihre Miene hat die Situation weiter verschlimmert.

»Wir spielen nicht«, hat Erkki Johansson zu erklären versucht, aber seine Stimme brach.

»Wir machen wissenschaftliche Beobachtungen.« Und in der nächsten Sekunde ist es aus ihm herausgeflossen. Das Allergeheimste. Daß er die Versuchsperson ist. *Die Versuchsperson, das ist er.*

Maj Johansson war natürlich sauer. Fuchsteufelswild, wie sie später wieder und wieder erklärte. Was sie besonders fuchsteufelswild macht, ist folgendes: Nur fünf Minuten bevor sie Erkki Johansson im Graben entdeckt, ist sie Renée und Thomas auf dem Waldweg begegnete. Sie haben fröhlich und nett gegrüßt. Etwas, was, wie Maj Johansson später begreift, ihr Mißtrauen hätte wecken müssen, weil auch Thomas, der sonst ein lieber Junge ist, in der Gesellschaft dieses seltsamen Mädchens so mürrisch und mufflig wird. Und die ist immer mürrisch und sauer. Aber Kinder sind Kinder, und Mittsommer ist Mittsommer, und Maj Johansson war guter Laune, denn sie hatte ja noch keine Ahnung, was sie im Graben unterhalb der Wiese erwartete. Aufgemuntert von ihrer guten Laune hat Maj Johansson angefangen, Thomas und Renée zu erzählen, was in ihrer Jugendzeit die Kinder an jedem Mittsommerabend taten. Sie gingen auf die Wiese, pflückten sieben Arten Blumen und legten sie unter die Kopfkissen in ihren Betten, und dann gingen sie schlafen, und wenn sie schliefen, träumten sie von ihren Zukünftigen.

»Können Jungen auch.« Maj Johansson hat Thomas zugeblinzelt und ist weiter in Richtung Wiese gegangen.

Am nächsten Tag aber, dem Mittsommertag, sind wieder alle am Strand, Kajus und Bella, Gabbe und Rosa, Ann-Christine und Johan Wikblad, Maj und Pusu Johansson. Mehr oder weniger ein Tag wie die meisten anderen am Anfang dieses Sommers. Sommer am Anfang, Eintrübung und Regen gegen Nachmittag.

Rosa trägt ihren weißen Badeanzug. Sie hat die Wasserski angeschnallt und ist ins Wasser gewatet. Sie hat sich so hingelegt, daß die Skispitzen vor ihr aufragen, denn sie traut sich nicht, direkt von der Brücke zu starten, weil sie Angst hat, sie könnte fallen und auf die Brückenbretter schlagen, wenn der Motor zu heftig anzieht. Gabbes Motorboot tuckert vor ihr im Strandwasser. Lindberghs alte Evinrude in alter Frische. Gabbe wirft die Wasserski-Leine. Bella fängt sie in der Luft und gibt das Leinenende mit dem Handgriff an Rosa weiter. Bella geht im Wasser hinter Rosa und stützt sie von hinten. Die Leine spannt sich. Gabbe fährt mit vollem Tempo los. Rosa kommt aus dem Wasser hoch, mit gebeugten Knien, den Körper stark vorwärts geneigt.

»Halt dich gerade!« ruft Bella. Doch zu spät. Rosa fällt kopfüber zwischen den Skiern ins Wasser. Rosa und Bella lachen nur. Erneuter Versuch.

Und beim zweitenmal geht es besser. Rosa hält sich während der schweren ersten Meter auf den Skiern, schafft es, sich aufzurichten, die Beine zu strecken, sich in perfekter

Balance etwas nach hinten zu neigen. Fegt hinter Gabbes Boot über die Bucht. Gabbe kurvt scharf bald in die eine, bald in die andere Richtung. Doch für Rosa ist das keine Schwierigkeit; sie surft in schönen Schwüngen über die Wellen.

Maj Johansson trinkt einen Regenbogendrink aus Bellas Strandkorb.

»*Cincin*«, sagt sie. »Leistet ihr mir Gesellschaft?« Sie sieht etwas müde aus. Und nun ist es so: Unabhängig davon, was man von Maj Johansson hält, hat Maj Johansson, ganz objektiv gesehen, einen gräßlichen Mittsommer gehabt. Nicht nur die Sache mit Erkki, die mißlungene Mitbringparty. Das Gesprächsthema an diesem Vormittag ist, daß Nina und Maggi am Mittsommerabend im Wald Apfelsinenwein getrunken haben. Danach sind sie über die Landstraße gegangen, um in einem Wäldchen oberhalb des Feuerwehrhauses, ungefähr da, wo die Vettern wohnen, andere Jugendliche zu treffen. Maj Johansson hat natürlich vorher nichts davon gewußt. Gegen Morgen aber ist Maj Johansson unruhig geworden, als Maggi Johansson nicht nach Hause kam, hat sich auf ihr Monark gesetzt und ist losgeradelt, und sie hat Maggi und Nina am Straßenrand gefunden.

Am Mittsommertag haben Maggi und Nina Stubenarrest. Als Ann-Christine zur Strandparty kommt, sagt sie:

»Kein Wunder, daß ihnen schlecht ist. Das war ein mißglückter Versuch. Ich hab' die Kanister heute morgen ausgegossen.«

Maj Johansson hat nicht die Kraft, sich auf noch einen Disput einzulassen, überhaupt keine Kraft. Sie hat sich gedacht, jetzt sei sie an der Reihe, etwas Spaß zu haben. Und sie hat sich angestrengt, den Kopf mit Wasserski und Wasserball zu füllen, sich angestrengt, nett zu sein. Ann-Christine hat eine Strickarbeit mit. Es soll ein Fischerpullover für Johan Wikblad werden. Maj Johansson hat freundlich und interessiert darum gebeten, die Strickanleitung sehen zu dürfen. Maschenzahl und Maschenbuchstaben haben vor ihren Augen getanzt, denn sie hat in der vergangenen Nacht nicht viele Stunden geschlafen. Und dann hat sie beinah aufrührerisch gedacht, daß sie auf die Strickanleitung und alles andere pfeift, und sich nach Bellas Strandkorb gereckt und für sich einen großen Becher Regenbogendrink ohne Gelatine eingeschenkt.

»*Cincin.*« Ann-Christine hat sich in den Schatten gesetzt. »Das bedeutet *prost!* auf italienisch.«

»*Cincin*«, hat Maj Johansson wiederholt. »Leistet ihr mir Gesellschaft?«

Irgendwie ist sie immer bei der gleichen Frage gelandet, nicht weiter gekommen als bis dahin. Die Strandfrauen fahren Wasserski. Pusu Johansson macht sich unauffällig an seinem Flachmann zu schaffen, obwohl alle es sehen. Johan Wikblad holt den Packen Karten heraus, und Pusu und Johan fangen an, Poker zu spielen. Ann-Christine setzt sich in den Schatten. Zurück auf dem Fels bleibt Maj Johansson mit Regenbogendrink.

Schließlich aber ist da doch noch jemand, der sie sieht und antwortet.

»*Cincin.*« Kajus leistet Maj Johansson Gesellschaft. Zumindest eine Weile. Bis er wieder zu Bella sieht, aufsteht und hinuntergeht zu ihr, die mit dem Rücken zu ihm in der Strandbucht steht.

Rosa ist davongefahren. Bella ist noch im Wasser. Sie sieht über die Bucht. Rosa und Gabbe sind weit weg, zwei Punkte zwischen den Holmen in der Mitte. Die Sonne ist hinter Wolken verschwunden, es ist Nachmittag. Bellas langes Haar ist auf dem Rücken mit einem schwarzen Samtband locker zusammengefaßt. Das Haar ringelt sich in einem feuchten Zopf das Rückgrat entlang.

Etwas seitlich tauchen Renée und Erkki Johansson mit

Schnorchel und Taucherbrille. Bella fragt, was sie spielen. Erkki murmelt etwas Unhörbares als Antwort. Man kann dazu nichts sagen. Der Taucherclub ist ein Geheimnis. Soll es auch sein, sonst wäre es witzlos.

Thomas sitzt auf dem Felsen jenseits der Strandbucht und fröstelt in seinem Handtuch. Die Zähne klappern. Er hat schon lange angefangen zu frieren, und wie gewöhnlich mußte er als allererster aus dem Wasser gehen.

Bella wendet sich den Erwachsenen am Strand zu. Maj Johansson hebt ihren Becher, kommt aber nicht dazu, *Cincin* zu sagen, bevor Bella wieder wegsieht, mit den Händen unter Wasser wirbelt wie ein Propeller, aufs Geratewohl um sich spritzt, sich gerade Thomas zuwenden und ihm etwas zurufen will, als Kajus von seinem Platz neben Maj Johansson auf dem Fels aufbricht, den Bademantel abwirft und zu Bella ins Wasser watet. Er trägt eine rote Badehose, die Farbe hebt sich leuchtend von der weißen Haut ab. Johansson ist jetzt bei Bella, legt ihr den Arm um die Schulter. Sie gleitet diskret aus Kajus' Griff, er legt ihr wieder den Arm um die Schulter, packt das dunkle Haar und zieht daran. Nicht fest, aber trotzdem, er zieht. Bella lacht. Kajus packt auch Bellas Nacken und führt sie mit sich weiter hinaus. Sie lacht.

Thomas sieht weg. Er begreift plötzlich etwas. Sie lacht gar nicht. Es sieht nur so aus. *Was passiert, ist etwas anderes.*

Jetzt aber kommt Gabbe mit seinem Boot in voller Fahrt auf den Strand zugefahren. Als er ziemlich nahe ist, biegt er scharf ab und wendet wieder hinaus. Rosa läßt die Wasserski-Leine los und gleitet aufs Land zu. Die Geschwindigkeit reicht nicht ganz aus, um sie bis dorthin auf den Skiern zu halten. Kurz vor Bella und Kajus bleibt sie stehen und fängt an unterzugehen.

»Ich geh' uuunter!«

»Warte!« Bella reißt sich aus Kajus' Griff und watet auf Rosa zu. »Ich rette dich!«

Das ist idiotisch. Es ist sicher nur einen Meter tief, wo Rosa auf den Skiern ist.

Thomas sieht sich um. Plötzlich begegnet er Maj Johanssons Blick vom Fels jenseits der Strandbucht.

Maj Johansson hebt ihren Becher und sagt:

»Cincin.«

Thomas ist der einzige, der alles hört und sieht. Pusu Johansson und Johan Wikblad spielen Karten. Ann-Christine strickt, hat sich mehrere Meter von den übrigen hingesetzt.

»In den Schatten«, hat Ann-Christine gesagt. Doch das war vorhin, als die Sonne noch schien. Jetzt ist überall Schatten. Nur eine Zeitfrage, wann der Regen anfängt.

Thomas lächelt Maj Johansson freundlich zu.

Plötzlich tut sie ihm leid. Sie sieht einsam aus. Bella und Rosa rufen und lachen in der Strandbucht. *Und Tatsache ist: Niemand hat Maj Johansson gefragt, ob sie Wasserski fahren will.*

In diesem Augenblick, Bellas und Rosas Stimmen im Hintergrund, das Heulen des Motorbootes, die Wellen vom Boot, die an den Strand schwappen, hat Thomas Verständnis für Maj Johansson. Er könnte sich sogar vorstellen, ihr zuzuhören, sie ernst zu nehmen, alle ihre Versionen der Geschichte. Nur jetzt. Später nicht.

Und leider wird Maj Johanssons Mundwerk erst später aktiv. Im August, als Johanssons von ihrer großen Fahrt zurückkehren und das, was Maj Johansson die Katastrophe im Sommerparadies nennt, eine Tatsache ist. Maj Johansson wird auf dem Hofplatz der weißen Villa stehen und erklären. Thomas wird die Ohren so fest wie möglich verschließen. Er würde weggehen, wäre er nicht damit beschäftigt, auf dem Autodach Sachen festzuzurren. Die Hände voller Leinen, Kajus auf der anderen Seite des Wagens.

»Ich wollte ihr nie etwas Böses.« Maj Johansson wird die Betonung auf »ich« legen. Und dann wird sie eine Rede halten, die Thomas vergißt, sobald er sie gehört hat.

Das ist Maj Johanssons Rede:

Maj Johansson sagt, daß sie immer bereit war, für Isabella Partei zu ergreifen. Zum Beispiel bei den Vettern, die Isabella nicht ebenso als Person sahen wie Maj Johansson. Die Vettern nannten Isabella den »Filmstar«. Maj Johansson sagt, sie habe bei Verhandlungen mit den Vettern wiederholt für Kajus und Bella und Thomas gesprochen. Zum Beispiel bei der Sache mit dem Mietvertrag. Der Mietvertrag für die weiße Villa wurde auf Jahresbasis geschlossen. Einmal im Jahr, am Ende des Sommers, wenn es Zeit war, ihn für die folgende Saison zu verlängern, kamen die Vettern zur weißen Villa, um sich von Isabella becircen zu lassen. Wenn Isabella die Vettern becirct hatte, unterschrieb man den Vertrag für ein weiteres Jahr. Immer nur für ein einziges Jahr: die Vettern wollten es so. Für sie war es gewissermaßen ein Programmpunkt, jedes Jahr zur weißen Villa zu kommen und sich vom Filmstar becircen zu lassen, ungefähr so, wie jedes Jahr am gleichen Samstag im August auf dem Feuerwehrfest Schottischen zu tanzen. Und an und für sich: die Vettern knauserten nicht. Das bedeutete unter anderem, daß die weiße Villa selbstverständlich einbezogen wurde, als Gabbes Pläne eines elektrifizierten Sommerparadieses im Frühjahr 1963 realisiert wurden. Das rote Häuschen zum Beispiel, das den Vettern ebenfalls gehörte, wurde außen vor gelassen.

»Sicher braucht der Filmstar ja Licht, um ...« hatten die Vettern gesagt. Dann hatten sie etwas nachdenken müssen, weil sie nicht sofort darauf kamen, wozu der Filmstar möglicherweise Licht brauchen könnte. Nach einer Weile einigten sie sich auf folgendes: »... um das *Filmjournal* zu lesen und sich selbst im Spiegel zu betrachten.« Das war natürlich von der Wahrheit nicht weit entfernt, da es Isabella zweifellos gefiel, sich selbst im Spiegel zu betrachten, und Wochenzeitschriften las sie auch – wenn auch nicht das *Filmjournal*, das in der Zeit zwischen dem Ersten und Zweiten Weltkrieg floriert hatte, dann kamen andere Magazine. All das, sagt Maj

Johansson, habe sie für Isabella unangenehm berührt. Und zu Isabellas Gunsten habe sie sich immer dafür ausgesprochen, den Mietvertrag für fünf Jahre auf einmal zu schließen statt auf Jahresbasis. Sie hatte versucht, den Vettern zu erklären, daß Isabella im Grunde genommen eine nette, normale Frau war, vor allem Mutter eines lieben Jungen in etwa Erkki Johanssons Alter und Frau eines ordentlichen Mannes, von Beruf Ingenieur. Mit dem Film hatte sie definitiv nichts zu tun. Auf diesem Ohr waren die Vettern völlig taub gewesen. Sie zogen ihre eigenen verlogenen Phantasien der Wahrheit in Maj Johanssons Version vor.

In Maj Johanssons Version wird das, was sie die Katastrophe nennt und was später im Sommer eintrifft, also darauf beruhen, daß Bella, die sonst im Grunde genommen eine nette, normale Frau war, in Ermangelung von Verwandtschaft und Familie und Traditionen und all diesen Dingen, die manche andere hatten, gewissermaßen leichter beeinflußbar war, eher in der Luft hängend als in der Erde verwurzelt, wie Maj Johansson und die Frauen in ihrer Familie Generation für Generation gewesen sind. Man mußte Verständnis dafür haben. Maj Johansson hatte versucht, Verständnis zu haben, und sich offen verhalten und teilen wollen, was sie im Zusammenhang mit diesen Dingen wußte und dachte.

Und ihre Stirn runzelt sich, als Maj Johansson zurückdenkt an die Zeit damals, bevor man *diese Menschen* kannte, die ins Sommerparadies kamen und oben auf dem Berg ein Rundbalkenhaus bauten und glaubten, sie wären etwas Besseres. Maj Johansson und Bella waren am Strand gewesen und hatten Bettlaken gewaschen, eine Sommertradition in Maj Johanssons Familie. Während sie wuschen, war sie – dieser Mensch – vom Berg getrippelt gekommen, eine Zigarette in der Hand. Sie war am Waschtisch vorbeigegangen und hatte die Monogramme auf Maj Johanssons Laken gesehen. Sie hatte gesagt, das sei zwar schön, aber »herrjemine, die zu sticken«, und sie sei von der faulen Sorte, die Handarbeit hasse. Im Sommerhaus benutze sie Wegwerflaken, das sei die praktischste Alternative.

»Man wirft sie einfach weg, wenn man sie benutzt hat. Man soll einen schönen Sommer nicht mit Wäschewaschen verplempern.«

Thomas erinnert sich auch an damals, aber ein wenig anders. Monogramme und Laken haben bei ihm keine Spuren hinterlassen. Aber folgendes: Wie Rosa Bella ihr Zigarettenpäckchen hinhielt und anbot. Wie Bella eine Zigarette nahm und sie mit Rosas Feuerzeug anzündete. Ein goldfarbenes von Benson & Hedges, das sie selbst hielt, damit ihr das Anzünden der Zigarette in dem ziemlich frischen Wind gelang. Das Feuerzeug blieb in Bellas Hand. Lindberghs Boot kam, und Rosa lief eilig auf die Brücke. Es war das erste Geschenk Rosas an Bella, sogar noch vor dem Mickymaus-Maß. Ein Feuerzeug, Benson & Hedges. Bella hat es aufbewahrt. Es zu all ihren Sachen in die Toilettentischschublade gelegt.

Aber pfff. Kajus und Thomas werden sich ins Auto gesetzt haben, ehe Maj Johansson aus eigenem Antrieb verstummt ist. Pfff – oder wie es klingt, wenn ein Auto, ein Austin Mini, ein Sommerparadies für den Rest der Zeit verläßt. Und nun schweige Maj Johansson für alle Ewigkeit.

Maj Johansson hat ihren Becher ausgetrunken und sich auf den Strandfels gelegt. Sie döst ein. Jetzt ist Bella an der Reihe mit dem Wasserskifahren. Sie startet von der Brücke, so umständlich, daß man glauben könnte, es ginge um ein äußerst gewagtes Unterfangen. Sie legt die orangefarbene Schwimmweste an, setzt sich ans Brückenende, zieht die Skier an. Gabbe tuckert mit dem Boot daneben, reicht Bella die Leine. Bella gibt das Zeichen, die Leine spannt sich, Gabbe fährt los. Geradeaus über die Bucht, ohne unnötige Kurven. Bella ist ganz leicht auf den Skiern. Und das letzte, was man von Bella sieht, bevor sie zwischen den Holmen auf der Bucht verschwindet, ist ihr dunkles Haar in einem langen, dicken Zopf, scharf abgehoben von der orangefarbenen Schwimmweste. Das Motorgeräusch verhallt. Es ist still. Kommt etwas Regen.

Renée steigt aus dem Wasser. Sie überläßt die Taucherbrille Erkki Johansson.

»Ich hab' eine interessante Lagerstätte entdeckt!« ruft Erkki Johansson. Er schnallt sich die Taucherbrille an, steckt sich den Schnorchel in den Mund und taucht. Renée fischt ihr Handtuch neben Thomas vom Strandfels, hüllt sich darin ein und setzt sich auf einen Stein in dem hohen Gras oberhalb von ihnen. Thomas kennt niemanden sonst, der in stechendem, juckendem Gras sitzen kann, wenn es naß ist.

Maj Johansson schläft auf dem Fels. Rosa und Kajus teilen sich die letzten Tropfen des Regenbogendrinks aus Bellas Thermosflasche. Rosa streckt sich auf dem Rücken aus, läßt den Kopf an Kajus' Bauch ruhen. Kajus liegt so, daß er den Oberkörper mit den Ellenbogen abstützt. Pusu genehmigt sich ganz offen einen aus seinem Flachmann, denn Maj Johansson schläft. Er hält Rosas Fuß fest. Kajus, Rosa, Pusu: zusammen bilden sie eine ganz lustige Formation.

»Das ist«, sagt Ann-Christine, während sie ihre Handarbeit und das Wollknäuel und die Strickanleitung zurück in den Korb legt, »ein ganz hübsches *Stilleben.*«

Johan Wikblad verzieht den Mund. Ann-Christine hat die Fähigkeit, alles mögliche so zu sagen, daß es lustig klingt. Das Pokerspiel ist beendet. Das Rückenteil ist fertig. Jetzt werden Ann-Christine und Johan Wikblad hinaufgehen und für den Rest des Tages im roten Häuschen mit anderen Dingen beschäftigt sein. Thomas weiß nicht, was Stilleben bedeutet. Irgendwie interessiert es ihn auch nicht. Er liegt bäuchlings auf dem Fels. Er denkt über andere Dinge nach.

Er lauscht dem Regen, der anfängt. Er denkt, daß es seltsam ist, daß er liegen bleibt, obwohl es anfängt zu regnen. Er riecht den Regen. Ein spezieller Geruch, wenn er auf warmen Fels trifft. Verbrannt, pilzartig.

Der Regen nimmt zu.

Wenn der Regen zunimmt, kann man nicht liegen bleiben und so tun, als ob es nicht regnete. Man muß aufstehen, seine Sachen zusammensammeln und nach Hause gehen. Es ist die Rede von einem gemeinsamen Mittagessen gewesen, Hering und Kartoffeln. Plötzlich scheinen alle vergessen zu haben, bei wem und warum. Thomas legt sich mit Donald Ducks aufs Sofa im großen Zimmer und zieht eine Decke über sich. Kajus geht in die Küche und setzt Kartoffeln auf. Dann läßt er sich in der Leseecke nieder und fängt an, Patiencen zu legen. Nur der Regen prasselt. Thomas hüllt die Decke enger um sich.

»Frierst du?« fragt Kajus.

»Ein bißchen. Die Haut brennt.«

Er schließt die Augen.

Noch am Strand. Dorthin zurück. Es hilft nichts. Man muß dorthin. Dort sein, noch eine Weile. Obwohl man nicht will, obwohl man so schnell wie möglich von dort wegwill. Weg vom Strand. Doch es verschwindet nicht aus dem Bewußtsein.

Das sind diese Minuten, bevor der Regen richtig einsetzt.

Thomas liegt da und riecht den Regen. Etwas landet auf seinem Kopf. Ein Handtuch. Es ist Renées Handtuch. Thomas setzt sich auf. Er ist nicht überrascht. Tatsächlich hat er darauf gewartet, daß sie sich bemerkbar macht, wenn sie sich im Gras oberhalb von ihm befindet. Er will gerade etwas rufen, als er sieht, daß sie nicht mehr auf dem Stein sitzt. Und Maj Johansson auf dem Fels jenseits der Bucht hat sich aufgesetzt.

»Erkki«, sagt sie. »Wo ist Erkki Johansson?«

Sieht sich mit aufgerissenen Augen um. Schlaftrunken. Als hätte sie einen Alptraum geträumt und wäre mit einem

Ruck aufgewacht, nur um zu erkennen, daß sie in einem weiteren Alptraum gelandet ist.

Renée ist schon im Wasser. Im nächsten Augenblick Kajus und Pusu Johansson, beide in langen Hosen. Nein, es ist nicht mal im nachhinein zu beschreiben. Es ist so gewöhnlich. Wie man es sich vorstellen kann. Thomas und Rosa stehen nebeneinander im Sand der Strandbucht, starren nur. Kajus trägt Erkki Johansson aus dem Wasser. Erkki Johanssons Körper ist schlaff und wie leblos in seinen Armen. Genauso, wie man sich vorstellen kann, daß es aussieht, wenn etwas wirklich Schreckliches passiert ist, daß jemand ertrunken ist. Erkki Johansson wird auf den Fels gelegt, die Taucherbrille ist heruntergerutscht. Pusu Johansson und Kajus sind über ihm, versuchen, Leben in ihn zu bekommen, künstliche Beatmung, all das. Rosa legt den Arm um Thomas. Sie versucht, etwas zu sagen. Es kommen nur ein paar kurze Piepser. Diese Piepser, sie sind das einzige, was man hört, obwohl Pusus und Kajus' Stimmen laut und erregt sind.

In der nächsten Sekunde ist alles wieder wie gewöhnlich. Erkki Johansson kommt zu sich. Er ist nur ohnmächtig geworden. Hat das kalte Wasser geschluckt. Er hustet, spuckt, erbricht sich ein wenig. Aber er überlebt. Mit ihm ist alles in Ordnung.

Maj Johansson kommt mit Handtüchern angelaufen. Sie ist wütend. Der Schreck ist vorüber, aber der Schock sitzt tief. Maj Johansson ist so wütend, wie sie niemand zuvor je gesehen hat. Sie trocknet Erkki Johansson ab. Frottiert ihn wirklich, schüttelt ihn beinah. Wie konnte er etwas so Dummes machen? Was hat er sich dabei gedacht? Nein, sie schreit nicht. Sie will all das aus sich herausbekommen, aber es gelingt ihr nicht. Maj Johansson ist stumm, wie Rosa eben, bekommt kein Wort heraus, nur Piepser, und Erkki Johansson fängt an zu weinen.

Renée watet aus dem Wasser. Sie hat Erkki Johanssons Schnorchel in der Hand. Maj Johanssons Blick fällt auf sie. Da geschieht das Sonderbare. Maj Johansson läßt Erkki Johansson los. Sie reckt sich nach Renée. Vielleicht glaubt man, sie wird Renée auf die Schulter klopfen oder so etwas, ihr für den starken Einsatz beim Lebensrettungsmanöver danken. Maj Johansson packt Renée. Schüttelt sie. Heftig. Ebenso heftig, wie sie eben Erkki geschüttelt hat. Vielleicht heftiger. Doch, schon. Und sie ruft alles mögliche. Plötzlich bringt sie wieder Worte heraus. Sie sagt unglaubliche Dinge. Ist Renée krank? Verrückt im Kopf? Eine Art Tier?

Da erst begreift Thomas, daß Maj Johansson glaubt, alles sei Renées Schuld gewesen. Es ist unfaßbar, denn die Situation war genau das Gegenteil. Renée war die erste, die merkte, was passiert war, und ins Wasser lief, um Erkki Johansson zu retten. Er tritt vor und korrigiert den Irrtum. Nein, das tut er nicht. Rührt sich nicht vom Fleck, erstarrt, wie die übrigen. Sagt nichts. Wie die übrigen. Es ist nur eine Frage von Sekunden, aber Sekunden, lang wie eine Ewigkeit.

Bis sich Renée aus Maj Johanssons Griff reißt. Wegläuft, über den Strandfels und in den Ruti-Wald, nur mit dem Badeanzug bekleidet. Rosa sieht Maj Johansson an. Macht ein paar Schritte vorwärts, als wollte sie sich auf sie stürzen. Aber dann dreht sie sich schroff um, nimmt ihren Bademantel und Renées Handtuch und läuft Renée in den Ruti-Wald nach.

»Es war ja ein Glück, daß nichts Schlimmeres passiert ist.« Kajus blättert in der Leseecke mit den Karten. »Es hätte richtig schiefgehen können.«

Da bricht in Thomas endlich der Damm, er bringt Worte heraus.

»Es war doch nicht ihre Schuld!« ruft er. Beinah schluchzend unter seiner Decke zwischen seinen Donald Ducks.

Kajus schweigt eine Weile.

»Ich weiß«, sagt er dann, leise und ernst. »Thomas. Alle wissen es.«

Dann schweigt er wieder.

Zündet die Petroleumlampe an. Mischt die Karten. Legt sie erneut aus. Der Regen nimmt zu. Der Regen kommt in Wellen. Nimmt zu, hört auf, fängt wieder an, nimmt zu. Thomas versucht, sich in seine Donald Ducks zu vertiefen, sich von ihnen ablenken zu lassen. Es geht nicht. Dieses eine.

Es hämmert in ihm.

Wenn alle es wissen. Warum tut man nichts?

Wenn alle es wußten. Warum hat man nichts getan?

Kajus geht in die Küche, um nach den Kartoffeln zu sehen. Er kommt zurück und setzt sich in die Leseecke. Thomas muß doch eingedöst sein, denn als er das nächstemal die Augen aufmacht, steht eine Meerjungfrau im großen Zimmer.

In nassem, verdrecktem Badeanzug und Bademantel. Barfuß, das Haar aufgelöst, strähnig, in Zotteln. Das Gesicht fleckig von Mascara. Meerjungfrau, obwohl es lange her ist, mehr Meerjungfrau denn je. Man kann beinah sehen, wie sich um ihre nassen Beine und Arme wirre Seegrasranken winden.

»Was ist schiefgegangen?«

Isabellas Stimme ist dumpf und belegt.

»Wir hatten einen Motorschaden. Wir hätten Hilfe brauchen können.«

Sie weint beinah.

Kajus steht auf.

»Tut mir leid, Isabella. Die Kartoffeln kochen.« Er geht auf sie zu, aber an ihr vorbei. Durch Thomas' Zimmer und in die Küche.

»Wo sind alle geblieben?«

Isabella steht noch da. Thomas wagt nicht aufzusehen.

»Wo sind alle?«

Thomas starrt in sein Donald-Duck-Heft.

Aber trotzdem. *Er will zu ihr gehen.*

»Wo sind alle?« sagt sie. Jetzt eher sauer als erschöpft. Und dreht sich um, folgt Kajus in die Küche.

»Wir wollten doch zusammen essen!« ruft sie. »Es sollte ein Fest sein! Schließlich ist Mittsommer!«

Man hört Klirren. Isabellas Schreien. Kajus' Schreien. Erneutes Klirren, Schreien. Die Tür in der Bodendiele geht. Schnelle Schritte auf der Treppe. Eine Tür knallt zu. Laut. Dann ist es still. Sehr still.

Kajus und Thomas essen Hering und Kartoffeln.

Kajus legt Patiencen. Thomas liest Donald Duck.

»Thomas«, fängt Kajus einmal an.

Doch Thomas schweigt. Er hat das Gesicht dem Sofa zugekehrt.

Kajus holt einen Krimi und fängt an zu lesen. Als er eine Weile gelesen hat, steht Thomas auf und schleicht in die Bodendiele hinaus. Die Tür zur Treppe ist geschlossen. Er geht hinauf zur Tür, will sie öffnen. Sie ist abgeschlossen. Er preßt das Ohr an die Tür. Still. Nichts. Thomas sieht sich an die Tür hämmern. ThomasTürHämmerer. Mit geballten Fäusten an die Bodentreppentür schlagen.

Er steht nur da, völlig still.

»Thomas!«

Kajus kommt aus dem großen Zimmer in die Bodendiele.

»Wollen wir was Lustiges machen, du und ich? Wollen wir nach Schweden fahren?«

Er redet einfach. Sagt nichts dazu, daß er vor der Bodentreppentür steht, von der sie beide wissen, daß sie abgeschlossen ist.

»Später«, fährt Kajus fort. »Wenn das Wetter besser wird.«

»Ich will auch nach Schweden fahren!« Einen Augenblick ist Thomas fast sicher, daß sie da ist. Daß sie mit Hilfe von Zauberkünsten die abgeschlossene Tür aufbekommen, das gelbe Sommerkleid angezogen, sich die fließende Schminke abgewaschen und den Kamm durchs Haar gezogen hat. *Jetzt sind es mal wir, die fahren!* Ach was, das passiert ja gar nicht. Die

Bodentreppentür bleibt abgeschlossen. Kajus geht zurück ins große Zimmer, macht die Tür hinter sich zu.

»Komm jetzt, Thomas.«

Thomas nimmt die Regenjacke vom Haken in der Bodendiele und geht über die Veranda hinaus. Er geht durch die Allee zum Strand. An Gabbes und Rosas und Johanssons gemeinsamem Ponton ist Gabbes Boot an seinem eigenen Pfahl an der linken Seite der Brücke vertäut wie sonst auch. Die Wasserskier liegen auf der Bank im Bug, SUN RACING steht auf ihnen. Die Leine in einem unordentlichen Haufen auf dem Boden. Und etwas Schwarzes, Isabellas Haarband. Klitschnaß. Thomas nimmt es, wringt es aus und steckt es in die Tasche seiner Regenjacke.

Er holt Pusu Johanssons Wurfangel von Johanssons Saunaterrasse. Seine eigene Angel ist in der weißen Villa. Er geht zum anderen Strand und auf die Brücke der weißen Villa. Er wirft aus und holt mehrere Male schnell ein. Bekommt nicht mal Seegras auf den Haken, holt viel zu schnell ein dafür. Hält mit gleichmäßigen Pausen inne. Sieht sich um. Leer überall. Johanssons Fenster sind erleuchtet.

Er legt die Wurfangel unter die Tanne am Strand der weißen Villa.

»Komm mit.« Er spricht laut und deutlich. Er geht zum Wald. Geht. Als er eine Weile gegangen ist, dreht er sich um. Natürlich völlig lächerlich. Da ist ja niemand. Das hat er außerdem die ganze Zeit gewußt.

Wo ist sie?

Zum erstenmal muß sich Thomas sagen, daß er es nicht weiß.

Daß er keine Ahnung hat.

Er geht nach Hause. Über den Hof, wo das Zelt vor dem Holzschuppen steht. Triefend und dunkel vom Regen. Dieses Spiel ist vorbei. Thomas zieht zurück ins Haus.

Am nächsten Tag: Bella kommt aus dem Atelier. In gelben Sachen: Shorts und Sommerbluse. Sie nimmt eine Dickmilchschale aus dem Gestell und setzt sich neben Thomas an den Frühstückstisch.

»Machen wir Popcorn?« ist das erste, was sie sagt. »Machen wir ein Popcornfest?«

Kajus ist mit dem Austin Mini auf dem Waldweg davongefahren. Sein Urlaub hat noch nicht angefangen, und nach den Feiertagen ist Alltag.

»Ich meine«, Bella hebt mit ihrem Löffel Dickmilch hoch in die Luft. »Bald ist ja Geburtstagszeit.«

Die Dickmilch fließt in einem langen Strahl bedeutungsvoll vom Löffel zurück auf den Teller. Thomas taucht den Löffel in seine Dickmilch und macht es ebenso. Bella lacht, zaust ihm das Haar, gibt ihm einen Räuberknuff von der Art, wie sie sich ihn manchmal am Frühstückstisch gegenseitig versetzen, wenn sie Räuber in einer Räuberbande sind. Da erst wagt Thomas, sie richtig anzusehen. Ganz wie gewöhnlich. Keine Spur des gestrigen Tages ist geblieben.

Und da ist es so, daß wieder ein Damm bricht, er kann es nicht länger zurückhalten.

»Wir fahren nach Schweden«, ruft er aus, vor Überraschung kurz vor dem Platzen.

Dann ist Rosa da. Macht die Küchentür auf, steht am Tisch. Hat eine dunkelblaue lange Hose und einen blauweiß gestreiften Seglerpulli an, die Lippen geschminkt, eine Sonnenbrille auf und ein weißes Band im Haar. Sagt, es sei kühl draußen. Schlägt die Arme um den Körper, um es zu demonstrieren.

Ist sonst ganz wie gewöhnlich.

»Gabbe ist gefahren«, sagt sie, gewissermaßen nebenbei.

Nimmt die Sonnenbrille ab. Läßt sich gegenüber von Thomas und Bella am Tisch nieder. Richtet den Blick auf Bella, lächelt. Etwas unsicher vielleicht schon, doch es ist eine Unsicherheit, die vor allem darauf zu beruhen scheint, daß sie nicht sofort herausbekommt, in welcher Stimmung Bella heute ist.

»Wohin?« fragt Bella mit ganz gewöhnlicher Stimme und schiebt die Dickmilchschale beiseite.

»Ach Gott, Bella.« Rosa lacht auf. »Er weiß nicht, worauf er sich eingelassen hat. Er hat die Fräulein mit. Nina. Und Maggi Johansson.«

»Er wollte sofort weg. Sofort. Keiner von uns anderen wollte. Er kann stur sein, Rosa. Wenn er mal rastlos ist, muß er weg. Er hat genervt und genervt. Aber ich hab' mich geweigert.«

»Ich hab' mich bis jetzt noch nie geweigert, Bella.«

»Mitten in der Nacht durfte ich selbst runter zu Johanssons laufen und fragen, ob Maggi mitdarf. Das war Ninas Bedingung. Sie war die einzige, die überhaupt mit sich hat reden lassen.«

»Renée war unerbittlich.«

»Und ich auch.«

»Wir dachten an ein Popcornfest«, sagte Bella da und lacht. »Bald ist ja Geburtstagszeit.«

»Wir wollen mit Renée zum Krämerboot«, sagt Rosa und begegnet Bellas Lächeln mit einem noch breiteren Lächeln. »Darum bin ich eigentlich gekommen. Ich wollte hier rauf und fragen, ob ihr mitkommt. Kommt ihr mit?«

Und natürlich kommen sie mit. Bella muß sich nur erst noch wärmere Sachen anziehen. Thomas läuft schon voraus an den Strand.

Renée ist im kleinen Boot. Er sieht sie von weitem. Ein orangefarbener Fleck in der grauen Landschaft, gelbes Schilf als Hintergrund. Sie pusselt am Motor herum. Hat die Motorhaube angehoben, Teile abgeschraubt, die sie vor sich auf der Bank säuberlich in einer Reihe geordnet hat. Ist vermutlich schon eine ganze Weile dabei, denn es sind ziemlich viele Motorteile in der Reihe.

»Die Zündkerze«, sagt sie, bevor er dazu kommt, etwas zu fragen.

»Da ist die Zündkerze nicht«, sagt Thomas bestimmt. Ehrlich gesagt hat er keine Ahnung, wo an einem Außenborder die Zündkerze sitzt.

Sie auch nicht. Soviel weiß er.

»Die Macke ist DARUNTER.« Sie schielt unter dem Pony zu ihm hin. »Du Idi.«

Ein vernichtender Blick; auf die gleiche Art wie hundertmal zuvor.

»Wir fahren nach Schweden«, sagt Thomas da, glücklich, laut und deutlich.

»Was?«

Sie stellt sich natürlich taub. Doch das ist ein völlig normales Verhaltensmuster bei jemandem wie ihr. Und zum Krämerboot können sie rudern. Sie schafft es ja nicht, den Motor wieder richtig zusammenzusetzen.

Am großen Boot ist ein Vorhängeschloß. Gabbe ist der einzige, der den Schlüssel dazu hat.

»Wo sind sie hingefahren?« fragt Bella im vorbeigleitenden Ruderboot.

»Ich hab' keine Ahnung, Bella«, sagt Rosa. »Aber wenn ich Nina und Maggi recht kenne, nicht weit. Ehrlich gesagt, Bella, es interessiert mich nicht. Es ist mir vollkommen egal.«

»Du glaubst vielleicht, ich weiß es nicht, aber ich weiß es, Bella. Ich hab' es schon erlebt.«

»Was?«

»Gabbe.«

»Wir hatten einen Motorschaden.«

»Ich hab' es ja gesagt, Bella. Daß ich hiersein will. Mit dir. Im Sommerparadies. Das ist das einzige, was wichtig ist.«

»Und ausnahmsweise, Bella, hab' ich gedacht, ich meine, was ich sage.«

Am Abend geht Thomas den Waldweg entlang. Biegt ab in den Wald und läuft rasch weiter über Stock und Stein, an einer Stelle, wo es keine Wege gibt. Als er ein Stück hineingekommen ist, senkt er das Tempo. Geräusche im Hintergrund.

»Ich geh' in den Wald.« Erkki Johansson taucht neben ihm auf. »Ich will einen wissenschaftlichen Versuch durchführen.«

»Es ist ein Geheimnis«, fügt er hinzu.

»Aufschneider«, sagt Thomas.

Sie spazieren eine Weile schweigend weiter.

»Ich bin ertrunken, Thomas«, sagt Erkki dann. »Willst du wissen, wie das ist?«

»Soll ich's erzählen?«

»Geh nach Hause.« Thomas hat die Worte auf der Zunge, doch Erkki Johansson wechselt von sich aus das Gesprächsthema.

»Wir waren in der Stadt, Thomas. Ich hab' ein Geburtstagsgeschenk für dich gekauft. Von meinem eigenen Geld. Rat mal, was ich gekauft hab'?«

»Soll ich erzählen, was ich gekauft hab'?«

»Nein.« Erkki Johansson aber ist nicht aufzuhalten.

»Willst du raten? Soll ich dir einen Hinweis geben?«

»Wollen wir wetten, Thomas?«

»Wollen wir wetten, daß du von mir die meisten Geschenke kriegst?«

»Sogar mehr als von deiner Mutter und deinem Vater.«

»Rat mal, wie viele Geschenke du von mir kriegst?«

»Rat mal, WIE VIELE, Thomas?«

Und dann kann sich Erkki Johansson gar nicht mehr bremsen.

»Achtundvierzig Stück, die Hüpfflöhe eingeschlossen.«

Also ist alles wie gewöhnlich. Nur Kajus ist unerbittlich.

»Wann fahren wir?«

Am Abend ist Thomas auf die Veranda gegangen.

»Wohin?« Kajus hat von seinem Krimi aufgesehen, plötzlich irgendwie ganz verständnislos.

»Nach Schweden.«

»Später.«

Kajus hat das Buch geschlossen, es auf den Tisch gelegt. Dann hat er nichts mehr gesagt, nur Thomas mit bekümmerter Miene weiter angesehen.

»Ich will auch nach Schweden fahren.« Bella hat plötzlich hinter Thomas gestanden. Und jetzt ist sie dagewesen, es war nicht nur Einbildung. »Wollt ihr mich hierlassen?« Doch obwohl sie »ihr« gesagt hat, hat sie sich nur an einen von ihnen gewandt. An Kajus. Ganz so, als hätte sie die Antwort im voraus gewußt. Sie hat etwas trotzig, irgendwie bestätigend gelacht.

Und es ist totenstill geworden auf der Veranda.

Und Thomas ist weggegangen. Er ist in scharfem Tempo den Waldweg entlanggegangen.

Er hat plötzlich etwas begriffen. Daß die richtige Antwort auf Bellas Frage war: Ja, das war genau das, was sie wollten. Sie hierlassen. Das war der Sinn von Kajus' Frage, die am vorangegangenen Tag in der Bodendiele gefallen war. Daß *sie* nicht mehr mit einbezogen war, daß sie nicht mitkommen sollte.

Das davor, die Gespräche und Pläne im Zelt, diese Ideen, das waren nur Träume.

Und unabhängig davon, was sie waren: nach dem gestrigen Tag jedenfalls unrealisierbar.

Wegen der verdreckten Meerjungfrau im großen Zimmer. Oder nur der Erinnerung an sie.

Nein, natürlich nicht. Es ist ja keine totale Unmöglichkeit, eine Unmöglichkeit für ewige Zeiten. Der Sinn der Frage ist nur, daß jeder für sich seine Ruhe haben soll. *Die Situation durchdenken.* Besonders Bella soll denken und zu dem Ergebnis kommen, daß die verdreckte Meerjungfrau im großen Zimmer eine Unsinnigkeit war, und die Konsequenzen daraus ziehen und wieder sie selbst werden.

Unterdessen sollen Thomas und Kajus draußen in der Welt sein und zusammen etwas erleben, Vater und Sohn.

Verflixter Kajus. Thomas hat sich wirklich betrogen gefühlt.

»Du hast es doch versprochen.« Noch später, fast in der Nacht, ist Thomas wieder zu Kajus gegangen. Doch es ist zwecklos gewesen.

»Wir hatten eine Vereinbarung«, hat Kajus gesagt, mittendrin. Ganz so, als wäre es Thomas, der sie gebrochen hat.

Auf dem Foto, aufgenommen an Bord der MS Forsholm III, hat die Frau im Straßenkostüm den Arm um die Schultern des Jungen gelegt. Sie geht in die Hocke, so daß sie mit dem Jungen beinah auf einer Höhe ist. Die Frau und der Junge stehen an Deck. Es ist das klassische Bild; Familie auf Schiff, Mutter und Sohn mit Wind im Haar, Sonnenschein in den Augen, offene Münder, die lachen. Die Frau trägt dunkle Schuhe mit mäßig hohen Absätzen und eine dunkle Schulterriementasche. Das Straßenkostüm ist hell, und die Jacke hat dunkle Knöpfe. Es sieht teuer aus. Es ist neu, am selben Tag in einer Boutique gekauft. Das Haar der Frau ist zu einem langen Pagenkopf geschnitten und auf dem Oberkopf hochtoupiert. Ein paar Strähnen wehen ihr ins Gesicht. Sie streicht sie mit ihrer freien Hand weg, also mit der, die sie nicht auf der Schulter des Jungen hat. Thomas, der der Junge auf dem Bild ist, blinzelt in die Kamera. Die Frau, das ist Isabella, Bella-Isabella, und als Thomas das Bild findet, versteckt er es sorgfältig.

Und Renée im orangefarbenen Wollpulli. Schulterlanges hellbraunes Haar in Zotteln. Und man bekommt keinen Kamm hindurch, das ist Ehrensache. Man hat es nicht mal versucht, seit Mai. Renée, die auf einer Strähne kaut. Tut! Dann fährt das Auto auf dem Waldweg los. Gabbe und Bella auf dem Vordersitz, denn Bella will vorne sitzen, die Straße direkt vor sich, und Rosa ist es egal. Rosa und Thomas auf dem Rücksitz. Thomas mit Schiffe-Versenken-Papier und einem Buch über einen Alleinsegler, der bei furchtbarem Wetter den Atlantischen Ozean überquert hat. Renée, die auf einer Strähne kaut. Als Thomas aus Schweden kommt, ist das Haar kurzgeschnitten und merkwürdig ungleichmäßig frisiert und toupiert, von den Fräulein in Johanssons Sauna.

(So ist es mit Thomas und Bella: Sie haben eine Idee, einen Traum, einen Plan zu fahren. Das war ein Spiel. Das Wegfahr-Spiel, das in einer Stadtwohnung gespielt wurde, als Thomas kleiner war. Und das auch mit ins Sommerparadies genommen wurde, ein wenig, und auch hier gespielt wurde, ein wenig, in einer regnerischen Zeit, bevor eine Familie, die Engel genannt wurde, kam. Seinen Koffer packen, sich Reisekleidung anziehen und fahren. Wohin? Zu den Meerjungfrauen, dem süßen Leben. Was ist das? Die Meerjungfrauen, die, die im Vergnügungspark waren, als Bella dort war, die dann in alle Winde zerstreut wurden, die von ihnen, die hinaus in die Welt fuhren.

Aber es war auch eine Sammelbezeichnung. Für diese Personen, die unruhigen Seelen, die etwas suchten, nicht unbedingt einen Platz an der Sonne, am wenigsten *einen* Platz an der Sonne. Denn das Leben war an vielen Orten, das Leben war mehrere Leben, wie chinesische Kästchen vermehrten sich die Leben, wenn man umherfahren würde, von Leben zu Leben zu Leben.)

An Thomas' Geburtstag ist im Haus auf dem Berg Popcornfest. Thomas öffnet seine Pakete. Kajus und Bella schenken einen Schiffsbausatz, ein Miniaturmodell des Schiffes Santa Maria, mit dem Christoph Columbus über die Meere fuhr, um Amerika zu entdecken. Von Gabbe, Rosa, Nina und Renée bekommt Thomas ein Buch über einen Alleinsegler, der sein Leben allein in einem Segelboot verbrachte, bis er auf einem weit entfernten Meer unter unbekannten Umständen Schiffbruch erlitt. Slocum, Joshua. Erkki Johansson kommt mit seinem Flohspiel. Das Flohspiel ist sehr einfach, erheblich weniger *sophisticated* als TRIUMPH, das Thomas und Renée an und für sich nicht mehr spielen, weil es mit dem Magnaten und all den Millionären im Millionärspalast ziemlich eintönig ist. Und erheblich familiärer. Alle Flöhe aus grünen, gelben, roten und schwarzen Flohfamilien sollen, nachdem sie auf dem Fußboden verteilt worden sind, auf die leere Familiendose zuhüpfen, die mit einem speziellen Hüpffloh, etwas größer als die eigentlichen Flöhe, auf den Fußboden gestellt worden ist. Die Familiendose ist das gemeinsame Heim der Flohfamilien, und jeder Teilnehmer hat seine Familie mit eigener Farbe, und der, dessen Familie zuerst an Ort und Stelle in der Dose beisammen ist, gewinnt das Spiel.

Unmittelbar nach Überreichung des Geschenks will Erkki Johansson mit dem Spiel alles mögliche demonstrieren, mit der Folge, daß er die Dose fallen läßt und alle Flöhe auf den Fußboden unter den Eßtisch rollen, an dem das Popcorn gegessen wird. Und da man mit Popcorn und Geburtstags-Hallo beschäftigt ist, bleiben die Flöhe die ganze Zeit unter dem Tisch liegen, die das Fest dauert.

Kajus ist eine Weile dabei. Er geht dann zum Strand, um mit Huotari zum Fischen rauszufahren. Sie haben Strömlinge gekauft, die sie an den Haken der Langleine befestigen wollen, als Köder für den Aal, den sie an einem der nächsten Tage zu fangen hoffen.

Nach Schweden. Thomas und Kajus haben nicht mehr von Schweden geredet. Nicht miteinander. Aber Thomas hat allein geredet. Geredet und geredet, so daß niemand im Sommerparadies hat vermeiden können zu erfahren, was er WILL, was seine Pläne sind. Nach Schweden fahren. Und er ist quengelig und sauer geworden wie das schlimmste Kleinkind, als man keine Notiz davon genommen hat.

»Jetzt ist Thomas rastlos«, hat Rosa gelacht.

Thomas hat mürrisch ausgesehen.

»Thomas schmollt«, hat Bella mit amüsierter Miene festgestellt.

»Ach was«, hat Rosa gesagt. »Ich weiß genau, wie das ist, Thomas. Manchmal geht es einem so. Daß man wegmuß.«

Na ja, das ist es ja zum Teil. Aber nur zum Teil. Der wichtigste Grund dafür, daß Thomas mit dieser fixen Idee herumläuft, wie Kajus sie nennt, ist Kajus selbst, der auf seiner Veranda sitzt und weiter unerbittlich ist. Von dem Tag nach Mittsommer an bis zu dem Tag, an dem sie tatsächlich wegfahren. An dem er nicht mitkommt.

»Ich habe zu arbeiten. Gabbe hat Geschäfte im Norden. Ihr fahrt nach Umeå.«

»Du hast es versprochen.«

»Es tut mir leid, Thomas.«

»Es sollte eine Überraschung für IsabellaMeerjungfrau sein.«

Da sagt Kajus nichts, sieht nur noch pfiffiger aus. Als ob Thomas schon aus seinem Blick herauslesen könnte, daß er an die verdreckte Meerjungfrau denken muß, die alle bereits vergessen haben, außer ihm, der darauf besteht, nicht zu vergessen – – –

Aber Schweden. Es war ihre Idee, Kajus' und seine, und sie hatte mit alledem nichts zu tun. So war es. Und um das Recht auf seine Version der Geschichte zu behaupten, liegt Thomas in diesen Tagen allen mit Schweden in den Ohren, bis beschlossen wird, daß sie wegfahren.

Doch da *schmeckt* es plötzlich nicht ganz so, wie er gedacht hat. Kajus kommt nicht mit. Und auch nicht Renée. Sie läßt sich nicht überreden, ist unerbittlich, so daß Thomas schließlich wütend wird und nach Hause geht, hinauf auf den Boden, wo er das Messer aus dem Versteck unter der Diele im Fußboden nimmt und statt dessen hinter der Tapete verbirgt. Zumindest das soll sie nicht haben, während er weg ist.

Aber mitten am Geburtstag kommt jemand anders zurück. Jemand, der die Fähigkeit hat, Träume wahr zu machen.

»Es ist ja schon merkwürdig«, ruft Gabbe, sobald er durch die Tür gekommen ist, denn er ist empört. »Daß es nicht schmeckt, wenn man was spendiert kriegt.« Sein Trip mit Nina und Maggi Johansson hinaus in die Welt war also erwartungsgemäß ein Flop. Es war so, daß Gabbe alles mögliche wollte; zum Trabrennen gehen und mit vernünftigen oder sogar etwas höheren Einsätzen Toto spielen, zum Fallschirmclub fahren und den Kunstspringern zusehen. Er war sogar bereit, Maggi Johansson einen Probesprung zu spendieren, obwohl Maggi Johansson kein Familienmitglied im eigentlichen Sinn ist.

Oder einfach auf der Landstraße fahren, geradeaus, mindestens hundert Kilometer in der Stunde.

Wohin die Fräulein wollen. Die Fräulein aber wollten nichts. Charakteristisch für alles, was Gabbe gewollt hat, ist, daß *die Fräulein* – die in dem Alter sind, in dem man sich am allerwenigsten dafür interessiert, für jemanden James-Bond-Biene zu sein, und das schon gar nicht für Männer im Alter seiner Väter und noch weniger für seine eigenen Väter – nicht dasselbe wollten und manchmal, meistens, überhaupt nichts anderes wollten, als sich in Ninas Zimmer in der Stadtwohnung aufzuhalten – denn da sind sie schließlich gelandet – und zu kichern und flüstern und zu albern und jedesmal, wenn Gabbe hereinkommt, zu verstummen und Grimassen zu schneiden und überhaupt so zu sein, daß kein gescheites Wort aus ihnen herauszubringen ist. Das Kaufhaus, die Schallplattenabteilung, ist der einzige Ort, mit dem sie sich einverstanden erklärt haben.

Dann fällt Gabbes Blick auf das Geburtstagskind, das, während er weg war, auch rastlos geworden ist, wie man ihm jetzt erklärt.

Gabbes Gesicht hellt sich auf.

»Gut, daß ich gerade heute gekommen bin. Genau rechtzeitig, so kommt noch Schwung in die Party.«

Und so endet der Geburtstag damit, daß Gabbe in seinem James-Bond-Stuhl auf dem Berg sitzt und Thomas sich ihm nähert, sich neben ihn stellt, sozusagen vorsichtig und diskret, Gabbe dreht den Kopf, entdeckt Thomas erneut und sagt, als er sich am höchsten Punkt des Berges befindet:

»Jetzt, Sohn, sind wir es, die fahren. Raus, uns umsehen in der Welt.«

Die Kabine ist grün mit einem runden Fenster. Es heißt Bullauge, erklärt Thomas Bella, die es falsch sagt. Es gibt zwei Pritschen übereinander, einen kleinen Tisch und einen Kleiderschrank. Bella nimmt ein Kleid aus ihrer weißen Ledertasche und hängt es in den Schrank, als ginge es um eine Reise, die Monate dauern sollte. Es ist das gelbe Kleid. Schimmernd, Thomas' Lieblingskleid. *Jetzt fahren wir, Thomas!* Thomas klettert auf die obere Pritsche, legt sich auf den Bauch und sieht hinaus. Weiße Schaumkronen auf dem Meer. Grünes und graues Wasser, dessen Farbe mit der des Himmels verschmilzt. Thomas hat die Fahrkarte in der Hand. Das Schiff heißt Forsholm III. Beim Anblick der Forsholm III im Hafen war Thomas etwas enttäuscht. Sie ist so klein. Niedrig und länglich mit Kommandobrücke aus lakkiertem Holz. Doch es dauert nicht länger als ein paar Stunden hinüber nach Umeå. Die Bucht ist an dieser Stelle am schmalsten. Gabbe hat das Auto auf dem Parkplatz im Hafen geparkt, und sie haben ihr Reisegepäck genommen und sind an Bord gegangen.

Gabbe und Rosa klopfen an die Kabinentür. Gabbe hat eine Flasche, und die Absicht ist, daß sich alle in Thomas' und Bellas Kabine drängeln sollen, zum Aperitif. Gabbe, Bella und Rosa lassen sich gemeinsam auf der unteren Pritsche nieder, denn es gibt keine anderen Plätze zum Sitzen, und sie müssen sich etwas vorbeugen, denn man kann nicht aufrecht sitzen, und Thomas im oberen Bett sieht hinunter auf drei Scheitel in dreimal dunklem Haar. Gabbe ist in Hochform, spielt James Bond. Bella und Rosa sind seine Bond-Bienen, und Gabbe macht Witze, und Bella und Rosa lachen, und mitunter ist es beinah unerträglich, vor allem, als Gabbe plötzlich einfällt, er müsse mit Thomas eine Art Einvernehmen der männlichen Reisenden etablieren. Er fängt an, von dem Alleinsegler in dem Buch zu reden, das Thomas zum Geburtstag bekommen hat. Thomas sagt hmh, die Forsholm III legt ab, und Thomas preßt das Gesicht an das Bullauge. Das Schiff fängt an, sich langsam in Wind und Wellen hinauszuarbeiten. Denn es geht scharfer Wind. Im Radio hat man gesagt, bis Windstärke sechs.

»Es ist ja schon ein phantastisches Unternehmen«, sagt Gabbe über den Alleinsegler.

»Es erfordert Mut und Ausdauer. Eingehende Kenntnisse der Navigation.«

»Navigare necesse est, vivere non necessare«, sagt Gabbe. Genau wie es auf der Streichholzschachtel steht, die auf dem Tisch lag, als sie in die Kabine kamen.

»Du sprichst es falsch aus«, kichert Rosa. »Das ist Latein, so muß man das aussprechen.« Und Rosa spricht es aus, und Bella kichert, und Gabbe hebt das Glas und sagt: *»My name is Bond, James Bond«*, und Thomas klebt sein Gesicht förmlich an die Scheibe. Jetzt sind sie mitten auf dem Meer. Er klettert von der Pritsche und fragt, ob er nach draußen dürfe.

Thomas geht aufs obere Deck. Unterwegs trifft er auf Teenager, die Bier aus Flaschen trinken. Ein Junge, vielleicht fünfzehn, sechzehn, hebt seine Flasche und sagt: »Hallo«, als ob sie einander kennen würden. Das ist ja nicht so, aber Thomas nickt. Die Jugendlichen haben ein Radio, sie spielen die Rolling Stones. Die Rollenden Steine: Bjönas großer Bruder hat die Platte in seinem Pop-Raum im Stadthaus. Pop-Raum ist, wenn man aus einem Zimmer alles Unnötige entfernt, eine Matratze hineinlegt, eine Holzkiste als Tisch aufstellt, Kerzen in leere grüne Flaschen steckt, Kissen auf der Matratze und auf dem Boden verteilt, Die Rollenden Steine auf den Plattenteller legt und »schwelgt«. Bjöna und Thomas werden hereingerufen, dürfen sich auf die Matratze setzen und still sein, während Bjönas großer Bruder feierlich den Tonarm auf die Platte setzt. Dann sind Thomas und Bjöna still, während der Song einmal vom Anfang bis zum Ende durchläuft, und danach stellt Bjönas großer Bruder den Plattenspieler ab und sagt, nun sollten Thomas und Bjöna rausgehen. Doch all das gehört zu einer anderen Zeit. Einem anderen Leben. Thomas' Stadtzeit und Thomas' Stadtleben. Das ist nicht jetzt. Jetzt ist ja Sommer und das Meeresrauschen.

Thomas ist allein auf dem oberen Deck. Die Forsholm III fährt an den letzten Holmen in den Schären vorbei. Es ist klippenreiches Wasser, und manchmal, wenn die Sonne hervorguckt, sieht man deutlich Flecken, die Untiefen anzeigen. Die Flecken sind überall auf beiden Seiten der Fahrrinne.

Das offene Meer beginnt hier. Wenn Thomas geradeaus in Fahrtrichtung sieht, sieht er nur Grün und Weiß. Die Wellen kommen direkt auf das Schiff zu, ein ziemlich steiler und hoher Brecher. Die Forsholm III ist klein, er hat recht gehabt mit seinem Urteil im Hafen, viel zu klein, um starken Seegang zu bewältigen. Nach nur ein paar hundert Metern draußen im offenen Meer sind die Brecher so hoch, daß das Schiff in die Wellentäler stürzt und den Bug eintaucht. Schaumiges weißes Wasser spritzt überall. Thomas hält sich an einem Geländer fest.

Und jetzt denkt er an sie, vielleicht: Viviann oder sie, von der Renée gesagt hatte, sie heiße Viviann. Viviann, das Indianermädchen, das letzten Sommer LANGBEN an Land segelte, ihm zu Hilfe kam, denkt jetzt an sie, wie er manchmal an sie gedacht hat. Viviann: Als er hier steht und denkt, wirkt der Name plötzlich fremd. Viviann, das ist sie eigentlich nicht, und jetzt macht er sie dazu, gewissermaßen anonymer, sie wird einfach zu dem Mädchen mit dem langen braunen Haar, mit der weißen Bluse mit den vielen Knöpfen, wird die Indianerin, die ihm zu Hilfe kam und der er jetzt, etwas später, seinerseits alles mögliche vom Meer erzählen könnte. Sie könnte jetzt hiersein, mitten in dem Blauen, dem Grauen, dem Weißen, mitten im Meeresrauschen, sich neben ihm an dem Geländer festhalten und ihm zuhören, ihm, dem Seefahrer, der mitten in der Nacht während der Hundewache mit Buster Kronlund nach den Sturzseen des Herbststurms perfekt den Kurs hielt – nicht gerade irgendein gewöhnlicher Jollensegler. Er würde seine Geschichte vom Meer erzählen, nicht so, daß es lächerlich klang, sondern so, daß es wahr war.

Denn deswegen fuhr man ja nach Umeå: des Meeres wegen, der rauschenden Wellen wegen, nicht wegen der Ponys im Stall, wo Thomas am nächsten Tag reiten wird, oder weil man bei Tempo Löfbergs Lila kaufen kann und Löfbergs Lila ein guter Kaffee ist, oder um in einer Pension, die Pilen heißt, Erdbeertorte mit GABEL zu essen.

Eben. Doch sie ist nicht da, Viviann. Er hat nur phantasiert. Viviann ist ein Phantasiegeschöpf und als solches uninteressant, und jetzt hier auf dem glitschigen Deck, mit Wasser, das um ihn spritzt, und Wind, der die Jacke zu einem Ball aufbläst, wächst Thomas in ein paar Sekunden und begreift, daß er alles über sich und Viviann erfindet, er weiß nichts von ihr, er ist ein Träumer, der versucht, die Wirklichkeit zu eigenen Zwecken umzuformen.

Gabbe nähert sich auf dem Deck unterhalb. Er trägt einen dunklen Anzug und Krawatte wie James Bond. Er sieht Thomas. Er winkt und fängt an, die Treppe hinaufzusteigen. Das dunkle Haar weht ihm in die Augen. Das weiße Hemd und die schwarzen Hosenbeine flattern.

Gabbe ist sehr wirklich. Vor dem Grauen und Grünen und in der Sonne, die jetzt zwischen den Wolken hervorguckt, hebt er sich in scharfen Konturen ab. Wie eine Comicfigur, umrissen mit schwarzen Strichen. Thomas in grüner Jacke deckt sich viel mehr mit seinem Hintergrund. Verschwindet beinah darin.

Doch zum Glück ist der Hintergrund ziemlich groß. Er ist *alles andere*. Das Meer, der Himmel, die Forsholm III.

Thomas dreht sich um und geht eine andere Treppe hinunter. Er öffnet eine Tür und kommt in einen Passagierraum mit Bartheke und Cafeteria. Auch er ist voller Teenager. An einer Wand hängt eine Tafel, die mit kleinen Lampen die Fahrtroute anzeigt; sie leuchten auf, sobald die entsprechenden Etappen zurückgelegt sind. Unter der Tafel sitzt ein Mädchen mit gekreuzten Beinen, den Blick auf ihren Händen, die sie vor sich umeinanderkreisen läßt, so daß es aussieht wie ein Raddampfer. Thomas' Blick bleibt an den Händen haften. Er kann nicht aufhören zu starren. Er muß sich zwingen, wegzusehen und sich auf die Tafel zu konzentrieren, die gelben Lampenflecken, die aufleuchten, langsam, aber regelmäßig. Das Schiff krängt stark, zuerst auf die eine Seite, dann rasch auf die andere und wieder zurück. Thomas stolpert, verliert fast das Gleichgewicht und greift nach dem ersten besten Jackenärmel.

»Hallo«, sagt das Mädchen in der Jacke. Thomas erkennt sie wieder. Eines der Mädchen unter den Teenagern, die er vorhin gesehen hat, als er zum oberen Deck unterwegs war.

»Hallo«, murmelt Thomas.

»Wer bist du?« fragt das Mädchen.

»Thomas«, sagt Thomas.

Sobald er es gesagt hat, wünscht er sich, er hätte etwas anderes geantwortet. Thomas, das klingt plötzlich lächerlich. Irgendwie kindlich. Er würde einen anderen Namen brauchen, wenn er mit diesem Mädchen redete, die mit ihm wie mit einem Gleichaltrigen umgeht, obwohl sicher drei, vier Jahre zwischen ihnen liegen. Einen Namen, der auf irgendeine Weise richtiger ist.

Und Thomas geht seine Namen durch. Nicht gerade in diesem Augenblick natürlich, nein, später. Denn er wird die Szene nachher wieder und wieder im Kopf durchspielen und Dialog und Handlungsverlauf in unterschiedlicher Art ändern, so daß schließlich er und das Mädchen umfassend über das Meer, die Wetterverhältnisse, die Fahrtroute und die ganze Reise überhaupt reden. Und so daß nicht alles damit endet, daß plötzlich Bella da ist und ihn am Arm packt und schüttelt und laut und ärgerlich fragt, warum er vor Gabbe und allen anderen auf diese Weise davonlaufe.

Thomas geht seine Namen durch. *Bykovskij*, Genosse Kosmonaut. Didi, Frédéric Dumas. *Tom Sawyer.* Eine ganz unglaubliche Person. Charmebolzen, Entertainer. Slocum. Joshua. Tschett. *Mister Tschett.*

Das ist ja schrecklich.

Er wird sich bewußt, daß er noch immer den Jackenärmel des Mädchens festhält und läßt los, doch sobald er losgelassen hat, krängt das Schiff wieder, und er braucht den Ärmel erneut.

»Halt dich nur fest«, sagt das Mädchen. »Ich steh' gut. Willst du ein Bier?«

Thomas schüttelt den Kopf.

»Hast du Geschwister?«

»Wieso?«

»Interessiert mich nur. Fährst du allein? Bist du weggelaufen? Ich bin mal weggelaufen.«

»Ich fahre allein«, sagt Thomas, plötzlich der Alleinfahrer. »Ich bin nicht weggelaufen.«

»Sie haben mich gefunden, auf der anderen Seite. Da ist ein Stall. Ich war verrückt nach Pferden. Darum bin ich weggelaufen.«

Dann plötzlich ist da eine andere Person. Ein Junge, der sich schwer an die Schulter des Mädchens lehnt, über die er zu Thomas und zur Fahrtroutentafel sieht. Sein Blick fällt auf das andere Mädchen, das, das mit gekreuzten Beinen unter der Tafel sitzt und die Hände umeinanderkreisen läßt. Er fragt, warum sie das tut. Sie sieht auf.

»Nur so«, sagt sie. »Es macht Spaß.«

Doch sie lächelt nicht oder macht sonst irgend etwas. Es ist irgendwie interessant, denkt Thomas. Erinnert an eine bestimmte Person. Aber das Haar ist anders, kurz und blond. Und Thomas denkt, er könnte auch mit ihr reden, wie er jetzt mit diesem Mädchen redet, das verrückt nach Pferden war und zu einem Stall auf der anderen Seite der Bucht weggelaufen ist. Das aber erweist sich als unmöglich, denn im nächsten Augenblick ist Bella da, und sie ist ärgerlich und laut. Sie hat ihr gelbes Kleid angezogen, trägt Schuhe mit hohen Absätzen, und der ganze Passagierraum riecht nach ihrem Parfum. *Apple Blossom*, süß und widerlich. Tantenparfum. Thomas schämt sich. Keiner trägt ein ärmelloses Festkleid in diesem Passagierraum. Oder überhaupt ein Kleid.

»Komm sofort hier weg.« Bella packt ihn hart an der Schulter. »Was läufst du vor Gabbe davon? Komm jetzt. Wir wollen essen, hab' ich doch gesagt.«

Und Thomas wird so schnell mitgezogen, daß er nicht dazu kommt, irgend jemandem etwas zu erklären.

Das Restaurant liegt hinter einer Glaswand neben dem Passagierraum. Zum Glück haben sie einen Fensterplatz, und Thomas kann sich für die Teenager, die geglaubt haben, er lüge sie an, unsichtbar machen, allen den Rücken zukehren und hinaussehen. Er ißt Wurst und Pommes frites und trinkt Coca-Cola dazu. Das Wasser spritzt so an die Scheibe, daß es auch an der Innenseite herunterläuft. Gabbe erklärt, das liege am Druck, doch was er damit meint, bleibt unklar, da er schon im nächsten Augenblick dabei ist, Schnaps zum Wiener Schnitzel zu bestellen. Und Wein. *Sangre di Toro*, sagt Gabbe in einer Sprache, die er nicht beherrscht. OCHSENBLUT übersetzt er selbst, als die Flasche kommt, denn auf dem Etikett ist ein Ochsenkopf abgebildet, und die Farbe des Weins ist ebenso dunkel wie Thomas' Coca-Cola. Prost, Thomas! Bella hebt ihr Glas, sie hat das Intermezzo im Passagierraum vergessen, ist wieder vortrefflicher Laune. Rosa sagt, sie wolle keinen Wein. Rosa ist überhaupt stiller als vorher. Gabbe aber ist in Hochform, ihn hält kein Seesturm mehr auf.

»Wer einmal einen Sturm auf dem Atlantik erlebt hat, wird immun für den Rest seines Lebens, das war ein Seegang, Thomas«, und es schaukelt im Bordrestaurant, Ketchupflaschen rollen über den Tisch, und Thomas nickt, nickt, und es dauert eine Weile, bis er begreift, daß Gabbe über diese Überfahrt von Amerika redet, die er mit seiner Tochter mit den Eingeweiden aus Stahl und all ihren Sachen unternommen hat, »das nennt man Seemannstaufe, Thomas, oder weiß der Teufel, wie man das nennt, und darauf James.« Gabbe redet ununterbrochen, und wenn er nichts anderes sagt, sagt er, daß er genau das ist: James Bond. Bella lacht. Bella lacht mit offenem Mund, die Brüste hüpfen unter dem gelben Kleid, *die schönen festen Brüste, die das erste Kennzeichen einer Bond-Biene sind.* Im Restaurant trägt auch keiner ein Festkleid. Rosa und Gabbe haben dieselben Sachen an wie im Auto, außer das Gabbe einen notengemusterten Schlips umgebunden hat.

»Ich will Pony reiten«, sagt Thomas plötzlich.

»Pony reiten«, wiederholt Bella, als hätte Thomas etwas Pikantes oder äußerst Lustiges gesagt. »Warum denn?«

»Da gibt es einen Ponystall. In Umeå.«

»Klar gehen wir Pony reiten.« Gabbe legt auf der Männerseite des Tisches den Arm um Thomas. »Wenn man sich's genau überlegt, würde 'n richtiger Ritt uns allen guttun. So wie wir fressen.«

Bella begegnet Gabbes Blick und lacht. Bella hat jetzt ein einziges Reaktionsmuster, registriert Thomas objektiv. Zu lachen, so daß der Mund ein großes schwarzes Loch wird. Thomas windet sich aus Gabbes Griff. Gabbe hebt das Glas.

»Darauf James.«

»Mit euch kann man ja nicht reden«, sagt Thomas, und jetzt tut er sich plötzlich selber leid.

»Entschuldigt.« Rosa versucht, aus dem Stuhl hochzukommen. »Aber ich muß ...«

Sie sinkt zurück an die Rückenlehne.

»Mein Gott, ist mir schlecht.«

Aber es ist nicht mehr weit bis zum Ende dieser Fahrt. Weiter vorn ist schon die Küste zu sehen, und die See ist überhaupt nicht mehr so rauh. Gabbe hat Rosa in die Kabine begleitet, und Thomas und Bella sitzen allein am Restauranttisch, mitten zwischen Wiener Schnitzel und Wurst, Pommes frites, Coca-Cola und Sangre di Toro.

Bella fragt Thomas, warum er zu Gabbe so sei. Thomas antwortet nicht. Erst als er begreift, daß er tatsächlich etwas sagen muß, da Bella nicht aufhört, ihn mit fragender und irgendwie bekümmerter Miene anzusehen, fragt er, was sie mit *so* meine.

Bella legt mit einem lauten Klirren ihr Besteck auf den Teller. Sie zündet sich eine Zigarette an, raucht eine Weile in kurzen, wütenden Zügen, ohne etwas zu sagen.

Thomas ist stumm. Er guckt auf die aufgeplatzten Würste auf dem Teller, den Senf in den Rissen der Pelle. Schielt ein wenig zum Fenster. Sieht sie nicht? Sieht Isabella nicht *das Meeresrauschen*? Mit dem Schiff fahren? Unterwegs sein? Ist sie völlig blind? Er schreit nicht oder macht sonst irgend etwas. Stellt sich nur ein paar Fragen. Gewissermaßen vorsichtig, wie im Vorbeigehen, während er versucht, ihrem Blick auszuweichen.

»Thomas«, sagt Bella. Sie drückt die Zigarette aus und fängt wieder an zu essen. Ihre Stimme ist beinah freundlich. Irgendwie bittend.

»Thomas«, sagt Bella. »Wir können doch versuchen, daß es ein bißchen festlich ist.«

Bellas Festkleid schimmert. Thomas starrt auf den Stoff. *Handgewebte Thaiseide.* Er kann die Worte auswendig, hat sie gekonnt, solange er denken kann. Er schluckt. Und wird weich. Plötzlich tut ihm Bella leid, in ihrem schimmernden Kleid zwischen den Ketchupflaschen, die über die Tische im Bordrestaurant rollen. *Apple Blossom* mitten in einem schwachen, süßen Gestank von Seekrankheit und Erbrochenem, der sich jetzt gegen Ende der Fahrt überall ausgebreitet hat.

Trotz allem. Obwohl sie nicht sieht.

Bella auf der einen Seite des Tisches. Thomas auf der anderen. Sie ist jetzt da. Und er ist hier. Bella hebt das Weinglas. Sie lächelt, als wären sie im Einvernehmen, als teilten sie ein Geheimnis. Das ist nicht so.

Irgendwie wirkt sie so einsam in ihrem gelben Kleid.

Thomas greift nach seiner Coca-Cola. Eine ganze Flasche. Sie stoßen an.

Die Pension heißt Pilen und ist ein blaues Holzhaus. Sie wohnen im ersten Stock. Bella und Thomas in einem Zimmer, Rosa und Gabbe in einem anderen. Rosa geht es sofort besser, als sie festen Boden unter den Füßen hat.

Gabbe fährt mit Thomas im Taxi zum Stall. Thomas' Pony ist dunkelbraun und hoch. Thomas ist überrascht darüber, wie hoch. Er ist noch nie geritten, hat noch nie auf einem Sattel gesessen. Er klettert auf den Rücken des Ponys. Zwei Mädchen vom Stall führen das Pony eine Runde um das Stallgebäude. Kein Pony ist groß genug für Gabbe, also muß er sich damit abfinden zu warten. Gabbe hat den Fotoapparat mit, ruft Thomas auf dem Pony, als die Runde gerade zu Ende ist, zu: »*Keep smiling*, Sohn!«, knipst ein Bild, setzt unmittelbar danach die Sonnenbrille wieder auf und sieht von dem einen zum anderen der beiden Mädchen, die auf dem Zaun vor dem Stallgebäude hocken, an den er sich lehnt wie einer der Brüder Cartwright. Gabbe hilft Thomas aus dem Sattel. Thomas kommt es vor, als hätte er ein Viereck zwischen den Beinen: so fühlt es sich also an, ein richtiger Cowboy zu sein. Gabbe gibt ein großzügiges Trinkgeld für den Ritt, und als Thomas und er hinunter zur Straße gehen, wo das Taxi, das er hat bestellen lassen, auf sie wartet, legt er seine Hand auf die gleiche Art auf Thomas' Schulter wie vor zwei Jahren bei der Flugzeugausstellung. Thomas hat nichts gegen das Taxi. Er fährt gern Taxi. Mit Kajus nimmt man kein Taxi, denn Taxi fahren ist teuer und ebenso unnötig, wie im Restaurant zu essen, wenn man es ja zu Hause besser und billiger kann. Thomas hat den ganzen Rücksitz für sich. Gabbe hat sich auf dem Beifahrersitz niedergelassen. Von dort aus hält er, während er mit dem Fahrer ganz allgemein über Geschäfte redet, einen Vortrag über *das Auftreten kosmischer Nebel in den Sonnensystemen*, denn von so etwas ist im Autoradio die Rede. Gabbe spricht Wörter wie »Sonnensysteme« und »kosmische Nebel« mit größter Deutlichkeit aus, und Thomas begreift, daß Gabbe wirklich glaubt, es interessiere ihn. Wieder und wieder während der letzten Jahre hat es Thomas erstaunt, wie wenig ihn der Weltraum und der Mond und wer als erster den Fuß darauf setzen wird, interessieren. Sogar Flugzeuge kommen noch davor. Aber er begreift plötzlich auch, daß Gabbe ein Gesprächsthema finden will, daß Gabbe vielleicht nicht weiß, wie er mit Thomas umgehen soll, der im Laufe der Stunde, die sie zusammen auf dem Ausflug waren, vielleicht zwei ganze Sätze gesagt hat.

Renée und Gabbe, denkt Thomas. Wie ist es, wenn sie zusammen sind?

Renée und Gabbe heben die Segeljolle aufs Motorboot, so daß es ziemlich weit achtern quer über dem Boot ruht. Gabbe macht los. Renée läßt den Motor an und stößt rückwärts hinaus. Gabbe kontrolliert, daß die Jolle an ihrem Platz ist. Renée gibt Gas, und sie fahren mit mindestens zehn Knoten in den Sund, obwohl die erlaubte Höchstgeschwindigkeit drei Knoten beträgt. Während dieser Manöver fällt nicht ein Wort.

»Ja«, sagt Thomas vom Rücksitz aus zu Gabbe und versucht, enthusiastisch zu klingen.

»Ja«, wiederholt Thomas, »ja, ja, ja«, bis Gabbe verstummt und aus seinem Fenster sieht und Thomas aus seinem und der Fahrer, der ein wortkarger Fahrer ist, das Radio abstellt, denn es fängt an, Popmusik zu spielen. Die Stille hält nicht lange an. Gabbe muß etwas dagegen tun. Er fängt an zu pfeifen. Er schlägt mit der Hand auf sein Knie, im Takt mit der Melodie, die im Radio lief, als es abgestellt wurde, die aber in seinem

Kopf weiterspielt. *Ai kän get nou sätisfäktschen skadonk donk donk.* Und im Pilen gibt es Coca-Cola und Erdbeertorte mit GABEL.

Bella trägt ein hellblaues Kostüm. Auch Rosas Sachen sind neu. Ein Kleid, ärmellos, hellblau. Von weitem sehen Bella und Rosa gleich aus in ihren hellblauen Sachen und mit ihren gleichen Sonnenbrillen. Rosa lächelt, hakt Bella unter und sagt: »Jetzt sind wir Zwillinge«, und alle steigen ins Taxi. »Darauf James.« Gabbe hat James Bond noch immer nicht satt, obwohl es schon der nächste Tag ist und Zeit, nach Hause zu fahren. Gabbe schwatzt. Er hat das Fenster bis zum Anschlag heruntergekurbelt, so daß es auf dem Rücksitz ordentlich zieht. Diesmal haben sie einen lebhaften Fahrer, der viel Geld bei den Trabrennen verspielt hat, das Gabbe in einer lautstarken Assoziationskette, von der Thomas doch unwillkürlich ein bißchen beeindruckt ist, zur Sprache bringt. Wie Gabbe es schafft, das Gespräch von einem Ritt auf zu niedrigen Ponys, die vom Stallmädchen an den Zügeln einmal rund ums Gelände geführt werden, ganz natürlich auf Jockeys, Toto-Einsätze und *die Stimmung von Glücksspiel* übergehen zu lassen, *die auf einer Trabrennbahn herrschen kann.* Thomas lacht ein bißchen vor sich hin. Er sitzt wieder auf dem Rücksitz, mitten zwischen Bella und Rosa, den hellblauen Frauen mit dunklem Haar und Sonnenbrille. Bella lacht ein bißchen, vielleicht über dasselbe wie Thomas, wenn er Gabbe zuhört, vielleicht nicht, vielleicht lacht sie nur ganz allgemein, wie sie es jetzt schon eine Weile macht. Thomas betrachtet die kleinen Körner im Kostümstoff. *Wollgeorgette.* So heißt das Material. Rosas neues Kleid ist aus dünnem Baumwollstoff, und das, zusammen mit der Ärmellosigkeit, bringt einen auf den Gedanken, daß plötzlich Rosa die Feingemachte ist und Bella die in bequemer, warmer Reisekleidung. Denn es ist jetzt kalt, obwohl fast gar kein Wind geht; aber die Luft ist irgendwie rauh, vielleicht liegt sogar schon eine Spur von Herbst darin. Später, als sie auf dem Schiff an

Deck stehen und zum letztenmal nach Schweden zurücksehen, wird Rosa gezwungen sein, sich eine Strickjacke zu holen, und in der Zeit, wo sie weg ist, wird an einem Geländer unterhalb der Kommandobrücke ein gewisses Bild geknipst werden. In der Strickjacke wird Rosa dann in einem Liegestuhl auf dem Sonnendeck einschlafen, das abgesehen von ihr leer ist.

Rosa lacht jetzt auch, im Taxi, wie Bella. Bella aber lacht mehr als Rosa, und Rosa verstummt allmählich. Und dann sind sie wieder am Hafen angelangt, steigen aus dem Auto, gehen an Bord.

»Na, Thomas«, fragt Bella im Bordrestaurant. »Was war das Beste?«

Thomas hat den Mund voll Wurst und Brot. Isabella raucht, nippt an einem Glas Wein. Rosa trinkt Wasser. Gabbe bestellt Kaffee, starken schwarzen Kaffee. Er spult den Film zurück in die Kamera. Dort in dem schwarzen Gehäuse ist es jetzt, ein gewisses Bild. Es war das letzte Foto auf dem Film. Thomas fühlt sich noch immer irgendwie geblendet durch den Blitz, der ausgelöst wurde, weil es plötzlich so dunkel gewesen ist, obwohl es mitten am Tag war.

»Flaute.« Rosa sieht über das Meer. »Ich glaub', ich geh' raus und setz' mich in die Sonne.«

»Es ist bedeckt«, sagt Thomas, aber Rosa lächelt schwach und sagt, normalerweise scheine die Sonne wieder, sobald sie rauskomme.

»Ich hab' so eine Wirkung auf das Wetter, Thomas.« Rosa steht von ihrem Stuhl auf und geht. Thomas spielt mit einer Streichholzschachtel, »Sicher auf See« steht auf der einen Seite, »Navigare necesse est« auf der anderen, doch er bemüht sich, die »Sicher auf See«-Seite sichtbar zu halten, damit nicht Gabbe die andere Seite sieht und wieder anfängt, Latein falsch auszusprechen. Gabbe trinkt seinen Kaffee aus einem großen Becher.

Bella lehnt sich im Stuhl zurück, bläst Rauch durch die

Nasenlöcher. Sie sagt, sie habe überhaupt keine Lust, zurückzufahren.

»Ich würde gern aus dem Koffer leben. Ein Vagabundenleben. Von Leben zu Leben zu Leben.« Bellas Reisetasche fällt um. Jetzt auf dem Rückweg haben sie keine Kabine, sondern haben all ihre Sachen am Restauranttisch um sich versammelt. Sie sehen alle drei zur Tasche. Sie ist so rund, nicht gerade ein Koffer, aber doch ordentlich gefüllt für einen längeren Trip als nur bis Umeå.

»Verdammt, daß er der erste war mit den Bällen.« Gabbe hält sich den Fotoapparat vors Gesicht und sieht Bella durch ihn hindurch an.

»Wer?« fragt Bella mit einem Lachen.

»Mister Jazz.« Gabbe drückt auf den Knopf. Es knipst.

»Just a joke.« Gabbe grinst das Wolfsgrinsen und legt den Fotoapparat auf den Tisch.

»Der Film ist zu Ende«, sagt Thomas, denn das ist er.

Sie amüsieren sich über seine Replik. Bella zumindest, sie amüsiert sich über alles. Thomas sieht: Bella ist nicht mehr auf der Fähre von Umeå, sie überquert gerade den Atlantischen Ozean, und Thomas weiß das und ebenso, daß er nicht dabei ist. Jetzt fährt sie hinaus in die Welt, und er ist auf dem Weg nach Hause, um Bausätze zusammenzubasteln, mit Eselsleim Flügel an Rumpfteile von Kriegsflugzeugen im Miniaturformat zu kleben und die Teile mit Tarnfarbe anzumalen. Gabbe verzieht den Mund und findet es gut, daß das, was er spendiert, schmeckt. Er meint nicht nur den Wein in Bellas Glas, sondern überhaupt – diese Reise, das hellblaue Kostüm, ein Kilo Löfbergs Lila und englische Lakritze. Er drückt auf den Fotoapparat, um es zu dokumentieren, aber im Scherz, der Film ist ja schon voll. Thomas schämt sich. Er findet Isabella albern. Er bereut, daß er sich eben hat fotografieren lassen und daß er auf diese Weise gefeixt hat, die ihm die Röte ins Gesicht treiben wird, wenn er das Bild sieht. Er steht auf und verläßt das Restaurant. Heute sind nicht viele Leute auf dem Schiff. Keine Jugendlichen mit Bierflaschen, kein Mädchen, das die Hände in der Luft kreisen läßt wie Raddampfer, er bekommt auf dem oberen Deck auch kein Gefühl von Meeresrauschen. Es ist tatsächlich beinah windstill. Die Sonne scheint eine Weile. Dann verschwindet sie erneut hinter Wolken, und es ist überall grau.

Unterhalb von Thomas, in einem weißen Stuhl, ist Rosa. Sie hat eine Sonnenbrille auf. Ihr Kopf ist etwas seitlich hintübergefallen. Die Beine hat sie vor sich auf einem anderen Stuhl ausgestreckt. Alle übrigen Stühle sind frei, denn Rosa ist die einzige unten auf dem Sonnendeck. Thomas winkt. Rosa sieht es nicht. Sie sieht nichts. Sie schläft.

Thomas, in scharfen Konturen. Sein weißer Pulli leuchtet, hebt sich deutlich gegen den graublauen Himmel ab. Thomas wirkt auf diese Weise wie ausgeschnitten, mutterseelenallein. Thomas, der Reisende. Thomas, der Alleinfahrer.

Das letzte, was auf der Schwedenreise passiert, ist, daß Gabbe an eine Tankstelle fährt, um zu tanken. Es ist ungefähr noch eine Stunde, bis sie zum Sommerparadies kommen, und eine ganz gewöhnliche Tankstelle, und es ist nicht geplant, daß sie bleiben und das Auto waschen lassen. Es ist nicht einmal besonders schmutzig, doch Bella, die in den letzten Stunden über absolut alles gelacht hat, was Gabbe gesagt hat – auch über das, was Rosa und Thomas gesagt haben, aber die beiden haben viel weniger gesprochen, wenn überhaupt, denn sie sind müde und haben so gut wie den ganzen Weg über geschlafen –, sind die gewaltigen Bürsten in der automatischen Waschanlage aufgefallen, und sie findet, es sehe wahnsinnig lustig aus. Das würde sie wirklich gern probieren. Auf diese Weise ungefähr geht es zu, als Gabbe und Bella in Gabbes Auto in die Waschanlage fahren und im Auto bleiben, während es gewaschen wird, zweimal, aus Abenteuerlust und Neugier. Thomas ist gar nicht begeistert, nur schlaftrunken wie Rosa, als sie plötzlich aus dem Auto steigen müssen, weil Bella und Gabbe – der sich schon vorstellen kann, auch das zu spendieren, wenn es schmeckt – zu den rotierenden Bürsten und dem Schaum und dem Wasser hineinfahren wollen, das aus mehreren Richtungen gleichzeitig spritzt.

In diesem Augenblick, weil er müde und nur daran interessiert ist, so schnell wie möglich nach Hause zu kommen, begreift Thomas, warum sich Bella das Haar dunkel gefärbt hat. Der Grund war nicht, daß sie brünett werden, sondern daß sie verbergen wollte, was sie im Grunde war. Eine Blondine, von der dummen Sorte, der Sorte, die unter Blondinen die Mehrheit bildet. Was sie, weil sie so dumm war, nicht begriff, war, daß ihre dumme Blondheit von der Sorte war, daß sie kein Haarfärbemittel der Welt beseitigen konnte.

Rosa und Thomas bleiben an den Tanksäulen stehen, als Gabbe und Bella hinein unter die Bürsten fahren, und die Glastüren schließen sich hinter ihnen, und die Szene ist genauso pathetisch und unwirklich, wie sie erscheint, wenn man sie im nachhinein beschreibt. Und was sollen Rosa und Thomas unterdessen anfangen?

»Komm, Thomas«, sagt Rosa, als sich Rosa und Thomas an den Tanksäulen eine Weile die Beine in den Bauch gestanden haben. »Wir gehen ins Café und warten. Es bringt nichts, hier herumzuhängen.«

Thomas und Rosa gehen zusammen in die Bar neben dem Tankstellengebäude und gegenüber der modernen automatischen Waschanlage. Rosa bestellt Kaffee, Thomas Coca-Cola, obwohl er nichts will. Sie nehmen einen Tisch mit Blick auf die Straße. Die Musikbox spielt diesen Song, denselben, den man an verschiedenen Orten im Laufe der Reise mehrfach gehört hat:

Help, I need somebody
Help, not just anybody

»Das ist verboten«, sagt Rosa plötzlich. Es dauert eine Weile, bis Thomas begreift, daß sie von den Bürsten und der Waschanlage spricht.

»Es kann gefährlich sein.«

»Wie denn gefährlich?«

Doch darauf kann Rosa keine vernünftige Antwort geben. Thomas wäre in gewisser Weise dankbar, wenn sie es gekonnt hätte, denn im nächsten Augenblick sieht er sich gezwungen, darauf hinzuweisen – sich seines neunmalklugen Tonfalls wohlbewußt –, daß, falls Wasser in das Auto komme, die Inneneinrichtung ruiniert werde, und dann müsse die Tankstelle Schadenersatz bezahlen, da man zugestimmt habe, während des Waschens Personen im Auto sitzen zu lassen, obwohl es verboten sei. Außerdem habe man sich von Gabbe bestechen lassen, und das sei fast noch verbotener, absolut un-gesetzlich. Anderenfalls, wenn die Tankstelle keinen Penni bezahlen wolle, bekomme man wohl etwas von der Autoversicherung, von der Thomas vor allem durch das LIFE-Spiel weiß, das auf schwedisch TRIUMPH heißt. *Magister der Philosophie, 24 000.* Auf dem nächsten Feld: *Wenn du eine Autoversicherung hast, bezahle 20 000.*

»Ja, ja, Thomas.« Rosas Blick schweift im Café umher. Man guckt sie auch an, denn sie ist schön. Thomas denkt, daß Rosa wirklich fast so schön ist wie Bella, aber daß es irgendwie angenehmer ist, mit Rosa unter Leuten zu sein, weil sie gedämpfter ist, sie redet nicht so laut, und vor allem lacht sie nicht dieses Lachen und sagt nicht solche Dinge, die bewirken, daß man plötzlich ganz einfach durch sie hindurchsieht und eine dumme Blondine entdeckt.

Jetzt sagt Rosa, sie verstehe nichts von Autos.

»Ja, ja, Thomas. Ich versteh ja nichts von solchen Dingen. Interessierst du dich sehr für Autos?«

»Ich versteh nichts von Autos«, sagt Thomas und sieht Rosa direkt in die Augen.

Rosa lacht auf. Sie ist plötzlich etwas verlegen. Thomas

hat die Trinkhalme aus seinem Glas genommen, und jetzt quetscht er sie in der Mitte zusammen, so daß sie verstopfen und einer kaputtgeht. Autos fahren auf der Autobahn vorbei. Thomas geht zur Theke und holt neue Trinkhalme. Er schenkt Rosa noch Kaffee aus der Kanne ein, die auf der Wärmeplatte neben der Registrierkasse steht.

Und Rosa redet:

»Guck dir die Autobahn an. Ich liebe Autobahnen.«

»Genau so einen Augenblick, Thomas, will man in seinen Memoiren festhalten.«

Thomas zuckt die Achseln. Was bedeutet »Memoiren«?

»Was sind Memoiren?« fragt Thomas. Rosa aber lacht nur, denn ihre Replik war als ironischer Kommentar gemeint, und sie streckt auf dem Tisch die Hände aus.

Jemand drückt den Song von neuem.

When I was young and so much younger than today
I never needed anybody's help in any way
–
Help me if you can I'm feeling down
And I do appreciate you're being around
Help me get my feet back on the ground
Won't you please, please help me – jieeeeuuuh

Rosas Hände sind rauh und braun. Dunkler als ihr Körper, oder vielleicht liegt das an der blaßrosa Farbe des Nagellacks und dem hellblauen Kleid und der weißen Strickjacke, die das Dunkle gewissermaßen hervorheben, so daß es noch dunkler wirkt. Die Nägel sind nicht so lang wie Bellas, aber auch mit großer Sorgfalt angemalt, völlig gleichmäßig an den Rändern. Rosas Finger trommeln im Takt mit der Musik auf die Tischplatte, trommeln weiter, obwohl die Musik aufhört. Dann sieht Rosa Thomas scharf an und sagt etwas Unglaubliches. Sie sagt:

»Du bist ein unglaublich lieber kleiner Junge, Thomas.«

Thomas sitzt eine Weile verdutzt da. Er kommt völlig aus dem Konzept, vergißt seinen Vorsatz, keine Coca-Cola mehr zu trinken, leert das Glas in einem Zug, stellt es wieder auf den Tisch und schüttelt langsam den Kopf, bekommt aber kein Wort heraus.

Denn nein. Er ist kein lieber kleiner Junge. Er ist nicht »lieb«. Er ist – – – und nun denkt Thomas richtig nach, und jetzt, in dieser Situation, weiß er, was er ist: Er ist der Junge, der anfing, TRIUMPH zu gewinnen, indem er alles, was er besaß, all sein Geld, sein Eigentum, das Auto mit den Plastikfiguren darin, die seine Familie waren, auf eine Zahl setzte, die höchste, Nummer zehn, und am Glücksrad drehte, und die Zehn kam, jedesmal kam auf unerklärliche Weise die Zehn, und er konnte seine Aktiva zehnmal vervielfachen. Das schaffte Renée nicht, obwohl sie sehr reich und alleinstehend im Millionärspalast war, den sie wie gewöhnlich vor ihm erreicht hatte. Doch es war der Junge, Thomas, der zum Magnaten wurde und das Spiel machte.

Mit gemischten Gefühlen. Thomas war es nicht ungeteilt wohl dabei, plötzlich derjenige zu sein, der ständig gewann. Er hatte sich auf einmal beteiligt gefühlt. Jetzt war er jemand, der Wirkung auf andere hatte. Und es war ein großer Unterschied zwischen einem, der Wirkung hatte, und einem armen Unschuldigen, der verlor, in Wespennester lief, Wurfangelköder einbüßte und schlecht und ungerecht behandelt wurde und dem man dumm kam und der nur jammern und sich selbst auf mehr oder weniger demonstrative Weise leid tun konnte.

Thomas streckt auf dem Tisch die Hände neben Rosas aus. Er nimmt Rosas Hände, umschließt sie mit seinen. Er sieht auf zu Rosa, direkt in ihre dunklen Augen. Natürlich wird er rot, aber erst später, in der Sekunde darauf, als Rosa ihre Hände seinen heftig entzogen, die Handtasche vom Tisch auf ihren Schoß gezerrt, sie geöffnet und angefangen hat, frenetisch darin zu graben, als suchte sie nach etwas, was sie wirklich braucht. Sie holt ein Savett-Feuchttüchlein heraus. Reißt die Verpackung auf, entfaltet das Tuch, das zu einem sehr kleinen Viereck zusammengelegt ist, und fängt an, sich die Hände abzuwischen. Dann schielt sie zur Autowaschanlage und sagt mit normaler Stimme:

»Sie müssen es zweimal gemacht haben.« Das Feuchttüchlein knüllt sie zu einem kleinen Ball zusammen, den sie in den Aschenbecher legt. Ein grauer Ball. Aschgrau.

»Ich muß auf die Toilette, Thomas. Möchtest du ein Eis?«

Später werden sich Bella und Rosa wegen dieser Sache über Thomas amüsieren und wundern, oben in Bellas Atelier. Bei einem der letzten Male zu zweit oben im Atelier. Rosa wird erzählt haben, was in ihrem Mund *der kleine Zwischenfall im Tankstellencafé an der Autobahn* getauft ist, nicht in allen Details, aber schon so, daß Bella ein klares Bild von dem bekommt, was sich abgespielt hat. Auch nicht böswillig, gewissermaßen eher als Beispiel dafür, daß Thomas eine ganz besondere kleine Person ist, deren Besonderheit nicht sofort hervortritt, so mit dem bloßen Auge gesehen. Und wie wenig wir voneinander wissen, von unseren eigenen Kindern. Zwischen Haaren. Denn das letzte, was Bella und Rosa im Sommerparadies zusammen machen, ist, sich gegenseitig das Haar schneiden. Die Heuhaufenfrisuren sind aus der Mode, das haben sie spätestens gesehen, als sie in Schweden waren.

»Ein phantastischer kleiner Junge, dieser Thomas«, wird Rosa sagen, und Thomas wird hinter der Wand lauschen. »Er hat viele Seiten. Ein kleiner, nicht sehr stark, nur eine Spur, mein' ich, *Wolf im Schafspelz*.«

Und Bella wird natürlich ihren Ohren nicht trauen.

»Hat er das wirklich gemacht?« Dann aber wird sie noch ein bißchen überlegen und sagen, es sei doch nicht so ganz undenkbar.

»Ich hab' an ihn nie auf diese Weise gedacht.«

Und dann werden sie aufhören, von Thomas zu reden, und zu anderen Dingen übergehen. All die Pläne, von denen Rosa in dieser Zeit voll ist, die Pläne für ein anderes Leben. Thomas wird hinausgehen, es ist schönes Wetter, was sitzt er drinnen und belauscht andere an so einem schönen Tag?

Aber vielleicht sieht Bella Thomas danach mit anderen Augen. Vielleicht ist es so, daß sie plötzlich diesen Wolf in ihm entdeckt. Genauso, wie er ungefähr eine Woche zuvor an einer Tankstelle an einer Autobahn irgendwo im Nirgendwo zwischen Schweden, dem Meer und dem Sommerparadies plötzlich das gesehen hat, was er die dumme Blondine nannte. Daß es festsaß, daß es nicht wegzukriegen war, kein Haarfärbemittel konnte es verdecken.

»Dein Haar ist ja ganz hell an den Wurzeln«, sagt Rosa, die in Bellas Atelier Bella das Haar schneidet.

»Ja. Ich hab' es gefärbt.«

»Du bist also blond, Bella. In Wirklichkeit.«

Abend, Nacht: Eine Gestalt wird in der Tür stehen. Nicht Viviann, denn sie gibt es ja nicht. Thomas ist gewachsen, er weiß, daß Viviann nur ein Phantasiegeschöpf ist, eines seiner vielen. Das hier ist Wirklichkeit. Thomas kneift die Augen zusammen.

»Hallo, Herzenskind, schläfst du?« wird Bella fragen. Thomas wird nicht antworten. Doch Bella wird deswegen nicht aufhören zu reden.

»Wir müssen reden.«

»Jetzt will ich dir alles erzählen. Jetzt will ich, daß du zuhörst, Thomas.«

»Thomas, bitte. Wach auf. Wir müssen reden.«

Thomas dreht sich auf den Bauch, bohrt das Gesicht ins Kissen, grunzt, so wie er es, bildet er sich ein, immer tut, wenn er tief schläft.

»Dann nicht, Thomas«, sagt Bella leise und ist weg.

Als hätten sie plötzlich beide etwas erkannt. Eventuell werden sie sehr bald, vielleicht morgen oder in nur wenigen

Tagen, aufgehen in – – – wie soll man es nennen? Man muß es folgendermaßen sagen, denn das ist die einzige Art, wie es sich sagen läßt: dem süßen Leben, dem Rest der Zeit. Aber sie werden es nicht zusammen tun. Das ist selbstverständlich keine ausgesprochene Erkenntnis, sondern eine Erkenntnis im nachhinein. Erst später wird Thomas begreifen, daß er die ganze Zeit im Sommerparadies gewußt hat – und daß er der einzige war, der es gewußt hat –, daß Bella nicht zurückkommen würde, nachdem sie und Rosa den Skandal ausgelöst hatten, indem sie am Ende des Sommers 1965 zusammen durchbrannten, hinaus in die Welt.

Und die andere Geschichte, *Der Wolf und die Blondine*, die, die kaum entdeckt wurde: Nein, sie würde nicht erzählt werden. Zu ihr würde es nicht kommen. Thomas wird die Augen zusammenkneifen, obwohl sie das Zimmer schon lange verlassen hat.

»Dann nicht«, sagt Bella noch einmal, bevor sie sein Zimmer verläßt. »Dann nicht.« Langsam, langsam bewegt sie sich auf die Tür zu. Als wartete sie darauf, daß er sie zu sich rufen würde. Etwas sagen.

Aber er tut es nicht. Und sie verläßt sein Zimmer. Und er hört, wie sie aus der weißen Villa geht, obwohl es mitten in der Nacht ist und dunkel und Rosa schläft. Er guckt unter dem Gardinenzipfel hinaus. Sie steht auf dem Hof und raucht. Sie sieht zu seinem Fenster herauf. Tut sie es? Wie auch immer. Sie sieht ihn nicht. Er ist im Dunkeln hinter seinen eigenen zugezogenen Gardinen versteckt.

Und Bella kommt wieder ins Haus und geht zu Rosa hinein, die im Schlafzimmer schläft.

»Ich muß JETZT weg.«

»Ich komm' mit«, antwortet Rosa schlaftrunken, aber mit der größten Selbstverständlichkeit. Vielleicht ist es tatsächlich so einfach. Das ist auch eine mögliche Version des Handlungsverlaufs.

Thomas ist aus dem Café gegangen. Er setzt sich auf die Treppe und zieht den Geruch von Benzin in die Lungen ein. Die Bürsten grollen noch hinter den geschlossenen Türen der Waschanlage. Heißer, feuchter Dampf dringt durch die Spalte unter der Tür. Rosa hat wohl recht: Bella und Gabbe sind halb verrückt. Wieviel Zeit ist vergangen? Drei- oder viermal HELP, das kein langer Song ist. Zehn Minuten? Rosa kommt mit zwei Eistüten in den Händen heraus. Thomas sagt, er wolle kein Eis. Rosa läßt sich neben ihm auf der Treppe nieder.

»Wenn du keins willst«, sagt Rosa, »muß ich wohl beide selber essen. Ich hab' zur Sicherheit meine beiden Lieblingssorten genommen. Schokolade und Pistazie. Kannst du eine halten, während ich die andere esse?«

Sie gibt Thomas die Schokoladentüte. Rosa hat die Sonnenbrille aufgesetzt. Eine Welle von etwas überspült Thomas. Schnaps. Sie war auf der Toilette und hat sich erfrischt, und dabei hat sie sich einen genehmigt, jetzt tut sie so, als wäre nichts, während sie vorher auf der Reise jedesmal eine große Nummer daraus gemacht hat, wenn sie den Flachmann aus ihrer Handtasche zog, einen Schluck, weil wir unterwegs sind, einen Schluck für Schweden, *einen Schluck für die Ponys, einen Schluck für Löfbergs Lila, der ein guter Kaffee ist.* Thomas hält die Eistüte. Zum Glück ist das Eis ziemlich eisig, darum fängt es nicht sofort an zu schmelzen. Während Thomas die Tüte hält, sieht er zur Autobahn. Nicht weil ihn Autos interessieren würden, sondern weil er sich jetzt plötzlich unbeschreiblich schämt, daß er eben im Café Rosas Hände genommen hat. Rosa leckt an ihrem Eis, tut so, als wäre nichts.

Gleichzeitig, es ist eine phantastische Szene. Rosa und Thomas auf der Treppe einer Tankstelle irgendwo im Nirgendwo zwischen Schweden, dem Meer und dem Sommerparadies, die sonst recht kühle Sommerluft dick von warmen Dämpfen aus einer automatischen Autowaschanlage. Rosa in hellblauem Kleid und weißer Strickjacke, in der Hand eine Tüte mit grünem Eis. Thomas, blinzelnd, obwohl die Sonne nicht scheint, und mit Schokoladeneis, das in seiner Hand langsam zu schmelzen beginnt. Er ißt es nicht. Er will kein Eis. Es ist nicht seins, es ist Rosas. Ein braunes Rinnsal läuft ihm über die Finger, er muß die Hand wechseln und sich die Finger ablecken.

»Möchtest du ein Savett?« fragt Rosa.

Thomas schüttelt den Kopf.

Man müßte es fotografieren, denn Rosa ist schön, trotz allem, und Thomas sieht aus, als wäre er ihr Sohn. Wenn man Rosa und Thomas dort auf der Treppe an der Tankstelle sitzen sieht, könnte man, wäre man ein Fremder, der sie nicht kennt, denken: Was tun sie dort, wer sind sie, worauf warten sie? Warum ißt der kleine Junge, der so lieb aussieht, sein Eis nicht auf? Es schmilzt ihm ja in der Hand.

Rosa nimmt den Fotoapparat aus der Handtasche. Es ist tatsächlich so, als hätte Rosa selbst daran gedacht. An das alles. Diese Augenblicke, die man nicht in seine Memoiren aufnehmen würde. Wie absurd, aber vielleicht gerade deshalb schön sie auch sind.

Eben ist sie mit Thomas im Café gewesen, hat an einer Tasse Kaffee genippt und gesagt, genau das hier sei so ein Augenblick, den man in seinen Memoiren festhalten wolle, und da hat sie es ironisch gemeint, während gleichzeitig ein unheimliches Gefühl in ihr hochgekommen ist. *Bei genauerer Überlegung.* Doch sie hat keine Pläne, genauer zu überlegen. Sie wird hier in aller Ruhe sitzen und schwatzen, bis das Schlimmste vorbei ist, bis zu neuen Augenblicken, die sie ertragen kann.

Thomas aber will nicht schwatzen. Und sie bleibt allein mit ihrem Schwatzen. Was soll sie damit machen?

Sie ist also auf die Toilette gegangen und hat einen großen Schluck aus dem Flachmann genommen. Dort, auf der Toilette, vor dem Spiegel, ist es ihr dennoch nicht gelungen, die Gedanken aufzuhalten, sie sind hervorgesprudelt wie das Wasser aus dem Hahn, in das sie fast das ganze Gesicht getaucht hat, um *cool* zu werden.

Dann hat sie sich selbst im Spiegel angesehen, sich dazu gezwungen. Im Unterschied zu Bella ist Rosa ein Mensch, der vom Anblick seiner selbst im Spiegel nicht ruhig wird. Das liegt nicht daran, daß sie weniger schön wäre, sondern daß sie sich auf andere Weise sieht, wenn sie sich spiegelt. Nicht um gewissermaßen eine Bestätigung für etwas zu bekommen, was sie schon weiß, sondern um nach etwas zu suchen, wovon sie von Anfang an weiß, daß es dort nicht ist. Etwas, was auf der Nase geschrieben stehen müßte wie bei ihrer Tochter Renée. Aus dem Grund liebt sie ihre Tochter Renée auf andere Weise als ihre Tochter Nina. Aber sie findet es nicht. Findet ES nicht. So ist das Gesicht ein Ort, nur einer der Orte, wo die Angst beginnt. Und Rosa hat sich dreimal auf die Wangen geschlagen. Linke Wange, rechte Wange, linke Wange. SCHON GUT – sie ist wieder normal gewesen. Hat sich Mundspray in den Mund gesprüht, ist zurück in die Bar gegangen und hat an der Theke Eis gekauft. Hat Thomas nicht gesehen. Ist aus der Bar gegangen. Thomas saß auf der Treppe. Rosa hat sich neben ihn gesetzt und Eis gegessen. Ist auf etwas gekommen. Hat in der Handtasche nach dem Fotoapparat gewühlt.

Ein Fremder nähert sich. Er hat den Tank gefüllt und ist auf dem Weg, um zu bezahlen. VIPS, hat ihm Rosa den Fotoapparat gereicht und ihn gebeten, ein Bild zu machen. »Von Thomas und mir«, sie legt den Arm um Thomas, »ja, das hier ist Thomas.« Der Fremde nimmt den Fotoapparat, zoomt Thomas und Rosa in die Linse, sagt: »Cheese« und knipst. Thomas sagt nichts. Im Gegensatz zu Rosa weiß er, daß dieses Bild nie entwickelt werden wird, denn der Film ist noch immer zu Ende, und das letzte Bild auf der Rolle hieß »Familie auf Schiff«. Es ist derselbe Fotoapparat. Rosa hat ihn aus dem Auto genommen, für den Fall, daß ihm die Hitze und Feuchtigkeit da drinnen schaden könnten.

Gabbe und Bella fahren aus der Waschanlage. Sie steigen aus dem Auto, das blitzend sauber ist, und kommen zu Thomas und Rosa auf der Tankstellentreppe. Sie sehen nicht ganz normal aus. Rot und verschwitzt im Gesicht, feuchtes Haar. Gabbes Hemd klebt an Bauch und Brust.

Bella ist ebenso ausgelassen wie vorher. Sie ruft, daß sie koche. Es war so heiß da drinnen. Sicher über hundert Grad Fahrenheit.

»Was hab' ich gesagt?« murmelt Thomas. Bella zaust Thomas das Haar und nimmt die Eistüte, die in seiner Hand ausläuft, denn Rosa hat ihre erste Tüte aufgegessen, ihre zweite aber anscheinend vergessen.

»Es ist Rosas.«

»Nimm es nur.«

Rosa zündet sich eine Zigarette an und fängt an, auf das Auto zuzugehen.

Gabbe und Rosa gehen auf das Auto zu. Folgendermaßen sieht es aus. Rosa geht ein paar Schritte vor Gabbe. Sie wirft nach nur ein paar Zügen die Zigarette auf den Boden, hüllt sich fröstelnd enger in die weiße Strickjacke. Und wäre es eine gewöhnliche Situation gewesen, hätte Thomas auch folgendes gesehen: Wie Rosa die Zigarette wegwirft, sie landet in einer Pfütze, es ist Benzin in der Pfütze, es fängt an zu brennen, und die ganze Tankstelle lodert auf, mit Explosion und allem, und Rosa und Bella und Thomas und Gabbe werfen sich in den nächsten Graben, und Gabbe hält um alle drei schützend den Arm, denn er ist der Mann unter ihnen, und es wäre kein Film darüber, was passieren kann, wenn man unvorsichtig mit dem Feuer umgeht, sondern ein Abenteuerfilm mit Katastrophe und Chaos. Und so weiter, in Thomas' Phantasie. Doch es ist keine gewöhnliche Situation, und

Thomas denkt nichts. Er ist jetzt wieder umgeben von Bella. Bella geht neben ihm. Thomas ist umgeben von Bellas vortrefflicher Laune und Ausgelassenheit, und er wird jedenfalls unwillkürlich mit hineingezogen. Eh' er sich's versieht, lächelt er über Bellas alberne Beschreibungen. Ein paar Meter vor ihnen holt Gabbe Rosa ein und legt den Arm um sie. Sie schüttelt sich ein wenig, aber nicht so stark, daß Gabbes Arm von ihrer Schulter fiele. Sie reden miteinander, leise, damit Thomas und Bella, falls sie zuhören sollten, nicht verstehen, was sie sagen. Doch Gabbe und Rosa flüstern nicht über Bella und Thomas. Ihr leises Reden ist ganz einfach genau das, wonach es aussieht. Ein Zeichen dafür, daß es ein Einvernehmen gibt, eine gewisse Gemeinschaft zumindest, durch dick und dünn. Bella sieht es nicht, oder sie nimmt keine Notiz davon.

»Wir haben es zweimal gemacht.« Bella ist die einzige, die noch in der Autowaschanlage ist und überhaupt auf der Reise. Alle anderen sind müde und satt, auf dem Weg nach Hause. »Das war wirklich ein Erlebnis, Thomas. Als wäre man unter Wasser oder so was.«

Sie setzen sich ins Auto, Rosa und Gabbe auf den Vordersitz und Bella und Thomas nach hinten. Die Türen werden zugeknallt, und Bella winkt dem Tankstellenpersonal zu, das von Gabbe bestochen worden ist, denn es ist ja verboten, während des Waschvorgangs im Auto zu sitzen.

»Ein bißchen Abenteuer braucht man schließlich im Leben«, hätte Gabbe vielleicht gesagt, wenn nicht plötzlich auch er etwas erledigt wäre. Wie nach einem richtig guten Essen. Der Schweiß trocknet. Gabbe kratzt sich, es juckt, das Hemd ist aus Polyester, einem Material, das sich zum Schwitzen nicht besonders gut eignet. Gabbes satte Müdigkeit legt sich schwer über das Auto.

Rosa schläft ein. Thomas sieht aus dem Fenster. Bella redet und lacht noch eine Weile, bis auch sie fast mitten in einem Satz verstummt, denn auch sie ist eingeschlafen. Es ist still. Nur der Motor brummt.

Später wird Thomas natürlich denken, daß er das alles nie erlebt hat. Er weiß niemanden, niemanden, den er kennt, Mütter, Väter, Kinder, der solche Sachen machen würde – in einem Auto sitzen, während es in einer Waschanlage gewaschen wird, und nachher sagen, es sei wirklich ein Erlebnis gewesen. Er wird es also niemandem erzählen, nicht Kajus, auch nicht Ann-Christine und Johan Wikblad, der ansonsten an unvergeßlichen Episoden der Reise, Erzählungen über Ponys, Torte, eine Pension namens Pilen, teilhaben darf.

Bella und Rosa verschlafen beinah den ganzen Heimweg. Thomas ist hellwach. Bella schläft mit offenem Mund, sie schnarcht etwas. Das hört man. Thomas versucht, sie diskret in die Seite zu knuffen, damit sie aufhört zu schnarchen. Gabbe ist still. Er trommelt in gleichmäßigen Abständen mit den Fingern aufs Lenkrad und fährt schneller und schneller. Das Trommeln wird hitziger, je rascher die Fahrt vorangeht. Thomas denkt, es sei wie bei Renée, wenn sie segelt. Und es spielt keine Rolle, ob man Bellas Schnarchen hört oder nicht, denn Gabbe ist ganz in seinen eigenen Welten verloren, ganz in Geschwindigkeit und Freiheit.

Thomas hört auf, Bella diskret zu knuffen, und nutzt die unbewachten Augenblicke aus, um nach den Kriegsflugzeugbausätzen aus Schweden zu gucken, die in Plastiktüten zu seinen Füßen stehen. Er studiert verstohlen die Deckel der Schachteln. Noch in Schweden hat er sich gelobt, nicht mal einen Blick auf die Bausätze zu werfen, da sie ihn nicht interessieren. Jetzt guckt er zumindest. Die Flugzeuge sehen interessant aus. Als Gabbe ihn plötzlich vom Vordersitz aus anspricht, zuckt er zusammen wie ein Dieb, der auf frischer Tat ertappt worden ist, doch es sind ja seine Bausätze, Bausätze, die ihm spendiert worden sind. Schnell läßt er die Plastiktüte wieder auf dem Autoboden verschwinden.

»Wenn ich noch einmal entscheiden sollte, was ich werden will, wenn ich groß bin«, sagt Gabbe, »dann würde ich --- weißt du, was ich werden würde, Thomas? Ich würde Rallyefahrer werden.«

»Mmm.« Thomas sieht aus dem Fenster.

»Was willst du werden, wenn du groß bist, Thomas? Willst du Rallyefahrer werden?«

Jetzt gurgelt es plötzlich sehr hörbar aus Bellas Mund. Thomas beugt sich vor, so daß er Bella mit einer Hand heimlich knuffen kann, und obwohl er nicht vorgehabt hat, auf Gabbes Frage zu antworten, landet er in einer solchen Haltung mit dem Kopf beinah im Zwischenraum zwischen den Vordersitzen, daß er antworten muß.

»Ich glaube nicht.«

»Was willst du dann werden?«

»Ich weiß nicht«, antwortet Thomas. »Ich hab' nicht darüber nachgedacht.«

Thomas lehnt sich wieder zurück. Gabbe tritt das Gaspedal fast in den Boden, so wirkt es, und überholt mindestens drei Autos hintereinander auf eine Art, die, wie Thomas weiß, lebensgefährlich ist und die Kajus immer die von Hooligans nennt: *Man müßte die Hooligans darauf hinweisen, daß man das reine Chaos im Verkehr hätte, wenn jeder fahren würde wie sie.* Thomas hält sich am Türgriff fest. Bellas Kopf fällt auf seine Schulter. Jetzt lehnt sie mit fast ihrem ganzen Körpergewicht an ihm. Thomas muß sich wirklich gegen den Türgriff stemmen, damit nicht er und Bella beide umfallen. Bella riecht nach Schweiß, aber auch, schwach, nach *Blue Grass*. Es ist tatsächlich *Blue Grass*. Sie hat in Schweden neues *Blue Grass* gekauft.

»*Blue Grass.* Nach der Sorte hab' ich wirklich gesucht, Rosa.«

Blue Grass: das Parfum, mit dem Kajus sie immer zum besten hielt. Daß es genauso sei wie sie. Gewissermaßen umgekehrt, weil das Gras grün und nicht blau ist, wie es auf der Flasche stand. »Aber für Bella«, sagte Kajus zu Thomas, »für Bella ist das Gras blau, wenn sie sagt, es ist blau.« Und zwar mehrere Male, im Sommerparadies, im Stadtleben, vor langer Zeit. Thomas und Kajus hatten an einer Ecke des Hofquadrats gestanden und Bella von weitem betrachtet. Kajus im Mantel und mit Aktentasche in der Hand, denn er kam von der Arbeit und war gerade an der Haltestelle aus dem Bus gestiegen, wo Thomas auf ihn gewartet hatte, auf einem Behälter des Straßenbauamts mit Winterstreu hockend. Paul Anka lag auf dem Plattenteller und schmetterte D-I-A-N-A durch die offene Balkontür in ihrer Wohnung im zweiten Stock, der das oberste Stockwerk in diesem neu erbauten Haus am Hofquadrat war. Bella lehnte sich an das graue Balkongeländer, summte und rauchte und war überhaupt der Blickfang aller. Dann aber drehte sie plötzlich den Kopf, als habe sie gespürt, daß sie von jemand Bestimmten besonders beobachtet wurde, und ihr Blick fiel auf Personen, die an der Ecke des Hofquadrats standen und sie ansahen. Und sie fing eifrig an zu winken. Dennoch lag etwas ziemlich unnötig Hitziges und vielleicht ein wenig Beschämtes in ihrer Art, die Zigarette augenblicklich in der dunklen Erde des Blumenkastens auszudrücken, von dem sie immer sagte, sie werde ihn zum Frühjahr bepflanzen, doch daraus wurde irgendwie nie etwas, weil das Frühjahr so schnell verging, und dann kam ja der Sommer, und da hatte man üppig blühende Wiesen in seinem eigenen Sommerparadies.

Und hineingehen. Die Musik leiser stellen, die Tür hinter sich schließen. Ein wenig hatte man jedenfalls den Eindruck, daß sie auf frischer Tat ertappt worden war. Irgendwie überrumpelt bei einer heimlichen, privaten Beschäftigung.

Und als Thomas und Kajus nur ein paar Minuten später in die Wohnung hinaufkamen, trat ihnen eine andere Person, eine kühl lächelnde Das-Essen-ist-fertig-Person aus der Stille der Wohnung entgegen. Die Luft aber war dick von *Blue Grass*. Und Kajus schnüffelte und sagte wieder, was er auf dem Hof zu Thomas gesagt hatte. Daß es sei wie sie, gewissermaßen umgekehrt... und so weiter. Als reichte das. Als wäre es eine Art Erklärung. Für etwas Unbegreifliches, Pikantes, für Bella Charakteristisches. Aber nicht sehr wichtig. Zumindest nicht so wichtig wie Jazzmusik und Familienleben oberhalb eines Hofquadrats im zweiten Stock.

Trotzdem wußte Thomas das folgende früh. Es reichte nicht. *Blue Grass.* Das war ein Name für *alles mögliche* andere. Und alles mögliche, das waren wirkliche, konkrete Dinge.

Und Thomas sieht aus dem Autofenster und ist plötzlich sauer auf Kajus, weil Kajus nichts sieht. Sich gewissermaßen weigert zu sehen. Sich damit begnügt, *Blue Grass* zu sagen. Zum Beispiel Musik. Wenn es andere Musik gibt. *Wenn die Welt voll Musik ist.* Verschiedene Arten Musik. Chet Baker, Bill Evans *und* Paul Anka. Und massenhaft anderes, massenhaft. Das ist nicht *Blue Grass*. Das ist alles mögliche andere, wirkliche, konkrete Dinge.

»Alles mögliche, Thomas«, wie sie selbst sagte. »Mir gefällt *alles mögliche.*«

»Ich bin Allesfresser«, wie jemand anders sagte. Aufs Lenkrad trommelte. Einen Song summte. *»Two of a Kind. Two of a Kind.«*

Thomas' rechte Schulter schläft unter dem Gewicht von Bellas Kopf und Oberkörper ein. Jetzt aber ist es ihm egal. Er hat plötzlich das Gefühl von PANIK. Daß sie, wenn sie sich aufrichtet und ihr Gewicht von ihm nimmt, für immer weg sein wird. Für immer, forever and ever. Und was wird dann aus ihm, Thomas, wenn man das Gewicht von Isabella wegnimmt? Er hat keine Ahnung. Etwas Leichtes, aber so leicht, daß es in der Luft schwebt. Vor ein paar Jahren bekam er von Gabbe, Rosa, Renée und Nina einen chinesischen Drachen zum Geburtstag. Er ließ irrtümlich die Leine los, der Drachen schwebte eine Weile frei in der Luft, das sah hübsch aus, doch dann blieb er in einem Baum hängen – Sie wissen schon, die Geschichte –, und das war unheimlich lustig. Es gab keine Möglichkeit, hinaufzuklettern und ihn zu holen, so hoch oben zwischen den Ästen war er hängengeblieben, und dort hing er, bis er herunterkam, zerrissen und häßlich, während eines kräftigen Regenschauers.

»Wenn ich dir einen guten Rat geben darf, Thomas«, sagt Gabbe am Lenkrad, und obwohl seit seiner letzten dummen Replik erst ein paar Sekunden vergangen sind, fühlt sich Thomas beinah geborgen, als er Gabbe wieder hört, lieber das als solche Überlegungen, »finde ich, du solltest auf eine Karriere als Rallyefahrer setzen. Es gibt nichts so Phantastisches wie Geschwindigkeit und Freiheit.«

»Ja«, sagt Thomas.

»Du hast sicher zu Hause in der Stadt das Zimmer voller kleiner Autos, Thomas?«

»Ja«, lügt Thomas.

»Welches gefällt dir am besten, Thomas? Ich meine, welche Marke?«

Rosa wacht plötzlich auf. Sie kurbelt das Fenster genau auf die Weise halb herunter, wie sie Bella in Kajus' Austin Mini verboten ist, weil Thomas, der ein empfindlicher Typ ist, auf dem Rücksitz dann mitten im Zug sitzt. Rosa lacht auf und sagt zu Gabbe, er solle aufhören, dumme Fragen zu stellen, die man nicht beantworten kann. Sie dreht sich um und lächelt Thomas zu, und Thomas lächelt zurück. Dann dreht sie sich wieder nach vorn und sieht auf die Straße mit all den Autos vor ihnen. Dann fragt sie Gabbe, ob sie nicht jetzt den da nehmen sollten, »nehmen wir den Roten, was meinst du, den Opel da«, und den und den und den. Und Gabbe sagt: »Klar« und tritt fester auf das Gaspedal, und sie zischen an einem Auto nach dem anderen vorbei. »Sehen wir mal, wieviel der da bringt?« sagt Gabbe seinerseits. Und dann überholt er den auch, und Rosa ist begeistert und macht die Handtasche auf, holt den Flachmann heraus und sagt: »Einen auf die Autobahn«, und Gabbe sagt: »Na, na, na« in einem gespielt strengen Tonfall, und Rosa nimmt noch einen Schluck und sagt: »Ah, das brennt so schön im Hals.« Und Thomas sitzt auf dem Rücksitz im Zug, und Bellas Haar weht ihm in den Mund, doch er lacht auch. Es ist, er kommt nicht drum herum, eine schöne Stimmung. Und Rosa und Gabbe sind so lustig zusammen. Er hat sie bisher noch nie so gesehen. Wie zwei Spielkameraden oder so etwas, einander so ähnlich, wie Geschwister ungefähr. Und plötzlich hat er das Gefühl, er und Bella seien Renée und Nina auf dem Rücksitz eines weißen Engels, als man über den amerikanischen Kontinent fährt und die wunderbarsten Dinge sieht. Wie Rosa einmal gesagt hat: »Amerika ist groß, Bella, so groß.«

Schließlich braust das Auto mit achtzig Stundenkilometern, was für den Waldweg ein scharfes Tempo ist, ins Sommerparadies. Gabbe hupt und parkt auf dem Kiesplatz, etwas schief, fährt nicht einmal in die Garage. Rosa packt den Flachmann in die Handtasche, dreht den Rückspiegel in ihre Richtung, zupft ihr Haar zurecht und wischt sich Eisreste aus den Mundwinkeln.

Bella wacht auf, sieht sich schlaftrunken um.

»Sind wir schon zu Hause?« sagt sie, doch es ist keine Frage, denn man hört ihr an, daß sie selbst die Antwort weiß. Ihre Stimme ist voller Enttäuschung. Thomas nickt. Und dann ist es vorbei. Sie nehmen ihre Taschen und ihre Plastiktüten, in denen Löfbergs Lila und Flugzeugbausätze und *Blue Grass* und die Ansichtskarten, die nie abgeschickten, sind und alles mögliche, und dann steigen sie aus dem Auto.

»Es sind Corgi Toys«, sagt Thomas zu Gabbe, bevor sie sich trennen. Ihm sind die Reklamen in Donald Duck eingefallen.

»Die Autos«, lügt er. »Zu Hause in meinem Zimmer in der Stadt.«

ICH BIN SO MÜDE, Thomas. Ich könnte Winterschlaf halten.«

Bella steht mitten im großen Zimmer, mit Reisetasche und allen Plastiktüten in den Händen, mit Sonnenbrille und in ihren neuen Sachen. Sie sieht irgendwie fremd aus zwischen den bekannten Möbeln und Dingen. Als gehörte sie nicht dorthin. Oder liegt es nur daran, daß sie sonst fast immer gelbe Sachen anhat?

»Es ist mitten im Sommer«, sagt Thomas. »Winterschlaf hält man im Winter.«

»Aber ich könnte JETZT Winterschlaf halten.«

Bella läßt die Reisetasche und alle Tüten gleichzeitig auf den Boden fallen. Sie geht zum Büfett, nimmt die Sonnenbrille ab und grimassiert in den Spiegel. Dann verschwindet sie im Schlafzimmer und kommt in ihrem wohlbekannten gelben Bademantel zurück, ganz als wäre sie auf dem Weg zum Strand. Doch das ist sie nicht. Sie geht in die Bodendiele, und Thomas hört Schritte auf der Treppe und das Geräusch einer Tür, die zugeschlagen wird. Dann Schritte und Stimmen, und erneut knallt eine Tür. Dieselbe Tür, die Ateliertür, denn es gibt keine andere oben auf dem Boden. Wieder Schritte, und gleich darauf sieht Thomas nach der Schwedenreise zum erstenmal Kajus. Er steht in der Tür zu Thomas' Zimmer, einen Krimi in der Hand.

»Wie war es? Bist du zufrieden?«

Thomas fischt zwei Bausätze Kriegsflugzeuge aus einer Plastiktüte.

»Ich bin auf einem Pony geritten, das ist stehengeblieben und hat geschissen.«

»Geritten? Du kannst doch nicht reiten.«

Thomas öffnet eine Bausatzschachtel, studiert Einzelteile und Gebrauchsanweisung. Er muß nicht lange studieren, um zu sehen, daß zumindest dieser eine Bausatz für jemanden seines Alters und mit seinen Bausatzerfahrungen viel zu leicht ist.

»Und Bella und Rosa und Gabbe. Was haben die gemacht? Sind sie auch geritten?«

»Es war Sturm, als wir fuhren. Ich stand auf dem oberen Deck. Rosa ist seekrank geworden. Ich war überhaupt nicht seekrank.«

»Und Bella und Gabbe, waren die nicht seekrank?«

»Überhaupt nicht. Die haben Eingeweide aus Stahl.«

»Hör mal, Thomas. Ihr kommt doch klar, du und Bella, für eine Woche?«

»Hör mal, Thomas.« Thomas ist unterwegs nach draußen. Kajus' Stimme holt ihn an der Küchentür ein. Nagelt ihn am Fußboden fest. Die Hand an der Türklinke.

»Zu zweit.«

»Wieso?«

»Ich fahr' nach Lappland zum Fischen.«

»Mit wem?«

»Einem Arbeitskollegen. Er hat gestern angerufen.«

»Wir haben gar kein Telefon.«

»Aber Thomas. Ich war in der Stadt. Ich hab' ja gesagt, ich würde arbeiten. Weißt du das nicht mehr?«

»Ich komme mit.« Thomas weiß nicht, warum er es sagt. Es kommt automatisch.

»Da gibt es Mücken«, sagt Kajus. »Mücken sind ein anderes Kaliber in Lappland. Schlimmer als hier.«

»Mücken mögen mein Pigment nicht. Ich brauch' nicht mal Mückenöl.«

»Man kann da nicht soviel machen. Du hast hier sicher mehr Spaß. Mit Renée und allen Kindern.«

Mit *Renée und allen Kindern*; Thomas ist draußen auf dem Hof.

Sitzt auf dem Plumpsklo, auf dem Deckel, und nach einiger Zeit fährt Kajus' Auto vom Hof. Erst als es auf dem Waldweg verschwunden ist, steht Thomas auf und geht wieder hinaus.

»Aber wenn du wirklich willst«, hat Kajus gesagt und ist durch die Küche auf ihn zugekommen. »Darfst du natürlich mitkommen. Aber ich glaube, du bleibst lieber hier.« Die Erstarrung hat sich gelöst. Thomas ist hinausgelaufen, bevor Kajus ihn hat erreichen und in den Arm nehmen können.

Thomas wandert über Johanssons Hofplatz. Er ist ganz leer, aber die Haustür steht offen, also sind Johanssons wohl doch zu Hause. Einen Augenblick will Thomas hineingehen, überlegt es sich aber anders. Er würde Erkki Johansson jetzt nicht ertragen. Erkki Johansson ist ganz okay, aber nicht ausgerechnet jetzt, denkt Thomas und fühlt sich edelmütig dafür, auf diese Weise seine Sympathie für Erkki Johansson ausgedrückt zu haben. Er überquert Maj Johanssons minimalen Strandfels, wo Johanssons größter Teppich zum Trocknen ausgelegt ist, mit großen Steinen an allen vier Ecken beschwert, damit ihn der Wind nicht erfaßt. Thomas tritt nach einem Stein in einer der oberen Ecken, und dieser rollt los in Richtung des Steins in der entgegengesetzten Ecke und stößt ihn weg wie beim Billard, und im folgenden denkt Thomas, daß er den einen Kriegsflugzeugbausatz Erkki Johansson schenken wird, denn er hat den richtigen Schwierigkeitsgrad für einen Achtjährigen. Er sieht die Miene von Erkki Johansson vor sich, wie ihm das Geschenk überreicht wird und er über Thomas' Freundlichkeit ganz außer sich gerät, und er geht in Johanssons Sauna.

»Da kommt Thomas, wie geht's dir, Thomas?«

Nina und Maggi liegen auf den Betten im Umkleideraum, blättern in Zeitschriften, und ein Transistorradio ist an, wenn auch nicht laut, denn es läuft eine Wortsendung. Nina entdeckt Thomas und sagt noch etwas, Thomas aber hört nicht zu, denn was er anstarrt, ist eine Fremde, ein Mädchen mit braunem, ziemlich kurzem Haar, auf dem Kopf auf eine so komische Art aufgeplustert, wie sie in den auf dem Boden ausgebreiteten Zeitschriften zu sehen ist. Es dauert mindestens eine Minute, bis Thomas begreift, daß das Mädchen Renée ist.

»Habt ihr was zu rauchen?« sagt sie zu Nina und Maggi, aber sie sieht Thomas an. »Ich brauch dringend 'ne Kippe.«

»Halt die Klappe, Lütte«, sagt Nina. »Spiel dich nicht auf.«

»Leck mich am Arsch.« Renée zieht an ihrem Haar, doch es ist so kurz, daß die Strähne, an der sie zerrt, doch nicht bis in den Mund reicht, so sehr sie auch versucht, sie zu dehnen. Dafür fängt sie an, am Radio herumzufummeln, und dreht es unangenehm stark auf.

»Ha, ha«, sagt Thomas. Seine Stimme geht im Radiorauschen unter. Er geht hinaus.

Ein fremdes Boot ist an Johanssons und Gabbes und Rosas gemeinsamem Ponton vertäut. Ein gewöhnliches Fischerboot mit Kajütenabdeckung im Bug und Tufftuffmotor, der angekurbelt werden muß. Pusu Johansson ist im Boot und versucht, den Motor in Gang zu setzen. Sein Blick fällt auf Thomas.

»Na, Thomas. Wie findest du diesen Engel?«

»Er heißt Selma.« Thomas liest die Holzplakette, die zwischen die Kajütenluken genagelt ist. »Hast du sie gekauft?«

»Ich hab' sie von den Vettern geliehen. Sobald die Luft ein bißchen Sommerwärme hat, gehen wir auf große Fahrt.«

Johan Wikblad hat sein Haus auf eine gelbe Furnierplatte geklebt. Er hat also ein Miniaturmodell gebaut, Teile aus Balsa ausgeschnitten und mit Eselsleim zusammengefügt, seinen eigenen Zeichnungen entsprechend; es ist hellbraun und sieht ziemlich zerbrechlich aus, doch wenn man es berührt, zum Beispiel das völlig symmetrische viereckige Dach hebt, fühlt man, wie solide es tatsächlich ist. Johan Wikblad stupst an die kleinen Türen, die sich wirklich bewegen. »Hier geht man rein«, demonstriert er, »und hier geht man raus. Hier ist die Küche mit der Möglichkeit zum Saunaanbau, später, wenn ich reich werde.«

»Es wird ein gelbes Haus«, sagt Johan Wikblad.

»Ein gelbes Haus mit weißen Eckleisten und grünem Dach. Und neben das Haus bau' ich eine Garage. Eine Garage ist vielleicht gut, wenn ich ein Auto habe.«

Johan Wikblad zeigt auf einen leeren Punkt auf der Furnierplatte.

»Wann willst du bauen?« fragt Thomas.

»So bald wie möglich. Ich gehe jetzt zu einer Baufirma und bitte um einen Kostenvoranschlag. Dann kaufe ich das rote Häuschen. Reiße es ab. Und baue.«

Thomas schielt zu Ann-Christine. Sie sieht das Haus auf der Furnierplatte mit großen ruhigen Augen an. Sie sagt nicht, was sie früher im Sommer immer gesagt hat. Sie sagt aber auch nichts anderes.

Es wird Abend. Johan Wikblad macht Omelette. Thomas ißt mit Ann-Christine und Johan Wikblad. Nach dem Essen holt Johan Wikblad das Kartenspiel, und sie spielen Siebzehnundvier. Ann-Christine verliert, und Thomas gewinnt mehrere Male hintereinander. Dann bringt Johan Wikblad Thomas die Grundlagen des Rechenschiebers bei, und Ann-Christine näht den Fischerpullover zusammen, den sie fertiggestrickt hat, und probiert ihn Johan Wikblad an. Er paßt. Es wird halb acht, acht. Thomas blättert in Johan Wikblads Atlas, und sie machen zu dritt einen Abendspaziergang. Ann-Christine und Johan Wikblad Hand in Hand auf dem Waldweg, Thomas schlendert etwas hinterher, läßt sich immer weiter zurückfallen, bis er unmerklich in eine andere Richtung abbiegt, zum Ruti-Wald. Da ist es still und leer.

Maj Johansson geht mit dem Pilzkorb durch die Strandallee. Auch sie sieht Thomas nicht. Doch das kann daran liegen, daß sich Thomas an den Boden preßt, darauf bedacht, sich nicht zu zeigen, als Maj Johansson vorbeigeht.

NACH DER SCHWEDENREISE lassen sich Gabbe und Rosa mehrere Tage nicht blicken. Auch Renée ist verschwunden. Von ihr heißt es, sie sei auf einer Regatta bei einem anderen Segelverein und sei *dort einquartiert.* Doch man weiß es nicht. LANGBEN steht die ganze Zeit aufgebockt auf Maj Johanssons Grasfleck, und von den Bäumen regnet es darauf herunter. Bumerangförmige grüne Flügelfrüchte von Maj Johanssons Strandahorn. Maj Johansson erzählt Erkki und Thomas, in ihrer Kindheit habe man die Bumerangenden mit Spucke befeuchtet und dann »lange grüne Nase« gespielt. Erkkis Nase fällt fast sofort ab, und Thomas' hält sich vielleicht höchstens ein paar Minuten. Er fühlt sich wie ein Idiot. Einen Augenblick lang, wie einen Radarstrahl, spürt er den Blick auf seiner Haut, auf sich. Er dreht sich blitzschnell um, sieht zum Schilf hin. Niemand da. Die Nase fällt ab, das Gefühl weicht.

Nina dagegen ist an Ort und Stelle wie gewöhnlich. Sie und Maggi sind in Johanssons Sauna mehr oder weniger eingezogen. Sie haben dort auch einen Dritten, nicht mehr Renée, sondern einen Jungen. Einen der Jungen, auf die sie an Mittsommer im Wäldchen oberhalb des Feuerwehrhauses getroffen sind. Er heißt Jake, und wem er gehört, Nina oder Maggi, ist zu diesem Zeitpunkt noch nicht ausgemacht. Er hat sich nicht entschlossen, und Nina und Maggi tun ihr Bestes, um seinen Entschluß zu beschleunigen. Darüber hinaus ist Jake von der Sorte, bei der die Erwachsenen schwer begreifen, was ihren Reiz ausmacht. Kein ganzer Kerl, auch kein James Bond oder Donner-Johan, wie Maj Johansson es nannte, als Gabbe auf Engels Berg mit dem Fernglas oder nur einem Drink in der Hand in seinem James-Bond-Stuhl saß und sich umsah und irgend etwas ins Sommerparadies hinausrief. »Für was für einen *Donner-Johan* hält er sich?« hatte

Maj Johansson gefragt, aber keine Antwort bekommen, denn weder Erkki noch Thomas wußte, was ein Donner-Johan ist.

Jake läßt die Hände umeinanderkreisen, so daß es aussieht wie ein Raddampfer. Er hat ziemlich langes Haar. Obwohl seine Familie fast nebenan von Johanssons Vettern wohnt, tut er so, als kenne er Maj Johansson nicht, indem er sie zum Beispiel nicht grüßt, wenn sie sich auf dem Waldweg begegnen. So als wäre Jake nicht, was er trotz allem auf jeden Fall ist, *ein Junge aus der Gegend und keiner von auswärts, mit Stadtmanieren*, sollte ihn Maj Johansson hemmungslos mißbilligen und Maßnahmen ergreifen, um dem Treiben in Johanssons Sauna ein Ende zu machen. Jetzt begnügt sie sich damit, zwischen dem Haus und der Sauna hin- und herzulaufen und zu rufen, sie sollten die Musik leiser stellen.

Thomas kommt zu seinem eigenen Erstaunen in richtig gute Stimmung, als er sieht, wie Maj Johansson zwischen dem Haus und der Sauna hin- und herläuft und ruft, sie sollten die Musik leiser stellen. Es ist heimelig, irgendwie bekannt. Blaubeerzeit. Thomas nimmt die Blaubeerkanne, geht in den Wald und pflückt beinah einen Liter, den er Maj Johansson übergibt, denn Johanssons sind eine arme Familie, in der es viele Münder zu stopfen gilt, und er ist aktenkundig allergisch gegen Blaubeeren.

»Hier.«

»Nein, aber Thomas.«

Maj Johansson wird rot bis über die Ohren, weiß nicht, was sie sagen soll, steht nur da an der Spüle in Johanssons Küche, hält die Kanne und sagt: »Nein, aber Thomas.« Und das Ganze ist eine wirklich peinliche Szene, denn Thomas ist plötzlich ebenso verlegen wie sie, und er muß weglaufen zum Ruti-Wald, um sich zu erholen und eine Weile Ruhe zu haben und zu überlegen. Aber als Johanssons am Abend Abendbrot essen und Thomas auf dem Hof auf Erkki Johansson wartet, geht gerade rechtzeitig zum Nachtisch die Haustür auf, und er wird hereingerufen und darf sich auf einen Schemel am Ende von Johanssons Eßtisch setzen, während Maj Johansson einen Teller aufdeckt und ein Stück Blaubeerkuchen abschneidet, das sie mit einem silbernen Tortenheber serviert.

»Vielen Dank, aber ich bin allergisch.« Es ist nicht Thomas' Absicht gewesen, diese Information für sich zu behalten, doch er hat keine Gelegenheit gehabt, sie früher preiszugeben. Thomas wie Maj Johansson ist das Ganze wieder so peinlich, daß er nicht sitzen bleiben kann, sondern hinausgehen muß.

»Schwerenöter«, stichelt Ann-Christine im roten Häuschen. *»Charmeur.«*

»Sei still.« Thomas schielt zu Johan Wikblad. Johan Wikblad hört nicht zu. Er holt das Kartenspiel, mischt die Karten und verteilt sie für Siebzehnundvier. Er fragt, wo Papa sei, Thomas sagt, in Lappland.

Bella schläft fast zwei Tage lang. Als sie zum erstenmal richtig aufwacht, ist es Nachmittag, und sie zieht sich rasch gelbe Sachen an und geht wie gewöhnlich im Erdgeschoß umher, während Thomas in seinem Zimmer an einem Bausatz bastelt. Sie raucht und zupft ein wenig hier und da herum, wäscht ein wenig ab, räumt ein wenig in den Schränken hin und her, nimmt den Nähkasten, um Strümpfe zu stopfen, macht das Licht im großen Zimmer an und aus, als könnte sie sich nicht entscheiden, ob sie Beleuchtung will oder nicht. Es ist an sich trübes Wetter und ziemlich dunkel auch mitten am Tag. Aber sie macht nichts fertig, und es endet damit, daß sie sich mit ihren Zeitschriften in der Leseecke niederläßt. Sie blättert und summt. Was sie summt, ist kein Jazzsong, fällt Thomas auf, wirklich nicht. Es ist einer dieser Schlager, die während der Schwedenreise aus dem Autoradio rieselten. Sie blättert die Seiten rasch um, beinah hitzig, auf die Weise, bei der Thomas weiß, daß das Blättern nur eine zufällige Beschäftigung in Erwartung von etwas anderem ist.

Während sie liest, wirft sie Blicke aus dem Fenster. Verstohlen, nach und nach immer weniger verstohlen.

Bella ist mit ihren Zeitschriften in der Leseecke. Thomas bastelt in seinem Zimmer an einem Bausatz. Es vergeht Zeit, ein Tag, zwei Tage, fast drei. Es ist ihnen nicht langweilig, zunächst nicht, sie reden die ganze Zeit. Sie reden über alles mögliche. Über Wetter und Windverhältnisse im Sommerparadies. Wie es auf einmal beinah Herbst geworden ist und daß der bloße Gedanke ans Schwimmen einen frieren läßt. Sie reden nicht soviel über die Schwedenreise und Dinge, die während der Reise passiert sind. Das ist nicht nötig, es ist ja selbstverständlich, sie waren ja beide dabei.

Thomas erzählt vom Sommer und allem, was draußen passiert. Nicht von den Bumerangnasen, den Blaubeeren oder Maj Johansson und dergleichen, sondern daß Huotaris Urlaub vorbei ist und daß er in die Stadt gezogen ist und Thomas und Erkki mitgeholfen haben, seine Sachen zur Landstraße hinaufzutragen, wo die Busse fahren. Im Briefkasten hat eine Karte aus Lappland gelegen, adressiert an Thomas persönlich. Das erwähnt er gegenüber Bella nicht in seinen Erzählungen, doch die Karte liegt zur allgemeinen Ansicht auf dem Küchentisch. Er hat sie selbst dort liegen lassen, in der Absicht, sie zu lesen, wenn er Zeit hat. Er erzählt von Maggis und Ninas Freund und von Ann-Christines Fischerpullover, der Johan Wikblad gepaßt hat.

Bella sagt: »Ja« und wirft Blicke aus dem Fenster. Nach und nach überhaupt nicht mehr diskret, und nach und nach sind es gar keine Augen-Blicke mehr, sondern die Augen kleben förmlich an der Scheibe. Am dritten Tag hält es sie nicht mehr an ein und demselben Fleck. Sie legt die Zeitschriften weg und fängt an zu gehen. Sie geht und geht, trabt durch das Haus vom großen Zimmer zu Thomas' Zimmer, durch die Bodendiele zur Küche oder ins große Zimmer. Sie summt nicht mehr, zupft nicht an Dingen, und, ja, es ist nicht nötig, sich noch zu verstellen. Wo sind sie? Warum lassen sie sich nicht blicken? Sind sie irgendwohin gefahren?

Aber nein, man weiß es ja, das sind sie nicht. Sie sind wohl in ihrem Haus auf dem Berg. Abends ist Licht hinter allen Fenstern, aber sie haben die Gardinen zugezogen.

Eines Nachmittags steht Bella plötzlich mitten in Thomas' Zimmer und fragt geradeheraus, was niemand zu sagen wagt:

»Warum kommen sie nicht?«

»Sie sind ja hier. Was machen sie?« Ihre Stimme hat einen ziemlich unangenehmen, irgendwie resignierten Tonfall, einen Tonfall, den Thomas zuvor noch nicht gehört hat. Doch er wundert sich nicht. Das tut er nicht. Er spürt, daß er antworten muß, daß Bella eine Antwort gerade von ihm erwartet und daß er ausnahmsweise sagen muß, wie es ist, sich wirklich anstrengen, exakt zu formulieren.

»Ich weiß nicht«, sagt Thomas. »Ich habe keine Ahnung.«

Bella schweigt eine Weile. Dann sagt sie, als ginge es ums Wetter, um die Temperatur draußen:

»Es war doch schön in Schweden.« Aber Thomas hört sehr wohl das Fragezeichen danach.

Und er spürt, daß er auch darauf antworten muß.

»Ja.« Es war schön in Schweden. Plötzlich weiß er, daß er es so meint.

Bella läßt sich Thomas gegenüber am Tisch nieder.

»Ist Kajus gefahren?«

»Mmm.«

»Wohin? Nach Lappland?« Doch es ist deutlich, daß sie es weiß.

»Mmm«, sagt Thomas.

»Aha.« Sie steht wieder auf, zieht den Bademantel aus und wirft ihn weg, so daß er auf Thomas' Bett landet.

»Ich geh' rauf ins Atelier und ruh' mich aus. Dann können wir reden.«

Sie spaziert in Unterhose und BH durch das große Zimmer in die Bodendiele. Schließt die Tür hinter sich.

Thomas sitzt noch am Tisch. Er bastelt.

Aber immer öfter findet er sich vor Engels Haus wieder. Steht am Fuß des Berges, auf dem Kiesplatz, dem Parkplatz, in der Dämmerung. An Gabbes Auto. Es ist etwas schräg geparkt. Genau wie Gabbe an dem Tag geparkt hat, als sie aus Schweden kamen und alle so müde und satt waren, daß sie nicht mal mehr in die Garage fahren konnten.

Es ist Licht in den Fenstern. Die Gardinen sind zugezogen. Sonst ist es still und leer. Was tun sie jetzt?

Es wird das eine oder andere erzählt. Jemand hat jemanden im James-Bond-Stuhl gesehen, bei Nacht oder zu irgendeinem unglaublichen Zeitpunkt, zu dem nur Maj Johansson anwesend ist. Jemand hat auch Rosa gesehen, Rosa Engel PUNKT PUNKT PUNKT, schwankend wie eine Föhre in dem ansonsten aufrechten Wald hinter ihrem Rücken, neben dem Haus, im nächsten Augenblick den Berg heruntertaumelnd. Mitten am Tage, in aller Blickfeld.

Doch nicht alle haben es gesehen. Nur jemand, der zufällig anwesend war.

Rosa Engel, ein gefallener Engel, kicher, kicher, sozusagen buchstäblich.

»Alles, was die Leute angeblich gesehen haben, Bella«, wird Rosa selbst zu Bella sagen, in der weißen Villa, schon am folgenden Tag. »Alle Gerüchte. *Well*, was soll ich sagen? Sie stimmen. Ich will kein einziges leugnen. Alles ist wahr und mehr dazu. Mein Gott, Bella, wenn du wüßtest, wie vieles wahr ist. Ich bin tatsächlich gefallen. Es war etwas glatt an einer Stelle. Ich bin ausgerutscht. Ich dachte ja, ich breche mir den Hals. Aber das war natürlich nicht so. Der Beweis dafür: Ich bin hier.«

»Und ein Vorteil, wenn man hinfällt und sich grün und

blau schlägt, ist, daß man, wenn man Glück hat, etwas benebelt ist von dem Sturz. So daß man klar denken kann.«

Daß sie sich grün und blau geschlagen hat, wird natürlich eine leichte Übertreibung sein. Sie hat ein paar Hautabschürfungen im Gesicht. Man sieht sie nur, wenn man Rosa ganz aus der Nähe betrachtet.

»Jetzt hab' ich klar gedacht, Bella. Ich bleibe hier.«

»Und ausnahmsweise hab' ich vor zu meinen, was ich sage.«

»Ich bin gekommen, um zu bleiben. Das heißt, wenn du willst, natürlich.«

Aber all das geschieht erst morgen, und man weiß es noch nicht.

Thomas steht unterhalb von Engels Haus, im Dunkeln. Licht in den Fenstern, keine Bewegung in den Gardinen. Nicht mal soviel wie ein Flattern. Und er denkt über Engel folgendes:

Daß Engel beweglich sind, rastlos sind sie unterwegs. Einige wohnen auch, haben sogar ein richtiges Zuhause und ein Sommerhaus, wo sie großgepunktete Gardinen vor ihre Fenster hängen. Und sie zuziehen.

Von Engeln sagt man alles mögliche. Daß sie mit guten Nachrichten kommen, mit Verheißungen und Ahnungen, mit dem Hauch von etwas anderem. Daß sie auftauchen, wenn man es am wenigsten erwartet. Dann freut man sich, denn wenn man sie sieht, begreift man, daß man sie wirklich vermißt und gebraucht hat, die ganze Zeit.

Engel wohnen in richtigen Häusern mit Schornsteinen, aus denen es raucht, mit Fenstern, in denen gemusterte Gardinen hängen. Abends ist Licht hinter den Gardinen, damit man weiß, daß sie zu Hause sind.

Aber sie kommen nicht herunter. Nur wenn sie selbst einen Anlaß dazu sehen.

Sonst hat man seine Ruhe.

Ruhe.

Idi, Idi, hallt es im Wald. Wohin man nicht geht. Man hat keine Lust.

Man holt die Taucherbrille und zieht eine Badehose an, zieht eine andere an, steckt den Schnorchel in den Mund und watet hinaus ins Wasser. Es ist kalt, höchstens zwanzig Grad. Man taucht unter und verschwindet in der schweigenden Welt. Dort wird man zu Didi. D-Idi. Du Idi. Man kommt an die Oberfläche. Man friert.

»Hallo, Didi!« Erkki Johansson galoppiert in Cowboysachen über den Strandfels. Er zieht die Knarre aus dem Halfter, schießt in die Luft. Knack, knack macht es.

»Dändädändädändädädä«, ruft Erkki Johansson.

»Das ist Bonanza, Thomas. Ich bin *Little Joe*.«

»Erkki! Wie oft muß ich dir noch sagen, daß du nicht ohne erwachsene Aufsicht schwimmen gehen sollst?« Gleich ist Maj Johansson mit ihren Thesen auf Johanssons minimalem Strandfels. Sogar obwohl Erkki all seine Sachen anhat.

»Cowboys schwimmen nicht«, sagt Erkki Johansson bockig und leise, so daß nur Thomas es hört. »Ich *bin* Little Joe.«

»Komm auf der Stelle, Erkki Johansson! Wir wollen essen!«

Und Thomas bleibt am Strand zurück, fröstelt in seinem Handtuch.

Was, fragt man sich, ist aus dem wissenschaftlichen Entdeckungseifer geworden? Was ist geworden aus den Beobachtungen des Lebens auf dem Meeresboden? Wenn man in die schweigende Welt taucht, sieht man Schlick und Gras. Aus der kindlichen Neugier, die eine Bedingung für Fortschritte auch in den objektivsten Wissenschaften ist? Die bewirkt, daß man Zusammenhänge plötzlich auch dort sehen kann, wo sie fürs bloße Auge nicht hervortreten? Den Sprüngen der Phantasie? Dem Augenblick, wenn die Wirklichkeit sich öffnet? Aufblitzt wie Flossen draußen am offenen Meer? Der plötzlichen Gewißheit, daß die Wirklichkeit größer als die Wirklichkeit ist? *Man weiß ja*, auf diese Weise werden die größten Entdeckungen gemacht.

Er versucht es ja. Strengt sich wirklich an. Doch es reicht nicht. Man braucht auch noch etwas anderes.

Man braucht Lust.

LUST. *Jemand zieht mit viel Spucke eine Haarsträhne zwischen den Zähnen hindurch.*

Ja. Sie ist wieder da. Er kommt nicht von ihr weg.

Thomas steht vor Engels Haus. Tritt Kies, der durchs Dunkel wirbelt. Mattes Prasseln, wenn der Kies auf das Blech von Gabbes rotem PLYMOUTH trifft. Das muß man hören. Doch keiner kommt heraus, um nachzusehen, was es ist.

DOCH ALLES HAT seine natürliche Erklärung. Thomas weiß ja nicht, was hinter den zugezogenen Gardinen vorgeht. Aber er wird es in kurzer Zeit wissen, tatsächlich schon morgen. Rosa macht sich bereit, ihren eigenen Weg zu gehen, sie hat vor, alles Alte hinter sich zu lassen und ein neues Leben anzufangen. Schluß mit dem Spiel.

Gabbe hat eine Magen-Darm-Grippe. Doch er ist auf dem Wege der Besserung. Morgen ist er auch wiederhergestellt.

»Ich muß was Falsches gegessen haben«, hat Gabbe an dem Tag gesagt, als sie aus Schweden kamen. Es ist ihm beinah sofort übel gewesen.

»Was?« hat Rosa mit einem kleinen Lächeln gefragt. »Von allem, was du verschlungen hast?«

Sie selbst hat zum Whisky gegriffen, um sich gegen die Magen-Darm-Grippe zu stählen. Es hat drei Tage lang geholfen. Sie hat sich wirklich nicht angesteckt.

Aber Gabbes Magen-Darm-Grippe, der Whisky, ihr eigenes Lächeln: all das hat plötzlich das ruhige Einvernehmen verhindert, das zwischen Gabbe und ihr nach dem Ausflug hat herrschen können, wie es manchmal gewesen war, nach anderen Ausflügen. Denn das, was Thomas im Auto sah, während des letzten Wegstücks, als Gabbe auf der Landstraße Rallye fuhr und Rosa aufwachte und mitmachte, das war wahr. Es war Einvernehmen.

Aber das mit Bella war ja auch wahr.

Und plötzlich haben Gabbes Müdigkeit, Sattheit, Übelkeit Rosa angeekelt. Sie muß sich entscheiden.

Wie oft muß sie sich noch wiederholen, daß sie aufhören muß zu spielen? Einige Male in diesen Tagen. Im James-Bond-Stuhl, Gabbes Stuhl auf dem höchsten Punkt des Berges, zu unmöglichen Tages- und Nachtzeiten. Und schließlich ist sie ausgerutscht und gefallen und hat sich verletzt, und der Sturz hat sie dazu gebracht, klar zu denken und sich zu entschließen.

Am Morgen des fünften Tages steht sie auf und zieht die Gardinen beiseite. Sie verbindet sich, reibt den Körper mit Sonnenöl ein, nimmt die *cool bag*, reißt die Decke aus dem Bett und geht weg.

Und schon am nächsten Morgen ist Renée am Strand. Trägt Segelsachen zu Gabbes Motorboot. LANGBEN ist quer über die Reling gehoben, klar zur Abfahrt. Thomas nähert sich.

»Brauchst du Hilfe?«

»Ist alles fertig.« Sie schenkt ihm einen eiligen Blick unter dem neuen Pony. Das Haar ist häßlich. Die ganze Renée sieht anders aus. Kindlicher irgendwie.

»Was hast du mit deinem Haar gemacht?«

»Ich bin die Treppe runtergefallen. Ist abgerissen.«

»War früher besser.«

»Na ja. Jetzt ist es so. Hilf mir mal.«

Zusammen tragen sie Grätinge und Schwert und Ruder an Bord von Gabbes Boot. Gabbe selbst taucht bei Johanssons Haus auf. Er kommt über Maj Johanssons kleinen Strandfels, in Bootskleidung. Er marschiert auf der Brücke an Thomas vorbei, zaust ihm das Haar. Sie wollen zum Pavillon. Will Thomas mit? Thomas schüttelt den Kopf. Gabbe schließt den Motor auf und läßt ihn an. Es muß Benzin gepumpt werden, denn der Motor ist seit langem nicht benutzt worden. Sonst aber ist alles wie gewöhnlich. Renée löst die Vertäuung am Brückenpfahl und springt ins Boot. Gabbe dreht auf, sie fahren los. Kurz bevor sie zum Sund kommen, verringern sie das Tempo, ziehen schwarze Ölkleidung an. Es geht ein harter Wind, sicher schlagen die Wellen hoch draußen auf dem offenen Meer.

Thomas und Bella frühstücken. Bei ihrer ewigen Morgenmahlzeit sitzen sie genau wie gewöhnlich an derselben Seite des Tisches, die Gesichter zur Tür gewandt. Bella mischt Minimealpulver in ihre Dickmilch. Sie erklärt, sie müsse abnehmen. Sie sei dabei, fett zu werden. Thomas schüttelt den Kopf. Er weiß kaum, was das Wort bedeutet. In seinen Augen ist Bellas Körper genauso in Ordnung wie immer.

»Man sieht es noch nicht«, sagt Bella. »Aber später sieht man's. Man wird dicker und dicker. Zum Schluß explodiert man. Wooosch, Thomas.« Bella ahmt eine Explosion nach.

Thomas ißt Knäckebrot. Es sind die Hundstage, und die Milch in den Dickmilchschalen wird nicht dick. Es entsteht nur ein etwas zäherer Belag auf der Oberfläche, während es darunter flüssig und ungenießbar ist. Er studiert Kajus' Karte auf dem Tisch. »Mücken und Mitternachtssonne! Ein phantastisches Erlebnis. Das müssen wir irgendwann mal zusammen erleben.« Das Bild auf der Vorderseite stellt einen Lappen vor einem Zelt dar. Tundra im Hintergrund. Der Schnee liegt dicht in der Tundra, die Aufnahme muß im Winter gemacht worden sein.

Sonne fällt auf den Küchentisch, zum erstenmal seit mehreren Tagen.

Schritte draußen, die Küchentür geht auf. Und sie steht wieder im Türrahmen, Rosa in Sonnendreß und Strandsandalen. Rosa, die *cool bag* über der Schulter hängend, die Haut glänzend vom Sonnenöl.

Und sie schleppt eine Decke mit sich. Eine riesige Decke.

»So große Decken gibt es nur in Amerika«, sagt sie und tritt auf den dunkelblauen Küchenfußboden. »Das ist meine amerikanische Decke. Ich bring' sie jeden Sommer aus der Stadt mit. Ich bin ziemlich verfroren.«

Sie läßt die Decke los, und die bleibt in einem Haufen zu ihren Füßen liegen.

»Und jetzt bleibe ich hier.«

»Ich bin gekommen, um zu bleiben.«

»Das heißt, Bella, wenn du willst, natürlich.«

Thomas und Bella starren nur.

Rosa kommt näher. Sie hat ein Pflaster an der Stirn, eine dunkle Beule am Arm. Aber sie ist nicht betrunken oder so etwas, sondern ganz normal.

»Das ist natürlich ein provisorisches Arrangement. Später reise ich ab. Jetzt ist die Frage, Bella. Kommst du mit?«

»Und Thomas. Kommt Thomas mit?«

Thomas sieht nach unten. Er ist plötzlich schüchtern.

In Thomas' Augen laufen die Felder im Knäckebrot zickzack, eine Karte aus Lappland wird knitterweich in der Hand. Denn: ja.

Er will. Er kommt mit. Wohin, was? Davon hat er noch keine Ahnung. Doch es ist nicht wichtig. Die Einstellung dazu, die Stimmung ist da. Und sie ist es, die zunächst einmal zählt.

JA.

Weggeblasen die Tage ohne Engels, Tage des Überlegens, Lapplandtage.

Und Bella? Thomas schielt zu ihr hin.

Sie sieht etwas verwirrt aus.

Dann aber lächelt sie, ein Lächeln, das gewissermaßen eine Entladung all des Herumspazierens ist, das in der weißen Villa stattgefunden hat, all des Fensterguckens und all des Schlafs, Schlaf-Schlaf-Schlafs.

»Herrje, Rosa«, sagt Bella mit einem erleichterten Lächeln. »Wir waren doch gerade in Umeå.«

»Schweden!« auch Rosa lacht. »Was ist Schweden gegen das, was ich meine?«

»Setz dich, Rosa«, sagt Bella da. »Und erzähl, was du meinst.«

Rosa zieht in die weiße Villa. Sie schläft im Schlafzimmer, Bella wohnt oben in ihrem Atelier wie schon den ganzen Sommer bis dahin. Die Mahlzeiten werden gemeinsam in der Küche der weißen Villa eingenommen. Rosa, Bella, Thomas und Nina und Renée, wenn sie auftaucht. Man ist am Strand oder draußen auf dem Hof, wenn es sonnig ist. Thomas bastelt in seinem Zimmer Bausätze zusammen, bewegt sich durchs Sommerparadies, tut verschiedene Dinge, spielt, beobachtet.

Komplizierter als das ist es nicht. Was anfangs neu und seltsam ist, daran gewöhnt man sich, es wird alltäglich. Nach und nach hat Thomas das Gefühl, daß es immer so war. Daß Rosa immer bei ihnen in der weißen Villa gewohnt, mit ihnen gemeinsam die Mahlzeiten eingenommen hat. Auch als Kajus dort wohnte. Und für Thomas gibt es keinen Konflikt dabei wie sonst, sobald man im Sommerparadies einen Schritt über die eigene Parzellengrenze macht.

Er fühlt sich wohl. Später, falls er an diese Zeit denken würde, was er nicht tun wird, würde er ganz objektiv sagen können, daß die Zeit mit Rosa in der weißen Villa eine gute Zeit war.

Doch sobald man zu Johanssons geht, ist da Maj Johansson mit ihren Wahrheiten. PUNKT PUNKT PUNKT. Wenn man Maj Johansson zuhört, kann man auf die Idee kommen, daß man in diesem Augenblick etwas Unerhörtes durchlebt. Etwas nie Gesehenes seit *Menschengedenken*, was für Maj Johansson die zusammenfassende Bezeichnung für die Geschichte des Sommerparadieses ist. Etwas, wovon man später noch jahrelang sprechen wird.

Das jedenfalls ist nicht wahr. Wie es war, als Bella und Rosa zusammen in der weißen Villa wohnten und für ein gemeinsames Leben planten, wird schnell vergessen werden. Schon im nächsten Jahr ist es vergessen. Und einige Jahre danach wird man sich vorstellen können, man hätte es sich eingebildet.

Maj Johansson sieht Thomas an und fragt, ob er Hunger habe. Thomas traut seinen Ohren nicht. Möchte Thomas etwas Warmes mitessen an Johanssons Familienabendbrottisch?

Thomas schüttelt wirklich den Kopf.

Auch Gabbe tut das. Als Maj Johansson *Erbarmen hat* und auch ihn einlädt. Er sagt, er bekomme das allerbeste Essen in den Cafés an den Tankstellen in der Umgebung. Pommes frites, Hamburger, Beefsteaks. Und anderes ungesundes Essen, sagt Gabbe und leckt sich die Lippen. *Man sollte sich eine Lizenz dafür besorgen*, fällt ihm dann ein, und er fängt an, Maj Johansson auf Johanssons Rasen Fast-food-Ketten zu erklären, während in Johanssons Haus das Essen kalt wird. Es gebe einen großen Markt. Es wäre sicher eine gute *Business*-Idee.

Als sich Gabbe über Geschäfte reden hört, ist er beinah wieder ausgezeichneter Laune. Fast erwartet man, daß er im nächsten Augenblick »James Bond« rufen und sich nach seinen Bond-Bienen umsehen wird, die jetzt alle verschwunden sind.

Gabbe sieht sich um. Runzelt die Stirn. Zuckt die Achseln. Steigt in sein Auto und fährt raus und weg.

»Der hat schon sein Kreuz zu tragen«, sagt Maj Johansson. »Aber sie auch.«

Gabbe hat ausgedient und ist ratlos. Er weiß nicht recht, wie er sein soll. In den ersten Tagen läuft er umher und führt das große Wort. Er steht auf dem höchsten Punkt seines Berges und sagt ungefähr wie Maj Johansson, es sei ja schon komisch, daß erwachsene Menschen … Dann verliert er den Faden. Er weiß absolut nicht, wie er sich verhalten soll.

Einmal, als die Strandfrauen am Strand der weißen Villa sind, kommt Gabbe herunter. Er fängt an, auf Maj Johanssons Grasfleck Bretter zusammenzunageln. Nagelt und nagelt, mit herzzerreißender Intensität. Die Strandfrauen nehmen keine

Notiz. Renée hilft mit dem Nageln. Es wird nichts daraus. Die Sonne verschwindet in Wolken. Die Strandfrauen brechen auf und gehen weg. Gabbe hört auf zu nageln. Das, was er nagelt, soll ein Fischkasten werden, so sieht es aus. Doch es wird nur ein halber.

Schließlich fährt er nur noch Auto. Rast mit hundert Stundenkilometern über den Waldweg, die Landstraße.

In Australien ist Fräulein Eleonora Plums zur Königin der Luft gekürt worden. Sie ist SAS-Stewardeß und hat einen schönen Pokal, schöne Garderobe, schöne Make-up-Sachen und eine schöne dreiwöchige Rundreise als Preis bekommen. Thomas geht mit der Zeitung zu Gabbe, um ihn aufzumuntern. Und das Mädchen auf dem Foto ähnelt recht stark diesem anderen Mädchen, Viviann.

Er denkt, Gabbe würde vielleicht bessere Laune dadurch bekommen. Ach was. Er geht doch nicht zu Gabbe. Aber er denkt an Gabbe, als er das Bild sieht, und außerdem, daß es eine Geschichte wäre, die Gabbes Ohren zu schätzen wüßten.

Und mehr Fotos: auf dem Tisch in der Leseecke gibt es nun einmal Fotografien. Bilder, Bilder; aus verschiedenen Zeiten im Sommerparadies. Durcheinander, als warteten sie darauf, in einer neuen Ordnung sortiert zu werden. Bilder, die Rosa mit ihrer Instamatic gemacht hat, damals, als sie jemand war, der herumlief und Erinnerungen sammelte. Doch auch spätere Bilder, von der Schwedenreise, so etwas.

Die ganze Fotoschachtel, in der Rosa die Bilder vom Sommerparadies gesammelt hat, die sie jedenfalls nie in ein Album geklebt hat. Kleine lustige Texte dazu, Zeitungsausschnitte und dergleichen, was sie abschreiben oder als Inspiration haben wollte, wenn sie zu den Bildern eigene Texte komponierte.

Die Kosmonauten Bykovskij und Valentina Teresjkova, *Weltraum-Valja*, auf Zwillingsflug, Runde um Runde um die Erde.

Die beiden Kosmonauten plauderten während des Flugs am Montag fröhlich miteinander und mit guten Freunden. Valjas Bild erschien häufig auf russischen Fernsehschirmen, und sie zeigte sich gut gelaunt, obwohl man begann, unter ihren Augen schwarze Ringe zu erkennen. Der Duettgesang aus dem All klang oft klar in den Telefonhörern, und Valja gestattete sich sogar ein unbeabsichtigtes Nickerchen, was Unruhe am Boden hervorrief, wo man glaubte, die Verbindung sei unterbrochen.

Auf dem Bild, zu dem der Text gehört, haben beide die Augen geschlossen, er und Renée. Sie sind vom Blitz überrascht worden. Thomas erinnert sich, er verzieht den Mund.

Frische Bilder, unter anderem »Familie auf Schiff«. Ganz offen zur allgemeinen Besichtigung.

Bella und Rosa haben sie angeguckt. Dann haben sie sie satt bekommen. Sie dort auf dem Tisch gelassen, zurückgelassen. Als hätten sie das Interesse verloren, nicht gewußt, was sie mit ihnen anfangen sollen.

»Ich hab's satt zu fotografieren, Bella«, sagt Rosa. »Ich will mein eigenes Leben entwickeln.«

Thomas nimmt »Familie auf Schiff«. Er will es haben. Er empfindet es irgendwie als privat. Er denkt nicht mehr daran, wer es aufgenommen hat. Er denkt, daß Bella und er auf dem Bild sind, sie sind unterwegs. Zur Erinnerung. Als sie unterwegs waren.

Rosa und Bella planen für ein anderes Leben. Rosa redet, meistens ist sie es, die redet, und Thomas hört zu. Er hört wirklich zu, und es klingt vernünftig. Es ist absolut denkbar, sich in einem Haus mit Garten niederzulassen, Rosa und Bella und Nina und Renée und Thomas.

Auch Bella hört zunächst zu, sagt nicht sehr viel, sieht aber auch interessiert aus. Ein bißchen wie Ann-Christine, so wie sie Johan Wikblads Balsahaus ansah, nachdem er es auf der Furnierplatte errichtet hatte.

Und Rosa wird ihr Studium wiederaufnehmen, und Bella findet einen Job.

»Wir müssen uns unser eigenes Leben schaffen, Bella. Ganz einfach von *scratch* anfangen.«

»Mmm«, sagt Bella.

Thomas nickt. Er versteht Rosa genau.

Und als Rosa Gabbe in seinem Auto auf dem Waldweg vorbeifahren sieht, sagt sie:

»Manchmal, Bella, glaube ich, die einzige Möglichkeit zu einem Familienleben unter den herrschenden Umständen ist das Leben mit diesem Tschitti-Tschitti-Bäng-Bäng-Auto, dem mit Flügeln und der ganzen Familie drin, zwischen den Wolken unterwegs zu neuen Abenteuern. Aber es gibt mindestens zwei Fehler an dieser Geschichte, Bella. Erstens, daß sie nicht wahr ist. Autos fliegen nicht. Zweitens, daß es ein Märchen ist. In dem man selbst eine Figur ist, mit der Aufgabe, eine Rolle zu spielen.«

»Jaja.« Bella sieht aus dem Fenster. Manchmal, nach und nach, hat Thomas das Gefühl, daß sie dem Auto ziemlich lange nachsieht. Noch als es hinauf zur Landstraße verschwunden ist.

»Und dazu Gabbes Stewardessen. Meine Rolle ist ja, die stoische Bodenstewardeß zu spielen. *Die, die sieht, aber nichts sieht.* Du weißt, die Geschichte. Das ist zu pathetisch. Und wenn ich nicht will. Ich will nicht.«

»Ich will nicht so leben.«

»Ich geh' kaputt, wenn ich so leben muß.«

»Man muß Visionen haben, Bella. Für sein Leben.«

Allmählich, wenn Bella eine Weile zugehört hat, fängt sie wieder an, in Zeitschriften zu blättern. Raucht Zigaretten, sagt: »Mmm« zu allem, was Rosa sagt, auf eine Weise, daß

Thomas begreift, sie hört nicht so genau zu. Thomas hat plötzlich Lust, einige von den Dingen zu verraten, die sie Rosa gesagt hat und die nicht stimmen, die reine, glatte Lüge oder Übertreibung sind, zum Beispiel zu erzählen, daß Bellas Job in der Drogerie keineswegs beendet war, weil sie die Kasse unterschlagen und ein paar Tage allein einen kleinen Trip gemacht hätte, sondern weil sie nie genau wußte, wie spät es war, und das hatte einen ungünstigen Einfluß auf die Geschäfte.

Doch er tut es nicht.

Er ist die ganze Zeit mit Rosa einer Meinung.

»Man muß Visionen haben, Bella, Utopien.«

Natürlich klingt es dumm, naiv, unverständlich.

Aber versuchen Sie selbst, zum erstenmal etwas außerhalb der festen Rahmen zu formulieren, etwas, was man noch nie gedacht hat.

»Was bedeutet ›Utopie‹?« Das möchte Thomas auch fragen. Doch ganz und gar nicht im gleichen Tonfall, wie es Bella tut. Sondern freundlich und interessiert.

»Mir ist übel«, sagt Bella. »Ich hab' Kopfschmerzen.«

Und sie geht hinauf ins Atelier.

Und einmal, als Gabbes Auto vorbeifährt, steht Bella verboten lange am Fenster und sieht ihm nach. Rosa merkt es, sagt etwas, *kommt zur Sache*, sozusagen.

»Das ist es doch nicht«, sagt Bella plötzlich beinah wütend, zumindest sehr ungeduldig. »Du hörst ja nicht zu, Rosa.«

»Was willst du eigentlich, Bella?«

Fragt Rosa ein andermal. Etwas müde, aber doch auch ehrlich interessiert.

»Weg«, antwortet Bella. Doch erst ein paar Tage später. Spät am Abend. Als sie beschlossen hat loszufahren.

Sie geht mitten in der Nacht zu Rosa.

»Ich muß JETZT weg.«

Und Rosa antwortet, sie muß ja so antworten:

»Ich komm' mit.«

Doch abgesehen davon ist es so, daß das Gerede vom neuen Leben, zumindest das konkrete Planen, nach einer Weile verebbt. Man fängt an, wieder von alltäglichen Dingen zu reden. Von Sonnencreme, Haarmode und Krämerboot. Und wenn Rosa und Bella ins Sommerparadies hinausgehen, sind sie wieder Strandfrauen mit Sonnenbrillen und gleichen einander wie ein Ei dem anderen, wie Zwillinge ungefähr.

Mit der Zeit aber steht Bella in seinem Zimmer, am Abend, wenn Rosa irgendwo anders ist.

»Ich bin so müde, Thomas. Hab's satt. Herzenskind, *wir müssen reden.*«

»Ich bastle«, sagt Thomas, wenn er mit seinen Bausätzen an seinem Tisch sitzt.

Sie geht weg, kommt aber zurück. Wieder und wieder kommt sie zurück.

»Ich fahr' vielleicht weg, Thomas. Aber ich komme zurück.«

Nachts: Sie ist eine dunkle Gestalt in der Tür. Thomas schläft. Sie geht weg. In der nächsten Sekunde aber: Er setzt sich im Bett auf. Er ist hellwach.

»Thomas.«

»Ich bastle.« Abends: Thomas, vor seinem Bausatz, wiederholt es.

»Du willst nichts hören«, sagt Bella da, läßt sich ihm gegenüber am Tisch nieder, irgendwie müde, als wären plötzlich alle Kräfte aus ihr herausgeflossen. Und es ist etwas in gewisser Weise endgültig Resigniertes und Verletztes in ihrer Stimme. Worauf er nicht gefaßt ist. Er ist ja nur das Kind mit den Bausätzen am gelben Tisch in seinem Jungenzimmer, das vor gar nicht langer Zeit noch das Kinderzimmer hieß, und sie ist die Mutter, die Mütterliches reden und ihn alles mögliche nach seinem Tun und Lassen fragen und nicht umgekehrt selbst über anderes, Seltsames drauflosquasseln soll.

Aber er verliert den Faden, muß sich unterbrechen in dem, was er tut. Legt den Flugzeugflügel, den er in der Hand hat, um Leim darauf zu spritzen und ihn am Flugzeugrumpf festzukleben, zurück auf das Zeitungspapier auf dem Tisch. Sieht auf, zu ihr hin, zwingt sich zu sehen. Es ist dieser Abend, der letzte Abend, ihr Haar ist kurz, sehr kurz, endet direkt unter den Ohren. So kurz ist es noch nie gewesen. So hübsch. Aber anders.

Er starrt.

Sie weicht seinem Blick nicht aus. Ihm muß schnell etwas einfallen. Sonst fängt sie an zu reden.

Alle Teile des Flugzeugs verteilt auf der gelben Tischplatte. Er weiß, wie sie zusammenzusetzen sind, er braucht die Gebrauchsanweisung nicht mehr.

Und jetzt fängt er an zu erzählen. Auf die Art und Weise, daß er sich selbst damit überrascht. Plötzlich hört er nur seine eigene Stimme.

»Wie alle guten Geschichten«, beginnt Thomas Storyteller, »beginnt diese Geschichte in einer Bar.«

Und darum ist es so, daß das letzte, was Thomas mit Bella im Sommerparadies macht, nicht ist, die relevanten Fragen zu stellen, sondern draufloszuquasseln, mit einer eigenen Geschichte zu kommen.

»In der Bar traf der amerikanische Jagdflieger Jimmie Angel einen geheimnisvollen Mann, einen Abenteurer.«

Und er erzählt weiter, erzählt und erzählt, verliert sich in seiner Geschichte: Der geheimnisvolle Abenteurer versprach

Jimmie Angel, der selbst eine Person von der waghalsigeren Sorte war, viel Geld für die Durchführung eines geheimen Auftrags in den südamerikanischen Dschungeln. Sie fuhren los, ohne Karten, der Abenteurer beharrte darauf, daß Jimmie Angel nur nach seinen Anweisungen fliegen durfte. Sie landeten im Dschungel, und der Abenteurer verschwand, Jimmie Angel aber durfte nicht mitkommen, sondern mußte beim Flugzeug warten. Als der Abenteurer zurückkam, war seine Tasche voller Gold und Diamanten. Jimmie Angel glotzte und schwor sich insgeheim, er werde, wenn der Auftrag ausgeführt war, allein, auf eigene Faust, zurückkehren und ausfindig machen, woher das Gold und die Diamanten stammten. Und das tat er, Jahre später, als der Abenteurer selbst tot war.

Doch er landete zufällig in einem Hochmoor im Bergland. So saß das Flugzeug im Schlamm fest und rührte sich nicht von der Stelle. Also mußte Jimmie Angel, statt nach Gold und Diamanten zu suchen, zu Fuß durch so gut wie undurchdringliches Terrain, parallel zu den geheimen Pfaden der Indianer, ins Tal hinunter. Dennoch war die Reise nicht vergebens. Auf diese Weise entdeckte Jimmie Angel den höchsten Wasserfall der Welt, und dieser wurde nach ihm getauft. Das Flugzeug blieb im Schlamm zurück. Für immer.

»Es war ein Flamingo«, beendet Thomas Storyteller seine Geschichte, »ein *pretty flamingo*.«

»Thomas.« Bellas Gesicht öffnet sich zu einem Lächeln, sie richtet den Blick intensiv auf Thomas. »Das war eine ganz phantastische Geschichte. Hast du sie selbst erfunden?«

»Nee. Die steht hier.«

Thomas zeigt auf die Bausatzschachtel, die Innenseite des Deckels.

»Im Deckel. Im Kasten für *interessante Hintergrundfakten*.«

Oder bildet er es sich ein? Hat er überhaupt eine Geschichte erzählt? Hat sie sich überhaupt ihm gegenübergesetzt, hat sie überhaupt zugehört? Hat sie nicht zum x-tenmal gesagt: Herzenskind, wir müssen reden – – –

Ist er nicht vielleicht über die Veranda hinausgegangen? Steht er nicht schon am Ende von Johanssons und Rosas und Gabbes gemeinsamem Ponton? In Pyjama, Bademantel, hohen Stiefeln? Sieht über das dunkle Wasser hinaus, die dunklen Holme, der nächste ist der Huotaris, und kratzt sich am Arm, im Mondschein? Denn es ist beinah noch Vollmond, abnehmender Mond, und die letzte Sommerwoche steht bevor. Und nach dem Sommer kommen Herbst, Winter, Frühjahr und neue Sommer. Die Verheißungen neuer Sommer.

Nein. Er ist in seinem Zimmer. Sie steht auf der Küchentreppe und raucht. Kurze, nervöse Züge. Sie sieht ihn nicht. Er hat das Licht ausgemacht. Und jetzt dreht sie sich um, öffnet die Tür und schleicht durch die Küche zum Schlafzimmer, wo Rosa schläft.

Denn es hilft ja nicht, Märchen zu erzählen, mit Geschichten zu kommen. Bilder, Bilder vom süßen Leben. Das ist es, was Thomas, plötzlich nur Thomas und kein anderer, weiß.

Vom süßen Leben, ein Bild aus dem Stadtleben, vor langer Zeit: Kajus wird krank. Thomas bekommt Kajus' Eintrittskarte. Thomas und Isabella gehen zusammen ins Theater. Die Vorstellung? Nachher wissen Thomas und Isabella nichts mehr von der Vorstellung. Doch als der Vorhang fiel, fing es an, von der Decke Ballons zu regnen. An den Ballonleinen hingen Schaumbadflaschen. Thomas und Isabella haben von allen im Publikum die meisten Ballons gefangen. Daran erinnern sie sich. Sie sind nach Hause gefahren und haben ihre Beute geteilt. Thomas hat die Ballons bekommen, weil er ein Kind ist und ihm Ballons gefallen. Isabella hat sich der Schaumbadflaschen angenommen, weil sie eine Frau ist, die es liebt, Schaumbäder zu nehmen, und genau die Sorte Schaumbad, die in den kleinen Flaschen an den Ballonleinen ist, ist ihre Lieblingsmarke, Fenjala. Isabella und Kajus gehen ins Bad. Isabella leert eine kleine Flasche Schaumbad ins Wasser. Kajus stellt den Plattenspieler ins Badezimmer, und Thomas geht schlafen. Er bindet die Ballons an den Kopf- und Fußenden des Bettes fest, legt sich hin, macht das Licht aus, liegt da und starrt zu den dunklen Ballonsilhouetten hinauf, bis er einschläft, und er denkt, jetzt ist er in einem Luftschiff und fliegt, schwebt durch Zeit und Raum. Doch als er am frühen Morgen aufwacht, sind alle Ballons auf den Boden gesunken, sie haben schrumplige HAUT bekommen wie Kakao oder wie Kajus und Isabella, denn die sind in der Badewanne eingeschlafen. Sie sehen wie tot aus. Thomas ist ins Badezimmer gegangen, um zu pinkeln. Der Plattenspieler ist an. Die Platte dreht sich auf dem Teller, obwohl sie zu Ende gespielt ist. Thomas stellt den Plattenspieler ab, die Platte kommt zum Stillstand. Er steht eine Weile vor der Badewanne und sieht Isabella und Kajus an, die im Wasser schlafen, das kalt ist. Er taucht den Finger ins Wasser und prüft es, bevor er den Impuls hat, Kajus am Arm zu packen und ihn zu schütteln und zu jammern, wie es nur ein Junge kann, der mitten in der Nacht aufgewacht ist und Angst hat. »Wach auf. Steh jetzt sofort auf.«

Er tut es nicht. Er weiß es ja die ganze Zeit. Sie sind nicht tot: Isabellas Kopf ist zur Seite gerutscht, so daß ihre Wange am Badewannenrand liegt. Kajus sitzt sozusagen mehr aufrecht, geschlossene Augen, halboffener Mund. Das Lustige, was Thomas beinah zum Lachen bringt, obwohl er Angst hat und es mitten in der Nacht ist und still im ganzen Haus, sind ihre Beine, so gespenstisch milchweiß in dem grünen Badewasser. Die weiße Haut ist eklig, ohne Konturen irgendwie, besonders im Kontrast zu den schwarzen Beinhaaren. Kajus wie Isabella haben viele Haare auf ihren Beinen, Isabella rasiert sich immer zum Sommer, wenn sie einen Badeanzug trägt. Aber nicht über die Haare lacht Thomas. Sondern darüber, wie Isabella und Kajus liegen. Die Badewanne ist nicht lang, keiner von beiden kann die Beine in ihrer vollen Länge ausstrecken. Doch beide haben sich so gelegt, daß sie sich mit ihren Füßen gegenseitig abstemmen. Kajus hat einen Fuß in Isabellas dunkler Achselhöhe begraben, die im Winter ebenfalls behaart ist. Isabella liegt schräg auf der Seite. Ihre Füße sind auf Kajus' Bauch. Genauer gesagt, *in* Kajus Bauch.

Aller Schaum ist weggeschmolzen. Isabella wacht auf, sieht Thomas. Sie ist beinah erschrocken. Sie fragt, wo sie sei. Und sie sieht Thomas an, als sei sie hier falsch.

Rosa trägt den Strandkorb mit Butterkeksen, Erdnußbutter und anderen Keksen. Sie hat schwarzen Kaffee in einer Thermoskanne, Orangensaft in der anderen. Bella hat die Handtücher, die Stranddecke und das Sonnenöl dabei. Rosa hält ihr dunkles Haar mit einem rosa Band aus der Stirn, Bella hat ein Tuch auf dem Kopf, ein weißes Sonnentuch, und Bella wie Rosa haben ihre Sonnenbrillen auf. Rosa stützt den Oberkörper mit den Ellenbogen auf der Stranddecke ab und sagt etwas zu Bella, was man nicht hört, denn sie liegen ein ganzes Stück von allen anderen entfernt. Rosa reicht Bella einen Kaffeebecher, und Bella nimmt ihn und setzt sich neben Rosa auf die Decke. Sie streckt sich aus, und ihr Körper glitzert in der Sonne von Öl und Tropfen, denn sie hat sich gerade in der Strandbucht mit Wasser bespritzt. Das ist sehr schön, obwohl die Haut viel weniger gebräunt ist als sonst.

So sind Bella und Rosa den letzten Nachmittag am Strand des Sommerparadieses. Nach nur einer knappen halben Stunde werden sie zur Villa hinaufgehen, sich das Haar schneiden und nicht zurückkommen.

Rosa klopft eine Zigarette aus ihrem Päckchen, steckt sie in den Mund und streckt das Päckchen Bella entgegen, bevor sie sich Feuer gibt. Bella schüttelt den Kopf. Sie bringt sich in sitzende Stellung, blickt auf die Bucht hinaus. Sonnendunst und schlechte Sicht. Sogar Huotaris Holm gegenüber, der so nahe ist, kann man nur mit Mühe und Not ausmachen. Auch Rosa setzt sich auf, Rosa sagt etwas und lacht, Bella lacht auch.

Maj Johansson nähert sich im Bademantel. Der Gürtel hängt herunter, so daß ihr gewaltiger Monokini schon von weitem bestens zu sehen ist. Rosa und Bella bemerken Maj Johansson nicht, also ist es nicht Maj Johansson, über die sie sich amüsieren.

Thomas taucht unter Wasser. Er setzt sich auf den Grund, wo der Sand in Schlick übergeht. Er sieht durch seine Taucherbrille. Sonnenstrahlen sickern ins Wasser, die Schlickpartikel, die um ihn aufsteigen, wenn er mit dem Fuß im Boden rührt, sind grünbraun, ausgefranst wie Schneeflocken, wenn sie groß sind und langsam und dicht fallen, und man überrascht sich selbst bei dem Gedanken, daß auch der Winter ganz in Ordnung ist.

Er muß an die Oberfläche, um zu atmen. Über Wasser ist Erkki Johansson mit einem dunkelblauen Badeball beschäftigt, auf dem in großen weißen Buchstaben NIVEA steht. Er beschäftigt sich mit dem Ball schon eine ganze Weile und ist auf nichts Intelligenteres gekommen, als ihn ein paar Meter vor sich ins Wasser zu werfen und zu schreien, ganz so, als wäre es sehr eilig. Es ist wirklich nicht eilig, der Wind ist abgeflaut, obwohl es mitten am Tag ist. Plötzlich hat sich die Bucht einfach geglättet, obwohl es mitten am Tag ist, wo eine frische Nachmittagsbrise wehen sollte. Doch der wichtigste Grund dafür, daß sich Erkki so demonstrativ und lautstark mit dem Ball beschäftigt, ist, daß er Thomas mit hineinziehen will. Thomas weiß das. Er hat keine Lust. Er friert. Doch das Frieren will er überwinden, sich abgewöhnen. Darum ist er auch noch im Wasser, obwohl er friert, und darum versucht er, sich unter Wasser zu halten, wo es, wenn man lange genug drinnen bleibt, wärmer ist als an der Luft.

»Wirf den Ball, Erkki!« Maj Johansson ist unterwegs ins Wasser. Sie hat den Bademantel unter die Stranderle geworfen, wo sich Renée immer aufhält, wenn sie nicht irgendwo anders ist, im Ruti-Wald, im Erdkeller, hinter Johanssons Strandsauna oder an irgendeiner anderen ihrer Stellen, von denen es im Sommerparadies unendlich viele gibt. Thomas kann nicht mehr genau sagen, wo sie sich befindet. Ungefähr schon. *Eine von mehreren Alternativen.* Falls er daran denkt. Das tut er nicht. Augenblicklich ist er im Wasser, hat den Kopf voll mit anderen Dingen.

Maj Johansson ist ins Wasser gelaufen und hat die Hände Erkki Johansson und dem Ball entgegengestreckt, der eigentlich ihr, Pusu und Maj Johanssons, Badeball ist, ursprünglich reserviert für *Wasserspiele der Erwachsenen*, genau wie in der Reklame. Aber an und für sich. Der Ball wurde vor dem Sommer gekauft. Im Mai, als man durch Geschäfte gewandert ist, einen Einkaufswagen geschoben, sich auf die Sommersaison vorbereitet und geglaubt hat, man könne es kaufen – das Meeresrauschen und fröhliches Lachen am Strand, glühende Haut, kühle Abende nach heißen Tagen, wenn die Sonne hinter den Bäumen verschwunden ist, schimmernde Mücken in den letzten Sonnenstrahlen, die durch die Bäume über die Bucht fallen.

Erkki wirft den Ball Maj Johansson zu. Maj Johansson fängt ihn auf. Sie steht im Wasser, das ihr bis zum oberen Rand der Monokinihose reicht, nicht viele Zentimeter von dort entfernt, wo die langen Brüste anfangen. Sie schielt zu Bella und Rosa, die für sich allein am Strand sitzen und so leise reden, daß man nicht hört, was sie sagen. Sie überlegt, ob sie ihnen zuwinken soll. Bevor sie sich entschließen kann, haben sich Rosa und Bella wieder auf die Decke gelegt. Rosa mit dem Kopf auf Bellas Bauch, Bella mit einer Hand in Rosas Haar, in dem sie zerstreut herumfingert, während Rosa zum Himmel aufsieht und redet, redet.

Und Bella und Rosa werden gleich gehen. Aufstehen, ihre steifen Glieder strecken, die Kleidung abklopfen, die Stranddecke zusammenrollen, Kaffeebecher, Saftbecher und Kekspackungen zurück in den Strandkorb legen, die Handtücher ausschütteln und sich um den Hals legen wie Boxer. Rosa wird die Füße in ihre Sandalen stecken, dieselben weißen mit Goldknöpfen und Lederriemen kreuz und quer über den Fuß, Bella wird einfach gehen, denn sie ist barfuß. Dann werden sie oben in der Allee verschwinden. Noch nicht ganz. Aber in ungefähr fünf Minuten.

Thomas ist dazu übergangen zu versuchen, alle Rekorde

im Unter-Wasser-die-Luft-Anhalten zu brechen. Er zählt für sich die Sekunden, obwohl er weiß, daß man sich auf sein eigenes lautes Zählen nicht verlassen kann. Es ist ja nicht gesagt, daß man jedesmal auf die gleiche Weise zählt, daher ist es so kein objektives Maß. Er denkt, er sollte eine Stoppuhr haben. Er denkt weiter, daß er sich zu Weihnachten eine Stoppuhr wünschen wird, eine, die wasserdicht ist, so eine wie die, die Renée beim Regattensegeln wie einen Schlüssel in einem roten Plastikfutteral an einem Band um den Hals hängen hat und die auch zum Zeitnehmen beim Wettlauf, auf Johanssons Hofplatz benutzt worden ist, während der Olympischen Spiele, die neulich veranstaltet wurden, weil Sport eine Methode ist, die Freundschaft zwischen allen Nationalitäten der Welt zu befördern, und vor allem, weil Maj Johansson ein schlechtes Gewissen wegen eines gewissen Vorfalls am Strand hatte, an einem verpfuschten Tag vor langer Zeit, als der Verein für Unterwasserforschung noch existierte. Sie hat Preise vorbereitet und alles mögliche. Und als Thomas sich dafür gemeldet hat, Amerika zu sein, und auch Renée sich gemeldet hat, Amerika zu sein, und natürlich auch Erkki Johansson sich gemeldet hat, Amerika zu sein, hat Maj Johansson nur gesagt, es gebe sicher viele sportliche Begabungen in Amerika, und so sind alle Amerika gewesen und Erkki Johansson war schließlich der einzige Sportler auf dem Platz, nachdem sich die beiden anderen unverständlicherweise schwer verletzt hatten, zuerst Renée und dann Thomas. Thomas, unter Wasser, denkt, daß er, hat er erst eine richtige Stoppuhr, ein objektives Maß dafür haben wird, wie lange er es schafft, unten zu bleiben, und ausgehend von diesem Maß wird er einen zielbewußten Trainingsplan aufstellen können, um noch besser zu werden, sich noch länger unter Wasser halten zu können.

Aber Weihnachtsgeschenke, Weihnachten. Fällt ihm nicht ein, wie es im neuen Leben zum Beispiel mit Weihnachten und Weihnachtenfeiern gehen soll?

Vielleicht, ein wenig.

Er kommt an die Oberfläche. Er muß atmen.

Dann wird er wütend auf sich selbst. Weihnachten, Weihnachtsgeschenke; soll man *so* denken, kurz vor Beginn seines neuen Lebens? Aber gleichzeitig dennoch wieder: diese Stimme in seinem Zimmer, Bellas Stimme, die er nicht wegbekommt:

»Hallo, Herzenskind, mir müssen reden.«

Nein. Thomas schüttelt den Kopf, prustet, sieht zu den Strandfrauen auf dem Fels, Bella und Rosa, stemmt sich im Kopf gewissermaßen gegen sie.

Rosa und Bella liegen noch immer auf dem Fels. Rosa hat ihre Sonnenbrille abgenommen und ist dabei, ihre Bluse zuzuknöpfen, eine ärmellose weiße Sommerbluse mit vielen klitzekleinen Knöpfen vorn. Bellas Finger sind in Rosas Haar. Ziehen ein paar Strähnen heraus, messen sie mit dem Auge. Lang, nicht wahr?

Maj Johansson aber, mit dem Ball in der Hand im seichten Wasser, ist, während ihr Monokini langsam unangenehm feucht von dem kalten Wasser wird, für Sekunden von Unentschlossenheit befallen. Sie hat den Ball in der Hand. Der Ball ist blau, und die weißen Buchstaben darauf sind groß, herausfordernd. Die Sonne scheint, es ist Zeit für fröhliche Wasserspiele. Aber: *Was soll sie machen mit dem Ball?* Plötzlich hat sie keine Ahnung.

Sie fühlt sich völlig deplaziert. *Absolut albern*, wie es in Maj Johanssons Sprache heißt. Sie ist doch ein erwachsener Mensch. Warum steht sie hier mit bloßen Brüsten im seichten Wasser und macht sich lächerlich?

Maj Johanssons Gefühl von Deplaziertheit dauert nur ein paar Sekunden an, dann taucht Thomas' Kopf über der Wasseroberfläche auf. Und Maj Johansson sieht ihn und kommt darauf, daß sie, wenn Thomas über der Wasseroberfläche bleibt, wo er jetzt ist, und Erkki Johansson etwas seitlich daneben steht, wie er es schon tut, alle drei, Thomas, Erkki und Maj Johansson, gewissermaßen einen Kreis bilden. Und dann muß man nur noch anfangen, den Ball zu werfen, von einem zum anderen zum dritten. Irgendwo hinter ihnen kommt Pusu Johansson aus Johanssons Haus, und Maj Johansson ruft Pusu zu, er solle den Fotoapparat holen und sie knipsen.

»Pusu! Hol die Instamatic. Komm, mach ein Bild!«

Jetzt stehen die Strandfrauen auf, jetzt sind sie unterwegs.

Thomas fröstelt so, daß die Zähne klappern. Erkki friert überhaupt nicht. Er lacht mit offenem Mund Thomas zu, würde sicher mit dem Schwanz wedeln, wäre er ein Hund, und gerade als Thomas einfach weggehen und den Ball, der in seine Richtung fliegt, nicht fangen, sondern weiter übers Wasser fliegen lassen will – und weiter und weiter mit dem Wind, denn der frischt wieder auf und weht jetzt vom Strand her –, da denkt er, nein, Erkki Johansson ist kein Hund, er ist Maj und Pusu Johanssons Junge und zwei Jahre jünger als Thomas, aber es ist doch ganz okay mit Erkki Johansson. Es ist ja nicht Erkkis Schuld, daß er die lächerlichste Mutter des Sommerparadieses hat, die mit den hängendsten Brüsten. Und plötzlich tut Erkki Thomas deswegen leid. *Eine Welle der Zärtlichkeit* überschwemmt Thomas in Beziehung auf Erkki Johansson, und er beschließt, stehenzubleiben und Ball zu spielen, obwohl Pusu Johansson kommt, den Fotoapparat in höchster Bereitschaft, und er sich vor Renées Augen nicht vorstellen könnte, freiwillig mit auf einem solchen Bild zu sein, *mit Erkki Johansson und Maj Johansson im Monokini.*

Und obwohl er sich in irgendeiner dunklen Ecke auch bewußt ist, daß Rosa und Bella ihre Sachen gepackt haben und jetzt aufbrechen, irgendwie gedämpft, ohne viel Wesens um sich zu machen wie sonst.

Sie wollen hinauf ins Atelier und sich das Haar schneiden. Ihre Frisuren sind unmodern geworden. Oben in der Allee hakt sich Rosa bei Bella ein. Bella beschleunigt den Schritt, entgleitet Rosas Griff.

Pusu Johansson fotografiert. Erkki und Maj Johansson und Thomas lachen und bespritzen sich gegenseitig mit Wasser. Auch Thomas. Aber ihm klappern weiter die Zähne, und seine Lippen wären blau abgebildet, wäre ein Farbfilm in Johanssons Fotoapparat. Das ist es nicht. Und es ist keine Instamatic, sondern eine manuelle Kamera im Boxmodell; sie nennen sie nur Instamatic. Dann plötzlich verschwinden Maj, Pusu und Erkki Johansson hinauf zu Johanssons Haus, in dem hitzigen Tempo, das Maj Johanssons Eifergeschwindigkeit ist, wenn sie jetzt, wie sie es ausdrückt, sich *aufs neue wie ein Kind fühlt*. Sie frieren jetzt, die Johanssons: Maj Johansson zerrt an Erkki, der sich sträubt. Sie müssen hinauf wegen trockener Handtücher, sich frottieren, etwas essen, denn sie haben Hunger, sich umziehen, denn die Vettern kommen zum Abschiedskaffee, weil morgen oder übermorgen oder am darauf folgenden Tag die große Fahrt beginnt, abhängig vom Wetter.

Erkki versucht, sich umzudrehen, um Thomas etwas zu sagen, aber daraus wird nur ein Winken, wobei er aus dem Konzept kommt, weil er den Ball fallen läßt und ihm nachlaufen muß. Und als Erkki den Ball wieder erwischt hat, haben sie es noch eiliger, die Johanssons. Sie müssen ins Haus und sich mit dem beschäftigen, womit sie sich als nächstes beschäftigen müssen, entsprechend dem Sommer-Familien-Schema, nach dem ihr Tag eingeteilt ist.

Thomas winkt zurück, obwohl Erkki es nicht sieht. Er frottiert sich den Körper fest mit dem Handtuch, bis er wieder trocken und warm ist, und zieht sich an, lange Hose und dicken Wollpulli. Es ist zwar den ganzen Tag über Sonne gewesen, aber es herrscht wirklich keine Hitzewelle, der Wind ist ziemlich kalt, und in der Luft liegt weiter diese Rauheit, die an den Herbst erinnert.

Renée kommt aus dem Ruti-Wald. Sie geht über den Strandfels an Thomas vorbei, hinunter zur Brücke und ins Ruderboot der weißen Villa, löst die Vertäuung und rudert los.

»Warte!« ruft Thomas. Doch sie wartet nicht.

Thomas segelt mit LANGBEN nach Vindön. Er sieht sie ganz von weitem: ein leuchtender Punkt im Schilf. Er schöpft Wasser aus dem Boot, der Wind nimmt ständig zu, es geht voran. Er spürt ihn wieder, den Rausch der Geschwindigkeit. Fijuuuh. Einmal steigt er sogar in ihm auf, dieser Song, der Viviann-Song, jetzt aber gewissermaßen ohne Zusammenhang mit Viviann. *My Boy Lolly Pop.* Nur ein Lied. Ein Schlager wie jeder andere, wenn auch mit unbestreitbar mitreißendem Refrain.

LANGBEN braust in so scharfem Tempo auf Vindön zu, daß sogar Renée auf einen Stein im Schilf springt und voll sichtbar erscheint, mit den Händen fuchtelt und Thomas zuruft, er solle auf den Rumpf aufpassen. Es gefällt ihr nicht, daß er LANGBEN benutzt, wenn sie nicht dabei ist. Er weiß das, obwohl sie nichts sagt. Aber sie kann es ihm logischerweise nicht verbieten, weil das Boot ihnen gemeinsam gehört. Erst im nächsten Frühjahr ruft Gabbe Kajus in der Stadtwohnung an und fragt, ob er Kajus seinen Anteil an LANGBEN *abkaufen* könne.

Thomas kümmert sich nicht um Renée. Er tut so, als höre und sehe er nichts. Erst als er ganz nahe am Schilfrand ist, holt er die Schot dicht und luvt an gegen den Wind, läßt die Schot los, zieht das Schwert hoch und springt aus der Jolle ins Wasser – er ist barfuß und hat vorher die Hosenbeine hochgekrempelt –, zieht dann vorsichtig mit Renées Hilfe das Boot ein Stück an Land und zurrt das Segel mit der Schot am Mast fest.

»Die Insel ist privat«, sagt Renée, als LANGBEN daliegt.

»Da scheiß' ich drauf. Beleidigte Leberwurst.«

Thomas geht direkt zur anderen Seite hinüber. Folgt der Uferlinie, tritt fest auf, es prasselt unter den Füßen. Eine besondere Art Vindö-Insekten, die nicht stechen, aber eklig sind, kriechen einfach unter der Kleidung rasch über den ganzen Körper, ein ranziger Vindö-Geruch von Rohr, Eierschalen, faulem Fisch und Gräten dringt in die Nase. Er kommt zur anderen Seite, sieht hinüber zu Lindberghs Strand. Das glänzende Mahagoniboot ist an der Brücke vertäut, eine grüne Persenning über den Rumpf gezogen. Klas oder Peter Lindbergh und ein unbekanntes Mädchen sind auf der Brücke. Eine Freundin, das ist deutlich, aber kein Viviann-Typ. Diese hat dünnes blondes Haar und trägt eine dunkelblaue Schirmmütze. Sie gehen an Bord. Das Mädchen fängt an, mit geübten Handbewegungen die Persenning abzuknöpfen. Löst die Vertäuung, Klas oder Peter startet, und sie fahren los. Es ist wieder still. Der Blödmann? Kein Blödmann ist irgendwo.

Ein Krachen hinter ihm, und im nächsten Augenblick ist er auf den Boden gefallen und liegt wieder auf dem Bauch, Rohr und verrotteten Holm tief in der Nase. Sie ist auf ihm, doch es ist kein Spiel wie manchmal, wenn sie unversehens von hinten kichernd auf ihn springt und sagt, er habe da eine Zecke – »die frißt sich genau hier ein, man muß sie gegen den Uhrzeigersinn drehen. Ich hab's getestet. Jetzt dreh' ich« –, sozusagen als Alibi, um ihn in den Nacken kneifen zu dürfen. Es ist ernst, sie ist aus irgendeinem Grund wütend, er kennt alles an ihren Bewegungen. Und plötzlich brüllt er vor heftigem Schmerz auf. Sie hat ihm die Zähne in den Arm geschlagen. Ihn gebissen, durch seinen dicken Wollpullover hindurch.

Und es wird eine Spur zurückbleiben. Eine Narbe, die sich eine Weile hält. Auch noch längere Zeit. Aber recht bald nur noch als ein roter Fleck, an dem nichts Besonderes ist, der aussieht wie jedes beliebige allergische Ekzem.

Thomas windet sich unter ihr, kämpft sich frei. Sie wird weggeschleudert, er aber wirft sich wieder über sie, und sie ringen, schlagen sich, er reißt sie am Haar, dem wenigen, was noch da ist, tritt, ganz außer sich – bis er sich beherrscht und losläßt. Aufhört zu schlagen. Aufsteht. Sich abklopft. Der Schmerz im Arm läßt nach.

Das alles ist ja kein Witz.

Auch sie hat aufgehört, überrascht von seinem heftigen und uneingeschränkten Rückzug. Steht ein Stück von ihm entfernt, sieht ihn an, atmet. Laute, erregte Atemzüge, die langsam ruhig werden, leise, normal.

Er befühlt seinen Arm. Es tut weh.

»Kann ich mal sehen?« Sie nähert sich. Ihre Stimme ist wieder normal. Sogar etwas neugierig. Als wolle sie einem objektiven Interesse im Namen der Wissenschaft Ausdruck geben.

»Du bist krank im Kopf«, murmelt er.

»Geschieht dir recht«, sagt sie da. »Du Idi.«

Und geht weg. Mitten in die Büsche, aus denen sie eben herausgestürzt ist und ihn von hinten angegriffen hat. Geradewegs hindurch geht sie, ohne irgendeinem Hindernis auszuweichen. Äste knicken ab, brechen durch.

Thomas wandert entlang der Uferlinie zurück zu den Booten. Er zieht die Schwimmweste an, macht LANGBEN los. Zurrt alles fest, was im Boot locker ist, der Wind hält an, es wird ein hartes, nasses Kreuzen zurück werden. Die Bucht breitet sich grau und mit leuchtendweißem Schaum vor ihm aus, irgendwie wild im Sonnenlicht, das für ein paar Sekunden durch die ansonsten undurchdringliche weißgraue Trübe bricht.

Ihr orangefarbener Pulli, verunstaltet durch Garnstiche auf der Schulter, die irgendwann weiß waren und es jetzt nicht mehr sind. Er hat ihn im Blick, aus den Augenwinkeln.

Sie ist wieder da, hockt, an den Ruderbootbug gelehnt, ein paar Meter von LANGBEN entfernt, Steinchen in der Hand, wirft vor sich im Schilf Steine ins Wasser. Plopp, plopp: sehr kleine Steine. Die Pulliärmel hochgekrempelt, die Armhaut nicht gerade sonnenverbrannt, aber schon patiniert, schrumplig, sommertrocken, so daß, wenn man sich kratzt, weiße, pulverige Striemen darauf erscheinen. Genau wie seine.

»Nehmen wir LANGBEN ins Schlepp?« fragt sie. »Sonst mußt du kreuzen.«

Kajus ist aus Lappland zurückgekommen. Das weiß jeder außer Thomas. Als Thomas die Karte mit dem Lappen in der Tundra bekommt, wohnt Kajus schon wieder zu Hause in der Stadt. Thomas hat an Johanssons Telefon mit Kajus gesprochen, und er hat sich die ganze Zeit eingebildet, mit Lappland zu sprechen, obwohl während des Gesprächs keine Orte genannt worden sind. Kajus hat gesagt, sie müßten irgendwann zusammen nach Lappland fahren. Thomas hat genickt, doch sein Nicken war im Telefon nicht zu hören.

Thomas nimmt die Zwei-Liter-Blaubeerkanne und geht in den Wald. Er bleibt dort mehrere Stunden, denn er trifft auf Johan Wikblad und Ann-Christine, die Multbeeren suchen. Thomas zeigt ihnen den Weg zu einer Stelle, von der er als einziger von allen weiß, einer tiefen Talsenke ein ganzes Stück weiter weg. Das Rot und Gelb leuchtet intensiv in den Augen, und der Duft ist schwer und sticht in den Nasenlöchern.

»So was kriegt man höchstens einmal in zehn Jahren zu sehen«, sagt Johan Wikblad und fängt an zu pflücken. Und sie pflücken. Sie pflücken und pflücken, ernten das ganze entlegene Tal ab.

Als Thomas wieder nach Hause kommt, die Kanne randvoll mit weichen gelben Multbeeren und hellgelben und roten, die hart und unreif sind, ist die weiße Villa verlassen. Fußförmige rosa Zettel liegen auf dem Küchentisch und im großen Zimmer. Thomas erkennt sie wieder. Sie sind aus Rosas *HappyFeetMemo*-Block ausgerissen. Auf dem ersten rosa Zettel steht:

»Thomas! Wir sind nach Kopenhagen gefahren, uns umsehen in der Welt. Kommen prima zurecht! Im Kühlschrank sind Butterbrote und im Gestell Dickmilch. Kajus kommt heute abend. Küsse. B.« Es ist Bellas Handschrift. »Auch von mir«, steht in krakeligen Rosa-Buchstaben darunter. Der Satz ist eingerahmt von einer Sonne, von der strahlenähnliche Pfeile zum Wort »Küsse« verlaufen.

Auf den Zettel im großen Zimmer hat Bella geschrieben: »Thomas! Guck in die blaue Dose auf dem untersten Brett im Büfett. Da gibt's Überraschungen!«

Thomas findet die blaue Dose, die die ganze Zeit in der weißen Villa dafür bestimmt war, Kekse und Bonbons aufzubewahren, aber meist leer stand, weil Bella und Thomas ihre Kekse und Bonbons direkt aus der Packung gegessen haben und sie alle waren, bevor es dazu kam, sie in eine Dose zu tun. Er hebt den Deckel, und drinnen sind zwei Schokoriegel von der Sorte, die er am liebsten mag, und eine Tüte englische Lakritze, auch von der Sorte, die er am liebsten mag, wohl in Schweden gekauft, denn die Größe der Tüte ist Extra King Size, und solche Tüten sind in gewöhnlichen Geschäften nicht erhältlich. Spezialbonbons. Solche, die man normalerweise in Geschenkpapier einwickelt und zu Weihnachten oder zum Geburtstag verschenkt.

Thomas steckt die Fußspuren in die Tasche, nimmt die Multbeerenkanne und geht hinaus. Johan Wikblad und Ann-Christine essen im roten Häuschen Omelett. Es riecht nach Gebratenem und irgendwie auch nach Würstchenbude, wie im Vergnügungspark, doch das ist nur eine rasche Assoziation in Thomas' Kopf; dann denkt er an all die Dickmilch im Gestell, die nicht dick wird, weil Hundstage sind, und dann tut er sich selber leid, auf die Weise, daß die Lippen und bestimmte Gesichtsmuskeln zu zittern beginnen. Doch nur einen Augenblick, dann ist alles wieder wie gewöhnlich. Ann-Christines und Johan Wikblads Multbeereneimer stehen direkt hinter der Tür, wo er selbst eine Weile im Dunklen stehengeblieben ist. Wald, Multbeeren und Multbeerenmoorduft gewinnen die Oberhand, und Thomas stellt seine Beerenkanne auf den Tisch und setzt sich auf die lange Bank. Ann-Christine holt einen Teller und serviert, und es ist

Omelett mit Würstchen darin. Nach dem Essen putzen Ann-Christine und Thomas und Johan Wikblad die ganze übrige Zeit Multbeeren, bis Gabbe nach Hause kommt und sich die Nachricht, daß Rosa und Bella nach Kopenhagen gefahren sind, um sich in der Welt umzusehen, die Kinder sich selbst überlassen haben, wie es in Maj Johanssons Version, die bald die offizielle wird, heißt, verbreitet und schließlich auch das rote Häuschen erreicht.

In der Nacht kommt Kajus zurück. Er trägt Thomas vom roten Häuschen zur weißen Villa. Früh am Morgen wacht Thomas in seinem Bett auf. Er steht auf und schleicht zur Bodenabseite. Das Messer, das er hinter der Tapete in der Wand versteckt hat, ist weg. Er ist nicht überrascht. Er hat fast die ganze Zeit gewußt, daß es so sein würde.

Er zieht sich an und geht zurück zum roten Häuschen. Er kriecht unter die Decke auf dem Bauernsofa, wo er am Abend zuvor eingeschlafen ist. Er streift die Turnschuhe ab, und unter der Decke zieht er sich aus. Schlängelt sich aus Kleidungsstück nach Kleidungsstück, bis er völlig nackt ist und die Decke seine Haut unangenehm sticht. Aus irgendeinem Grund wird er sich genau an dieses Detail erinnern. Er zieht sich aus, obwohl es ganz unnötig ist und er die Unterwäsche sehr gut als Pyjama hätte anbehalten können.

Thomas lebt das Rote-Häuschen-Leben. Lange Tage, halbbedeckt oder bedeckt. Thomas und Johan Wikblad sitzen abends am Bauerntisch und malen Johan Wikblads Balsahaus mit Humbrol-Hobbyfarben an, während Ann-Christine mit verschiedenen Dingen beschäftigt ist. Das Haus wird sehr hübsch, gelbe Wände, weiße Eckleisten, grünes Dach. Die Arbeit verlangt große Konzentration, damit die Farbe gleichmäßig wird und nicht tropft. Ann-Christine liest aus der Edda vor, ein ebenso gutes Buch wie der beste Abenteuerroman. Ann-Christine pfeift. Ann-Christine backt Brot, kocht Multbeermarmelade, redet französisch mit sich selbst, um ihr Wissen am Leben zu erhalten, und Thomas und Johan Wikblad verstehen kein Wort. Thomas lacht über Ann-Christine, wie er es während des ganzen Sommers getan hat. Alles, was Ann-Christine sagt, ist so lustig, es ist etwas in ihrer Art zu sein, und wenn sie sagt: »Nur über meine Leiche«, kann er noch immer Ann-Christines Leiche vor Augen haben, riesenhaft ist sie, unausweichlich. Und das ist in gewisser Weise nur komisch und nicht morbid, wie es klingt, so daß er es für sich behalten muß. Kajus taucht manchmal auf. Thomas kümmert sich auch nicht darum, wenn ein Anruf für ihn persönlich aus Kopenhagen kommt und Maj Johansson in Große-Fahrt-Sachen über den Hofplatz zum roten Häuschen rennt. JETZT sind Johanssons unterwegs, denn es ist ein Vormittag, an dem die Sonne ein klein wenig länger scheint, so daß man beinah glauben könnte, der Sommer sei zurück. Raus aufs Meer, sagt Maj Johansson und sieht nach Abenteuern und weiter Welt aus, doch das sagt sie nicht laut, in Anbetracht der Umstände. Maggi Johansson wird unter Zwang an Bord geführt. Sie hat kein Interesse daran, das Sommerparadies zu verlassen, nachdem sie und Nina in Johanssons Sauna gezogen sind und einen langwierigen, unentschiedenen Kampf darum führen, wer *ihn* am Ende kriegen wird. In der ersten Nacht von Johanssons großer Fahrt, als Johanssons an der Porkela udde vor Anker liegen und alle schlafen, geht Maggi Johansson an Land und spaziert und trampt zurück zum Sommerparadies. In der folgenden Nacht steht sie vor Gabbes und Rosas Haus und wirft Steine an Ninas Fenster. Als Nina und Gabbe die Geräusche hören, glauben sie zunächst, es sei Renée.

Thomas kommt nicht ans Telefon.

»Fahrt ihr nicht bald?« fragt er Maj Johansson. »Wenn ihr nicht bald fahrt, verschwindet die Sonne wieder«, murmelt er etwas leiser, wenn auch hörbar, und wenn Maj Johansson nicht wüßte, daß Thomas einem leid tun kann, daß er jetzt ein armes Kind ist, wie es in den Chorälen heißt, die in

Maj Johanssons Kopf ertönen, wenn sie an Bella und Rosa und all das übrige und nicht an große Fahrt, Sonnenhut und Hinaus-in-die-Welt denkt, würde sie das als Frechheit auffassen.

Thomas fährt mit Ann-Christine und Kajus und allen Kindern im Sommerparadies, nämlich Nina und Maggi, in den Vergnügungspark. Kajus hat die Idee, daß sie alle miteinander mal raus müßten, auf andere Gedanken kommen. »*The show must go on*, sozusagen«, sagt Kajus. Thomas sieht ihn verständnislos an. *Was schwatzt Kajus da?* Thomas denkt schon an anderes. An Johan Wikblads Balsahaus, an bestimmte Szenen aus der Edda, fragt sich, was Renée im Wald vorhat und was Maj Johansson sagen wird, wenn sie mit eigenen Augen sieht, wie hoch die Wellen auf der Porkelabucht sein können. Absolut nichts gegen diesen Schlammtümpel. Kajus irrt sich also, doch das macht auch nichts. Das ist okay. Der Vergnügungspark ist eine blöde Idee, aber okay. Thomas steht an einem runden Tisch, über dem Miniaturflugzeuge kreisen, die vor einem Bomben mit Nadelspitzen auf ein Papier fallen lassen, wenn man auf einen Knopf drückt. Wo die Nadel landet, steht eine Ziffer, und es geht darum, in der richtigen Sekunde auf den Knopf zu drücken. Derjenige, dessen Bombe an der höchsten Ziffer steckenbleibt, gewinnt die Runde und bekommt eine Fünfundvierziger als Preis. Thomas' Bombe kommt bei zehn herunter. Er gewinnt seine Runde und bekommt die Platte HELP von den Beatles. Gott sei Dank, daß der Plattenspieler in der Stadtwohnung ist. Eine kurze Sekunde, *einen flüchtigen Augenblick* lang, sieht Thomas Hände vor sich, ausgestreckt auf einem Tisch in einem Café an einer Tankstelle. Seine Hände und Rosas Hände, und wie er errötet, noch immer, obwohl das Wochen her und die Situation jetzt eine ganz andere ist. In Kajus' Auto auf dem Heimweg schenkt Thomas die Platte Nina Engel. Das ist dumm von ihm. Jeder im Auto glaubt plötzlich, er sei verliebt in Nina. Maggi, Nina selbst, Kajus und Ann-Christine auf den Vordersitzen, alle lachen gleichermaßen einverstanden. Nina legt den Arm um Thomas. Thomas schüttelt ihn ab und sieht aus dem Fenster.

»Eieieieiei«, murmelt Maggi vielsagend. Thomas denkt, sie sei eifersüchtig auf Nina, weil diese die Platte bekommen hat. Jetzt hat Nina die Platte und Jake. Obwohl – an und für sich, das weiß hier noch niemand, und es gehört auch nicht zu dieser Geschichte, aber ein Trost könnte für Maggi vielleicht sein, zu wissen, daß, wenn Nina Jake jetzt hat, Maggi ihn sicher später bekommt. *Vorliebnehmen mit dem Rest der Zeit* – eine Ewigkeit, wie Maj Johansson oft zu Bella gesagt hat, vor langer Zeit, wenn sie zum Scherzen aufgelegt war –, die sie mit Pusu Johansson bekommen habe. Das war damals, als sie und Bella am Strand die Laken wuschen, wie richtige Frauen, und Rosa Engel nur ein Engel in Weiß mit Stadtmanieren war, der an den Strand getrippelt kam, vorbei an Bella und Maj Johansson, hinaus auf die Brücke, und sagte, kurz bevor Lindberghs Boot sie zu den Villen jenseits des Sundes am offenen Meer abholte: Herrjemine, seid ihr fleißig – nie und nimmer könnte sie Laken mitten im schönen Sommer so rubbeln.

Thomas denkt, er könnte allen erzählen, daß sein Entschluß, die Platte Nina und keinem anderen im Auto zu schenken, ein Zufall war. Nina saß ihm gerade am nächsten. Er tut es nicht. Er schweigt und sieht aus dem Fenster.

Kajus trommelt vorsichtig mit dem Finger ans Lenkrad.

Ann-Christine sagt etwas Lustiges.

Kajus lacht und hupt, und dann biegen sie in den Waldweg ein. Es dämmert. Die Dunkelheit kommt früh im August.

»Wie war es in Lappland?« fragt Thomas am selben Morgen, als er von sich aus ins rote Häuschen zurückgekehrt ist und Kajus ein paar Stunden später auftaucht und in der Türöffnung herumhängt, traurig aussieht und nicht weiß, was er sagen soll. Thomas, nackt, aber den Körper in die Schlafdecke gehüllt, sitzt auf der langen Bank am Bauerntisch und wartet darauf, daß das Frühstück serviert wird. Kajus antwortet, mit den Mücken sei es hart gewesen. Ann-Christine kommt mit einem Tablett aus der Küche, auf dem Kakao und Butterbrote sind. Sie bittet Kajus, sich an den Tisch zu setzen und auch einen Happen zu essen. So frühstücken sie alle drei. Kajus, Thomas und Ann-Christine.

Im nächsten Sommer wird ein neues Mädchen im roten Häuschen sein. Sie heißt Annette, und sie ist schöner als Ann-Christine und sogar als Helena Wikblad. Annette wird sich eine große Familie wünschen und in drei Jahren nacheinander drei Kinder bekommen, und Johan Wikblad, Annette und die Kinder werden eine große Familie sein, die im roten Häuschen nicht genug Platz hat, und sich darum bei Johanssons Vettern erkundigen, ob es möglich sei, die weiße Villa zu mieten, die leer gestanden hat in den Sommern, nachdem Thomas und Kajus im August 1965 das Sommerparadies verlassen haben. Es ist möglich. Vertrag auf Jahresbasis. Annette aber ist nicht so eine Person wie der Filmstar. Es ist absolut nicht das gleiche Vergnügen, von Annette becirct zu werden, wie es war, von Bella-Isabella becirct zu werden, die sich wirklich sehr anstrengte, charmant und filmstarhaft zu sein, wenn die Vettern einmal im Jahr zu Besuch kamen, um eine eventuelle Erneuerung des Mietvertrags zu diskutieren, der immer auf Jahresbasis abgeschlossen wurde.

Und Anfang der siebziger Jahre steht die weiße Villa zum Verkauf. Die Unterhaltskosten verschlingen einen beträchtlichen Teil des Budgets der Vettern, und Bargeld hat man ja nie zuviel. Annette und Johan Wikblad können es sich natürlich nicht leisten, die weiße Villa zu kaufen, und da ist es an Maj und Pusu Johansson, in dieser Sache zuzugreifen.

»Wir knausern nicht«, sagt Pusu Johansson und legt eine reelle Anzahlung auf den Tisch. Und so sind es Maj und Pusu Johansson, die die Vettern für ihre Anteile an der weißen Villa abfinden, sie fortan ihr eigen nennen und bis zur Unkenntlichkeit renovieren, sie rot anstreichen, mit weißen Giebeln außen, wegen der Heizkosten das Dach absenken, die alten Kachelöfen, die nicht mehr ziehen, herausreißen und im großen Zimmer einen offenen Ziegelkamin mauern.

Die Vettern verkaufen eine kleine Parzelle an Johan Wikblad und Annette, dort, wo einmal der Ruti-Wald war. Dort bauen sie dann für sich ein eigenes Rundbalkenhäuschen mit Bootsplatz und Schwimmrecht nicht am Strand der weißen Villa oder, wie man inzwischen sagt, »der Villa«, sondern an der Pontonbrücke am Strand daneben, der nach wie vor zur Hälfte einer Familie gehört, die früher einmal Engel genannt wurde, die aber fast nie mehr im Sommerparadies ist, weil sie sich »etwas Kleines« auch in den richtigen Schären angeschafft hat und mit der Zeit das Haus auf dem Berg ständig vermietet.

Und natürlich: Die Vettern lassen einen beträchtlichen Teil des großen Waldes abholzen, mit Hilfe eines günstigen Forstwirtschaftsdarlehens.

Und so weiter, und weiter geht die Geschichte vom Sommerparadies bis in alle Ewigkeit. Doch sie ist nicht wichtig. Sie hat keine Schnittpunkte mehr mit dieser Geschichte.

Als sie vom Vergnügungspark nach Hause kommen, ist es stockfinster. Kajus sieht Thomas bittend an. Thomas aber folgt Ann-Christine und Johan Wikblad, der ihnen auf dem Weg begegnet, zum roten Häuschen. Gabbe kommt ihnen entgegen, die Taschenlampe in der Hand. Er ist im Schein der Lampe weiß im Gesicht. Er will jetzt in den Wald. »Kommt jemand mit?«

Renée hat Zelt und Schlafsack genommen und ist in den großen Wald gegangen. Sie verlegt den Zeltplatz jeden Tag, aber schläft nicht im Zelt, zumindest nicht in den Nächten, in denen sich Gabriel mit denen in der zweiten »Patrouille« anschleicht und früh im Morgengrauen das Zelt umringt, um sie, die drinnen ist, zu überraschen. Dann haben sie jedesmal Gelegenheit, das gleiche zu merken. Sie ist irgendwo anders.

Es ist Thomas' Zelt, das Zelt, das vor zwei Jahren ein Weihnachtsgeschenk war, doch daran denkt er nicht so oft, denn es war in diesem Sommer über einen Monat auf dem Hofplatz der weißen Villa aufgeschlagen und hatte schon da nichts mehr bedeutet. Das Zelttuch ist ausgebleicht, und das Mückennetz ist kaputtgegangen, und so wenig denkt Thomas schließlich noch daran, daß er selbst nicht einmal sagen kann, zu welchem Zeitpunkt genau es vom Hof verschwunden ist.

Man sucht nach Renée, demnach. Die Kinder am Tag, die Erwachsenen abends, wenn die Männer von ihrer Arbeit kommen. Gabbe, allein oder mit jemand anders, manchmal auch nachts. Das heißt *mit einem Suchtrupp suchen*, doch das weiß nur Thomas, denn er ist der einzige im Sommerparadies, der als Hobby bei den Pfadfindern ist. Folgendermaßen geht das: Man ruft, macht Lärm und hofft, daß der Gesuchte irgendwo im Wald hört, wo man ist, und herauskommt. Oder man macht es wie Gabbe, schleicht sich an, plant, entwickelt Strategien. Doch es spielt keine Rolle, wie man es macht. Das Ergebnis ist doch immer das gleiche. Sie kommt nicht heraus. Sie wird nicht gefunden. Thomas selbst ist lange überzeugt, daß er ziemlich genau weiß, wo im Wald sie sich befindet, sei es Tag oder Nacht. Als er in seiner Eigenschaft als die Person, die den Wald am besten von allen kennt, am

Tag den Suchtrupp mit Maggi und Nina anführt, hat er oft das Gefühl, er leite sie in die Irre. Es geht nicht darum, daß er das wollte. Ganz und gar nicht, im Gegenteil. Er würde Renée gern finden. Aber er weiß, das muß auf andere Weise geschehen. Nicht als Suchtrupp durch den Wald gehen wie jetzt oder herumschleichen, planen, Strategien entwickeln, jemanden im Zelt überraschen. Bald verläßt Renée logischerweise dieses Zelt. Es wird immer wieder an derselben Stelle gefunden. Offen. Auch der äußere Reißverschluß ist zerrissen. Aber es ist jedesmal gleich leer.

Es ist keine Frage von Wochen. Sicher von Tagen. Langen, grauen Tagen.

»Sie erschrecken sie ja zu Tode«, sagt Ann-Christine. »Sie sollten sie in Ruhe lassen.«

»Sie ist klein«, sagt Johan Wikblad. »Nur ein Kind.«

»Sie kann selbst auf sich aufpassen. Das wissen alle. Und das macht ihnen angst. Das ist es, was sie im Grunde beunruhigt. Daß sie Integrität hat. *Dieses Kind* hat eine stärkere Integrität als viele Erwachsene.«

Thomas lacht über *dieses Kind*. Er protestiert. Renée ist kein Kind. Dann lacht er wieder. Es klingt so lustig, wenn Ann-Christine sagt: *»Dieses Kind.«*

Johan Wikblad sieht Thomas erstaunt an, zieht ein wenig den Mund zusammen, um zu zeigen, daß er unangenehm berührt ist durch Thomas' Lachen, das absolut nicht in diese Situation paßt. Thomas verstummt. Er schafft es nicht, es zu erklären.

»Nichtsdestoweniger ist sie ein Kind«, sagt Johan Wikblad. »Mit unermeßlichem Druck auf sich.«

»Sie sollten sie lassen«, sagt Ann-Christine. »Dann kommt sie schon.«

»Verhungert sie?« fragt Thomas plötzlich.

»Nee«, sagt Ann-Christine. »Sie kommt zurecht.«

»Sie hat ein Messer«, sagt Thomas. »Mein Messer.«

Und dann muß er daran denken, daß es zunächst Johan

Wikblads Messer war. Johan Wikblad aber hört auf dem Ohr nichts. Oder vielleicht findet er, daß es in dieser Situation keine Rolle spielt, wessen Messer es ist, rät Thomas, und damit hat er an und für sich recht. *Diese Situation.* So spricht Johan Wikblad davon, daß Renée Zelt und Messer genommen hat und in den Wald gegangen ist. Er sagt auch, als die Zeit vergeht und Gabbe immer nervöser wird, einer müsse *in dieser Situation ja einen kühlen Kopf behalten.*

»Ja«, konstatiert Johan Wikblad lakonisch. »Sie ist auch bereit, es zu benutzen. Sie wollte auf Gabbe losgehen.«

»Woher weißt du das?« fragt Ann-Christine.

»Gabbe hatte einen Riß im Pullover.«

»Gabbe«, sagt Ann-Christine, »übertreibt.«

Johan Wikblad zuckt die Achseln. Er hat keine eigene Meinung. Thomas lächelt, denn plötzlich kommt ihm etwas schrecklich bekannt vor. Thomas erkennt bei Johan Wikblad ein Streben nach wissenschaftlicher Objektivität wieder. Wieder überrascht ihn Johan Wikblad mit einem albernen Lächeln in der absolut falschen Situation. Er zieht den Mund zusammen. Thomas ist ein bißchen traurig. Er würde es gern erklären.

Kajus zählt nicht mehr mit. Er ist nicht mit im Wald. Er ist mit seinen Büchern und einem neuen Transistorradio zu seiner Veranda gegangen. Er denkt schon an IsabellaMeerjungfrau, langandauernde quälende Gedanken, obwohl er nichts sagt, obwohl man es nicht sieht. Aber Thomas weiß es, und es ist unerträglich. Für Kajus ist schon in Gang gekommen, was alles anfängt nach dem Tag, an dem Bella aus dem Sommerparadies verschwindet und nicht zurückkommt. Was groß und schwülstig ist und einen Namen hat, den er selbst nie laut zu sagen wagt. Das große Danach. *Der Rest der Zeit.*

Thomas geht früh am Morgen allein in den großen Wald. Bei sich hat er Butterbrote in Butterbrotpapier, Schokoriegel in der Größe Extra King Size und eine Thermoskanne, wie zu einem Ausflug. In einem Korb. Er und Ann-Christine haben den Korb vorbereitet, heimlich, als kein anderer in der Nähe war. Er klettert auf den höchsten Berg, wo es vermutlich einmal einen Aussichtsturm gegeben hat, denn es liegt ein Haufen halbmorscher grauer Bretter auf der Erde, solange er sich erinnern kann. Thomas steigt auf den Bretterhaufen und sieht sich um. Es geht Wind. Der Wind ist das einzige, was man hört. Thomas steht still. Wenn man aufhört, an den Wind zu denken, ist es still. Wirklich still. Auf die Weise still, daß alles verschwindet, auch die Zeit. Der Himmel ist gleichmäßig bewölkt und das Licht so, daß es jeder beliebige Zeitpunkt des Tages sein könnte. Jeder beliebige Tag, jedes beliebige Jahr. Thomas hat plötzlich das Gefühl, er falle aus der Zeit. Daß er außerhalb der Zeit ist, daneben. Die Zeit geht irgendwo anders weiter. Ticktack-ticktack, eine entfernte Uhr läuft, aber anderswo. Es ist ein ziemlich unangenehmes Gefühl.

Um es zu zerstreuen, formt er die Hände vor dem Mund zum Trichter und ruft. Der Wind zerrt an den Bäumen. Er ruft noch einmal. Keine Antwort, nichts. Er steigt vom Berg, wandert weiter. Im großen Wald kann er gehen, wie er will, er kennt den großen Wald besser als irgendein anderer. Auf diesen Gedanken konzentriert er sich. Sogar besser als Renée. So ist es immer gewesen. Von Anfang an. Er war vor ihr hier, er hat einen Vorsprung. Er kommt zu der Stelle, wo er mit Ann-Christine und Johan Wikblad Multbeeren gepflückt hat. Da spürt er es plötzlich stark. Sie ist da. Es ist, als spürte er ihr Keuchen, die heftigen Atemzüge, den warmen Atem dicht bei sich. Er dreht sich um, er geht auf den Felsabsatz oberhalb der Talsenke, wo es neulich so viele Multbeeren gab. Der Geruch, der schwere, stechende, ist noch da, obwohl die Beeren weg sind. Nein. Nichts.

»Renée! Ich weiß, wo du bist. Komm jetzt raus!« Und nach einer Weile:

»Dann nicht, du Idi.« Er stellt seinen Korb hin und geht weg.

Am nächsten Tag, als er wieder da ist, liegt der Korb zwischen dem Multbeerengestrüpp. Das Butterbrotpapier ist über das Moor verteilt, glatt von der Butter und nächtlichem Regen, in Stücke gerissen, stellenweise winzig klein, fast wie Konfetti. Vor allem aber sieht es aus, als hätte jemand einen Korb mit Müll mitten in die schöne Natur ausgeleert, die Thomas wie seine Westentasche kennt. Thomas setzt sich auf den Felsabsatz. Jetzt *weiß* er, daß sie da ist.

»Renée!« ruft er. »Du mußt rauskommen.«

Dann hört er auf zu rufen, setzt sich und fängt an, den Ausflugskorb auszupacken. Er wickelt die frischen Butterbrote aus ihrem Papier und ordnet sie säuberlich in einer Reihe neben sich. Das Butterbrotpapier faltet er zusammen und legt es zurück in den Korb, den er wieder mit nach Hause nehmen will. Legt auch Servietten dazu. Die ganze Zeit ist er ruhig und in gewisser Weise amüsiert über seine eigene Beschäftigung. Gleichzeitig aber strengt er sich an, methodisch zu sein und sich Zeit zu lassen, als wüßte er nicht oder kümmerte sich nicht darum, daß er die ganze Zeit von zwei glänzenden Augen beobachtet wird.

Erst als er damit fertig ist, das Essen so ordentlich wie möglich anzurichten, steht er auf und geht weg. Wenn auch nicht weit weg, um die zwanzig Meter vielleicht, bis er eine passende Mulde findet, wo er sich hinlegen kann, um zu spionieren. Er liegt auf dem Bauch, preßt sich an den Boden und guckt.

Sie taucht beinahe sofort auf. Sie hockt sich vor die Butterbrote und fängt an zu essen. Sie ißt heftig und gierig, die ganze Zeit dahockend wie irgendein blöder Pavian. Agesehen davon ist sie wie gewöhnlich. Es ist nichts Besonderes an ihr. Zottelig das Haar, aber wann wäre ihr Haar nicht zottelig gewesen? Schmutzig, schlampig die Kleider, aber so wird man ja im Wald. Sie ist absolut wiedererkennbar. Das wundert Thomas in gewisser Weise, und daß es ihn wundert, bewirkt, daß es ihm ein wenig unbehaglich zumute ist.

Die ruckartigen Bewegungen, die Affenhaftigkeit; all das ist in gewisser Weise im Vergleich eine Erleichterung. *Eine Art plausible Erklärung.*

»Renée!«

Thomas steht auf und gibt sich zu erkennen. Sie sieht auf. Wirkt verblüfft, obwohl sie die ganze Zeit gewußt hat, daß er in der Nähe ist.

»Hör jetzt auf!« ruft er. »Was für ein Spiel spielst du?«

Und auch sie richtet sich auf, stellt sich hin. Wirft den Rest der Butterbrote weg, steckt die Hand unter den Pulli, zieht das Messer hervor und läßt die Klinge Thomas entgegengrinsen, lange und verhängnisvoll. Es sind vielleicht zehn Meter zwischen ihnen. Thomas hat keine Angst, das ist es nicht, aber es ist unangenehm, wie bestimmte Dinge, die er nicht wissen will, unangenehm sind. Er spürt einen Impuls, wie dieses Kind, Thomas der Plapperer, die Finger in die Ohren zu stecken und einen eintönigen Reim herunterzuleiern, um alle anderen Töne und Stimmen auszuschließen. Sonst aber ist er ruhig. Wirklich ruhig. Und dann tut er, was er nie zuvor richtig getan hat. Er dreht sich um und geht.

Einen Moment ist ihm, als folge sie ihm. Er spürt beinah ihren keuchenden Atem dicht bei sich. Und er erinnert sich an alles mögliche. Den plötzlichen Angriff und den Biß auf Vindön, und dann denkt er an Johan Wikblads Messer, das sie gestohlen, mit dem sie Gabbe in den Arm geritzt hat. Nein, Ann-Christine irrt sich wohl. Renée könnte sich sehr gut vorstellen, es zu benutzen. Trotzdem aber bleibt er nicht stehen, zögert nicht, dreht sich nicht um. Er geht. Läuft nicht, beschleunigt nicht den Schritt. Geht.

Während er geht, formt sich ein Gedanke in ihm. Zunächst unartikuliert, am ehesten eine Ahnung. Trotzdem da und unausweichlich. Daß dieses der Augenblick ist, für den er trainiert hat, die ganze Zeit, an allen Tagen des Sommers. Den Augenblick, als er weggeht von Renée. Sie dort im Wald zurückläßt.

Erst als er sich ordentlich verlaufen hat, sieht er sich um und entdeckt, daß sie verschwunden ist. Er steht vor einem Feld. Einem weiten Feld. Es ist ihm völlig unbekannt. Er kann nur feststellen: Hier ist er noch nie gewesen. Dann fängt es an zu regnen. Typisch. Daß es dieses Mal anfangen muß zu regnen, das erste und einzige Mal, daß man sich im Wald ordentlich verläuft.

Als Thomas wieder zu Hause ist, sind viele Stunden vergangen. Es ist schon Abend. Kajus ist von seiner Arbeit gekommen, und alle sind sie im roten Häuschen versammelt. Kajus, Johan Wikblad und Ann-Christine.

Thomas ist naß bis auf die Haut. Er friert ein bißchen, aber nicht so schlimm. Im Körper ist er noch warm, denn er ist ein großes Stück gerannt, die ganze Zeit, die er umhergeirrt ist, bis er an eine Stelle kam, wo er sich wieder auszukennen begann, und da war er weit weg von hier.

Er ist außer Atem, steht dort im Dunkel der Diele und atmet, ohne etwas zu sagen, während sie ihn mit bekümmerten Mienen ansehen. Auf ihn zukommen, bereit, ihn in den Arm zu nehmen.

»Wo bist du gewesen? Wir haben uns Sorgen gemacht.« Thomas zuckt zurück. Irgendwie ist es, wenn nicht erfreulich, so doch ein wenig beruhigend und normalisierend, Gabbes bekannte Stimme vom Hof zu hören.

»Wenn es hell wird, hol' ich sie.«

»Nimmst du die Schrotflinte mit?« ruft Ann-Christine, nicht ohne Ironie in der Stimme, durch die Tür, die Thomas einen Spaltbreit offengelassen hat.

»Es ist nicht undenkbar, daß er das machen würde«, sagt Kajus trocken. Und er sieht Thomas bittend an. Als wolle er hinzufügen: Komm. Doch Thomas hat sich auf das Bauernsofa gelegt und die Decke über sich gezogen. Unter der Decke zieht er sich aus, schlüpft aus einem Kleidungsstück nach dem anderen und läßt sie auf den Boden fallen.

Johan Wikblad begleitet Gabbe hinauf zum Haus auf dem Berg.

»Man weiß ja nie, auf was für Ideen er kommt.« Johan Wikblad redet in nüchternem Tonfall und blinzelt über die Schulter Kajus, Ann-Christine und Thomas zu, als hätten sie ein besonderes Einvernehmen, in das Gabbe nicht einbezogen ist.

Kajus sammelt Thomas' Sachen vom Boden auf. Er schüttelt sie aus und hängt sie auf die Wäscheleine in der kleinen Küche. Thomas dreht sich zur Wand, schließt die Augen und döst ein.

Ann-Christine geht hinaus und bleibt ziemlich lange weg. Als sie zurückkommt, sagt sie, die Sauna sei fertig. Nicht ohne Triumph in der Stimme.

»Ich bin selbst eingestiegen.«

Ann-Christine ist in Johanssons Sauna eingebrochen. Die Außentür ist offen gewesen, die Tür zum Waschraum und damit zur Saunaabteilung aber abgeschlossen, und sie ist gezwungen gewesen, das Fenster in der Waschraumtür zu zerschlagen, um hineinzukommen.

»Das ist zwar der Gipfel der Frechheit«, sagt sie, »aber Not kennt kein Gebot.« Und sie sieht Thomas auf dem Bauernsofa an, als wäre er die Not in Person. Die an Lungenentzündung oder etwas Entsprechendem, was man durch lange kalte Stunden im Wald bekommt, dahinsiechende. Der Allergiker im Platzregen, unzureichend gekleidet.

»Und jetzt herrscht Ausnahmezustand«, sagt Ann-Christine.

Thomas denkt daran, daß er Ann-Christine hätte erzählen können, wo der Waschraumschlüssel an einer ganz simplen Stelle versteckt ist. Unter dem Wasserschlauch, der an einem Haken an der Saunawand zusammengerollt ist. Doch er schweigt. Ann-Christine ist so stolz auf ihren eigenen Unternehmungsgeist, daß er ihr die Freude nicht verderben will.

»Du gehst jetzt, Thomas.«

Ann-Christine zieht Thomas die Decke weg. Thomas kauert sich zusammen, die Hände vor dem Körper. Doch Ann-Christine achtet nicht auf Thomas' Nacktheit. Sie nimmt seinen Bademantel vom Kleiderhaken und wirft ihn ihm so zu, daß er auf seinem Körper landet.

»Mit Kajus in die Sauna.« Sie gibt Kajus die Taschenlampe.

»Nimm die hier. Es ist glatt auf dem Fels.«

Unten in Johanssons Sauna hat Thomas Gelegenheit, das Loch in der Waschraumtür näher zu betrachten. Es ist nicht groß. Ann-Christine hat auch schon mit Reißzwecken ein Stück Plastik darüber befestigt. Thomas versucht, sich vorzustellen, wie es ausgesehen haben könnte, als Ann-Christines Körper sich durch das Loch hereinpreßte. Das ist natürlich eine falsche Vorstellung, weil Ann-Christine ja selbst gesagt hat, sie habe nur ein Loch groß genug für ihre Hand gemacht, um die Tür von innen zu öffnen, aber Kajus wird erraten, wie Thomas denkt, und er wird Thomas auf die Schulter klopfen und vor sich hin glucksen, so wie früher.

»Ausnahmezustand«, wird er sagen. »Sicher herrscht jetzt Ausnahmezustand. Wäschst du mir den Rücken?«

Thomas taucht die Bürste in die Waschschüssel, seift sie ein und schrubbt Kajus den Rücken. Hart, denn so hat es Kajus gern. Rote Streifen ziehen sich über Kajus' blasse Haut. Der Heißwassertopf dampft, als Thomas vorsichtig den Deckel wegschiebt und Johanssons Metallkelle eintaucht, um mehr warmes Wasser in die Waschschüssel zu füllen. Eine Glühlampe über der Vorraumtür verbreitet einen schwachen gelben Schein über dem Waschraum. Das Augustdunkel draußen wird dichter. Die Fenster sind schwarz, der Betonboden sehr kalt, wenn man die Füße nicht auf den Holzrosten hat.

Sie sitzen in der Sauna, gießen Wasser auf die Saunasteine und gehen dann hinaus, sich auf Johanssons Saunaterrasse abkühlen. Nackt, sogar ohne Handtuch um den Körper. Es ist jetzt so dunkel und spät im August, daß man sich keine Gedanken machen muß, daß jemand es sieht. Die Häuschen auf den Holmen in der Bucht stehen leer, nur weit hinten, jenseits der Bucht, sieht man Licht. Thomas und Kajus gehen über das nasse Gras auf die Brücke und klettern auf der Schwimmleiter ins Wasser, auf Maj Johanssons Schwimmleiter, irgendwann einmal war es wichtig, daß eben Maj Johansson und niemand anders auf die Idee kam, daß Pusu Johanssons sie schreinern und ganz außen an Johanssons und Rosas und Gabbes Ponton anbringen sollte. Sie klettern schweigend die Schwimmleiter hinauf und laufen auf den nassen Brettern der Brücke und über Maj Johanssons Grasfleck zurück zur Sauna. In dem glitschigen kalten Gras rutscht Thomas aus.

Wieder auf die obere Pritsche hinauf, nebeneinander. In der Sauna.

Doch noch etwas, dort im Wasser: Die kompakte Stille und Dunkelheit wird plötzlich von Motorengeräusch zerteilt. Im nächsten Augenblick taucht das Boot aus dem Sund auf. Alle Lampen brennen, strahlen scharf von den Seiten. Glitzern über der Wasseroberfläche. Silberschimmernd. Man sieht nicht, wer im Boot ist. Die Persenning ist über den ganzen Rumpf gezogen. Das Boot tuckert nach dem Sund ziemlich langsam ein Stück geradeaus. Biegt dann hinaus, erhöht das Tempo, braust los in Richtung auf die andere Seite der Bucht. Eine Lichtinsel, die aufblitzt. Dann ist es wieder dunkel und still.

Thomas setzt sich eine Stufe weiter nach unten auf die Pritsche, neben das Fenster. Die Scheibe ist beschlagen. Mit dem Zeigefinger fängt er an, Striche auf das Glas zu zeichnen. Durch die Striche versucht er, hinauszusehen.

»Was zeichnest du?« fragt Kajus.

»Nichts«, antwortet Thomas.

»Sei nicht so unmöglich, Thomas«, sagt Kajus plötzlich heftig, als glaubte er, Thomas wolle ihn ärgern. Thomas schweigt. Er will ihn nicht ärgern. Es ist wahr, was er sagt. Er zeichnet nichts. Sobald ein Muster oder eine Figur oder etwas hervortritt, was überhaupt etwas darstellen oder wie etwas Bestimmtes aussehen könnte, zerstört er es mit neuen Strichen. Er strengt sich wirklich an, etwas zustande zu bringen, was nichts ist, nicht definiert, nicht bezeichnet werden könnte. Das ist gar nicht so leicht, möchte er zu Kajus sagen, doch das tut er nicht. Im Gegenteil: fast ein Ding der Unmöglichkeit. Zumindest schafft er es nicht. Und allmählich geht das Spiel zu Ende. Er hat über das ganze Fenster Striche gemacht. Die Scheibe ist wieder klar und schwarz.

Sie liegt bäuchlings auf der Erde. Es hat aufgehört zu regnen, aber der Boden ist naß. Klitschnaß. Sie hat in einem ihrer Verstecke das Ende des Regens abgewartet. Jetzt hat es aufgehört zu regnen, sie ist wieder herausgekommen. Und ist unterwegs. Sie preßt sich an den Boden. Die Feuchtigkeit saugt sich in ihre Kleider. Die sind noch von vorher feucht, also spürt man es nicht so sehr.

Sie lauscht, alle Sinne gespannt. Es wird hell. Jetzt heißt es aufmerksam sein. Der Wind zerrt an den Bäumen. Das einzige, was man jetzt hört, ist ihr Atem, ihr Körper, der pocht. Sie riecht nur ihren eigenen Geruch. Nasse Kleider, nasse Erde. Beinah hell. Sie kommen gleich. Sind jeden Augenblick hier. Das weiß sie. Sie hat darauf gewartet, daß sie kommen, hier sind. Ihren orangefarbenen Pulli hat sie sich heruntergerissen. Der leuchtet wie eine rote Ampel in der eintönig grauen Landschaft. Ihre Bluse darunter ist blau mit kurzen Ärmeln.

Und dann ist das Geräusch da. Sie zieht sich vorsichtig auf die Knie hoch, späht zwischen den Zweigen eines Busches hindurch. Sie sind am Zelt. Da fangen sie immer an. Sie haben das Zelt umringt, wie gewöhnlich, schütteln es und gucken hinein. Entdecken, daß es leer ist. Entdecken das gleiche vielleicht schon zum zehntenmal. Idioten. Wenn man's genau bedenkt – Idioten. Selbstverständlich ist das Zelt leer. Sie ist seit langem nicht dort gewesen. Das Zelt ist nichts und unwichtig. Oder nur Tarnung. Sie zieht die Beine an, sitzt in der Hocke, späht noch ein wenig und macht sich bereit.

Die Angst, wie ist es mit der Angst. Hat sie Angst?

O ja. Die Angst kommt jetzt. Sie kommt immer an der gleichen Stelle. Beginnt immer hier. *Beweg dich nicht.* Jetzt haben sie entdeckt, daß das Zelt leer ist. Sie treten das Zelt, recken die Hälse, schnüffeln in der Luft. *Jetzt keine Panik.* Du weißt, du bist sicher, wenn du dich nicht bewegst. *Geh weg!* Sie nähern sich. Äste brechen, der Boden vibriert von Stiefeltritten. Sie beißt fest in einen Birkenzweig. Der Mund füllt sich mit Speichel. Süß. Die Hand tastet unter der Bluse. Das Messer ist an seinem Platz, wo es sein soll. Jetzt ruhig. Laß es losgehen. Achtung, fertig, los. Auf die Beine. Sie läuft. Ist unterwegs.

Und sie entdecken sie. Rufen sich untereinander zu, rufen ihr zu. Und folgen ihr.

Sie läuft im Zickzack und in Kreisen. In größeren und in kleineren Kreisen und in anderen Formationen. Sie können ganz gut mithalten, doch sie ist schneller. Und noch eines, sie kennt den Wald und weiß sich besser zu bewegen als die anderen. Sie macht sie müde. Sie verirren sich und verlieren die Spur. Werden müde, kommen nicht mit. Je müder sie werden, je weniger sie mitkommen, desto öfter verirren sie sich, verlieren sie die Spur. Manchmal gerät sie lange aus ihrer Sicht. Verschwindet völlig. Aber taucht dann doch wieder auf, als sei es ein Spiel. Zeigt sich an Stellen, wo man sie am wenigsten vermutet hätte. Sie rennen los. Versuchen hinterherzukommen.

Einmal aber kalkuliert sie falsch. Mittendrin taucht sie auf, doch es ist viel zu nah. Zum Greifen nahe, nur ein paar Meter entfernt. Und da hat man sie beinah so, daß man sie packen kann. Für diesen Augenblick verliert sie die Fassung. Dreht um und läuft geradeaus, ohne Strategie. Panik. Es ist lebensgefährlich, sich von Panik ergreifen zu lassen. Eigentlich ist ja auch sie müde, und wenn es darum geht, jemanden zu ermüden, ist es ein entschiedener Nachteil, in Panik zu sein. Nahezu lebensgefährlich. Und das weiß sie. Und läuft und läuft. Geradeaus, so schnell sie kann. Ohne Pläne. Leerer Kopf. Flieht, mit anderen Worten, und wenn man flieht, zählt nur Geschwindigkeit, Kraft. Aber sie will nicht aufgeben, niemals. Der Körper hämmert vor Müdigkeit, Erregung. Sie kommen näher. Näher und näher, und für einige Augenblicke sind sie so nahe, daß sie weiß, es gibt keine Hoffnung mehr. Da aber verliert sie plötzlich den Halt und rollt in eine Senke. Eine perfekte Senke: ein Schutzraum, genau für sie. Und sie kann sich ein paar Sekunden ausruhen, sich sammeln, Mut fassen, sich vorbereiten. Bis die Stimmen und Schritte wieder da sind.

Die Hand tastet unter der Bluse. Das Messer ist nicht da. Sie hat es verloren. Wo? Wann? Eben, als sie ohne Ziel und Strategien gerannt ist? Jetzt nicht denken. Hab keine Zeit zum Denken. Kühler Kopf. Sie muß jetzt laufen. Läuft.

Der Wald wird licht. Sie befindet sich vor einem Feld. Sieht sich um. Zunächst unschlüssig; sie kennt sich nicht aus. Das hier hat sie noch nie gesehen. Lustig, dieses Feld, es ist ihr völlig unbekannt. Mit den Augen berechnet sie die Entfernung. Unmöglich. Ein weites Feld, keine Stelle, um sich zu verstecken und auszuruhen. Und jetzt merkt sie, wie durstig sie ist. Läßt sich in den Graben zwischen Wald und Feld plumpsen. Durstig. Jetzt zum Wasser. Der Graben ist tiefer, als sie gedacht hat, weitet sich zu beiden Seiten hin aus. Sie wählt eine. Weiter. Und nach einiger Zeit ist sie an einer Stelle, die sie wiedererkennt, wo Wasser aus der Erde fließt: eine Abzweigung des Flüßchens, das sich durch den Wald zieht und weiter weg ins Meer mündet. Sie trinkt. Und hört sie sehr wohl. Aber kümmert sich nicht mehr darum.

Sie können sie jetzt holen, haben, kriegen.

Doch gleichzeitig: Sie denkt es, und die Kräfte kehren zurück, das weiß sie genau. *Kommt nur.* Das wird nie gehen. Das wird nie etwas.

Das Geräusch von Schritten und Stimmen, die verhallen. Stille, Wind in den Bäumen. Merkwürdig. Sie haben sich wieder verirrt. Die Spur verloren.

Und es wird Morgen, Nachmittag, Abend und Dämmerung.

Und in der Dämmerung kriecht sie, Renée, durch das hohe Gras auf der Wiese unterhalb der weißen Villa. Zieht die schwere Tür zum Erdkeller auf, schlüpft hinein. Legt sich unter den Tisch und schläft dort ein, eine Decke über sich. Eine Stranddecke. Die hat Thomas hinausgelegt, doch das weiß sie nicht und auch niemand anders, nicht einmal Ann-Christine. Thomas hat gedacht, für den Fall, daß man Verwendung für sie hätte. Man kann nie wissen. *Und man kann nie wissen.*

*

Und an diesem Erdkeller holt Rosa sie am nächsten Tag ab. Rosa geht sofort zum Erdkeller, als sie wieder im Sommerparadies ist. Eine Rückkehr, die diskret und in gewisser Weise alltäglich vonstatten geht. Rosa geht den Berg hinunter und auf die weiße Villa zu, daran vorbei und auf die Wiese darunter. Für sie ist es kein Problem, sie zu finden. Sie scheint genau zu wissen, wie man gehen muß, will man zu Renée.

Und es ist schon eine andere Rosa, sieht Thomas. Eine neue Rosa, äußerst rosa Rosa, wenn auch im selben hellblauen Kleid und weißer Strickjacke wie vor Ewigkeiten. Da aber endet die Übereinstimmung. Diese Rosa, die die Tür zum Erdkeller aufmacht und sich in das Dunkel hineintastet, ist eine Rosa, bei deren Händen man es sich nie träumen ließe, ihnen die eigenen entgegenzustrecken, sie zu berühren und beinah zu liebkosen (und allerdings danach rot zu werden).

Die neue Rosa steht am Anfang des Erdkellers und ruft nach Renée. Renée taucht aus dem Kellerdunkel auf. Sie kommt heraus. Kapituliert ohne Widerstand.

Natürlich wird sie krank. Sie bekommt Fieber, Husten und Schnupfen und muß hinter zugezogenen Gardinen in ihrem Zimmer im Bett liegen. Sie wird gepflegt, umgeben von Limonaden, Donald Ducks und dem Peter-Pan-Spiel, das Thomas aus zwei Gründen bringt.

Erstens, weil es ihr Spiel ist, das vor zwei Jahren in der weißen Villa vergessen wurde und das er seiner rechtmäßigen Eigentümerin zurückgeben will, weil er und Kajus dabei sind, aufzuräumen und zusammenzupacken, um zu verschwinden, Sachen im Auto zu verstauen, sie auf dem Wagendach festzuzurren.

Zweitens, weil er etwas kontrollieren will.

»Warum hast du das gemacht?« fragt er. Doch Renée kann nicht antworten.

»Ich hatte Lust«, sagt sie nur. »Hast du nie zu etwas Lust?«

Und Thomas zuckt die Achseln und geht weg. Er hat jetzt überprüft, was er überprüfen wollte. Es stimmt. Er kommt nicht darum herum, daß ihre Zauberkraft verschwunden ist.

Und Rosa steht auf dem Berg und wäscht. Einen Augenblick fällt Thomas etwas anderes ein. Oder folgendermaßen: Er muß plötzlich an Rosa am Anfang denken, vor langer Zeit, als sie mit ihrem Fotoapparat herumlief und Bilder machen wollte, Bilder, die sie, wie sie sagte, in ein Album kleben wollte, was sie nie tat, es wurde nie etwas daraus, sie verlor die Lust, es war dann überholt, »ich hab's satt zu fotografieren, Bella, ich will mein eigenes Leben entwickeln«, sagte sie zu Bella in einem dieser Sommer, dieser Sommer mit Rosa, *Rosa und alle Bilder* – daß sie es sind, die jetzt um sie fliegen, die Bilder, die über das ganze Sommerparadies wirbeln, die sie über das ganze Sommerparadies wirbeln läßt, wo sie eigentlich an der Waschschüssel steht, am höchsten Punkt des Berges, von wo man über das ganze Sommerparadies hinaussieht, Bilder, als solche oder in Fetzen.

»Guck mal, Thomas, wie sie fliegen!«

Doch es ist nur Wäsche. Handwäsche in der Waschschüssel, Unterhosen und dergleichen, was man mit der Hand wäscht, auch wenn man eine Waschmaschine hat. Jeden Abend schnell durchwäscht, wie man es nennt, denn: die abendländische Frau ist reinlich. Und als sie an der Waschschüssel plötzlich aufsieht und Thomas anspricht, geschieht das mit leiser, kaum hörbarer Stimme. Kein Piepsen, schon etwas lauter, aber beinah.

»Thomas«, sagt Rosa.

»Thomas. Ich hab' es so gemeint. Alles. Ich kann nicht mehr sagen. Ich kann es nicht erklären. Nur daß ich es so ...«

»Ja.«

»Ja«, sagt Thomas, obwohl er den Kopf schüttelt, und ist den Berg hinuntergelaufen. Und vielleicht hat Rosa sein Weglaufen als noch eine der unzähligen Äußerungen von Stummheit genommen, die sie von fast allen Seiten umgibt, als sie ins Sommerparadies zurückkehrt. Eine Stummheit, die ihr etwas sagen will, und das immer wieder: daß es ihre Schuld war, *alles war Rosas Schuld*, und jetzt sprechen wir nicht allein von Rosa und Bella und dieser Geschichte, sondern von *allem*, in übergreifender Perspektive – inklusive der Tatsache, daß es im letzten Monat des Sommers nicht mal ein richtiger Sommer war, wie Maj Johansson nach rechts und links erzählt, ganz so, als redete sie vom Wetter, jetzt, wo sie von der großen Fahrt rechtzeitig nach Hause gekommen ist, um ihren Senf dazugeben zu können, mit ihrer flinken Zunge, bevor Thomas und Kajus fahren. Und sie steht am Auto, wo vor der Abfahrt Dinge auf dem Dach festgezurrt werden, und redet.

Doch so ist es nicht, Rosa.

Thomas ist aus dem entgegengesetzten Grund stumm. Er ist stumm, weil er genau begreift. *Das mit Bella.* Aber wie soll man es sagen? Ausdrücken? Wenn man nicht mal selbst richtig weiß, was man begreift. Nur daß man es eben tut. Genau. Ganz sicher.

Sagen? Das sind nur Worte, Gerede.

»Ja.« Thomas ist den Berg hinunter zum Hofplatz der weißen Villa und zum schon fast vollgepackten Auto gelaufen.

Und so bleibt es, wie es bleibt, zwischen Thomas und Rosa im Sommerparadies.

»Thomas. Ich möchte erzählen von ...«

Das weiß er ja auch. Von dem Hotelzimmer in Kopenhagen; wie es war, eines Morgens aufzuwachen und zu merken, daß sie nicht da war. Einen halben Tag zu warten und zu erkennen, daß sie nicht zurückkommen würde.

Denn dort, in einem Hotelzimmer in Kopenhagen, endete die Geschichte von den Strandfrauen. Das hatte seine ganz natürliche Erklärung, die, in dem Zusammenhang, trotzdem nicht interessant ist. Bella wollte aus gegebenem Anlaß weiter nach Polen. Doch es kam nicht zu Polen, aus Gründen, die es wohl gab, die aber nicht zu dieser Erzählung gehören. Und nach einigen Monaten kam das Kind zur Welt, im Frühjahr 1966. Das aber war an sich nicht wichtig, dieses Kind und wer der glückliche Vater war und dergleichen mehr, was Maj Johansson dazu hätte bringen können, mehr als einmal vielsagend den aschblond gelockten Kopf zu schütteln. Noch ein Kind, das machte wirklich keinen Unterschied. Noch ein Kind hätte Rosa nicht aufhalten können. Sie wollte weg und alles mitnehmen.

Kopenhagen; das war nur ein kleiner Trip in Erwartung von etwas anderem. Und eines Morgens wachte sie im Hotelzimmer auf, und Bella war nicht da. Und während sie darauf wartete, daß Bella kommen würde, begann sie langsam zu begreifen, daß es vielleicht so sein könnte, daß sie in gewisser Weise betrogen worden war. Oder daß sie sich selbst betrogen hatte. Du hörst nicht zu, hatte Bella manchmal zu ihr gesagt. Aber warum sagte sie selbst nichts, Bella?

Und da war es schon vierzehn Uhr fünfundvierzig, und Bella war schon seit mehreren Stunden verschwunden. Hatte ihre Sachen genommen und war weg, während Rosa schlief.

Sie hatte eine Nachricht geschrieben, die sie in der Handtasche vergaß, und als sie das nächstemal die Handtasche öffnete, war das an einer Tankstelle und schon einen halben Tag später. Sie warf den Zettel weg und fuhr weiter. Oder sie hatte gar keinen Zettel geschrieben.

Thomas wohnt wieder in der weißen Villa.

»Fahren wir nicht bald?« ist das erste, was er fragt, als er zurück ist. Kajus ist schon dabei, seine Sommerbibliothek einzupacken.

»Hilf mal mit«, sagt er, und dann sammeln sie all ihre Sachen und Kleider und alles mögliche andere in Taschen und Pappkartons, die sie auf den Hof hinaustragen, um sie im Auto zu verstauen. Das kaputte Transistorradio wird weggeworfen, und Thomas verpackt Geburtstagsgeschenke, Spiele, Bausätze und ähnliche Dinge getrennt in seinem roten Seesack. Inzwischen sind Johanssons von ihrer großen Fahrt zurück. Als Erkki Johansson über den Hof gelaufen kommt, haben Kajus und Thomas gerade die letzten Kartons auf dem Autodach festgezurrt.

»Fahrt ihr jetzt?« Erkki Johansson bleibt jäh stehen, unterbricht sich mitten in einer Bewegung. Die Bewegung ist folgende: Er hat Thomas die Hand entgegengestreckt, sie geöffnet. Darin liegt eine Schnecke. Die hat er selbst aufgehoben, draußen am offenen Meer. Sie ist von matter gelblicher Farbe und weniger als einen halben kleinen Finger groß und innen voll mit braunem Matsch. Doch es ist Thomas' Schnecke.

Erkki Johansson hat die Schnecke während der ganzen langen großen Fahrt nur für Thomas aufbewahrt. Das sagt er zwar nicht genau auf diese Weise. Aber es steht in seinem Gesicht geschrieben. Erkki Johansson kann nicht lügen. Sein Gesicht ist offen wie ein Buch.

»Ja.« Thomas nimmt die Schnecke aus Erkki Johanssons Hand und steckt sie in die Hosentasche. Er nimmt seinen Seesack und steigt ins Auto, auf den Vordersitz neben Kajus. Er winkt. Erkki Johansson steht noch auf dem Hof. Er winkt auch. Und Maj Johansson, die fast in der Mitte einer ihrer langen Sätze unterbrochen worden ist. Und das ist das letzte, was Thomas von Erkki Johansson im Sommerparadies sieht und vermutlich auch überhaupt.

Doch die Schnecke bewahrt er auf. Er legt sie in die oberste Schreibtischschublade in seinem Zimmer in der Stadtwohnung. Läßt sie zwischen all die Sachen fallen, aber ganz vorn in der Schublade, so daß er die Schnecke jedesmal sieht, wenn er die Schublade wegen irgend etwas aufzieht. Nach und nach beginnt sie zu riechen, irgendwie nach Salz und säuerlich. Kein angenehmer Geruch, und obwohl er nicht stark ist, breitet er sich in der ganzen Schublade aus, so daß alles, was darin verwahrt wird, den gleichen Geruch annimmt. Das ist ziemlich eklig, aber dennoch bringt er es nicht über sich, die Schnecke wegzuwerfen, denn er denkt an Erkki Johansson, der auf große Fahrt gegangen ist und eine Schnecke gefunden hat, die er für die hübscheste von allen auf der ganzen großen Fahrt hielt und von der er darum beschloß, daß Thomas sie haben sollte.

Mit der Zeit denkt Thomas immer weniger an Erkki Johansson. Irgendwann im Dezember 1965 öffnet er eines Tages die Schublade, entdeckt die Schnecke und studiert sie wie zum erstenmal. Voller Dreck. Was macht die in seiner Schublade? In diesem Augenblick kommt er gerade auf keine einzige sinnvolle Antwort. Er zerdrückt die Schnecke in seiner Faust, zerbröselt sie über dem Papierkorb.

Und sie kehren nicht mehr ins Sommerparadies zurück.

Thomas wird zu einem Jungen ohne Sommerparadies. Ein Stadtjunge, der von jetzt an nur gelegentliche Abstecher ins Landleben macht. Der nächste Sommer und die Sommer, die darauf folgen, sind andere Arten von Sommer, Stadtsommer hauptsächlich, mit gelegentlichen Unterbrechungen durch Pfadfinderlager, Pfadfinderausflüge, Reisen nach Lappland und an die Seen im Landesinneren, wo man Häuschen auf Wochenbasis mietet. Schon der nächste Mittsommer wird solch ein anderer Mittsommer sein. Thomas wird mit Angelrute auf einer Brücke an einem See neben einem anderen Jungen stehen, der etwa im selben Alter ist und auch eine Angelrute hat. Sie werden beide Trainingsanzüge tragen, und sie werden sich, weil sie sich noch nicht so gut kennen, durch freche Bemerkungen gegenseitig überbieten, während sie Fische fangen. Fisch um Fisch um Fisch, die sie, wenn sie sie vom Haken gelöst haben, in einen wassergefüllten weißen Eimer tun, der zwischen ihnen auf der Brücke steht; der Junge ist der Sohn von Kajus' Arbeitskollegen, mit dem gemeinsam, um die Kosten zu teilen, sie dieses Häuschen mieten, in dem außerdem dessen Kinder und die Mutter des Jungen und Ann-Christine wohnen. Der Junge und Thomas werden Fußball spielen oder Pfeile werfen oder mit der Zwille schießen oder was immer sonst sie nun ein paar Wochen lang machen werden. Was Jungen eben machen, wenn sie zusammen sind: Thomas zählt alle Spieler einer bestimmten Fußballmannschaft auf, deren Anhänger er ist, da der Junge Anhänger einer anderen Mannschaft ist. Alle Spieler rückwärts in Nummernfolge. Und jedesmal, wenn er hinter dem Rücken des anderen Jungen einen besonders schönen Ball reinbekommt, sagt er den Namen eines der Spieler der Mannschaft, der immer genauso schöne Tore schießt, wie Thomas sie gern schießen würde, hätte er Interesse an Fußball. Das hat er nicht. Er ist Pfadfinder. Sein Hobby ist, Pfadfinder zu sein.

Thomas wird zu einem Jungen ohne Sommerparadies. Das ist nicht so schrecklich, wie es klingt. Sommer. Es gibt auch ein Leben anderswo. Thomas wird jemand, dem Herbst und Winter und Frühjahr und das Stadtleben mit Schule und allem wirklich gefallen. Manchmal während des Sommers geht er zum Keller der C-Treppe hinunter und wartet darauf, daß die Schule anfängt. Er weiß nicht, warum. Ihm gefällt der Herbst. Doch auch der Keller, der Kellergeruch, süß, etwas kitzelnd in der Nase. Mit der Zeit aber riecht es nach Rauch. Mehr und mehr Rauch. Bjöna ist ein orangefarbener Lichtfleck im Dunkeln, auf dem Gepäckträger eines x-beliebigen Fahrrads weiter hinten. Er raucht manchmal mehrere Zigaretten nacheinander, damit er nicht ständig hinunterlaufen muß. Und er redet, ins Dunkel hinein.

Er redet von Musik; nennt die Namen verschiedener Pop- und Rockgruppen, die Thomas nicht kennt oder nur im Vorübergehen aufgeschnappt hat, leiert herunter *turn in, turn on, freak out*, redet von Dingen, die auf der Welt passieren. Thomas hört schon zu, auch etwas interessiert, die ganze Zeit aber in dem Bewußtsein, daß er selbst irgendwo anders ist als Bjöna. Die Welt, in der Bjöna, Nina Engel und all diese anderen leben, das ist nicht seine Welt.

Aber schrecklich dramatisch ist es nicht, es gibt keine Trennungslinien, die wie unüberwindliche Mauern wären oder so etwas. Bjöna und er sind einfach nicht mehr so sehr gute Freunde, sie haben unterschiedliche Interessen. Thomas' bester Freund heißt Dennis Kronlund.

Manchmal findet er Bjönas Geschichten auch wirklich gut. Gerade weil sie anders sind. Und wie Bjöna sich anstrengt, damit sie anders sind. Thomas weiß auch das zu schätzen. In diesem Sommer, in diesen Wochen, als plötzlich alle auf dem Mond sind, tritt Bjöna mit dem Fuß hart gegen den Fahrradständer, so daß der Fahrradkeller dröhnt, und redet vom *Zerfall* des Mythos. Der Mond und all das, das sei die Kulmination in absurdum, sagt Bjöna, eines Traums, den man vor den eigenen Augen zerfallen sieht, während er einem vorgespielt wird. Ungefähr gleichzeitig mit der Fahrt zum Mond fährt der letzte Kennedy mit einem Auto ins Wasser, und eine Blondine ist dabei. *Nein. Sie wird nicht gerettet werden.* Eine leicht verschwommene Aufnahme in den Zeitungen, ein Schulfoto, von einem *college girl.* Mary Joe: noch eine pathetische Blondine, Inhalt gleichgültig.

Thomas wird zu einem Jungen ohne Sommerparadies. Doch das ist nicht so schlimm. Ihm prägt sich statt dessen anderes ein, das Stadthaus mit Keller und allen drei Geschossen, das Hofquadrat, das Einkaufszentrum, dieser ganze Vorort und all die anderen Vororte ringsherum, zwischen denen man sich in blauen und roten Bussen bewegt. Es wird zu seiner mentalen Karte, einer Karte, die auch Geheimnisse enthält, neue Bedeutungen erschließt.

Einer ohne Sommerparadies. Es ist nicht schlimm. Denn außerhalb des Sommerparadieses beginnt die Welt. Dort gibt es alles andere, *alles mögliche.* Irgendwie weich empfängt ihn die Welt, wie die Tannenzweige, auf denen er auf Hike im Wald schläft. Pfadfinder, Thomas ist in erster Linie Pfadfinder, bis er sich Ende der sechziger mit seiner ersten Freundin zusammentut: Camilla, *die kleine Psychologin der ganzen Klasse.*

Bella. Doch, an sich schon. Er kann nachts einschlafen und sich sehnen. Schon eine Sehnsucht nach jemandem, nach etwas, also nicht in dieser Weise konturlos. Doch von anderer Art. Eine Sehnsucht nach jemandem, der existiert und gleichzeitig nicht existiert. Und er ist sich der Diskrepanz bewußt. Er nennt es Viviann-Sehnsucht. Das heißt, Viviann ist ja nur ein Bild für eine Stimmung, in die er manchmal kommt, durch Gedanken an ein Mädchen mit weißer Bluse, Jeans und langem, glattem hellbraunem Haar.

Bella. Doch, an sich schon. Aber auf andere Weise. Und nicht schrecklich dramatisch. Und die offizielle Version, *Das Kapitel Meerjungfrau*, so wie sie in einer Wohnung im zweiten

Stock in einem Vorort östlich der Stadt, mit Kajus im Fernsehsessel jenseits der Wand, kultiviert wird, die ist ihm absolut fremd. Sie macht ihn fast wütend, würde er genauer darüber nachdenken und da drinnen in der Wohnung bleiben und sich herumsuhlen, statt rauszugehen, in seinen Vorort und in die anderen Vororte, zu Dennis Kronlund, zu Bjöna im Keller, in die Schule, zu den Pfadfindern und allem möglichen, *allem möglichen* anderen.

Und es ist tatsächlich nicht dramatischer.

Als Ann-Christine schließlich Kajus nach *vier fruchtlosen Jahren* verläßt, ist Thomas natürlich traurig, doch es ist keine große und schwülstige Traurigkeit, nicht metaphysisch bedeutungsvoll. Er hatte Ann-Christine ganz einfach gern. Sie war eine nette Person.

»Vier fruchtlose Jahre«, sagt Ann-Christine, es ist Herbst 1969, in der Kleiderkammer. Und sie geht zur Garderobe, zieht den Mantel an und verläßt mit einem Türenknallen die Wohnung. Sie kann nicht mehr. Sagt sie. Daß sie es nicht tun will. Aber sie tut es.

Da ist Thomas mit der Taschenlampe in seinem dunklen Jungenzimmer. Eben waren alle in der Kleiderkammer, auch er. Zunächst nur Kajus und Ann-Christine, die hineingegangen war, um mal zu überlegen, wie sie Platz für all ihre Sachen finden könnten, wo endlich auch sie, nach vielen Diskussionen, in die Stadtwohnung einziehen würde. Ann-Christine hat auf all die gelben Pappkartons gezeigt, auf die Kajus mit dickem rotem Filzstift Isabellas Namen geschrieben hat. Und dann hat sie gesagt, die könne man in den Keller oder auf den Dachboden tragen und den Inhalt sogar erst sortieren, wenn auf dem Boden oder im Keller der Platz knapp wurde, und wegwerfen, was unnötig sei. Kajus war unnachgiebig wie immer, wenn von den gelben Pappkartons die Rede ist, die wirklich fast eine ganze Regalwand einnehmen, und Thomas hat alles mit angehört und gespürt, daß er zu Ann-Christine und Kajus hineingehen und die Stimmung heben sollte. Was ihn angeht, so können die gelben Pappkartons sein, wo sie wollen – *nicht das ist wichtig im Zusammenhang mit Bella*, und er hat nichts gegen Ann-Christines Anwesenheit in der Wohnung. Im Gegenteil. Also hat er seine Pfadfindertaschenlampe genommen und ist zur Kleiderkammer gegangen, hat das Licht ausgemacht und die Taschenlampe an und sie unter sein Kinn gehalten, so daß der Lichtkegel über sein Gesicht gefallen ist, und dann hat er Grimassen geschnitten wie ein Monster, um die Stimmung zu heben, obwohl er vierzehn ist und zu alt für kindische Spiele dieser Art. Ann-Christine hat schon gelacht, aber nur kurz und gewissermaßen höflich, und ist dann nichtsdestoweniger hinaus- und zur Garderobe gegangen, hat ihren Mantel genommen und die Wohnung verlassen.

Thomas steht in seinem Zimmer am Fenster. Er macht die Taschenlampe an. Ann-Christine ist an der Bushaltestelle. Thomas blinkt mit der Taschenlampe. Dreimal kurz, dreimal lang, dreimal kurz. Sie winkt. Sie versteht es schon. Sie zuckt die Achseln, breitet die Hände aus. Dann kommt der Bus, und sie ist weg. Für Thomas aber ist es folgendermaßen: Er steht nicht da mit der Taschenlampe und blinkt SOS, weil er irgendwie hoffnungslos verloren wäre. Er hat Ann-Christine nur gern und will nicht, daß sie mit dem Bus losfährt und weiter, ins Ausland, um weiterzustudieren und nicht zurückzukommen. Und außerdem schämt er sich für Kajus.

Denn für Kajus ist Ann-Christines Weggehen nur ein weiterer Ausdruck einer anderen Abwesenheit, einer erheblich größeren, einer mit wüstenartigen Dimensionen, und diese Abwesenheit heißt Abwesenheit der Meerjungfrau. Und sie ist es, die bald alle Möglichkeiten unmöglich macht, die zum Leben, zumindest zu einem Leben, das mehr ist, als im Fernsehsessel zu sitzen und sich zu suhlen. Diese ganze Geschichte, die in Thomas' Augen unter die bedeutend weniger schmeichelhafte Überschrift *Das Kapitel Meerjungfrau* fällt.

So ist es allerdings nicht ganz von Anfang an. Es dauert eine gewisse Zeit, bis das Leben in solchen Gleisen verlaufen, ein Muster bekommen kann.

Zuallererst, im Herbst 1965, als man vom Sommerparadies in die Stadtwohnung und zum erstenmal in ein Stadtleben ohne IsabellaMeerjungfrau zurückgekehrt ist, ist da nur Schweigen, Stummheit. Alles wirkt unbegreiflich. Es gibt keine Gründe, Erklärungen. Dann kommen sie, von selbst. Diese: Im Frühjahr 1966, Anfang März, wird in einer Entbindungsstation irgendwo in Schweden ein Kind geboren, das Kind, das dann Julia Engel genannt werden wird.

Thomas steht im Halbfinalspiel beim Eishockeyturnier der Schulen im Tor, und der Puck kommt ihm geradewegs in den Mund geflogen, direkt vor der zweiten Runde und bevor er seinen Mundschutz ordentlich angelegt hat. Er wird ins Krankenhaus gebracht und muß mit Stichen auf der Oberlippe und im Mundwinkel genäht werden, und als er sich erholt hat, ist Kajus da und erwähnt nebenbei, daß Bella alle in Erstaunen versetzt und in Schweden ein Kind bekommen habe. Allein. Ohne jemand anders einzubeziehen. Es erscheint also nicht der Name des Vaters.

»Wollen wir ein Telegramm schicken, Thomas?«

Thomas schämt sich, denn Ann-Christine ist dabei. Und irgendwie wird er auch wütend, rasend.

Er begreift, daß Kajus noch immer nichts von Isabella verstanden hat, von IsabellaMeerjungfrau, Isabella-JazzSängerin, Isabella-SchönsteMutterAufDemHof, Isabella-Strandfrau. Für Kajus ist alles andere nach wie vor ebensosehr *Blue Grass*, obwohl Isabella schon vor langer Zeit aufgehört hatte, dieses Parfum zu benutzen. Alles, was Kajus an Bella nicht verstand, nannte er *Blue Grass*, ein zwar pikanter und starker Duft, aber, wie Parfum überhaupt, Make-up, unwichtig, nichts Wichtiges, nichts Wahres.

Wie in diesem Sommer, 1965, als Kajus glaubte, es würde

irgendwie reichen, nach Lappland zu fahren oder auf der Terrasse zu schmollen und seine Ruhe zu haben. Ruhe; als würde es reichen, daß alle in Ruhe sind, wo sie sind, und nachdenken und sich beruhigen, weil es so werden sollte wie früher, da Kajus gesagt hatte, es werde so werden, alle würden in Ruhe darauf warten, daß ES wiederkäme – und unausgesprochen war ES eine Art eingebaute Unmöglichkeit bei Bella, die sicher weggehen würde, hätte *sie* nur ihre Ruhe und könnte denken und sich besinnen –, und man würde wieder wie immer sein und glücklich, *wieder man selbst*, und könnte sich im Herbst im Stadtleben neu begegnen und wieder mit Kajus' Version des Vorher anfangen; sie könnten, mit allem, was das mit sich brachte, an Jazzhören und Weiterspinnen der Meerjungfraumythologie, tiefer und noch tiefer eindringen in all diese Geheimnisse, unter vier Augen natürlich, Kajus und Bella, oder auch als Familie, Kajus und Bella und Thomas – Sie wissen, diese Geschichte.

»Wollen wir ein Telegramm schicken, Thomas?« Jetzt, da sich eine schlüssige Erklärung eingestellt, Bella telefonisch Kontakt aufgenommen hat (sie hat irgendwo von einer Telefonzelle aus angerufen und ein freudiges Ereignis bekanntgeben wollen), gibt es die Möglichkeit zu einer neuen Geschichte, noch einer. Kajus glaubt, man sähe es ihm nicht an, doch er ist offen wie ein Buch. In der neuen Story, die in seinem Kopf beginnt, kehrt Bella zurück (selbstverständlich), mit dem Kleinen (warum nicht, bei reiflicher Überlegung), und da sie temperamentvoll und unberechenbar und jemand ist, der anderen Gesetzen gehorcht, muß man Nachsicht üben, und außerdem ist Kajus' Liebe groß und phantastisch – in dieser Story wird folglich er der stellvertretende Vater und das Kleine, das Mädchen, in eine neue Familie eingegliedert, die ein Quartett ist statt eines Kleeblatts wie früher (»Thomas bekommt ein Geschwisterchen. Eine kleine Schwester, Thomas, hast du dir doch immer gewünscht?« – die Leier). Thomas errötet innerlich und schämt sich, schämt sich, und jetzt ist Ann-Christine nicht dabei. Na ja.

Es ist ja klar, daß sie nicht zurückkehrt, wie sehr sie sich *die Sache auch durch den Kopf gehen läßt.* Zwei Jahre später hört man wieder persönlich von ihr. Da ist sie auf Mallorca, *Reiseleiterin* dort.

Unverkennbar im süßen Leben, denkt Thomas. Und weiter fährt sie. *Von Leben zu Leben zu Leben.* All diese Postkarten von ihr, diese Anrufe, knatter-knatter in der Leitung, Rauschen; ein wenig, wie es klang, als in Gabbes Engel die Mittelwelle empfangen wurde. Thomas versteht genau. Es IST das süße Leben.

Doch er denkt nicht so oft daran. Er ist in einem anderen Leben.

»Wollen wir ein Telegramm schicken?«

Thomas antwortet nicht auf Kajus' Frage. Er schweigt. Er hat ein ärztliches Attest für sein Schweigen. Infolge der Mundverletzung kann er weder sprechen, noch darf er es, drei Tage lang. Stumm und verbissen spielt er mit Ann-Christine per Zeichensprache Schiffe versenken.

Das erste, was er sagt, als er die Sprechfähigkeit zurückerhält, ist, daß er mit dem Eishockey aufhört. Er sei beinah elf, und es sei höchste Zeit aufzuhören für Leute, die kein Talent oder Interesse haben, ernsthaft aufs Eishockey zu setzen und in verschiedenen Divisionen zu spielen.

»Dann kann ich auch etwas öfter zu den Pfadfindern gehen«, sagt Thomas, und Kajus wie Ann-Christine sehen ihn erstaunt an, so wie er erklärt. Er muß doch nichts erklären. Sie akzeptieren ja seine Entscheidungen, wie sich Ann-Christine ganz generell ausdrückt. Er muß sein Tun und Lassen vor ihnen nicht rechtfertigen.

Thomas geht zu den Pfadfindern. Er wechselt die Gruppe. Von BalooBaloo zu ShereKaan. Das geht folgendermaßen zu: Einmal, als Thomas unterwegs zu einem Wölflings-Treffen ist, sieht er Cassius Clay oder Muhammed Ali, wie sich Clay halsstarrig nennt. Nicht in Wirklichkeit natürlich, sondern auf der Titelseite einer Zeitung, die an einem Kiosk aushängt. Als Thomas Cassius Clay sieht, erinnert er sich an alles mögliche im Zusammenhang mit Boxen. An sein und Huotaris gemeinsames Interesse. An Liston, den Stier, der weder lesen noch schreiben konnte, der mit einem Sandsack boxte, während im Hintergrund Musik spielte. *Night Train*, vor Ewigkeiten, im Vergnügungspark.

Thomas kommt zum Pfadfindertreffen nicht als er selbst, sondern als ein anderer Thomas. Einen Augenblick wechselt er die Gestalt und ist Thomas Streithammel, der anfängt, Dennis Kronlund höchstpersönlich zu provozieren, so daß ein paar Minuten später die Schlägerei eine Tatsache ist. Ein Wölflings-Führer geht dazwischen, es bleibt unentschieden. Nachher aber sagt Dennis Kronlund zu Thomas, er habe nicht seine ganze Kraft eingesetzt. Er habe sich von Thomas vor allem darum provozieren lassen, weil ihn Thomas' plötzliche Persönlichkeitsveränderung neugierig gemacht habe. »Lüg nicht, Idi«, sagt Thomas völlig bestimmt. Dennis Kronlund stutzt, sieht Thomas erstaunt an, jetzt aber definitiv mit Hochachtung im Blick. Und Thomas und Dennis schütteln einander die Hand, und Thomas wird wieder der alte gewohnte Thomas. Doch zweierlei verändert sich. Thomas und Dennis Kronlund werden Freunde. Von jetzt an sind Thomas und Dennis unzertrennlich. In der Freizeit, in der Schule. Und im letzten Jahr als Wölfling vor der Versetzung in die Pfadfinderklasse ist Thomas Vizegruppenleiter in der Gruppe ShereKaan. Man ernennt ihn auf Dennis Kronlunds ausdrücklichen Wunsch.

Mit Familie Engel geschieht folgendes:

Gabbe arbeitet mit dieser Kassette eine ganze Zeit, bis fast zum Beginn der siebziger Jahre. Wie auch immer, viel zu lange, als daß er seinen Irrtum einsehen und sich rechtzeitig zurückziehen könnte. *Er hätte den C-Standard wählen sollen.* Gabbe ist es nicht, der eine Seite in der *Music*-Geschichte umblättert. Gabbe verliert Geld. Geht in Konkurs. Den Bach runter mit allem. Das heißt, den Bach runter mit dem Kassettenzweig seiner mittlerweile umfassenden Unternehmenstätigkeit. Gabbe hat viele Eisen im Feuer. Also bedeutet es nicht sehr viel. Vielleicht hat es im Gegenteil auf längere Sicht bestimmte, zweifellos positive Effekte für die gesamte ökonomische Situation; Gabbe kann seine Tätigkeit weiter zentralisieren und all seine Ressourcen lukrativeren Projekten widmen. Daß Gabbe Erfolg hat, dafür ist die Errichtung des Traumhauses 1970 im absolut schicksten Teil der baumreichen Stadt, wo sich Familie Engel niedergelassen hat, ein Beweis. Und außerdem hat er zwei Sommerhäuser, *zwei wundervolle, begabte Töchter*, eine noch immer gutaussehende Frau, die früher Bodenstewardeß war, und Stewardessen, um sich in der Freizeit zu amüsieren.

An Stewardessen herrscht kein Mangel. Das Angebot steigt laufend. Gab es Ende der fünfziger Jahre auf der ganzen Welt insgesamt zirka 7000 Stewardessen , so beträgt ihre Zahl zehn Jahre später an die 50000. Betrachtet man die Zahlen näher, kann man konstatieren, daß auch die Fluktuation annehmbar ist. Monatlich scheiden ungefähr 750 Stewardessen aus, gleichzeitig aber stellt man 1000 neue ein. Und alle Fluggesellschaften behaupten, die gleiche Art von Mädchen haben zu wollen:

»Wir suchen keine Fotomodelle oder Schönheitsköniginnen«, sagt Personalchef XX bei YY, einer der führenden Fluggesellschaften der Welt. »Wir wollen das Mädchen, das der Durchschnittspassagier angucken kann und denken: ›Ein liebes Mädchen. Die ist aber wirklich nett.‹«

Renée meldet sich aus eigenem Antrieb bei einer Schlittschuhschule an, denn sie ist eine Zeitlang nach dem Sommer, als sie in den Wald gegangen ist, von dem Gedanken besessen, Schlittschuh laufen zu lernen. Schlittschuh laufen, nicht wie beim Eishockey, sondern wie beim Kunstfahren, wie in *Holiday On Ice* oder so etwas. Pirouetten und verschiedene Arten von *Bogen*, auswärts und einwärts, kleine Sprünge in die Luft. Es wird ein Fiasko. Sie lernt nicht einmal ordentlich rückwärts laufen. Die Ungelenkheit ihres Körpers verschwindet nicht, obwohl sie am meisten von allen in ihrer Gruppe trainiert. Ihr Lehrer wundert sich und sie selbst sich auch. In gewisser Weise hat ihr Scheitern auch etwas von einer Demütigung, für eine erfolgreiche Seglerin wie sie. Sie hängt die Schlittschuhe an den Nagel.

Der Nagel befindet sich im Umkleideraum neben der Schlittschuhbahn. Es ist ein Nachmittag im März. Renée entfernt sich mitten in der laufenden Lektion. Rosa fährt eine halbe Stunde später an der Schlittschuhbahn vor. Rosa wartet. Renée kommt nicht. Niemand weiß, wo sie ist. Rosa fährt umher und sucht. Sie telefoniert bei Renées Klassenkameraden und ihren eigenen Freunden und Bekannten herum. Niemand weiß etwas von Renée.

Rosa nimmt die Schlittschuhe vom Nagel im Umkleideraum an der Schlittschuhbahn. Sie fährt nach Hause und legt sie vor sich auf den Tisch und sitzt dann da und starrt sie sorgenvoll an. Natürlich sind es teure Schlittschuhe, so weiß, mit glänzenden schwarzen Absätzen. Wie gemacht, um sie anzustarren.

Doch es ist gar nichts passiert. Renée kommt nach Hause. Sie sagt, sie habe Lust bekommen. Mehr weiß sie nicht.

Renée fängt bei den Pfadfindern an, aber sie liegt weit hinter den Mädchen ihrer Altersstufe zurück. Während ihre gleichaltrigen Freundinnen Schwalbenflügel oder Sonnenstrahlen sind, das heißt auf dem höchstmöglichen Niveau im Wichtelstadium, müht sie selbst sich mit den ersten Aufgaben für das Wichtelabzeichen ab. Dieses Hinterherhinken, gegen das sie nichts tun kann, da die Abzeichen der Reihe nach erworben werden müssen, versucht sie zu kompensieren, indem sie Rekorde darin schlägt, in einem Monat so viele kleine blaue dreieckige Spezialabzeichen zu erwerben wie möglich; das Putzabzeichen, das Backabzeichen, das Kleine-Haushelfer-Abzeichen, das Große-Haushelfer-Abzeichen und andere. Sie schlägt den Rekord, aber niemand nimmt so recht Notiz davon.

Sie trägt eine runde blaue Stoffmütze mit Haken, der auf dem Kopf aufragt, und ein blaues Halstuch um den Hals, mit einem Seemannsknoten gebunden. Auf den Treffen singt sie mit den anderen »Laßt uns in guter Laune geh'n, ist der Weg auch nicht so leicht, saure Mienen will keiner seh'n, nein, lache und singe zugleich«, und während des Gesangs richtet sie den Blick auf den braunen Ledergürtel des Pfadfinderführers, mit der Metallschließe, auf der der Text ALLZEIT BEREIT herumtanzt. Den Gürtel will sie haben. Sie fährt mit zum Lager nach Klöverängen, stiehlt den Gürtel und verläßt die Pfadfinder.

Im April liegt sie eine Woche im Dunkeln in ihrem Zimmer, etwas, was einen Besuch beim Kinderpsychologen veranlaßt. Was soll man sagen? Sie ist jenseits der Kategorisierungen. Einmal war sie ein Tier im Wald. Einmal war sie ein Tier im Wald. Das läßt sich nicht deuten, es ist un-übersetzbar.

Dann aber kommen der Sommer und das Segeln. Renée erreicht den dritten Platz bei den nationalen Meisterschaften. Sie bekommt ein neues Boot, wird ins Intensivtraining gesteckt. Das kostet natürlich Geld, aber Geld ist inzwischen ein kleineres Hindernis.

Rosa telefoniert mit Tupsu Lindbergh. Telefoniert und telefoniert, die Jahre hindurch, die vergehen. Über *dieses und jenes* redet Rosa Engel dabei. Träume, Träume, auch ein paar Gedanken. Doch es sind nur Worte.

Irgendwann Ende der Sechziger landet Rosa auf dem Gipfel des Berges Auyán-Tepui, denn Gabbe macht Geschäfte in Venezuela.

Es ist ein alter Traum. Auf dem Gipfel des Berges Auyán-Tepui zu stehen, wo der amerikanische Jagdflieger Jimmie Angel irgendwann in den dreißiger Jahren mit seinem kleinen Flugzeug gelandet ist, das in einem Hochmoor steckenblieb und sich nicht von der Stelle rührte und bis zum heutigen Tag dort ist – *ein pretty flamingo* –, und den höchsten Wasserfall der Welt entdeckte, der nach ihm Angel-Fall getauft wurde oder, auf englisch, *Angel Falls*, was ein viel stilvollerer Name ist. Das Blech des Flugzeugs zu berühren, das zum Nationaldenkmal geworden ist, sich daneben fotografieren zu lassen, die leuchtende Plakette zu lesen, die Jimmie Angels Sohn selbst am Flugzeug befestigt hat, *In Memory Of A Father*, hinunter in den Abgrund zu sehen, schwindlig zu werden.

Einer unter anderen Träumen. Träumen, träumen – – –

»Ach je, Tupsu, es geht jetzt so schnell mit unseren Träumen. Man kommt nicht nach, sie zu verwirklichen. Einer nach dem anderen wird wahr. Der zweite und der dritte und der vierte. Manchmal schwirrt mir der Kopf, Tupsu Lindbergh.«

»Manchmal hab ich das Gefühl, daß all diese Träume mich umbringen werden.«

»Was meinst du?« fragt Tupsu Lindbergh.

Aber Rosa kann nicht so antworten, daß es verständlich klänge. Doch im Grunde meint sie folgendes:

Da oben auf dem Berg Auyán-Tepui denkt Rosa, während sie zu den Angel Falls sieht und ihr schwindlig wird – nein, sie denkt nicht, was sie denken sollte, worauf Nina Engel sie zynisch hinweist, als sie wieder zu Hause sind, denn das Ganze passiert, nachdem Nina mit dem Fallschirmspringen aufgehört hat: »Wie kann man einen Wasserfall entdecken, Mama? Der war doch wohl die ganze Zeit da? Und die Indianer hatten sicher seit ewigen Zeiten ihren eigenen Namen dafür. Hat jemand die Indianer gefragt, wie der Wasserfall heißt?« –:

Ich falle falle falle
bis sie begreift, daß sie es nicht tut. Mit beiden Füßen fest auf dem Boden steht sie. Und sie wird auch nicht fallen. Der Einsatz ist zu hoch. Er ist es geworden.

Das sagt sie tatsächlich zu sich selbst, irgendwo in den Regionen ihres Inneren, wo eine Stimme drauflosredet, der sie lieber nicht zuhört, und das ist keine Gewissensstimme, sondern eine Stimme voller guter Anregungen für neue Leben, neue Gedanken, neue Ideen.

Fällt man aber hier herunter, ist es nicht möglich, sich nachher einfach zu verbinden und alles hinter sich zu lassen und wegzugehen zu einem anderen Leben, anderen Geschichten, und zu sagen, daß der Sturz gut für den Kopf war, denn er ließ einen klar denken. Der Einsatz ist zu hoch. Den Auyán-Tepui runtertaumeln. Man stirbt, bricht sich den Hals.

»Ich falle falle falle«, sagt Rosa plötzlich am Telefon zu Tupsu Lindbergh.

»Obwohl, Tupsu. Es ist auch ein normaler und banaler Gedanke.«

»Mein Kopf ist voll von normalen und banalen Gedanken.«

»Ich kann mich nicht besser ausdrücken.«

»Und ich rede Unsinn. Lauter Unsinn.«

»Ich bin jemand, der das anscheinend ständig macht. Unsinn reden. Jemand, der genauso ist, wie er aussieht. Was gibt es bei euch heute zum Abendessen, Tupsu? Ich frag' mich, was es bei uns gibt.«

Und blablabla. Bis sie auflegen. Und wieder anrufen. Am nächsten Tag und an dem darauf. Reden. Monate vergehen. Und Jahre.

Die Strandfrauen. Ein Foto, das mit dem Wind davongeflattert ist. Geflattert vom Berg an einem der letzten Tage im August 1965.

Nein. Das Bild ist sicher da. Irgendwo. Zwischen all ihren Sachen.

Es ist ein Tag Ende Mai 1968.

Nina Engel kommt durch die Luft gesegelt. Der Fallschirm hat sich über ihrem Kopf entfaltet. Er ist schön im Sonnenschein. Rot-weiß-blau und riesig. Was für ein Tag zum Fallschirmspringen. Kein Wind, freie Sicht, so weit das Auge reicht. Durch die Luft hinuntersegeln. Die Welt von oben sehen. Diese Perspektive.

Nina Engel, Fallschirmspringerin, kein Profi, aber schon gut, wenn auch nicht so gut, wie ihre Schwester Renée im Segeln ist. Nina Engel hat bei vielen verschiedenen Gelegenheiten viele Absprünge gemacht. Sogar an einigen Wettspringen teilgenommen, doch nur in internen Wettbewerben, organisiert von dem Fallschirmclub, zu dem sie gehört.

Am Anfang des Sprunges an diesem Tag ist Nina wie gewöhnlich auf das konzentriert, worauf sie sich immer konzentriert, wenn sie sich aus dem Flugzeug stürzt und auf den Boden zu fällt, während sich der Fallschirm über ihrem Kopf öffnet wie eine Blüte. Die verschiedenen Momente des Sprunges. Ein Feinschliff dieser Momente.

Der Sprung als sportliche Leistung. Für Nina Engel ist es so, ist es so gewesen. Bis zu diesem Tag.

Für einen Augenblick an ebendiesem phantastischen Tag vergißt sie sich in alledem. Alles, woran sie im Zusammenhang mit den verschiedenen Momenten des Sprunges, die zusammengenommen eine sportliche Leistung bilden werden, denken sollte, ist wie weggeblasen.

Einen Augenblick lang sieht sie wirklich auf die Erde, der sie entgegenschwebt. Ist hundert Meter, fünfzig Meter, dreißig Meter entfernt und noch näher.

Sie sieht Gewalt, Krieg, Ungerechtigkeit. Unterdrückung und Aufruhr. Weit weg, über Frankreich, färbt sich der Himmel rot durch Autos, die bei Straßenkrawallen in Paris brennen.

Und Nina Engel fragt sich: Was mache ich? Hier? In der Luft schwebend?

Das trifft sie tief, unerwartet. Sie weiß es nicht. *Sie hat keine Ahnung.*

Es ist ja sinnlos.

Und sie sieht sich in der Luft um. Vögel, Vögel. Die Tauben, sogar die Tauben haben eine vernünftigere Aufgabe. Symbole des Friedens und der Freiheit zu sein. Zumindest die weißen.

Sie lacht nicht. Es ist nicht so lustig, wie es klingt. Hat man einmal so gedacht, gibt es keine Rückkehr zu etwas Altem. Man kann nicht auf der Erde ankommen und nicht reagieren auf das, was man in der Luft gedacht hat. Weitermachen, als wäre der Gedanke nie gedacht worden. Das hieße zu heucheln. Nina Engel weiß eines, obwohl es Leute gibt, die meinen, sie wisse nicht sehr viel: Sie will nicht heucheln. Was aber soll sie jetzt machen? Die Zukunft, all diese Hoffnungen auf Fallschirme und Reisen und glänzende Aussichten erscheinen unsinnig. Nina befällt Angst. Es ist ein vollkommen ernstes Gefühl, und sie will sich nicht darin suhlen wie ihre Mutter Rosa Engel.

Sie muß etwas tun.

Sie summiert ihre Möglichkeiten. Man hat von ihr gesagt, sie habe eine schöne, klare Stimme, perfekt für Megaphone.

Und auch ihr Haar ist schön. Lang, dunkel, glänzend und ziemlich dick, ein wenig wie das einer Indianerin. Darauf hat man sie in anerkennenden Worten hingewiesen. Und wirklich weiß jeder, wer ihr Vater ist. Gabriel Engel: Schon vor diesem perfekten Nachmittag mit Sonne und perfekten Windverhältnissen ist Nina aufgrund von Aussehen und Hintergrund ein perfektes Objekt gewesen, das in diesem Sinne aufzuklären man auf bestimmten Festen, auf die sie manchmal gegangen war, wirklich als seine Aufgabe betrachtet hat.

BONK. Nina Engel landet.

Sie rennt. Mit aller Kraft rennt sie vom Fallschirm weg, um nicht unter die riesige Stofffläche zu kommen. Wie man es machen soll, wie sie auswendig gelernt hat, was bei ihr schon Automatik ist. Dann wirft sie sich auf den Boden und macht ein paar Rollen vorwärts. Das ist alte Gewohnheit und vollkommen überflüssig. Doch es gefällt ihr, auf dem Boden herumzurollen, nach dem Schweben in der Luft. Den Boden zu spüren, die Erde, nicht nur unter den Füßen, sondern mit dem ganzen Körper. Dann steht sie auf, schnallt den Fallschirm ab, geht zu ihrer Familie und sagt, daß sie aufhören will mit alledem, was nicht *ist*.

All das klingt zunächst etwas ungeschickt und steif, denn ihr Wortschatz ist recht begrenzt. Aber sie lernt, studiert, um sich zu entwickeln. Sehr bald wird sie eine andere Sprache können, die exakter dieses Etwas ausdrückt, das die Angst und die Panik in der Luft verursacht hat.

III

Geschwister

Our so called popular music (jazz, swing, bop and back to »progressive« jazz) is the real folk music of our times. It reflects and expresses the uncertainty and nostalgic longing with which most of us look at life today. We're not at all sure, now, that »dreams come true« – at least those dreams we all grew up with »boy meets girl, boy loses girl, boy gets girl«, and »they lived happily ever after«. And yet we must keep on hoping that our particular dream will come true. We all want to be happy but we don't know how to get about reaching this elusive state.

Gerald Heard auf dem Cover
von *Chet Baker Sings*,
Pacific Records, 1956

Aus Thomas' Geschichte

Sie war erst siebzehn, als ich geboren wurde, sagt Thomas Jahre später zu seiner ersten Freundin Camilla, *der kleinen Psychologin der ganzen Klasse.* Sie sind in einem Zimmer, in seinem Zimmer in der Stadtwohnung, und jenseits der Wand sieht Kajus fern. Es ist der Winter nach dem Flug zum Mond, und das Fernsehen zeigt wieder und wieder dieselben Szenen.

Aldrin mit dem Seismometer. Die Eagle *ist im Mare Tranquillitatis gelandet. Hier eine Übersicht über die Tranquility Base und die* Eagle *im Hintergrund. Jetzt erwartet uns ein neues Dezennium, in dem der erzielte Durchbruch genutzt werden soll, um das Wissen über das Universum, in dem unsere Erde nur ein Staubkorn ist, weiter zu vergrößern.*

Thomas interessiert sich nicht für den Weltraum und die Raketen. Er hat trotzdem nicht vermeiden können, von der allgemeinen Mondbegeisterung, die im Sommer ein paar Tage lang geherrscht hat, angesteckt zu werden. »Es ist wunderbar, wenn jemand, den man liebt, die Möglichkeit bekommt, genau das zu tun, wovon er immer geträumt hat«, in Mrs. Aldrins Worten. Nicht genau so, natürlich nicht. Aber ein bißchen. So sehr jedenfalls, daß sich Thomas, auch wenn er nicht zu denen gehört, die sagen können, was sie getan haben, als Präsident Kennedy ermordet wurde, jedenfalls daran erinnern wird, wo er war, als die ersten Schritte auf dem Mond gemacht wurden. In einem Pfadfinderzelt, im Wald, beim Kartenspielen mit Buster Kronlund, Dennis und noch ein paar anderen. Mitten in der Nacht gingen sie über eine Wiese. Der Mond schien. Sie blieben stehen und schwiegen und dachten an die Astronauten über sich. Doch sah man die

Astronauten ja nicht, und Buster Kronlund sagte in diesem Zusammenhang etwas Witziges. Sie lachten. Die Stimmung, in der Geschichte der Menschheit einen großen Schritt vorwärts getan zu haben, schwächte sich ab, verschwand, und sie kehrten in ihre dunklen Zelte im Lager zurück, legten sich in ihren Schlafsäcken auf Tannenzweige, die sie unter sich auf dem Boden ausgebreitet hatten, Thomas Storyteller erzählte Geschichten, Buster Kronlund sagte Dinge, die man später nicht vergaß. Unter anderem folgendes: *Eine Frau ist am schönsten, wenn sie siebzehn ist.* Buster Kronlunds Freundin war siebzehn. Thomas verknallte sich immer in sie, Busters Freundinnen. Vom Aussehen her erinnerten sie an Thomas' Klassenkameradin Camilla.

»Du siehst traurig aus. Erzähl. Ich will alles über dich wissen«, sagt Thomas' Klassenkameradin Camilla am ersten Abend, der später im selben Jahr ist, im Herbst.

Sie kommt auf einem Klassenfest auf ihn zu. Thomas hat sehr lange allein in einer Sofaecke gesessen und überlegt, was für ein Gefühl er im Kopf hat, jetzt, nach vier Bieren, die er in rascher Folge nacheinander in der ausdrücklichen Absicht getrunken hat, zum erstenmal in seinem Leben betrunken zu werden.

Es ist kein besonderes Gefühl.

Am nächsten Abend sagt Camilla, daß sie ihn liebe.

Thomas ist sprachlos. Camilla sagt, das sei in Ordnung. Man soll nicht sagen, daß man liebt, bevor man es wirklich so meint.

Am vierten Abend, mit Kajus sicher im Fernsehsessel im anderen Zimmer jenseits der Wand, schleicht Thomas in die Kleiderkammer. Er hebt einen gelben Pappkarton herunter, auf dem »Isabellas Sachen« steht. Er trägt ihn in sein Zimmer, öffnet den Deckel und stellt den Karton auf seinem Bett auf den Kopf, so daß der Inhalt zwischen ihm und Camilla auf dem Bettüberwurf landet. Er macht die Bettlampe an, so daß alles in scharfer Beleuchtung daliegt.

»Wow«, sagt Camilla. »Die ganze Kindheit in einer Schachtel sozusagen.«

Da sagt Thomas das mit der Frau von siebzehn.

Er ist unzufrieden. Warum kann er nicht besser formulieren? Das mit der Frau von siebzehn, in seinem Mund klingt es wie irgendein Schlager.

Und jetzt sieht man es an Camillas Miene. Irgendein Schlager, das ist es, was sich unter ihren Augen auf dem Bett ausbreitet. Sie hebt etwas hoch, ein Bild, das aus einer Zeitung ausgerissen ist und Anita Ekberg im berühmtesten Brunnen der Welt darstellt. Camilla runzelt die Stirn und fragt, was das sei.

Thomas ist sprachlos. Er weiß genau, was das ist. Es ist das süße Leben. Doch er kann es nicht sagen. Um sein Leben nicht.

Frau von siebzehn: einen Augenblick lang fragt sich Thomas, warum Buster Kronlund bestimmte Dinge so sagen kann, daß sie gut klingen.

Doch Camilla liebt Thomas. Das ist seine Rettung. Camilla hat ein feines Ohr für Thomas' Schweigen, seine Unfähigkeit zu antworten. Sie faßt es so auf, daß sie unfreiwillig einen wunden Punkt berührt hat.

Während der Sekunden, die Thomas' Sprachlosigkeit wie eine Wüste zwischen Thomas Sprachlos und Camilla, noch mit einem spöttischen Lächeln von der Frage, auf die Thomas nicht antworten kann, liegt, versucht Camilla, sich in Thomas' Situation einzufühlen. Infolgedessen runzelt sich ihre Stirn erneut, legt sich in ein umgekehrtes T, auf eine Weise, die verschieden, beinah wesensverschieden von der der Freundin Buster Kronlunds ist, seiner jetzigen und aller anderen. Doch es ist nicht schlimm. Sieht es jetzt fremd aus, wird es das in Zukunft nicht mehr sein. Thomas wird sich daran gewöhnen. Er wird auch dieses T liebenlernen, wie anderes an Camilla. Beinah alles.

Jetzt aber ist es weiterhin Camilla, die denkt.

Camilla sieht, daß Thomas die Worte fehlen, um sich auszudrücken, und nimmt es als ihre Aufgabe, zu artikulieren und zu formulieren, denn sie ist die verbale von ihnen beiden. Während sich Camilla in Thomas' Situation einfühlt, verwandelt sie sich mit einem Schlag in die Person, von der sie annimmt, sie sei in Thomas verschlossen gewesen, und die jetzt plötzlich hervorgeschnellt war wie der Geist aus einer Zauberkiste, dieser gelben Pappschachtel zwischen ihnen. *Das gekränkte, verlassene Kind.*

Sie hält noch immer das Bild, das Anita Ekberg mit nassen Kleidern in der Fontana di Trevi darstellt, in der Hand.

Dann verstummt sie.

Ihr spöttisches Lächeln erstirbt. Sie hat plötzlich etwas verstanden, was sie nicht ausdrücken kann. *Es ist falsch. Ganz falsch.*

Sie legt das Bild zurück. Zu den Sachen auf dem Bett: dem Autogramm von Paul Anka, einem rot-weiß-blauen Tuch, von dem Thomas weiß, daß es Tupsu-Lindbergh-Tuch heißt, eine EP-Platte »TWIST im perfekten Tanzrhythmus«, einem Benson & Hedges-Feuerzeug, goldfarben, einer Flasche GoGo-Haarspray, Lockenwicklern, der Hülle einer Schallplatte, *Chet Baker Sings*, Pacific Records 1956, und anderem, *allem möglichen anderen.*

Alles mögliche, Thomas.

Und Camilla sagt plötzlich in einem anderen Tonfall:

»Das ist hübsch, Thomas. Sehr, sehr hübsch.«

ALDRIN MIT DEM SEISMOMETER AUF
TRANQUILITY BASE.
DER HÖHEPUNKT DES JAHRZEHNTS.
JETZT ERWARTET UNS EIN NEUES JAHRZEHNT.

Im anderen Zimmer hinter der Wand hat Kajus die Lautstärke noch weiter aufgedreht. Er sieht zur Zeit viel fern. Hört nicht mehr so viel Schallplatten. Die einzige Jazzdiskussion, die es in den letzten Jahren zwischen ihm und Thomas gegeben hat, entspann sich daraus, daß Thomas erzählte, er habe gelesen, Chet Baker seien von Gangstern in San Francisco die Zähne eingeschlagen worden.

»Schön«, hat Kajus gesagt. »Das hat ihm den Mund gestopft.«

Doch auch das war ja nicht wahr. Chet Baker hallte weiterhin durch die Rohre im Haus. Zunächst hatte man gedacht, derjenige, der die Platte spielte, wolle sie ärgern, es ihnen heimzahlen für all die Musik, die zu unpassenden Zeitpunkten im Badezimmer und anderswo gespielt worden war, in der Zeit, als die Meerjungfrau noch dort wohnte. Allmählich aber begriff man, daß es wirklich jemand war, der Jazzmusik liebte.

Jetzt aber hat Kajus die Lautstärke des Fernsehers aufgedreht, darauf bedacht, nicht zu stören. Er ist zufrieden, daß Thomas eine erste Freundin hat, ein vernünftiges Mädchen, das außerdem zu Besuch gekommen ist. Und das alles geschieht in der Zeit, als prüde Menschen zu bedauern sind. Der Sexualtrieb ist ein natürlicher Trieb wie bei allen Säugetierarten, sowohl bei jüngeren als auch bei älteren Exemplaren.

»Das ist hübsch, Thomas«, hat Camilla gesagt.

Thomas ist sprachlos.

Einen Augenblick später ist er nicht mehr sprachlos.

Er denkt etwas, sagt es:

»Ich liebe dich.« Und macht das Licht aus.

Tests 1973

I think I saw you in an ice-cream parlour
Drinking milkshakes cold and long
Smiling and waving and looking so fine
Don't think you knew you were in this song

1973, MÄRZ: Renée Engel, sechzehn, im schwarzen Naßanzug in der Anprobekabine im Kaufhaus. Das teure Gummimaterial glänzt, saugt sich an ihrer Haut fest. Aus Lautsprechern oberhalb ihres Kopfes, am Spiegel, ertönt Musik.

Renée ist barfuß, ihr Zehennägel sind lang und ungepflegt. Ihre Sachen, die schwere Winterkleidung, liegen in einem Haufen auf dem grünen Teppichboden. Renée ist nachlässig mit ihren Kleidern von bester Qualität.

Das Schwarze um ihren Körper im Spiegel; die Gliedmaßen, die Beine, die Arme, die Handknöchel, zerbrechlich wie Hähnchenflügel.

Renée hat eine Gänsehaut. Sie wickelt eine Fleischpirogge aus glattem Papier. Sie setzt sich auf den Schemel in der Kabine, sie lehnt sich an die Wand, sie ißt.

1973, März: Renée geht zu Gabbes Büro. Sie saust im Lift nach oben. Sitzt in einem dicken braunen Ledersessel, für Besucher bestimmt. Versinkt tief in dem Weichen, Donald Duck im Sessel vor einem schweren Schreibtisch, hinter dem eine Schweinegestalt, ein rotgesichtiger Direktor, Zigarre pafft und sagt, wo es langgeht. Gabbe raucht nicht. Er stellt, wie in amerikanischen Fernsehserien bei Privatbesuchen im Büro, in der Zeit, während deren Renée zu Besuch ist, alle Anrufe um. Und sie ist es, die ihm ihre Pläne mitteilt.

Die kommende Segelsaison beginnt mit der Lieferung ihrer Sonderbestellung, einer Shamrock aus England, in drei, vier Wochen. Dieses Jahr wechselt sie die Klasse, von Flying Junior. Doch nicht deshalb bekommt sie ein neues Boot. Jede Saison beginnt mit einem neuen Boot. Mindestens ein neues Boot für jede neue Saison. Einen Anruf tätigt Gabbe selbst, nach England. Man weiß nie bei den Engländern. Sie sind nicht zuverlässig. Wie die Deutschen oder die pünktlichen Japaner oder sogar die Finnen, die Tran-Finnen mit ihren Tran-Hirnen, aber gesunder Bauernvernunft. Renée grinst. *Arrival on schedule.*

Trainingslager in Frankreich. Zwei Wochen, Ende April.

Gabbe nickt zustimmend und nachdrücklich, nimmt, raten Sie, was, ja, selbstverständlich, die Brieftasche heraus, mit einer eingeweihten Geste. Als wäre er in irgendeiner Weise, über das hinaus, was er als Finanzier beisteuert, mit an Renées Plänen beteiligt. Das ist er nicht.

1973, März: Gabbe hat viel Geld. Der Pennergeruch von den Zwiebeln und dem Schneegestöber in der Fleischpirogge dringt auch unter den grünen Vorhängen der Anprobekabine hervor. Jetzt bewegen sie sich. Die Stimme einer Frau. Mann, wie gern würde sie den Vorhang wegziehen. Es juckt ihr in den Fingern, Renée kann es förmlich hören, aber, Mann, sie traut sich doch nicht. Eine Scheißangst, Renée weiß es, und sie weiß es, die Dame mit Wildlederpumps und künstlicher Goldschnalle, sie scharrt unsicher mit den Füßen, sie traut sich nicht. Gabbe hat viel, viel Geld, und es gibt niemanden, der nicht wüßte, daß Gabbe Geld hat. So will Gabbe es haben. Renée ist nachlässig mit all den Kleidern von bester Qualität, die sie mit Gabbes Kreditkarte kauft, sie sind ihr egal, doch gleichzeitig kauft sie mehr und mehr, verbringt Nachmittage, ganze Tage im Kaufhaus, von Abteilung zu Abteilung spazierend, einkaufend, zerstreut und unendlich arrogant, zum Schrecken und Ärger der Verkäuferinnen, die nicht *haben*, was Renée *hat*, die *haben* möchten, aber nicht *bekommen*, was Renée *bekommt*.

Der Naßanzug ist das aktuellste Modell, das Neueste vom Neuen. Renée mußte ihn haben, klar muß sie ihn haben, wegen des Spezialreißverschlusses, wegen der Marke, weil er so viel Geld kostet, für die Segelsaison, aber vor allem und besonders nur so.

Wenn sie erst die Fleischpirogge aufgegessen hat. Sie ißt die Fleischpirogge auf.

»Ich nehm' den hier.« Sie schmeißt den schwarzen Naßanzug an der Kasse der Dame mit den Wildlederpumps hin, »und die hier« über eine Stoppuhr, die an der Kasse ausliegt, »und den hier« über einen Space Pen, der unter Wasser schreibt, aus der Schachtel bei der Registrierkasse. Und dann, selbstverständlich, lächelt sie und reicht ihr Gabbes Kreditkarte.

Papa bezahlt. Dann macht man ihre Kabine sauber. Im Papierkorb findet man eine Binde. Sie ist nicht besonders blutig. Nur benutzt, und sie sieht aus, als wäre sie mehrere Tage benutzt worden.

An diesem Tag: Renée geht in die Schallplattenabteilung und fragt die Verkäuferin, welche Platte über die Lautsprecher gespielt wird.

Sie kauft sie.

Die Platte verändert ihr Leben. Zack: Dann ist alles anders.

1973, April: Stutzt sich das Haar. Färbt es mit Henna rot. Kauft elfenbeinfarbene Foundation Base. Tuscht sich die Wimpern schwarz, zieht schwarze Linien oben und unten auf die Augenlider. Zeichnet sich, mit zitternder Hand, einen Blitz auf die Stirn. Orange, mit schwarzen Konturen.

1973, Juni, Juli, August: Das Rot verbleicht. Erfolgreiche Segelsaison. Alles klappt. Überlegen.

1973, September: Wieder in der Schule. Frische rote Farbe. Neue Haarstoppeln. *Cigarettes.* Bindet sich einen braunen Lederriemen um den Hals: Symbol. Verliebt.

Die Zeit nimmt eine Zigarette, steckt sie dir in den Mund.

Weiße Kleider, glänzender Satin. Erregt Aufsehen, stachelig, böse. Geht mit dem Hund raus, zusammen mit Nachbarin und Klassenkameradin Charlotta Pfalenqvist auf beleuchteten Gehwegen. Verliebt in Charlottas Freund Steffi. Steffi und Charlotta sind gern mit Renée zusammen. Sie hat ein so besonderes Äußeres, und ihr Vater hat Geld, so wie ihre Väter Geld haben, das ist zwar nicht das Wichtigste, steht aber für *Klangboden*; und außerdem ist sie als Seglerin bekannt.

1973, September: Sie sind jetzt ein Clique. Manche in der Klasse und manche von der Schule, manche aus der Gegend, Auserwählte, die sich selbst aufgrund gleichartiger Familienumstände als auserwählt betrachten, mit den anderen zusammenzusein. »Snobs, Mods, Kotzbrocken, verzogene Blagen«, sagt Nina im Bus auf dem Heimweg von Sitzungen des Solidaritätskomitees, in einem prächtigen zeitlosen grünen Duffle, der sich beißt mit Renées weißem Gleaming Coat aus Satin (2000 FF). Renée hat Goldflitter auf den Wangen, sie geht jetzt einmal die Woche in einen Frisiersalon, damit ihre *appearance just right* ist, und in der Clique, bestehend aus verzogenen Kotzbrockenblagen, ist sie das Maskottchen, das einzige *Space*-Kind, erheblich mehr *sophisticated* als die, die man sporadisch in der Stadt sehen kann, mit ungleichmäßiger Haarfarbe und zerlaufenen Mary-Quant-Kreiden oder ganz gewöhnlichen Sakuras oder Carandache. Renée ist ein *Space*-Kind von bester Qualität, aber da sie ja bald sterben wird, sei es ihr gegönnt. Doch niemand weiß, daß sie sterben wird, und alles ist so anders, wenn sich Nina, mit langem schönem Proletarierhaar, an Renée wendet:

»Denkst du nie an andere Menschen? Wie es anderen geht?«

Bei Pfalenqvists gibt es mindestens einen Hi-Fi-Lautsprecher in jedem Zimmer. Renée tanzt allein. Sie ist gern das einsame *Space*-Kind, während die anderen im Dunkel des Kaminzimmers fummeln und zuviel trinken. Renée trinkt nicht, raucht nur. »Was ist denn das?« sagt Steffi und zieht an ihrem Hundehalsband. Sie strahlt ihn an, sagt: »Das ist nur irgendso'n Ding« und geht weg. Sie ist furchtbar schüchtern.

Er weiß, daß sie verliebt in ihn ist. Alle sind verliebt in ihn. Charlotta dagegen ist am niedlichsten und hat die größte Klappe. Die anderen Mädchen sind wie Kopien, ja, alle außer der brummigen Renée, die auf irgendwie selbstverständliche Art geschlechtslos ist und nicht zählt, Kopien von Charlottas patiniertem, blondem Val-D'Isère- und Barbados-sonnenverbranntem Gesicht und ihrem herrlichen perlenden Lachen, besonders über unanständige Geschichten, von denen auch sie selbst viele kennt. Sie kann außerdem frech sein, unglaublich und diskret frech. Manchmal holt einer der Jungen andere Mädchen, Mädchen aus der Stadt oder aus den östlichen Proletenvororten, zu den Feten, sie sind meistens hübsch, aber ihre Kleidung ist doch irgendwie *too much*, irgend etwas, sozusagen, *dieses gräßliche unechte Armband*, und was sie nicht tun, ist, den Jargon verstehen: Nicht so sehr, weil sie kein Geld haben, um nach Barbados zu fahren – denn nicht darüber redet man auf den Feten; die Reisen und all die Äußerlichkeiten sind selbstverständliche Requisiten, etwas, was man einfach hat, was gewissermaßen einfach da ist, im Hintergrund, als ein unartikulierter *Klangboden* –, sondern weil sie nicht kapieren, wovon eigentlich die Rede ist, wenn zum Beispiel Charlotta zu Renée sagt, daß man *krepiert*, und dann werden sie meistens aus Nervosität nur noch betrunkener, und dann ist es leicht, ihnen zu sagen, sie sollten abhauen. Denn Jetzt Müssen Leider Alle Außenstehenden RAUS. Leider, Leider – – –

1973; Fete bei Charlotta Pfalenqvist, spät im September: Renée und Charlotta knallen sich voll mit Bule Bule und Marc Bolan. *Well You Dance, With Your Lizard Leather Boots.*

Und Renée wird betrunken, zum erstenmal in ihrem Leben, mit Ausnahme der Abschlußfestlichkeiten auf der internationalen Regatta in Frankreich, wo sie im Festzelt Gänseleber gegessen und Champagner getrunken hatte, so daß die Beine unter ihr nachgaben, als sie von ihrem Platz aufstehen sollte, um mit dem Vorsitzenden der Preisjury zu tanzen, aber ihr Seglerleben, das souveräne Seglerdasein, erscheint so fremd in diesem Leben mit Charlotta und Steffi, in den sie verliebt ist. Sie weiß nicht, warum, es ist einfach so. Sie will eine Freundin, und Charlotta ist ihre Freundin geworden, Charlotta geht durch Renées Kellerfenster ein und aus, in diesen Herbstwochen, bevor Renée stirbt.

Ja, tatsächlich: Renée wohnt im Keller des enormen Eigenheims, der Villa, die Gabbe und Rosa nach eigenen Entwürfen haben errichten lassen. Im Keller wohnen klingt schlimmer, als es ist. Auf dieser Ebene des Hauses liegen Sauna, Kaminzimmer, Pool und dann das, was, obwohl der Tisch nur ein gewöhnlicher Stiga-Tischtennistisch war, Billardzimmer genannt wurde, bis Renée sagte, sie brauche es, mehr *privacy* im Untergeschoß, *ich muß mich konzentrieren.* Renée hat ihre Siegerpokale auf Regalen an den Wänden, je einen Lautsprecher in zwei Ecken des Raums, einen riesigen Sitzsack auf dem Boden und massenhaft Platz, und dieser Tischtennistisch, der ist ja ganz okay, der darf dort bleiben. Drei Plakate. Angie und David Bowie, der Kopf der einen auf der Schulter des anderen. Sie selbst in der Shamrock II, eine Vergrößerung. Ein Dinosaurier, der Gras frißt, in einer wenig grünenden Vorzeitlandschaft. Sie hat ein eigenes Badezimmer. Auf den Regalen im Badezimmerschrank stehen Parfumflaschen in säuberlichen Reihen. Chanel Nummer fünf, Chanel Nummer neunzehn und Chanel Nummer zwanzig. Parfum, kein EdT. Es gibt eine eigene Reihe für TESTER. Sie stiehlt auch anderes, doch es muß teuer sein und schwer zu stehlen. Es ist ein Test, vor allem ein Test. *Man muß sich konzentrieren.*

Irgendwann mitten auf Charlottas Fete, als Renée betrunken wird, herumläuft und bei allen lässige Bemerkungen macht, hat sie sich ausgezogen und ist allein in die Sauna gegangen. Da muß es noch später sein, denn plötzlich ist es völlig still in Charlottas Haus, alle sind nach Hause gegangen, oder eingeschlafen, liegen irgendwo und knutschen oder amüsieren sich in den vielen Zimmern und Schlafzimmern des Hauses. Charlotta ist weggetreten, so viel steht fest, Renée hat die Kotze auf dem Teppich in Charlottas Zimmer aufgewischt.

Renée schwimmt ohne Kleider im Schwimmbassin. Steffi kommt. Sie weiß es. Sie hat die ganze Zeit gewußt, daß er kommen wird.

New love – a boy and girl are talking
New words – that only they can share it
New words – a love so strong it tears their heads to sleep
through the fleeting hours of morning

Steffi springt ins Bassin. Sie schwimmen. Träumt sie? Nein, Steffi ist da, in der Sauna, im Kaminzimmer, auf dem Sofa; sie sieht hinaus ins blaue Wasser des Schwimmbassins, das in einem viereckigen Fenster im Kaminzimmer zu sehen ist, als er hart und stoßweise in sie eindringt. Steffis Körper ist schwarz, seine Augen dunkel, geschlossen, der Brustkorb vogelhaft und zerbrechlich, völlig unbehaart, die arrogante Falte im Mundwinkel besonders markant, kurz bevor er über Renées Bauch spritzt, die ganze Zeit hat sie zu ihm hingesehen und hinaus in das Blau, die ganze Zeit hat sie fest seine Schulterblätter gepackt, zerbrechlich wie Flügel in ihren Handflächen.

Steffi bedeckt ihr Gesicht mit der Handfläche, als es ihm kommt. Nicht aus Haß oder Abscheu, sondern weil er völlig abwesend ist, irgendwo, wo Renée nicht existiert. Im *Loveland*. Steffi, Stefan. Lovén. *Stefan Lovén.*

Steffi schläft ein. Renée windet sich unter seinem Körper weg. Sie hüllt sich in den Bademantel von Charlottas Mutter, geht ins Haus hinauf, ohne auf jemanden zu treffen, in die Küche, setzt sich auf die pfalenqvistsche Constructa-Geschirrspülmaschiene und raucht.

Als sie wieder zu Steffi hinuntergeht, hat er sich auf dem ganzen Sofa ausgebreitet. Renée legt sich auf den zotteligen weißen Teppich direkt darunter und zieht feuchte Handtücher über sich.

Sie wacht davon auf, daß sich jemand an ihren Körper preßt. Sie öffnet die Augen, um zu kontrollieren, ob es Steffi ist. Es ist nicht Steffi, sondern ein anderes *Space*-Kind, stoppelig wie sie, aber nicht ebenso rothaarig, und er hat Pickel, sie traut ihren Augen nicht, obwohl sie ihn schon gesehen hat, obwohl sie weiß, wer er ist, obwohl er auf Feten geht, obwohl er ihr nachgestiegen ist, tatsächlich der einzige, der ihr auf Feten nachgestiegen ist, der ihren Stil nachgeäfft hat, einer, den sie haßt, was macht der hier? Was ist mit Steffi? Was mit dem Blau? Was mit der Stille?

Jetzt kommt Musik aus allen Lautsprechern, und irgendwo von drinnen ist Steffis heisere Stimme zu hören, jetzt ist der Raum voll von neuen Leuten, neuen Mädchen, und der, der daliegt und seinen Körper an sie preßt und meint, sie würde schlafen, ist Lars-Magnus Lindbergh.

Sie tritt ihn. In den Schritt, in den Bauch, hart, so hart sie kann. Sie steht auf und tritt weiter nach Lars-Magnus Lindbergh. Die anderen im Kaminzimmer grinsen, besonders Steffi, der jetzt ganz anders ist, großmäulig, die Arme um zwei fremde außenstehende Mädchen, während Charlotta oben in ihrem hübschen Mädchenzimmer unter ihren *Ho! We're Going To Barbados!*-Plakaten in ihrer eigenen Kotze schläft. Aber es gibt keine andere Möglichkeit, als die Fete weitergehen zu lassen.

Und die Fete geht weiter.

1973, ein paar Tage später: Bei Pfalenqvists wird Inventur über verschwundenes und zerstörtes Eigentum gemacht: Gläser, gestohlenes Geld, der Kühlschrank geleert und ein grüner Teppichboden demoliert (wie hießen diese Mädchen aus den Vororten?), Hausarrest für Charlotta (nur den Hund darf sie abends ausführen, mit Steffi oder Renée oder Steffi und Renée), die Schuld von Lars-Magnus Lindbergh, bei dessen Eltern Tupsu und Robin eine Elterndelegation vorstellig wird. Tupsu und Robin Lindbergh versprechen, Lars-Magnus Lindbergh unter Sonderbeobachtung zu stellen. Er ist merkwürdig, hat angefangen, sich das Haar zu färben, streicht um Renées Haus herum. Renée will nichts von ihm wissen, auch Gabbe und Rosa nicht. Um Gabbe und Rosa zu ärgern, läßt Renée Lars-Magnus manchmal trotzdem in ihren Keller.

Auch Steffi kommt ab und zu, wenn sie allein ist, auf dem Heimweg vom Hundausführen mit Charlotta. Er schläft mit Renée auf dem Sitzsack, in Renées Bett, sie hat fest die abstehenden Schulterblätter gepackt. Seine Augen sind geschlossen, er verschwindet. Hinter Charlottas Fenster brennt Licht.

1973, Oktober, zwei Wochen vor Renées Tod: Lars-Magnus Lindberghs Eltern Tupsu und Robin verschicken Einladungen zu einer Jugendmaskerade in kontrollierten Formen draußen in der Villa. Tatsächlich haben sie irgendwo ganz unausgesprochen eine Riesenangst, bei Pfalenqvists in Ungnade zu fallen, sich der Tatsache wohl bewußt, daß sie selbst noch immer in dem Teil der kleinen, baumreichen Stadt wohnen, wo auch die Hunde kleiner sind.

Gabbe und Rosa gehen mit dem Hund raus. Steffi kommt rüber und legt Renée auf dem Fußboden flach. Nina kommt von der Sitzung des Solidaritätskomitees nach Hause und geht, ermuntert von dem Gedanken, daß sie eigentlich nicht hierhergehört, durch den Keller ins Haus.

Steffi verschwindet. Renée beißt Nina ins Handgelenk, und es kommt Blut.

»Du bist verrückt. Ich kann Tollwut kriegen!«

Gabbe und Rosa kommen zurück. Renée schließt sich im Keller ein. Nina sagt am nächsten Tag im Bus: »Er nutzt dich aus. Hast du keinen Stolz, Bürgerflittchen?«

Renée weiß es. Sie kniet und späht zwischen den Segelpokalen Champion 1, Zweiter Preis, Regattarinna hinaus zu Steffi und Charlotta, die zusammen den Hund ausführen, alle drei mit prägnanten Schritten auf dem Asphaltweg in der Farbenpracht des Herbstes.

Sie erinnert sich an das Blau und spürt die Schulterblätter, scharf, herausfordernd, unter ihren rauhen Handflächen, von denen sie die Haut abbeißt.

Was ich hab', ist meine Liebe zur Liebe, und Liebe, das heißt nicht lieben/Liebende/Liebe.

Das ist keine Programmerklärung. Es ist keine Formel. Es ist ein Vers, ein Songtext.

»Ausnutzen«, selbstverständlich. Der Song, in gewisser Weise, berechtigt zu dem Gefühl. Berechtigt, berechtigt nicht: Es hat keine Bedeutung.

TESTS: Man muß sich konzentrieren.

Man würde vielleicht glauben, es häuften sich gefährliche aufgestaute Aggressionen in dem weißen Kellerraum, wo Renée sich eingeschlossen hat, um in Ruhe nach Liebe zu spähen, die nicht lieben/Liebende/Liebe ist, zwischen all den Trophäen, die ihr ja de facto erzählen, daß sie ein fähiges, tüchtiges und wirklich nettes Mädchen ist, das viele beneiden, für deren Aussagen sie sich aber nicht interessiert, zumindest tut sie sie mit Leichtigkeit ab, um allein auf ihrem Tisch hocken zu können, ausspähend nach den dreien, die in der Baarmansallén losstolzieren. Man würde glauben, Rachepläne würden geschmiedet in dem zermarterten Hirn, daß es nicht gewohnt ist, zu verlieren, man würde glauben, Gefahren, pubertäre Gefahren seien im Anzug.

Renée starrt, konstatierend. Ah ja, da gehen Steffi und Charlotta, und vielleicht kommt er später und legt sie flach. Vielleicht, vielleicht nicht.

Das ist das Geheimnis der Hundeleine, eine Art Masochismus, aber auch Revolte. Stefan sieht es. Renée weiß irgendwie, daß er es sieht.

1973, Oktober, anderthalb Wochen vor Renées Tod: doch es gibt auch andere Augenblicke. Wenn Renée zum Beispiel auf dem Sitzsack liegt und das internationale Segeljournal liest, um geeignete Begriffe für die Briefe an ihre ausländischen Seglerkameraden zu finden, die sie als ebenbürtig sehen, die sie bewundern, tatsächlich, denn sie ist eines der wenigen Mädchen, vielleicht das einzige Mädchen, mit wirklichen Wettkampferfolgen.

Dann klopft Lars-Magnus Lindbergh ans Fenster, und das Normale wird ersetzt durch das Groteske. Er hat Kassetten bei sich. Sie läßt ihn herein. Lars-Magnus Lindbergh hat jetzt tatsächlich noch röteres Haar als sie, hat ein rundlicheres Gesicht, doch er äfft sie nach, das ist ganz klar. Nun trägt er aber jedenfalls kein Gleaming Shirt aus Satin wie sie, sondern ein weißes T-Shirt, aber sein Gesicht ist genauso stillos mit Mary-Quant-Kreiden bemalt, wie sie es haßt. Lars-Magnus Lindbergh fällt auf dem Sitzsack über sie her. Sie kämpft sich frei. Er zieht das T-Shirt aus, macht das Licht aus, und sie entwindet sich ihm, macht das Licht wieder an, bekommt einen Schlag in den Bauch, und sie ringen auf dem Fußboden. Es klopft am Fenster. Das sind Steffi und Charlotta, die Jacken vollgestopft mit Äpfeln, die sie eben geklaut haben. Alle vier essen Äpfel. Lars-Magnus Lindbergh – das ist nicht gut. Das spürt Renée instinktiv. Sie ist das Status-*Space*-Kind, er ist eine Figur, die um jeden Preis dabeisein will, nein, Lars-Magnus Lindbergh – das ist nicht gut.

Alle vier essen Äpfel. Die Kerzen brennen.

»Geh jetzt wichsen«, sagt Renée zu Lars-Magnus Lindbergh und tritt nach ihm, und Charlotta und Steffi grinsen, und sie machen eine Weile so weiter, bis sich Lars-Magnus Lindbergh tatsächlich vertreiben läßt. Er kapiert trotzdem nichts, lange Leitung, der Idiot. Dann, als sie zu dritt sind, kommt das Gespräch auf irgendeine blöde Kassette. Steffi redet, sieht Renée an und fordert Charlotta auf, die Kassette zu holen, sie liege auf dem Bett in ihrem Zimmer, er habe sie dortgelassen, Charlotta läuft nach vielen Wenn und Aber los, um sie zu holen.

Als sie weg ist, zieht Steffi den Reißverschluß seiner Hose herunter. Er packt Renées Kopf, kniet vor ihr, die ausgebreitet auf dem Sitzsack liegt. Und ihr Mund ist voll, als Charlotta erneut hinter den Gardinen ans Fenster klopft. Steffi macht auf, Renée ist auf der Toilette, spült sich unter laufendem Hahn den Mund. Darin Apfelstücke. Mmm. *I. Like. You.*

1973, eine Woche vor Renées Tod: Steffi hat Renées schwachen Punkt erkannt, den Finger darauf gesetzt und preßt jetzt ständig. Die geheime Stelle, die die Entsprechung der Hähnchenflügel in Renées Kopf ist, das, was allein in den Anprobekabinen des Warenhauses sichtbar wird, mitten im blasiertesten und elegantesten Konsumfest, das, was einmal, vor langer Zeit, auch seine Entsprechung in einer Niederlage nach einem Versuch hatte, mit Zelt und Messer und allem in den Wald zu flüchten. Steffi fummelt am Band um Renées Hals, drückt die Handfläche auf Renées Gesicht, es kommt ihm, sie ist offen, sie ist naß.

Es geht nicht um Liebe/Nicht-Liebe/lieben/Liebende. Wir sind jetzt in eine neue Dimension eingetreten. *Tests. Man muß sich konzentrieren.*

Er lädt sie eines Samstags zu sich ein. Seine Eltern sind mit Charlotta Pfalenqvists Eltern auf Kreuzfahrt gegangen.

Renée hat immer noch den Geschmack im Mund. Trallalaa.

Er nimmt sie mit in sein Zimmer, ein Jungenzimmer. Er

schließt die Tür ab. Er holt einen Lederriemen heraus, eine Hundeleine. Sie ist hellblau und hat vielleicht seinem kleinen Hund gehört, der vor einem halben Jahr gestorben ist, vielleicht, vielleicht nicht. *Cherry Bomb*, die Ursache dafür, daß Charlotta und er zusammen waren. Gemeinsam leisteten sie die Trauerarbeit, er sprach sich aus, während sie ihren hellen *Doggie* ausführten, der eigentlich der ganzen Familie Pfalenqvist gehört, aber besonders Charlotta, weil er so verwöhnt ist. Die Welt ist voller Hunde.

Er hakt die Leine an Renées Hals. Er bindet das Ende am Bettpfosten fest, nachdem er ein paarmal daran gezerrt hat, um zu sehen, ob ihr Kopf sich bewegt. Er bewegt sich. Renées Miene ist nicht die mürrische Renée-Miene. Sie ist leer.

Sie sitzt auf dem Boden, Kopf und Rücken an sein Bett gelehnt, läßt sich anleinen, obwohl sie den Riemen ebensogut abhaken und weggehen könnte. Unmöglich. Symbol.

Steffi ist geil. Renée hat den Geschmack im Mund.

Er zieht die Gardinen zu, geht aus dem Zimmer und läßt sie im Dunkeln zurück. Auch das ist kalkuliert, noch einmal: Sie könnte sich sehr leicht losmachen, die Gardinen aufziehen, weggehen. Sie tut es nicht. Es ist wie ein Spiel oder ein Test, *whatever*.

Die Zeit nimmt eine Zigarette, steckt sie dir in den Mund. Brennt ein Finger, dann noch ein Finger, dann – – –

Noch aber ist sie nicht bereit, aufzugeben. Man muß sich nur konzentrieren. Steffi kommt. Sie trinken Wein aus gewöhnlichen Küchengläsern. Sie rauchen Zigaretten und reden, als wäre nichts, als gäbe es die hellblaue Leine nicht, als wäre alles möglich, hören Musik, lachen sogar.

Dann kommen die anderen, Steffis Freunde, zu dritt. Renée kennt sie flüchtig, sie sind ein paar Jahre älter als sie. Sie wollen Karten spielen, so ist die Verabredung. »Du kannst hierbleiben oder gehen«, sagt Steffi, ungefähr so, als hätte er gerade festgestellt, das Meer sei blau, denn das Meer ist blau, und selbstverständlich bleibt sie. Sie trinkt weiter Wein, raucht, legt sich aufs Bett, hört der Musik zu, das Kartenspiel findet draußen in einem anderen Zimmer statt, die Zeit vergeht, es dämmert jenseits der Gardine, das Gefühl zu schweben. Zimmer, mein Freund, hab keine Angst vor dem Zimmer.

TESTS: Ihr, die ihr nicht wißt, was Spiele sind. Oder Tests.

Man muß sich konzentrieren.

Renée weiß alles.

Steffi ist der erste.

Saug einfach. Etwas bricht zusammen.

Die anderen sind die anderen. Es bricht zusammen.

Renée hakt sich los, steht auf, verläßt Steffis Haus, geht weg, geradewegs zu Charlottas Haus.

Charlotta hat Apfelkuchen gebacken, und sie essen ihn mit Vanillesoße. Renée erzählt von Steffi und sich auf eine Weise, daß Charlotta augenblicklich Steffi anruft, sagt, daß es aus ist, bei Renée Trost sucht, kichert und herumalbert, sie zum Toilettentisch ihrer Mutter mitnimmt, um ihr Gesicht elfenbeinfarben anzumalen, mit einem Blitz auf der Stirn.

Aber was an Renée bringt die Leute dazu, ihr etwas tun zu wollen, auch Charlotta, indem sie sie zärtlich zum *Space*-Kind schminkt – so würde sich Charlotta selbst niemals schminken. *Never!* Charlotta ist prächtig und sonnig und natürlich, durch Renée kann sie etwas in sich entwickeln, das sie direkt nicht zu sehen wagt.

Was *too much* ist an dieser Geschichte, ist, daß Steffi und Charlotta ein paar Wochen später wieder vereint sind, im zusammenhang mit Renées Tod, Trauerarbeit betreiben, sich aussprechen, sich lieben, was sie, wie sie sich gegenseitig sagen, tun, Händchen halten, also in gewisser Weise die Prozedur wiederholen, die sie anfangs zusammengeführt hatte, die Trauerarbeit nach dem Tod von Steffis Hund, Cherry Bomb, der eine hellblaue Leine hatte und, allegorisch betrachtet, auf einer Cocktailparty totgetreten wurde.

1973, Oktober, ein paar Tage vor Renées Tod: In der Anprobekabine des Kaufhauses; Renée holt die Fleischpirogge heraus. Die graubraunen Fingerhandschuhe der Budenfrau, mit Löchern für aufgesprungene Fingerspitzen, erscheinen vor ihren Augen. Man krepiert. »Mehr hab ich nicht«, hat sie insistiert, bis sie zwanzig Pennis Rabatt bekam. Das richtige Portemonnaie war in der Tasche, nicht in der Hosentasche, wo sie gegraben hat. Die Tasche, ja, die war geschlossen, und sie mochte sie auch nicht aufmachen. Sie hat etwas Rotes an: eine Art Sportanzug mit Hose und Jacke.

Der fünfte Bissen schmeckt gräßlich. Sie spuckt den fünften Bissen direkt in den schwarzen Papierkorb. Sie muß würgen und schmeißt den Rest der Fleischpirogge, aus der Reis und Fleischstückchen quellen, weg, sie landet auf dem Boden, Reis und Eigelb, hart, auf dem grünen Teppichboden.

Sie steht auf, streicht sich Krümel vom Anzug.

Sie sieht ihr Gesicht im Spiegel. Sie hat keine Musik im Kopf, obwohl das Kaufhaus dröhnt. Es ist still. Sie befeuchtet Handfläche und Finger mit fleischpiroggenduftender Spucke, zieht sie durch das dünne Haar, über den Scheitel, bis das Haar völlig naß ist. Sie senkt den Kopf ein bißchen. Das Gesicht ist extrem länglich, die Augen treten hervor, wenn sie den Kopf auf diese Weise gesenkt hält, extrem groß und dunkel. Sie hebt den Kopf, atmet ein und aus, ein und aus, im eigenen Rhythmus, jetzt mit dem Gesicht nahe am Spiegel, und sie bläst Luft auf sich selbst. Die Spiegelfläche beschlägt. Wärme und Feuchtigkeit von ihrem Atem schlagen in ihr eigenes Gesicht zurück. Sie streckt die Zunge heraus. Sie leckt das Beschlagene in langen Zügen von der Spiegelfläche, zwingt sich weiterzumachen, trotz des wachsenden Unbehagens. Sie leckt, bis sie würgen muß und Fleischpirogge in den Papierkorb kotzt, einen Mundvoll. Sie setzt sich auf den Schemel, hängt den Kopf zwischen die Knie, die sie an die Schläfen preßt. Zehn Sek.

Dann dröhnt es wieder. Sie spitzt die Ohren.

1973, Oktober, ein paar Tage vor Renées Tod: Rosa kommt in Renées Keller. Sie läßt sich auf dem riesigen Sitzsack nieder, wundert sich, daß sie den Halt verliert, während der Sack sie umschließt, landet halb liegend auf dem Fußboden, hat einen Sherry zuviel getrunken. Beide sind verlegen, nicht wegen des Sitzsacks oder des Sherrys, sondern weil Rosa und Renée einander normalerweise nie in Renées Kellerraum begegnen. Wenn etwas ist, geht sie hinauf zur Familie. Außerdem ist es inzwischen so, daß Gabbe in seiner Eigenschaft als Finanzier der Segelprojekte, Chauffeur und Brieftasche mehr mit Renées Leben zu tun hat als Rosa.

Renée ist damit beschäftigt, sich die Nägel weiß zu lackieren. Rosa betrachtet die gespreizten Finger auf dem Tisch. »Hübsch«, sagt sie, »schön«, genauso, wie sie Renée auch sonst Komplimente macht, für ihr rotes Haar, das weiße Make-up, das weiße Satinshirt, das sie jedenfalls zu teuer fand, viel zu teuer für Renée. »Hübsch«, sagt Rosa, und das nicht , um sich einzuschmeicheln, sie meint, was sie sagt, die Hauptsache für Rosa, eine Hauptsache unter anderen, ist, daß Renée nicht schlampig ist und niemals war, schlampig auf die Weise, wie viele andere Teenager es sind. Renée hat Stil; diese eigenartige *Space*-Ausstattung.

Rosa würde gern danach fragen.

Sie wird Grund haben zu bereuen, daß sie es nicht tut.

Außerdem wäre es an diesem Tag nicht nötig, Renée besonders zu bearbeiten, sie lackiert sich die Nägel weiß, malt sorgfältig, um sich selbst wieder in den Blick zu bekommen, denn etwas ist zusammengebrochen, früher an diesem Tag, hinter grünen Vorhängen. Oder? Nachdenken. Steffi, sie hat das Halsband abgelegt, mit gemischten Gefühlen, und sobald sie das Halsband abgenommen hat, hat sie sich übergeben, ist schwach geworden, festgenommen von Detektiven.

Es würde jetzt also einen *Klangboden* geben, Renée könnte sich vorstellen, in die Welt der Infantilisten zurückgeworfen zu werden, eingehend und lange dem scheuen Sternenmann zu berichten, der sich, irgendwo im Weltraum, einsam fühlt, Gesellschaft haben möchte und gern zur Erde käme, um sich mit den Menschen dort bekannt zu machen, hätte er nicht Angst davor, *to blow our minds*, was heißt, unsere Schädel zu sprengen, uns zu erschrecken, uns zu Tode zu erschrecken mit seiner *spacade appearance*.

Rosa bringt sich auf dem Boden in eine bessere Sitzposition und begradigt neben sich Teppichfäden, ihr fällt plötzlich ein, daß sie hier ist, weil sie sich bei einem Disput mit Gabbe oben im ersten Stock unterbrochen hatte, sie hatte buchstäblich versprochen, sie werde gehen und nachsehen, was ihre »Tochter WIRKLICH macht«, aufgrund der Tatsache, daß man vom Kaufhaus aus Gabbe angerufen hatte. Renée war in der Parfümerieabteilung gefaßt worden, bei einem plumpen Versuch, eine Flasche Chanel Nummer neunzehn zu stehlen, EdT, kein Parfum, Renée würde sich unter normalen Umständen nie träumen lassen, EdT zu stehlen, denn das ist keine Kunst. Dann hatte man Gabbe angerufen, und dann waren auch Schweinereien in der Anprobekabine der Sportabteilung herausgekommen, GROSSER GOTT ALSO NEIN NEIN, was dachte man denn von ihr: daß sie verrückt wäre, blöde Fotze, sagt jetzt direkt, ob ich sozusagen verrückt bin, die Pfote in Papas Tasche, wo die Brieftasche ist, die Schnallen auf den Pumps gehen auf kriegt das Personal keinen Rabatt daß sie richtige Schuhe tragen können in diesem Kaufhaus? Ich meine: die Welt ist voller Kaufhäuser.

Man könnte krepieren.

Die Parfumflasche ärgert Renée. Viele Mißgeschicke nacheinander, was ging vor sich, war sie dabei, ihre Kraft zu verlieren? Die Entfernung des Hundehalsbandes: ein Zeichen des Verlustes? Sich reinwaschen, rein werden, neu, weiß, glänzend, von vorn anfangen. Und von vorn. Noch einmal und noch einmal und noch einmal.

Es war ein so plumper, mittelmäßiger Diebstahlsversuch. Natürlich hatte man von seiten des Kaufhauses nicht auf weiteren Maßnahmen bestanden, Gabbe anzurufen war eine Formalität. Gabbe fuhr Renée nach Hause, ungefähr in Esbo brachte sie ihn durch ihre Beschreibungen der Tanten in der Parfümerieabteilung zum Lachen, das gleiche Lachen, das sie selbst lachte: Ich würde doch kein EdT nehmen, als ob ich nicht wüßte, was ich will, ich hab' es ganz einfach genommen, um sie zu ärgern, als einen Test, man muß sich konzentrieren. Sobald Gabbe nach Hause kommt, geht er zu Rosa und fragt sie, warum sie nicht Bescheid wisse, was ihre »Tochter WIRKLICH macht«, woraufhin Rosa, gestärkt durch den dritten Aperitifsherry, Anlauf nimmt und sagt, das sei wohl seine Sache genausosehr wie ihre, und wann er *zum Beispiel* zuletzt mit Nina geredet habe etc.

Nina ist Gabbes schwacher Punkt. Sie reden nicht miteinander. In Ninas Augen (ebenso wie in Renées Augen, doch das weiß Gabbe nicht, es würde Gabbe fertigmachen; das einzige, was ihn trösten könnte, wenn er es wüßte, wäre, daß er es für Renée nicht im selben Sinne mit ideologischen und politischen Vorzeichen ist wie für Nina; Renée haßt Kommunisten, Rote vom Typ Ninas und ihrer matrizenfarbenstinkenden Freunde, die Renée in der Schule quälen, jetzt weniger, seit sie *Space*-Kind geworden ist und eine Nische in der widerlichen Spießergang gefunden hat, die so laut und bedeutend ist, daß man sie hassen kann, nicht schlichtweg, wie man früher Renée gehaßt hat, sondern mit einer Spur von Respekt, wie einen Partner, mit dem man jedenfalls zu diskutieren bereit ist), in ihren Augen jedenfalls ist Gabbe seit einiger Zeit identisch mit der Schweinegestalt jenseits des Schreibtisches in dem schicken Bürogebäude elf Stockwerke über dem Boden in einer Welt, wo die Klimaanlage für ein halbes Prozent der Bevölkerung perfekt funktioniert, er Zigarren pafft und nette Menschen auf der anderen Seite des Schreibtisches, beschwatzt, ungünstige Verträge zu unterschreiben, während er mit kalter Hand die Notleidenden der Welt abweist – – –

Nina und alle anderen guten Menschen spazieren mit klirrenden Sammelbüchsen über kochend heiße Trottoire: Wir müssen etwas tun, das betrifft uns!

Rosa ist stolz auf Nina. Auf dieselbe Weise und aus demselben Grund, wie sie auf Renée stolz ist: keine von beiden ist ein schlampiger Teenager in Pullovern, die so kurz sind, daß der Nabel frei bleibt. Jetzt aber hat Renée ihre Nägel fertig lackiert, auch von ihrem, Rosas, Over Coat Enamel bekommen, durch den der Lack sofort trocknet, und sie selbst, Rosa, versucht, hier zu sitzen, standesgemäß zu sitzen, sie kichert los, sicher ist ihr wieder der Sherry zu Kopf gestiegen, daher dieses standesgemäße Sitzen auf dem enormen Sitzsack ihrer Tochter, ohne zu wissen, was sie sagen soll.

Sie fragt Renée, ob es in der Schule gutgeht.

Renée sieht sie von ihrer Von-oben-Position auf dem Tisch an, wo sie sich mit gekreuzten Beinen zur Musik vor- und zurückwiegt, und Rosa hat noch nie so sorgfältig schwarzumrahmte Augen, so glänzenden weißen Lidschatten, so bleiche Wangen und so leuchtendrotes Haar gesehen. Rosa verliert sich wieder in seltsamen Gedankenketten: bringt diese Person mit gekreuzten Beinen auf dem Tisch nicht mit einer anderen im orangefarbenen Pulli und mit unsäglichem Haar zusammen, das man nicht berühren durfte, die mit der Zunge zwischen ihren Schneidezähnen spielte, glänzend von Speichel.

»Hallo. Was ist los?«

Rosa begreift, daß sie wieder geschwiegen hat, daß sie wieder den Faden verloren, wieder ein Glas zuviel getrunken hat.

»Mama« (sagt sie tatsächlich Mama, oder sagt sie Rosa? Rosa wird viel darüber nachgrübeln in den kommenden Wochen, Monaten, Jahren, vielleicht wird sie nie aufhören, darüber nachzugrübeln, in Gedanken aber entscheidet sie sich nach und nach, als eine angemessene Zeit vergangen ist, für Mama; dies sind nämlich einige der allerletzten Worte, die

Renée zu Rosa sagt, bevor sie stirbt, die allerletzten Sätze wirklich unter vier Augen, um genau zu sein).

»Mama«, sagt Renée, »hast du diesen Film mit Elizabeth Taylor gesehen, *Ein Platz an der Sonne*?«

Renée bricht in ein kurzes hysterisches Kichern aus, das Rosa ausschließt, von dem Typ, über den in Handbüchern für Eltern, die ihre Kinder verdächtigen, süchtig zu sein, steht, wenn man dieses Kichern höre, habe man Grund, wirklich mißtrauisch zu sein. Rosa aber denkt nicht so, sie fühlt sich nur verletzt und ausgeschlossen durch Renées Kichern. Die Sache kaum noch im Griff, herrje, sie hätte nicht noch einen Sherry trinken sollen, nicht einen verdammten Sherry, jetzt war es Kaputt Genug!

»Du bist nur ein bißchen schusselig, Mutter, übertreib nicht, nimm dich zusammen«, zu Nina ging sie immer mit ihren Problemen (und in Ninas Zimmer hieß es genau so: *Probleme*), nie umgekehrt, sie ging in Ninas Zimmer, und jetzt hier, in Renées Zimmer, erfaßt sie den Unterschied zwischen ihren Töchtern, das total andere, fremde-*alien* Renée-Zimmer, kahl und anders riechend, nach Chanel Nummer fünf, nach Schminke, Schweiß, Menstruationen, Teenager und Chanel Nummer fünf, die eigenartige Mischung aus Würstchenbude und Parfum, die einen ganz wirr machte, gegen Ninas klar beleuchtetes Matrizenzimmer, die Anzahl der Toten pro Tag an den Wänden, die Sammelbüchsen, »Wir müssen etwas tun«, *El pueblo unida amacer*... Sie war wirklich, wirklich stolz auf Nina, »Meine Tochter ist sich bewußt, was auf der Welt passiert«, konnte sie im gesellschaftlichen Leben sagen, ihre Tochter zu einer Trumpfkarte machen. Im gesellschaftlichen Leben standesgemäß im gesellschaftlichen Leben sitzen, doch auch dort ein Niedergang, sichtbar in letzter Zeit. Während die anderen Frauen, insbesondere die glänzende Gunilla Pfalenqvist, immer glänzender und selbstsicherer und zeitgemäß bewußter werden, ohne dabei ihre Standesgemäßheit einzubüßen, nach wie vor die

Fähigkeit haben, ganze Gesellschaften ganze Abende lang zu bezaubern, was sie – bildete sie sich irgendwann ein – konnte... Oder war das ein Mythos, war auch das ein Mythos? AUCH ein Mythos, ruft sie sich selbst zu, als sie später am Abend, garantiert *reckless* betrunken, wieder und wieder vorbeidenkt, schnaufend verheddert in ihre eigenen Seidenstrumpfhose der Marke Wolford, denn was ist der Witz dabei, Strumpfhosen einer anderen Marke als Wolford zu tragen, in der Einsamkeit des Badezimmers, AUCH ein Mythos, wie der Mythos um den Aufruhr im Zusammenhang mit der kaputten Ehe, in den sie mit einem alten Studienkollegen verwickelt war. Sie wird, zerzaust wie Elizabeth Taylor in *Virginia Woolf*, Gabbe im Bett neben ihrem fragen, in breitestem Therapieschwedisch: *Gabriel, hat unsere Ehe einen Sinn?* Mit dem Unterschied, daß sie zu einem leeren Kopfkissen spricht, denn Gabriel hat das Haus seit langem verlassen, um eine seiner Stewardessen zu treffen, die nicht immer Stewardessen sind, aber »Stewardessen« ist die Sammelbezeichnung. HERRJE, Rosa, gar nicht drum kümmern, MORGEN IST ABER TOTAL SCHLUSS, nie mehr, nie, nie mehr Sherry als *nightcap*, einen Schlummertrunk, dann kommt Nina herein, nein, da sind keine Gedanken mehr, sie ist jetzt jemand ohne Gedanken eine Gedanken-lose *without fuel running fuel: She's so thirsty now* »Mama, sitzt du wieder hier und tust dir selber leid?« »Konzentrier dich!« »Sieh dich nicht als ein Opfer!« »Interessier dich für etwas!«

Rosa ist wirklich stolz auf Nina.

Noch aber ist sie im Zimmer ihrer zweiten Tochter, fragt sich, was eigentlich an ihr nicht stimmt, wenn sie es im gesellschaftlichen Leben nicht, standesgemäß, geschafft hat zu bezaubern oder irgendwie nicht die Kraft hatte, nicht die Kraft hatte, Sätze zu beenden, die sie angefangen hatte, undeutlich und unartikuliert sprach ohne irgendwelchen Schnaps, sich in der Wiedergabe langatmiger Witze verlor, ohne je zu den Pointen zu gelangen, kurz gesagt, sich schmerzlos mehr und mehr in den Rahmen des dekadenten Bürgertums einordnete, das Nina als den verabscheuungswürdigen Höhepunkt der Verächtlichkeit ausmalte.

Und jetzt sitzt sie auf dem enormen Sitzsack ihre zweiten Tochter und hat alle Fäden verloren.

Und da ist nicht sehr viel mehr, abgesehen davon, daß sie Durst hat, als daß Renée anfängt, das internationale Segeljournal zu lesen, nachdem sie aufgehört hat zu kichern, Rosa links liegenläßt. Daran aber wird sich Rosa verdammt noch mal, daran wird sie sich VERDAMMT NOCH MAL ihr Leben lang erinnern: Als sie die Tür zu Renées Zimmer schließt und die Treppen zur Küche hinaufgeht, wo sie heimlich säuft in den Perioden, während deren sie heimlich säuft und nichts anderes tut, hat sie ein diffuses, aber starkes Gefühl vollständigen Verlassens. *Jemand* verläßt *jemanden* völlig. Sie braucht eine Menge Sherry für die Einzelheiten dieses Gefühls. Jemand verläßt jemanden. Das ist vage. Aber wer es ist? Renée? Rosa? Denken Sie nicht, das sei eindeutig. Denn es ist nicht eindeutig.

Renée sitzt noch auf dem Tisch, die Beine gekreuzt wie ein Yogi.

Sie spürt still die Kräfte zurückkehren, die Reinheit, die Stille, die komplette eigene – – – Einzelheit. Ein schwacher Rosa-Geruch, Alkohol und Diorissimo, sie öffnet das Fenster, um ihn wegzubekommen, ganz, um allein für sich zu sein.

Plötzlich, als die Kräfte zurückkehren, erinnert sie sich an ein kraftvolles Bild. Als sie ein Tier im Wald war. Ein Messer hatte, nach Nadelbäumen und Schweiß und Saft roch und von fünfzehn Gewehren gejagt wurde, *mein* Gott, so gefällt ihr der Gedanke: frei und gejagt im Wald.

1973, Oktober, ein paar Tage vor Renées Tod: (Sie hatte einen Freund gehabt, Thomas, er war in den Sommern hinter ihr hergewesen, nicht so wie Lars-Magnus Lindbergh, denn sie haßt Lars-Magnus Lindbergh. Einmal hatte er sie ins Gesicht geschlagen. Sonst war sie es, die sich schlug. Sie biß ihn, die Unsitte, Leute zu beißen, hat sie sich nicht abgewöhnt, sich nicht abgewöhnen wollen. Er war ein wirklicher Freund gewesen, Thomas, zusammen hatten sie etwas unternommen: Rakete gespielt, gefischt und von einem weißen Ruderboot aus einen Stoffdinosaurier ertränkt. Denkt sie überhaupt nicht an Thomas, gibt es nichts, was sie jetzt mit Thomas, den einzigen wirklichen Freund, in Verbindung bringt? Es ist ja so lange her. Treffen sie nicht bei der Drei-Schmiede-Statue aufeinander, und unterhalten sich, in diesen warmen Spätherbsttagen – – – Nein, Renée trifft Thomas nicht, in diesen Tagen, bevor sie stirbt, sie denkt nicht einmal an ihn, warum sollte sie – weiß sie vom Verbindungsglied zwischen ihnen, weiß sie Bescheid über Julia, sieben Jahre alt? Kaum, es ist nicht aktuell, ganz *out of the question*.)

1973, Oktober, Lars-Magnus Lindberghs Fest, Renée sinkt:

Lars-Magnus Lindbergh hat einen schwarzen Naßanzug an. Das ist das einzige Kostüm auf dieser Maskerade. Sogar Renée hat etwas Normales angezogen. Der Alkohol ist gratis, und er fließt. Das ist immer ein Grund, um überhaupt zu kommen. Renée hat einen wasserdichten Kassettenrecorder mit, gelb, mit Gummihülle, eines von Gabbes Produkten, ein Testmodell. Sie hat ihn, um im Bus oder im Freien Musik zu spielen, nicht um es in Lindberghs alten Mahagonikasten mitzunehmen, der tatsächlich noch an der Brücke, beinah ganz hinten im Schilf, vertäut ist. Renée, Teil einer lautstarken Clique de luxe an einem Samstagnachmittag in einem warmen Bus, wird zu Lindberghs Holm gebracht, über die Bucht, die sie wie ihre eigene Tasche kennt, und die ihr jetzt fremd-*alien* vorkommt, in Lindberghs neuestem, glänzendem Modell, einem Glasfiberboot, von Klas Lindbergh, der vermutlich dazu ausersehen ist, für Aufsicht und *kontrollierte Formen* zu stehen, sich aber rasch den Reizen von Charlotta widmet, die blond und frisch durch den Herbstwind wirbelt, den kalten, harten um das Boot, das die widerlichen Oberklassenteenies zu Lindberghs Riesenchâteau fährt, das habichthorstgleich auf dem höchsten Felsen auf dem höchsten Holm über der Bucht hängt. Von Lindberghs Brücke aus, auf die sich Renée mit dem gelben Kassettenrecorder setzt, betrachtet sie all das, was ihr völlig fremd ist. Das Haus auf dem Berg weit weg jenseits der Bucht steht leer oder ist vermietet, gehört es ihnen überhaupt noch? Renée erinnert sich nicht, ihnen gehört so viel, sie kann sich nicht an alles erinnern. Und außerdem haben sie sich auch etwas draußen in den richtigen Schären angeschafft, außerhalb des Sundes.

Die Zeit nimmt eine Zigarette. Steckt sie dir in den Mund. Verbrennt einen Finger. Dann noch einen Finger. Dann – – –

Zigarette.

Sie entdeckt das Boot im Schilf, springt an Deck, hüpft hin und her, das Holz gibt nach auf Lindberghs glänzendem Mahagonisportboot, zuzeiten eines der begehrtesten Objekte der Bucht, jetzt deklassé, stillos, verbraucht und abgenutzt wie Lindberghs selbst.

Acht ausgewählte Teenies de luxe versorgen sich mit der Lindberghschen Bowle und den Lindberghschen Krabbentellern mit Toast und Mayonnaise.

Sieben ausgewählte Teenies sind noch da, nachdem Charlotta aus dem Blickfeld verschwunden ist, mit Klas Lindbergh, der sich jedenfalls noch eine Art Patinacharme bewahrt hat. Charme oder nicht, es liegt Charlotta am Herzen, SIE schnell loszuwerden. Der Gedanke daran, SIE loszuwerden, hat ihre Zeit in Anspruch genommen, seit sie mit Steffi gebrochen hat, nachdem herausgekommen war, was er Renée ANGETAN hatte (aufgrund der Umstände ist Steffi nicht unter den ausgewählten Teenies), die SIE demnach losgeworden ist. Charlotta hat sogar Kondome gekauft, mit Noppen, aus Versehen. Im Bus wetten sie und Renée, ob man sie spürt. Charlotta wird nie die Chance haben zu berichten, wer die Wette gewonnen hat. Renée stirbt nämlich gleich, in wenigen Stunden. Charlotta kichert auf eine Weise, die andeutet, daß sie die genoppten Kondome vielleicht gar nicht aus Versehen gekauft hat. Daß es ein Test ist, ist auch sie ein Tester?

»Weißt du, was das Besondere an dir ist?« sagt Charlotta Pfalenqvist im Bus. »Das Besondere an dir«, fährt Charlotta Pfalenqvist fort, »ist, daß du einen Kassettenrecorder hast, mit dem man keine normalen Kassetten abspielen kann.«

»Falscher *Standard*«, flüstert Renée und zieht das zweite a so aufsehenerregend in die Länge, daß sie ein paar der widerlichen Oberklassenmädchen, die vor ihnen sitzen, umdrehen und neidisch zu Renée und Charlotta Pfalenqvist hinschielen, deren Einvernehmen so deutlich ist.

»Und er kann Wasser vertragen«, fährt Renée fort. Ihr warmer Atem kitzelt Charlotta Pfalenqvists phantastisches Ohr mit Rubinohrring.

»Nicht?« Charlotta Pfalenqvist hebt die Augenbrauen, genau wie ihre Mutter Gunilla Pfalenqvist es immer tut, und lächelt, wie Renée, die auch lächelt, denn Renée und Charlotta sind sich all derer bewußt, die sie in diesem Augenblick im Bus angucken und neidisch sind.

»Doch«, erwidert Renée, »du Idi. Warum, glaubst du, ist er sonst aus Plastik?«

Und wenn Renée in diesem Augenblick wüßte, daß sie in nur wenigen Stunden sterben wird, könnte sie sich vorstellen, gegen ihr Schicksal ein wenig zu protestieren; sie könnte sich vorstellen, dabeizusein und zu sehen, was daraus wird, aus ihr und Charlotta Pfalenqvist.

Charlotta stellt den Kassettenrecorder an und dreht die Lautstärke auf.

Your face, your race, the way that you talk
I kiss you, you're beautiful, I want you to walk
We've got five years

Aber es gibt keine Jahre mehr, keine Monate.
Stunden, Minuten, das ist alles.

Fünf ausgewählte Teenies sind noch da, nachdem Lars-Magnus und Renée in Lindberghs abgelegtem Mahagonikasten aufs Meer hinausgefahren sind. Es ist Windstärke sechs. Hoher Seegang. Ihre Lampen sind die einzigen, die im Dunkeln leuchten. Das Dunkel auf dem Meer ist nicht schwarz, sondern grün und grau, und der eine oder andere Stern leuchtet am Himmel. Das Grün und Grau sind Kälte und Schaum und starker Wind und das leise, kribbelnde Bewußtsein, daß die Sache schiefgeht, daß Lars-Magnus Lindbergh, der darauf beharrt, die Gewässer zu kennen wie kein anderer, außer möglicherweise Renée, die auf dem Boden kauert, mit ihrem Kassettenrecorder, der de facto nach wie vor spielt, im Wind und in der Kälte und in der zunehmenden Irritation darüber, daß Lars-Magnus Lindbergh ein Stümper und Idiot ist.

Dann fahren sie auf Grund. KLANG – – – in dem grünen, grauen, windigen Dunkel, das nur von Sternen und ihren eigenen, bis auf weiteres brennenden Lampen beleuchtet wird.

Noch aber befindet sich Renée an Land. Sie ist zum Fest zurückgegangen, hat Krabben mit Toast gegessen, von einem Glas ekelhafter Bowle getrunken, den Rest in den Ausguß geschüttet und das Krabbenbrot mit der falschen Seite nach oben in Tupsu Lindberghs Kaminzimmer zurückgelassen.

Sie ist weiter in den ersten Stock gegangen, wo in dem einen Zimmer Charlotta mit Klas Lindbergh ist, wo aber das andere Zimmer leer ist. Ein leeres Zimmer, das von Klas Lindberghs Bruder, wie hieß der doch gleich? Von dort aus sieht sie wieder hinaus, man sieht von hier weiter als unten von der Brücke. Flaggenmasten und Dachfirste und Wald, was man alles kennt, Erdbeerbeete – – – ich will, denkt Renée, verdammt, ich will – irgendwohin. Und sie denkt sich raus aufs Meer, sie geht runter und raus und raus auf die Brücke, schaut aus nach einem geeigneten Boot. Da kommt Lars-Magnus Lindbergh und sagt, sie müßten den Kasten nehmen. Das Schrottboot, sagt er, das sei Lindberghs Schrottboot. Er ist betrunken, warum zum Teufel soll er mit, aber hinein springt er nichtsdestoweniger und startet, und sie fahren los, genau auf Johanssons Strandsauna zu. Im letzten Augenblick aber machen sie einen Bogen, wenden und steuern durch den Sund hinaus aufs Meer. Und die Sauna ist auch nicht mehr Johanssons. Johanssons haben die weiße Villa gekauft, sind dabei, dort einzuziehen: auf das Dach der Glasveranda bauen sie eine richtige Sauna mit allen Bequemlichkeiten. Die Holzbrücke am Strand gibt es auch nicht mehr. Die Strandbucht ist zugewachsen mit Schilf. Der Boden der Bucht ist auf dieser Seite tüchtig verschlammt, es ist nicht gebaggert worden, niemand hatte Interesse daran zu baggern, man ist eigentlich schrecklich wenig am Strand, es bleibt gewissermaßen keine Zeit: Erkki bastelt in der Garage an Mopeds.

Doch Renée und Lars-Magnus Lindbergh sind nicht mehr hier.

Sie sind jetzt auf dem offenen Meer.

KLANG also, im Dunkeln. Der Motor geht aus. Lars-Magnus Lindbergh steht da und schreit, daß er nicht kann. Steht nur da und schreit, während die Lampen erlöschen, und doch ist er es, der den Naßanzug anhat.

»Ich kann nicht, meine Hände sind völlig steif!«

Und Renée.

»Wart mal, Idi, laß mich«, aber ihre Finger sind ebenso steif, und sie hat keine Ahnung von Motoren.

Das Boot hat sich sofort vom Grund gelöst. Es treibt im Wind und in die Wellen, die hoch sind. Renée begreift im Grunde sehr schnell, daß nicht viel zu machen ist. Und als sie und Lars-Magnus Lindbergh trotzdem gemeinsam versuchen, den Motor hochzuheben, um die Schraube anzusehen, erkennt sie noch etwas anderes, abgesehen davon, daß das keinen Sinn hat, weil es so dunkel ist und sie keine Taschenlampe bei sich haben, nämlich, daß das Boot Löcher und Lecks hat, daß das Wasser, mit dem es sich langsam füllt, vor allem von unten kommt.

»Schöpf!« Lars-Magnus Lindbergh klingt schlafwandlerisch.

»Passiert doch nix, schöpf jetzt, Idi, wir sind ganz nah an Land.«

Gut gelogen. Da bricht etwas zusammen.

Renée hat nur eine vage Ahnung, wo sie ist. Vielleicht treibt das Boot sogar hinaus aufs Meer (tatsächlich treibt es an Land, Lars-Magnus Lindbergh, der im Naßanzug überlebt, wird bewußtlos, aber am Leben am Strand eines Sommerhäuschens gefunden, andere Kleidung, vielleicht Eigentum von Renée, die untergeht, findet man erst im Frühjahr auf einer Kobbe).

Sie selbst fummelt an den Notraketen herum.

Lars-Magnus Lindbergh schöpft.

Drei Raketen leuchten am Himmel auf, eine nach der anderen, und die letzte mißlingt, hebt nicht ab. Dann ist es richtig still.

Das Boot ist inzwischen ganz mit Wasser gefüllt, und die Wellen schlagen darüber.

Zuallerletzt haben sie versucht, sich am Vorderdeck festzuklammern: Das Teuflische ist, daß es trotz allem, obwohl alles schnell und augenblicklich gehen sollte, dennoch ziemlich langsam geht. Sie haben Zeit gehabt, orangefarbene Schwimmwesten unter dem Vorderdeck hervorzuholen und anzulegen, ohne sie ganz festzubinden, sie sind ja dann im Wasser sofort aufgegangen, Zeit für diese Raketen, mit anderen Worten, Zeit, sich vorzubereiten, während die Stille und das Dunkel um sie weiter da sind.

Sie schreien die ganze Zeit. Die Schreie hört man nicht.

Auch nicht in dieser Geschichte. Je gellender die Schreie werden, desto stiller wird es.

Lars-Magnus Lindbergh weiß eines: Jetzt wird er sterben.

Renée und Lars-Magnus Lindbergh klammern sich am Vorderdeck fest. Dort irgendwo verliert Lars-Magnus Lindbergh Renée aus den Augen. Sie verschwindet einfach, wird von Deck gespült, sinkt, geht unter. Dann ist Lars-Magnus Lindbergh allein mit der Kälte und dem Dunkel und treibt mit dem Boot weiter. Dann gibt es kein Boot mehr. Lars-Magnus Lindbergh macht Schwimmzüge. Schwarz. Leer. Dann Motorbrummen und Hubschrauberknattern, Scheinwerfer beleuchten das Meer – – –

Da ist Renée schon tot. Versunken, ertrunken.

Ein ganzes Stück weg, unter den Sternen.

Nur Wind und Grau dort. Und grünes Dunkel.

Ein gelber Kassettenrecorder irgendwo im Wasser.

Lars-Magnus Lindbergh, ohnmächtig und bewußtlos, aber am Leben, wunderbarerweise am Leben, wird etwa fünfzehn Minuten später an einem Strand gefunden, nach Hubschrauberknattern und Motorbootlärm, Licht, das die Stille und das heulende Dunkel zerteilt, wo Renée untergeht und verschwindet.

Aber, hören Sie es, irgendwo, aus dem äußeren Weltraum vielleicht, erklingt dieser Song, pflanzt sich da draußen in Herbstdunkel und Schweinekälte fort, hinaus aufs Meer, zieht mit dem Wind über die Wellen, während Lars-Magnus Lindbergh irgendwo dort ganz schwach und bewußtlos ist und das in den Grund gebohrte Sechziger-Jahre-Prachtstück aus Mahagoni in weitere Untiefen gerät und zerschellt. Und dort, irgendwo im Wasser, liegt ein wasserdichter gelber Kassettenrecorder und kann Wasser vertragen.

Didn't know what time it was the lights were low
I leant back on my radio
Some cat was layin' down some rock'n roll lotta, soul, he said
Then the loud sound did see to fade
Came back like a slow voice on a wave of phase
That weren't no D. J. that was hazy cosmic jive

There's a starman waiting in the sky
He'd like to come an meet us
But he thinks he'd blow our minds
There's a starman waiting in the sky
He's told us not to blow it
'cause he knows it's all worthwhile
He told me:
Let the children lose it
Let the children use it
Let all the children boogie

Zitiert wird auf Seite 7 aus *The Love Song of J. Alfred Prufrock von* T. S. Eliot, auf Seite 27 *Vetandets äventyr* (Abenteuer des Wissens) von Sten Selander, auf Seite 135 f. aus *Die schweigende Welt* von Jean-Yves Cousteau, auf Seite 322–351 aus Songtexten von David Bowie auf der Platte *The Rise and Fall of Ziggy Stardust and the Spiders from Mars,* und hier und da aus *Nya Pressen* (Neue Presse), *Life International, Anna* und *Femina.*

Dies ist eine fiktive Erzählung, und an einigen Stellen habe ich mir bei der Wiedergabe von dokumentarischem Material bestimmte kleinere Freiheiten genommen.

Für wertvolle Informationen ein großes Danke an Kristin W., Merete, Pirr und ein ganz großes an Henrika, der dieses Buch gewidmet ist.